# 我在我说

WOZAIWOSHUO

伊沙访谈录（1993–2017）

伊沙　著

青海人民出版社

图书在版编目（CIP）数据

我在我说：伊沙访谈录：1993-2017 / 伊沙著 . --
西宁：青海人民出版社，2017.9
ISBN 978-7-225-05414-8

Ⅰ . ①我… Ⅱ . ①伊… Ⅲ . ①访问记—作品集—中国
—当代 Ⅳ . ① I253

中国版本图书馆 CIP 数据核字 (2017) 第 249807 号

我在我说
——伊沙访谈录：1993-2017

伊　沙　著

出 版 人　樊原成
出版发行　青海人民出版社有限责任公司
西宁市五四西路 71 号　邮政编码：810023　电话：（0971）6143426（总编室）
发行热线　（0971）6143516 / 6137730
网　　址　http://www.qhrmcbs.com
印　　刷　陕西龙山海天艺术印务有限公司
经　　销　新华书店
开　　本　890 mm × 1240 mm　1/32
印　　张　14.875
字　　数　500 千
版　　次　2017 年 11 月第 1 版　2017 年 11 月第 1 次印刷
书　　号　ISBN 978-7-225-05414-8
定　　价　45.00 元

# 自　序

这是一本计划外的书。

它甚至不是来自写作。

但又确实是来自写作。

1993年，我27岁，接受了平生第一次专访，来自诗人李岩，他是为《创世纪》杂志做的,后来终未刊出,转而发表在《诗参考》上。这一次诗歌专业性的访谈，采用的是笔答的形式。

从那时至今，转眼24年过去了，粗略算来，我接受过上百家媒体及个人的访谈，采用的形式多种多样：有见面采访的，有电话采访的，有访完不经我看便见报的，有访完经我修订见报的，还有直接采用笔问笔答的……此时此刻，我要感谢我自己，在有可能选择采访形式的时候，没有偷懒，十分尽责，尽量采用笔答的形式，构成了本书的物质基础，本书正是从中精选出来的，其他采访形式做得再好，也不在被选之列。

所以说，本书还是来自于写作。

只不过，它每一章节所涉及的话题，均来自于他人的灵感。这么说吧，这是他人为我罗列提纲与结构，我自己来书写完成的一部书。

时代的预言家们怎么也预见不到：网络时代，访谈的形式开始风行，尤其是在专业内部，这大大提高了访谈录的含金量，令其作为一种写作形式而独立存在。如此说来，我这部书也是顺应时代的产物。

在过去的24年中，我是在哪个时间点上意识到了它有必要作为一部书而存在呢？我的诗做了最好的纪录：

梦90

一个念头
撑起一个梦：
“如果有机会
一定要把我的访谈录
集成一本书
一准儿是本好书！”

醒来瞧见
床头柜上放着一本《边缘诗刊》
其中头条正是我的一篇访谈录

冬日午后暖暖的阳光

从未拉窗帘的窗上照进来

照着它也照着我

我没有马上起床

回味午觉前的例行阅读

那一次心潮澎湃的自读

本诗写于2010年，记录了冬日午觉中所做的一个梦，我梦见了这本书……这确乎是我第一次意识到它的价值所在，但也没有主动去寻求出版，关系很近的朋友知道：在写作之外，我其实是一个被动人，打那以后，我似乎一直在等待着、在等待中继续积累着……7年过去了，机会终于出现，应了那句老话：机会属于有准备的人！

至于这是不是一本好书，我说了不算，读者说了才算。

但请允许我固执地坚信：让我心潮澎湃的，必在你们心湖之上溅起涟漪……

伊沙

2017.6.18　长安

# 目录 CONTENTS

# 目录 CONTENTS

# 目录 CONTENTS

# 目录 CONTENTS

# 我是我自个儿的爹

## ——《创世纪》杂志访谈录

李岩：伊沙，你是在“第三代”诗歌精神和艺术氛围中成长起来的青年诗人。拿你自己的话说：你曾吃过“第三代”的“奶”。但在我们最近以来的多次谈话中，你对他们颇多非议，大有不认“奶娘”之势，记得你在《野种之歌》里写过“十三岁我抬着花轿/把母亲远嫁”——这是否也可以看成是你现在对“第三代”的态度？

**伊沙**：“第三代”如何，完全取决于他们自己。自1986年开始他们一直是诗坛的中坚力量，人们一直期待他们再次超越。这种期待已经够久了。他们之所以给人仍然“健在”的感觉是因为下一代人太差了，根本没法“取代”他们。另外，就是我们中国人的惯性，我们现在谈论的“新鲜话题”往往是几年前的事情，我们现在谈论的“第三代”更多是指他们几年前的成就。至少我是有点儿不耐烦了。

李岩：你自诩为“艺术世界的杂种”，并直言宣称：“我是我自个儿的爹！”如今，后现代主义艺术已成为一种新时尚。人人都想着往自个儿的脸上贴点儿“金”。很多人认为你也是后现代诗人，你说呢？而在日常生活中你差不多完全是个循规蹈矩的人，衣冠齐整、按时上下班、家庭观念很重、没一点艺术家的派头……

**伊沙**：我可能更愿意做一个后现代主义写作者，而非生活行为外观上的“后现代主义者”。在日常生活中,我们究竟能够实现什么?我能循规蹈矩到哪儿去？我不循规蹈矩又能到哪儿去？写作就是为了实现我们在生活中无法实现的那部分东西——这是我对写作的一个基本认识。后现代主要是精神而非单纯的写作技巧，主要是你作为一个人对这个世界所持有的态度。成为后现代主义写作者，并不是目的，而是开始，我的理解是你进不了后现代，就意味着进入不了当代。

李岩：在我们私下交谈中，你常提到两个名字：北岛和崔健，特别是后者，他们对你的影响很大吗？

**伊沙**：我喜欢他们。不论你“第三代”怎样在潮流上“超越”了北岛，都没用，北岛已经完成了，而“第三代”——即使是其中的佼佼者也好像都患了“早泄”。崔健其实是中国最棒的诗人，看他的歌词我们这些专门弄诗的都该感到脸红！跟崔健一比，多少诗人都成了屎了！将来真正的诗歌史,肯定有崔健一章。一位朋友对我说：老崔如果看了你的诗，会喜欢的！这令我足足兴奋了一天。北岛和崔健都达到了中国人在艺术领域目前能够达到的最佳水平。

李岩：一家刊物发表了你的诗《和日本妞亲热》，编辑部找你的电话不断，且多为青年女性，很开心吧？我还听说一些从不读诗的城市青年把你的诗写在T恤衫上招摇过市或用复印机放大后贴在墙上每日早起必读……这令人联想到汪国真，还有王朔，你会不会也像我们一样成为“午餐半小时”式的消费作家呢？

**伊沙**：我的诗可能具有某种潜在的“商业价值”，有些读者一看题目就想往下看，如果这些东西能畅销，我将不拒绝任何销路。只有不畅销的作家才反对畅销。但若把我和汪国真扯在一起，我会认为这是在骂我！崔健畅销，蔡国庆也畅销，这是一码事吗？王朔身上有某些好的因素，但这小子太“聪明”，这种“聪明”坏事，王朔现在是一种“高级媚俗”。我不拒绝“人民”，既然有人已把我的诗和“后现代主义”扯在一起，而“后现代”多多少少与商业社会脱不了干系，所以我不回避这个问题。

李岩：你确实很有底气，因而我相信你的狂妄有充分的理由和根据。最后，我要向你提出这样的问题：作为新锐诗人，你这么年轻，你会给诗歌、给这个时代带来什么？

**伊沙：**“伊沙给你刺激！”——这是我想对我的读者所讲的。至于……能带来什么，我没想过，也不愿意去想——累！

（1993 年）

# 伊沙：我整明白了吗？

## ——《葵》诗刊访谈录

问：你从什么时候开始写诗？请描述当时的景况。

**答**：1983 年。我读高一。我的同学姜雁飞在《语文报》上发表了一首小诗，在全年级引起小小的轰动。因为一块参加市里的一项征文活动，我和他有过几次接触，他总是在谈诗，并借给我看一些诗选和诗刊。那年我写下了我的第一首诗，共有 13 行，后来发表在《陕西日报》上，成了我的“处女作”。接到这份报纸的那天晚上，我久久难眠，想得很多……误入歧途就是这样开始的。

问：你怎样看待“诗歌生成的奇迹”？

**答**：我体会到这种“奇迹”的存在，但我怀疑它是否像有些人宣扬得那么玄乎。我也无法抛开汉语诗歌的具体环境来谈论它，汉语本身大概就是“奇迹”丛生的。汉语诗人是世界上最懒最容易当的诗人，蒙骗者众。汉语是这样一种语言：锈迹斑斑可视为色彩斑斓，独有的象形文字本身就是诗意的，是“生成的奇迹”。“玫瑰”是一个词，但在汉语中它是乌七八糟的，绝大多数汉语诗人就是利用这种幻象的骗子，某些所谓的“优秀诗人”不过是骗术更高而已。在这样的环境中，“诗歌生成的奇迹”、“语言的炼金术士”都是可疑的。相反，我更赞同于坚的提法：操作。对操作的强调可使一些人走出骗局。

问：就你的观点来看，诗应是抒情的，还是反抒情的？

**答**：我可否对这个问题的表述提出一点异议？诗与“抒情”二字的关系纠缠得就那么紧吗？就像说起当代汉诗，似乎离不开可恶的“朦胧”（从“朦胧”到“后朦胧”）二字。遵从字面的限定，我的观点是：诗曾经是抒情的，如今是反抒情——但要丰富得多。

问：诗人是否必须具备幽默的品质？

**答**：这是必须具备的。缺乏这种品质的诗人迟早要被淘汰。缺乏这种品质的诗人面临着技术的限定，只能一味抒情，或到陈述为止，反讽、戏拟……这些东西限定了他，成为瘸腿的，根本上说就是完全瘫痪的人，在今天那些满目忧伤的单纯歌者恐怕已是自成幽默。缺乏幽默品质的读者同样是可怕的，我的《电脑》一诗发表后，江西一位读者写道：“被加速的时代拉下一段距离，是一群据说才情非凡的现代诗人，他们气喘吁吁地追赶，有人掉队，有人改弦更张，还有位叫伊沙的，骂了一句脏话，读者的减少使诗人们感到恐慌，但这样的读者你需要吗？中国文化视幽默为“小”，中国人以欠缺这种品质为正常，而与创造者的心性、视角和对诗的发现有关，中国绝大部分诗人缺乏这种品质：一大堆不苟言笑、酸气乱冒的“抒情机器”。

问：到目前为止，你的写作经历过哪几个阶段？

**答**：1983-1988 年的五年间应该算我的第一阶段，是凭着爱好和兴趣，学习与模仿的时期，写作也是缺乏连续性的，兴致来了，写上几首。对诗的认识也是模糊而零乱的，是经常被人开眼的时期，我写过多种路子的东西：先是思想火花式的小诗，然后是细腻柔美无病呻吟的，最后是意象叠加的英雄主义宣言。1988 年至今是我经历过的第二阶段，也是我创作的真正开始，我开始用口语写诗，并在此后的 8 年中走出自己的路子，渐渐形成一种个人风格。这 8 年写下的东西基本上已体现在诗集《饿死诗人》《一行乘三》( 合著 ) 及长诗《史诗 2000》中了。它们之间虽有不同，但我自己觉得还是同一阶段的东西。我以为只能从结果去看每个人所经历的创作阶段，它不是预先设计好的，难道我青春不再，就意味着“中年写作”的到来——这是很扯淡的。

问：是否在写诗的同时还写一些别的东西？写日记或笔记吗？

**答**：写随笔和小说，另有少量的诗论和译诗，不写日记或笔记。

问：如何看待创作中数量的问题？

**答**：要多写。但有个前提：得用脑子。有些人看起来很多产，但实际上只是对诗做出一种习惯性的反应，批量烧制出非常合乎标准的砖头来。这种写作是不担风险的写作，有一种安全感。这种工匠式的写作只是为了写得“像”，说俗点就是为了发表，这样的写作写得再多也等于零。与之相反的是一种更年期式的写作，多发生在自以为功成名就的诗人中间，一年写那么几首诗或一两首所谓“力作”，围绕这几首“力作”写下的创作谈式的随笔却很多，人的出场比诗要多，非常可怜。多写才能进入并保持一种状态：轻松、敏锐、不惜冒险。而那种因为写得少而高看自己的每首诗、以为自己写下的每个字都能传世的诗人，它们在诗中的表现必然会像一上场就哆嗦的中国男子足球队员。对创作中“数”的强调当然是为了“质”，关于这一点，我同意严力的一段表述，大意是：你一年写 100 首诗的话，可能只有 20 首能开出花来，另外 80 首就成了这 20 首的土壤。

问：如何看待创作中的语言（或口语）问题？

**答**：记得有人曾开玩笑说韩东最有名的一句“诗”是：诗到语言为止。应该说中国当代诗人们对语言的高度重视与韩东的这句话有关，而孤立地看待语言蔚然成病的现状与对这句话的误读有关。当一帮手执长矛与语言作战的堂吉诃德在诗坛冲杀，他们忘记了自己的身体。有人认为从韩东提出“语言”到王家新提出“词语”是一种进步,我的看法正好相反。“词语”是什么？“词”是什么？是“僧推月下门”还是“僧敲月下门”，这有什么关系？你当时是推了就是“推”，你当时是敲了就是“敲”，哪有什么优劣高下之分？把“语言”置换成“词语”，我们的诗人又回到桌边，不回到桌边他们不踏实。在远离语言发生的现场谈论语言，“词语”是最好的借口，说到“口语”，我一直感到悲哀，一个连这样普通的两个字都不敢正视的民族是怎样的民族？不敢正视“口语”就是不敢正视语言发生的原初状态，难怪别人会说：“这是一个嘴上说的和手上写的不一致的民族。”有些人那么反感“口语”，我想问问他们:非口语又是什么状态的语言？它是真实可靠的吗？

问：在诗坛自觉非自觉认同主流（或权力）话语的今天，请谈谈你对“边缘写作”这一处境的看法。

**答：**自觉非自觉地认同主流（或权力）话语又岂止是在今天，在诗坛？但我觉得有意思的恰是问题中提到的“边缘写作”在充当着今日诗坛的主流（或权力）话语。更可笑的是，它是凭借某人的尸体换得的，一个人死了，他所代表的一种滞后的诗歌一跃而成为诗坛主流,成为标准。可谓“一人升天,鸡犬得道”。在争夺主流（或权力）话语的斗争中，文化传统肯定是最终的赢家，它可以使政治显得急躁和气短。聪明的政治也终会利用它。曾记否？在1989后最初两年的诗坛上，“麦地”是所有诗人都要光顾的场所，不熟悉农作物和农具的名称便无以为诗。我总以为“边缘写作”的提法是说给外国人（在提出者眼里这是另一种权力的赋予者）听的，与“外省写作”“南方诗歌”的提法类似，是某些人玩弄的一种文化策略。这种提法之所以应和者众，是因为有那么多远离政治文化中心的地域上的边缘人物自己心虚，需要给一种安慰性的说法，扩而大之，中国之于世界亦是如此，我们终于发现，世界离我们真是太遥远了！在个人写作的时代里，哪有什么“边缘”？你在日常状态下关心过你所处的位置是在北纬和东经多少度的交汇点上吗？

问：经历了近一个世纪的发展与反复，我们今天的诗比照三四十年代、朦胧诗及第三代，有哪些进步和退步？

**答：**回答这个问题大概需要一篇不短的论文。我对这种“比照”感到茫然，尤其说到“进步和退步”。今天的汉语很容易找到朦胧诗和第三代的基因（在一些不算年轻的诗人那里还会找到三四十年代的基因），如果你继承并发展的是它的神奇，就算是一种“进步”；如果你继承并发展的是它的腐朽，就是“退步”，从北岛到于坚就是一种“进步”，但论及个人成就，第三代中任何一位也无法与北岛相提并论，他的涵盖力和在他那一点上所达到的饱满程度和彻底性、诗艺上无可挑剔的完美——这并非完全是时代所赐的幸运和机遇使然，看来诺贝尔奖的提名者尽管老迈但并不眼瞎。比照战乱的三四十年代,解冻的朦胧诗时期及文化膨胀的第三代,今天（90年代）的汉语诗更像一段风平浪静的河流，在它主流的表面飘浮的更多是一些诸如泡沫、纸屑、败叶之类的东西，到了旱季河床暴露，你会看到一些沉潜之物。无论怎么说，今天的诗人将领受汉诗在这个世纪最后的荣辱兴衰，今天现在进行时的写作者将发起最后的冲刺。

问：有位诗人曾提出这样一个有趣的问题：“假如你的写作时间只剩下写一首诗的时间了，你将写一首什么样的诗？”

**答：**《墓志铭》——如果正在逼近的死亡还不能使我变得更纯粹

一些的话，我十有八九会无法免俗，写下这么一首诗，用叶芝《当我老了》那种诗体，故作从容不迫地把自己说得像一个活够的人、活高的人。不是已有那么多的年轻诗人，已为自己提前写下《墓志铭》了吗？所以我对这个“有趣的问题”的提出并不感到奇怪。

问：可否站在一个较客观的角度，对你自己的写作作出一番评价？

**答：**这是一个要人命的问题。你怎么回答都是错的：说高了那是“狂妄”，说低了就叫“委琐”。拒绝回答——“你怎么这么没劲！”我写下了一些东西，这些东西可能与众不同，易于分辨，读起来比较好玩，也激怒了一部分人，认为不是诗——这是攻击吾诗最顺手最惯常的武器。我使汉语在分行排列的形式中勃起，抬起了它的龟头，我为汉诗贡献了一种无赖的气质并使之充满了庄严感，我使我的祖国在20世纪末有了真正意义上的当代之诗、城市之诗、男子之诗，我使先锋与前卫从姿态变为常态——汉诗的“后现代”由我开创并只身承担。

问：你有过那种所谓创作（或精神）上的危机阶段吗？

**答：**当然有。但回想起来它似乎不是以阶段的形式出现的，而是很多瞬间。经常发生的很多瞬间：我写不出诗来，好像在一夜之间失去了对诗的所有知识、经验和感觉，眼前白茫茫一片。在我的写作中，在一首诗和下一首诗之间，危机感便降临了，一首诗的完成带来的是茫然，我不知道下一首诗将在何处出现。危机感以瞬间的形式呈现的状况可能与我的写作本身有关，我反对以整体和理性的方式去把握诗，我的诗从来不是以组诗的形式去体现的，我也不写通常意义上的长诗，我信奉灵感和偶然，但绝不等待，我要逼自己。也许我的本性决定我会选择这种危机四伏、绝处逢生式的写作，挺刺激的。

问：视觉艺术在今天已日益加剧了对文学艺术的冲击，请展望一下你眼中的文学前景。

**答：**这种冲击并不足惧，缺乏这种冲击的文学盛景我们不是没有经历过，全民读小说，全民族的少女傍诗人的情景十分可怕。我刚从报上读到述平为张艺谋改编一个剧本，数易其稿，文字累计有八九十万之多，这回我没有太吃惊，也许这只是文学家的致富手段。莫言、余华等人似乎已经学会用脚写作——以真正脚本的态度来应付差事。话说回来，管你冲击不冲击，只要我才华横溢，一直在写。我不主张以张承志、张炜那般“守节”的态度来面对这个时代，事情根本没有那么复杂，你有多大的造化自个儿成全好啦，谁也拦不住你，其实据我观察，一些有想法的视觉艺术家在其领域的局限中已显出尴尬，姜文在《阳光灿烂的日子》中简直像个写小说的，用了那么多并未给人以画蛇添足之嫌的话外音。所以我眼中的文学前景是非常健康和正常的，起哄的将减至最少，一些真正热爱这项事业并具有才华的人将进入这个领域，国际标准意义上的大师的产生成为可能。只要你心态健康，排除杂念，不指望你的邻居和看大门的老头也能认识你，这个领域便可以使你自足。

问：对更年轻的诗人，有什么经验可作为忠告？

**答：**这样的“忠告”，我只敢在我也还年轻的时候提出；这样的“忠告”，只对生理上尽管比我小但并不比我年轻的诗人有效。我所了解的比我更年轻的诗人，大都在 90 年代初开始写作，他们对当时诗坛流行的麦地之类的东西比我更敏感而且情有独钟，年轻的意义对他们意味着更迅猛更果敢地扑向棺材，他们是比我更老的诗人，已经完蛋。你怎敢想象，中国 70 年代之后出生的诗人操持着几个世纪以前欧洲古典诗歌的汉语译体在那儿写诗，满口大师语录地生活，我岂敢忠告他们？他们中的一少部分在“后”时髦起来之后成了我的模仿者，我的话说给他们：可以走近我，但要尽快绕开或将我像石子一样踢开，我相信你们中会有人能够做到这一点，但如果首先做到的是我自己，那就是你们的失败。你们要警惕，我的写作补偿给我的是和你们同等甚至更要年轻。开始吧。

问：这也许已构成了一种挑战——请谈谈今后（或叫未来）对自己写作的一种预测或猜想。

**答**：没人敢保证说自己一定会写一辈子，我也不敢。但会努力去做，该坚持的要坚持。我知道有一种稳妥的写作方式会利于长久，一种学者式的温开水的写作，依仗对既有的诗歌知识的综合运用来写作，细水长流，这样写作的皆是温人，最终熬成了老油子，没准儿还德高望重，因为他们的一生什么样的风险都没担过，什么人都不会得罪。我不会为了长久而趋就这样的写作，我宁肯坚持我已选择的这种自杀式的写作，不断把自己逼上绝境，使自己永远处于随时中断的境地，置之死地而后生或者不成功则成仁。如果有一天，我的写作不能给自己带来快感，我将放弃。但如果我能在目前的状态中坚持下去，折腾到底，那肯定是赢了。

问：最后一个问题：“你为什么写作？”

**答**：我得想想。曾经是为理想，在1983-1988年我写作的第一个阶段，我是为“成为一个诗人”的理想在写作，爱好当然也是存在的。后来呢？如今呢？——也许是为“名”——在去年的一篇文章中我曾写道：诗不为名，天诛地灭。对我来说，这是最后的真实而纯洁的目的。诗不能为钱，这是白痴也懂的事实；诗无法为权，我怎能让自己和自己的诗沦为犬科动物？诗也无法成就热闹的俗名，让你的邻居和看门老头也知道你……但比起这些，让自己的名字具有埃兹拉 · 庞德、艾伦 · 金斯堡那般的磁力是否更有意思呢？把诗写好是为名写作对我健康地整肃和纯洁地召唤！

（1996 年）

# 我在我说

## ——《锋刃》诗刊访谈录

一、请大致描述一下您心目中的90年代汉诗面貌。

在我看来,90年代汉诗是从“海子热”开始到“盘峰论争”结束,前后贯穿着一显一隐的两大分流。比如说在“海子热”热到尽头的时候,是于坚长诗《0档案》的发表和我的诗集《饿死诗人》的出版。它说明在“海子热”把大部分人投入到麦地狂潮和乌托邦幻象中去的时候,80年代先锋诗潮的传统仍在少部分人那里暗中进行着并被推演到新的高度。与“知识分子写作”和“中年写作”的学术炒作热潮相对应的是日后被指称为“民间写作”的那支力量在文本上新鲜、生动、有力的表现。从“海子热”到“知识分子写作”的“显”;从“后现代”到“民间写作”的“隐”,贯穿前后地构成了90年代汉诗的主要风貌。前者是文化的、传统的、保守的,后者是艺术的、先锋的、激进的。他们最终在“盘峰论争”中的遭遇和碰撞是一种历史的必然,又是一场诗学革命的开始——我甚至认为汉诗的21世纪也正是由此开始的。

二、在您接触范围内,请列举20件您印象最深的诗歌文本(90年代写作或发表的)。

1《日记》(海子);2《中药房》(秦巴子);3《甲乙》(韩东);4《0档案》(于坚);5《那只公鸡》(侯马);6《更骄傲的心》(孟浪);7《网球》(阿坚);8《奥运会纪念》(唐欣);9《守夜人》(余怒);10《猪泪》(徐江);11《为上帝补写的墓志铭》(默默);12《与石光华谈李白》(何小竹);13《小戴》(朱文);14《老处女之歌》(贾薇);15《0的一生》(宋晓贤);16《酒和鬼相遇之后》(严力);17《夏时制》(杨克);18《恶作剧似的改写》(马非);19《老家伙》(沈浩波);20《安眠药》(盛兴)。

(以上排名不分先后,以接触早晚兼及印象深浅为序,特此说明。)

三、请列举10部重要的个人诗集。

严力诗集《这首诗可能还不错》

韩东诗集《白色的石头》

海子诗集《海子的诗》

昌耀诗集《昌耀的诗》

于坚诗集《一枚穿过天空的钉子》

余怒诗集《守夜人》

朱文诗集《他们不得不从河堤上走回去》

侯马诗集《顺便吻一下》

徐江诗集《我斜视》

秦巴子诗集《立体交叉》

(以上排列以出版先后为序,特此说明。)

四、在20世纪90年代汉语诗歌事件中,请列举10件您认为重要的。

1. 中岛主编的《诗参考》创刊并延续十年,是90年代汉语诗歌的标志性民刊。《诗参考》十年奖作为民刊创设的第一项大奖在京颁发。

2. 北岛主编的《今天》在海外复刊，使散居海外的中国诗人有了集中发表自己作品的园地。同时在内容上也表征着这份刊物已放弃了当年的先锋立场并丧失了诗学上的革命意义。

3. 周伦佑复刊《非非》，出版两期后中断。杨黎、何小竹编印《非非作品稿件集》，后创办《诗刊》。《打开肉体之门——非非主义：从理论到作品》正式出版。非非诗人在作品上深化了非非理论，是90年代诗歌继续先锋的一道风景。

4. 韩东复刊《他们》，后被迫中断。《他们》诗人进军小说，开始对整个文学界施加影响，后发起“断裂”行为。《他们十年诗选》正式出版。

5. 严力主编在纽约出版的《一行》一直坚持，《一行作品选》在国内正式出版。这份“自由广场”式的精印诗刊对八九后真空时期中国大陆先锋诗歌的展示，对90年代青年诗人的成长起到了非常重要的作用。

6. 程光炜编选的《岁月的遗照》出版，引发猛烈抨击。“知识分子写作”欲以圈子取代诗坛，欲以流派取代90年代诗歌之心昭然若揭，令诗坛人士对其近十年来学术炒作的目的有恍然大悟之感。此书也成为后来“盘峰论争”的一个导火索。

7. 诗人之死成为社会和公众关注的现象。从1989年初海子之死到2000年初昌耀之死，中间又有戈麦、顾城、胡宽、路漫、麦可等多位中青年诗人相继辞世。

8. 以青年性和前卫性著称的《诗歌报月刊》被迫停办，引起诗坛人士广泛的惋惜、同情和抗议。一份在中国先锋诗歌的许多历史关头发挥过重要作用的优秀诗刊未能迎接新世纪的到来。

9. 诗坛兴起“年鉴热”和“排名热”。其中尤以杨克主编，于坚、沈奇、侯马、谢有顺等为编委的《中国新诗年鉴》和百晓生的网上排名《诗坛英雄排行榜》最为引人注目和最具广泛影响。

10."世纪之交中国新诗创作态势与理论建设研讨会"于1999年4月在北京平谷县盘峰宾馆召开，在会上，以王家新、唐晓渡、臧棣为代表的"知识分子写作"诗人和以于坚、伊沙、徐江为代表的"民间立场"诗人发生了激烈的争论，会后双方将争论移至媒体继续进行，这便是人们所说的"盘峰论争"。此次论争是中国新诗史上爆发于诗人内部的规模最大和最激烈的一次论争。它的意义正被越来越多的人认识到，它将对中国诗歌的现有格局和在未来的发展产生深刻的影响。

五、请列举10位可能对未来汉诗写作发生较大影响的当代汉语诗人。

杨黎、于坚、韩东、严力、多多、余怒、默默、侯马、徐江、盛兴。

（可以列自己吗？如果可以，我就把自己列在第十一位。）

六、90年代出现过有建设性意义的汉诗写作倾向吗？若有，请列举并简述其诗学意义。

当然有。否则什么都别谈了。在我眼里产生于90年代并有所谓"建设性意义"的汉诗写作倾向有如下两支：

1."后口语"和"泛口语"写作。我认为"后口语"是我独力承担的写作（对不起），是口语写作中的急先锋，它以回到身体、回到现场说话的企图来超越一般性的口语写作，超越作为写作的口语，它的文化背景是后现代的，它的文化姿态是激进、自由和异端的。"泛口语"写作是80年代口语诗歌的继承、延续、丰富和成熟，以其代表人物之一——侯马的话说就是要写得"高级"，在平易、朴素、明朗、亲切并适当地引入修辞（我的"后口语"强调反修辞）手段的口语中注入浓厚的人文精神和终极关怀，富于悲天悯人的气质，代表者有侯马、朱文、徐江、杨键、宋晓贤等。在我看来，这是一种非常文人化的口语，一种写得比较文气的口语追求。“后口语”与“泛口语”兼而有之抑或呈现得不够明确的优秀诗人有唐欣、贾薇、阿坚等。90 年代最富才情的青年诗人大多集中在这一倾向的写作中，使之成为诗坛最生动有力和最富成果的一支。

2.“深度意象诗”写作。由《今天》诗人开启的中国意象诗写作到 90 年代向前发展的余地已非常之小，这就是为什么“知识分子写作”一流集体由原先的意象诗转入无趣无味的非口语叙事诗的内在原因。意象诗在 90 年代的“深度”表现全仗诗人的个人才情和对意象诗在中国发展的正确体认，余怒和秦巴子因此脱颖而出。诡异的余怒是个奇才，他在语言上的变形能力和在超现实氛围中伸缩自如的表现力几乎是天生的，他的短诗表现出了足够的智慧。与余怒相比，秦巴子是个防守型的诗人，他在对意象诗的正确认识中“守”住了一切，从北岛到孟浪是个很有意味的指向，本该是中国意象诗发展的纯正指向，它被秦巴子捕捉到了，去除浪漫主义抒情的“热”，恢复现代主义呈现的“冷”，是对中国意象诗赖以存在的文化背景的一大纠错，这非常必要的一步没有人做，没有人意识到。

七、您认为存在尚未被人们重视的 90 年代汉语诗歌文本和优秀诗人吗？若有，请您隆重推荐。

肯定存在。

文本方面我想推荐邵春光的东西。这位“第三代”的老诗人在 1986“两报大展”时以一首《太空笔》一夜成名。90 年代以后，他以“邵椰”（少爷？）为名继续发表少量的作品（在《一行》上）。但实际上他的创作量很大，作品相当好而且越写越好。我觉得邵春光的文本是被严重忽略了，首先发出来的就很少。在此，我向严肃民刊的当家人提供一条线索：要想找到邵春光的作品请找柯平。

诗人方面我将隆重推荐以下名字：盛兴（1978）、马非（1971）、沈浩波（1976）、南人（1971）、朱剑（1975）、李红旗（1973）、朵渔（1973）、宋烈毅（1973）。他们是70后诗人群中的“八大金刚”。

同时我还要隆重推荐作为一名优秀批评家和这一代理论发言人的沈浩波。这些现在看来平常的名字将随中国新诗在21世纪最初十年的演进而放亮和爆响，毫无疑问。

八、在20世纪90年代汉诗批评和诗学建设中，请您列举10篇您认为有较高学术价值的文论。

于坚《棕皮手记》（专著）

韩东《论民间》

燎原《中国当代诗潮流变十二书》（系列）

徐敬亚《隐匿者之光——中国非主流诗歌二十年》

王一川《中国形象诗学》（专著）

吴思敬《90年代中国新诗走向谈》

沈奇《拒绝与再造》（专著）

陈仲义《诗的哗变》（专著）

李震《神话写作与反神话写作》

沈浩波《对于中国诗歌新的增长点的确立》

九、您接触过民间诗刊（报）吗？若接触过，请列举10种您认为办得最好的。

这还用问吗？当然接触过。民刊始终是我作品发布的第一现场，是我作为一名诗人赖以存在的“根据地”。我认为90年代办得最好的10种民刊是：《诗参考》《葵》《一行》《非非》《他们》《锋刃》《现代汉诗》《北回归线》《诗刊》(成都出的民刊)《朋友们》。

十、您认为20世纪90年代汉诗能形成一个有效的诗学传统吗?在90年代汉诗写作中,您认为其样态又接受了怎样的有效诗学影响?

我认为90年代汉诗能够并已经形成了一个有效的诗学传统。我在回答第六个问题时所指出的两个流向正在或已经在对今后十年的汉诗发展发生正面的积极的影响。在90年代汉诗写作中——我指的是它富有创新性成果的部分，其样态接受了纯正的现代主义（不是与浪漫主义、古典主义相杂交的中国式“现代主义”）和广义的后现代主义（不是80年代的理论热而是美国五六十年代反文化运动以来的全球性思潮）的诗学影响。

十一、您认为20世纪90年代汉诗最缺乏的是什么?

最缺乏的是继续以先锋为旗的共识。总体说来，90年代汉诗中的先锋因子不够。这与时代的文化大气候有关。我真是羡慕第三代，那时候谁不追求先锋是可耻的，现如今谁不想当大师是可耻的，中国的诗歌真是老了。中年的气味弥漫诗坛。我为诗为人的所作所为就是偏不信这个邪!

十二、在20世纪90年代汉诗批评中，对诗人独特声音的挖掘和发现您认为足够吗？请发表您在这方面的看法。

也许我在这个问题的回答上应该表现得有良心一些，因为我在同代诗人中，甚至和朦胧诗、第三代的很多老将比，我受到的评论都可能是最多的，有批评有表扬，被提名率显得颇高。但我仍要说90年代的汉诗批评在对诗人独特声音的挖掘和发现是非常不够的，这主要是批评界能力的问题。我举个例子，90年代的青年诗人充分表现的十年过去了，他们作为当代诗坛的一支生力军竟未能在理论上获得一个独立的命名。我在《文友》做《世纪诗典》，在评点的话中谈到这代人时为了方便起见我用了“第三代后”，后来越用越觉得别扭，我就改成“新世代”。本来这不该由我来操心的，那些批评家们干吗去了？批评与创作相比是严重滞后了，90 年代在这一点还不如 80 年代。我刚收到一本最新一期的《诗探索》(是 2000 年第 1–2 辑)，其中有篇文章叫《生命的舞蹈——“新生代”诗歌语言批评》，打开一看，里面评到的是谁呢？韩东、牛波、封新成、李瑶、胡冬、鹤坪、于坚、杨黎、马凤举、沈奇。这位作者可真牛！这篇论文让她拿到副教授了吧？目前，诗人对批评家的不信任是普遍的，亦是完全有理由的。

十三、20 世纪 90 年代汉诗与更大的文化、生存语境有对话能力吗？若有，请您描述一下 90 年代汉诗独特的文化意义。

应该有。只不过因为时代没能彰显出来。对比文化过热的 80 年代，90 年代是一个更正常的年代，更正常也更复杂更丰富。王家新以为他写一首《帕斯捷尔纳克》就说出了这个时代，就好像替谁代了言，他想错了。我在“盘峰诗会”上说：你可能上午刚刚接到一个恐怖电话，晚上就在歌舞厅中醉生梦死，这个时代真是太丰富了！有人老提北岛，好像那真是无法逾越的高度，其实在我看来，我们真是比北岛他们幸运多了，他们用近乎完美的诗艺只能说出一个简单的中国，而我们呢？我们可以直接说出许多复杂的意思。90 年代的汉诗对应的是一个走向开放但又问题多多的中国，更重要的是它对应的是一代心灵更加自由的中国青年。

十四、请您列举 10 位批评家或学者、10 位诗人来对 90 年代汉诗进行建设性发言（列举名录）。

我眼中的 10 位批评家或学者是：谢冕、孙绍振、吴思敬、徐敬亚、王一川、陈仲义、沈奇、燎原、李震、谢有顺。

我眼中的10位诗人是：于坚、韩东、周伦佑、严力、任洪渊、徐江、秦巴子、唐欣、沈浩波、余怒。（我列举的诗人只在有理论发言能力者中间产生）

（2000年）

# 出访瑞典归来

## ——《财经时报》访谈录

1.在瑞典，你说汉语吗？朗诵用什么语言？诗歌节给你们请翻译了吗？诗人之间交流用什么语言交流？交流中有发生有趣的事，还是根本无法交流？

当然用汉语，朗诵也用汉语，诗歌节安排人朗诵你诗的瑞典文译本，为我朗诵的是一个中文名字叫夏谷的瑞典汉学家，他朗诵的时候好像比我还要投入，我诗的瑞典文译者是从四川出去的女诗人许岚和她的瑞典丈夫，有些瑞典的听众告诉我他们译得十分出色。在此我感谢他们的工作。各国诗人之间的交流都是用英语。有趣的事？夏谷将我《创新真难》从瑞典文再口头转回中文时，老说B，我说我没用B啊！后来我想起来了，我用的是“阴道”。他大概以为我是口语诗人，就爱用B。

2.在瑞典，普通市民和诗歌节发生怎样的关系？

对不起，在奈舍，我没有跑上街头逮着一个普通市民就问：“知道诗歌节吗？诗歌节和你的关系如何？”我只是在临近城市的图书馆和超市中看到了诗歌节的招贴画，在这个省的报纸上看到有关诗歌节的系列报道，在诗歌节的朗诵现场之一——奈舍的湖畔公园里见到了一些市民，人不是很多，但几乎每天都到场来听朗诵，女性和残疾人居多。我印象深刻的三个人：一个是长得像英格丽 · 褒曼的大美女；一个是穿着长裙坐在草坪上的优雅妇人；一个是提着花篮的小姑娘。我对摆弄着一部数码相机的于坚说："把她们拍下来！"

3. 在瑞典，你看见什么？见到哪些诗人或者艺术家？参观了什么？听到了什么？

请原谅，诗歌节上有来自很多国家的二十几位诗人，可是我至今叫不出一个名字，听说美国来的那位老先生是纽约派的，很有名，可我不知道他。我们见到的最有名的诗人是后来去斯德哥尔摩，瑞典方面安排我们去龙马屋岛上拜访的他们的国宝级的大师托马斯 · 特朗斯特罗姆。

此去瑞典，我们不光去了斯德哥尔摩，在奈舍参加诗歌节，在厄勒布鲁参加了一场朗诵，还去了林克平，去了维默尔比镇，在奈舍附近的马尔兰德村，斯城郊外的西尔盖逊村住过，等于是在瑞典南部旅行了一下。参观了什么？古堡、教堂、博物馆……诸如此类吧。

听到了什么？听到最多的是朗诵，各国诗人的朗诵，但是听不懂，开始还有直接感受声音和语感的诗人想法，但后来就麻木了。其实我在诗歌节的第一个晚上听瑞典诗人朗诵时就睡着了，不好意思！听得最明白的是：别人赞扬你，因为这甚至不需要语言，我最后一次朗诵完的第二天早晨去饭厅吃饭时，很多人朝我竖大拇指，纽约派的那个老哥就是这么做的，一个做过变性手术的女（指现在）诗人让我伸出手掌，她在我手掌画了八卦符号，然后朝我伸出大拇指。在龙马屋岛，偏瘫的特朗斯特罗姆听完我《色盲》一诗的瑞典文朗诵，重新打量我，手上比比画画的。所以我说，赞扬最容易听懂。

4. 在瑞典，哪个人给你印象最深？为什么？

是此行负责接待我们的瑞典女诗人安娜。她真是一个精力无穷（这一点很像我）的快乐女人，在斯德哥尔摩，她开车带着我们走，老是在一个立交桥上走错，车内的中国人已经开始流露出沮丧情绪的时候，她却不停地笑，为自己的错误而发笑，始终快乐。我说她不像典型的瑞典人，而像美国人，她想了想，回答说：也许吧。

5. 在瑞典，哪件事给你印象最深？为什么？

奈舍国际诗歌节的最后一夜，我被安排在最后一个出场，作为压轴的诗人，引起轰动式的欢迎。于坚说："是骡子是马就要拉在这个地方溜溜！"我也持这样的看法，结果没有让自己失望：我是马，今夜跑得最快的一匹马。

6. 斯德哥尔摩的天气怎样？

很好的天气，整日阳光灿烂，昼夜温差较大。瑞典人说，跟往年比，今年夏天有点反常，他们指的是太热。我们倒很适应。

7. 目前来说，你喜欢哪个诗人？为什么喜欢他／她？或者说，讨厌谁？

我和老G正在赶译的美国诗人查尔斯·布考斯基是我目前最喜欢的诗人，为什么？不为什么，他写得棒，而且得自我们自己的发现，1995年，是我们首次将他带入中文世界的。以我目前的心境，谁也不讨厌，看谁都挺顺眼的。

8. 你希望自己诗歌的读者是多少人？以前你碰上的最意想不到的一个读者是谁？为什么？

我希望在正常阅读的意义上赢得的读者有10个人，而在误读的意义上赢得一亿读者。我的诗歌在每个阶段都会碰到我意象不到的读者，说两个大家知道的，诗人柏桦，他喜欢我的诗我并不吃惊，但圈中朋友吃惊者众，还有作家王蒙，他喜欢我的《车过黄河》。

9. 也读唐诗宋词吗（你最近写过很多新写唐诗呀）？最喜欢哪个古代诗人？从古到今，你喜欢哪个文人？

当然读，《唐》就是这种反复阅读最终导入细读的产物。

最喜欢的古代诗人是李白，只能是李白。

最喜欢的文人是司马迁，终于是司马迁。

10. 先锋（或者前卫、实验）和年龄有关系吗？是不是年龄大了就会保守起来呀？

和年龄无关，只和人的差异有关。我以为年龄大了应该开阔，不该保守——你经的事更多了呀！还有什么想不开的？不敢为的？

11. 如果不写诗了，你想写什么？如果不写作了，你觉得自己能干什么？想干什么？

人只有一辈子，对我来说，最不可能出现的就是上面两个“如果”，在写诗和写作之外，我还能干很多事，甚至能够干得很好，但这绝不可以构成我在这里奢谈人生的理由。

12. 上一个1万元（1万或以上，整体性花出去的）是什么时候花出去的？为什么事花出去的？

就在上个月，在瑞典，为家人购物。

13. 如果现在有100万，你会拿它来做什么？为什么？

请允许我不考虑这个问题，等我真有100万的时候，我不用想就知道怎么去做了。

14. 如果没有一切限制，你愿意生活在哪个城市？为什么？

10年前如果你提出此问，我一定会回答说：北京。对一个中国人来说，那是一座出名容易和最能够逃避孤独的城市。现在问我，我只能说：西安。它适合我个体的生存和写作，比较凉快的感觉也越来越符合我的心境，在这座城市里，我真是灵感无穷。

15．现在开什么车？或者，想买什么车？

现在不开什么车，也没准备买车。但我对自己有个要求，就是当我爱的女人想开自家的私车时，我随时随地都能买得起。时刻准备着！

（2002 年）

# 这诗，这人，这坛子

## ——与赵丽华对话

赵丽华：伊沙，我们可不可以先说一些轻松的话题呢？比如最近你有一些幽默的文章发在《喜剧世界》上，恰好我也喜欢那份刊物，也常在那上面发一些幽默文章。有时候我们还撞在同一期。你觉得幽默这个东西在生活中或者在诗歌里重要吗？

**伊沙：**绝对重要。我们说某人“没劲”，在某些时候其实就是直接在说他没有幽默细胞，说某作品“没意思”，其实也指的是它因缺乏幽默而了无生趣的状态。谢谢妈没有把我生成这种人，自然也写不出那种因乏味至极而使读者备受折磨的作品。但现在有很多假幽默的人，把“幽默”当行头穿在身上的一种人。前两天和一朋友聊天，她说：某某很幽默，会讲黄段子。我就很怀疑她说的某某是否真的幽默（通过对其作品的了解），因为据我所察，大部分善讲黄段子的家伙其实一点都不幽默——因为缺这个，所以只好借助黄段子来显示一点什么，不过是人前的一种表演罢了。

赵丽华：黄段子和幽默不是一个概念。但很多人会把他们搞混了。

**伊沙：**对。我以为真正的幽默是很高的智慧和很真的性情在日常状态下毫不经意地自然流露——拥有这个是天赐之福。具体说吧，我觉得我是一个真幽默的人，你呢？你是不是这样的人？

赵丽华：我？还差不多吧。平时说话少一些，倾听的时候多一些。偶尔夸夸其谈起来，那肯定是碰上了真朋友。如果说幽默，我想我是一个有内在（不是外在）幽默感的人。就是内心对什么都比较宽厚比较理解比较知道的那种。

**伊沙**：一种豁达？

赵丽华：说"达观"也行啊。说正经的，我最早看你东西是你那本《饿死诗人》。在当时那个情况下，这本书给我一些震惊。我感觉你那时候像一个针灸医生一样，特别有找穴位的能力。几乎每首诗都找到一个穴位。那时候诗歌界一片"麦地"狂潮。什么麦子啊、村庄啊、土地啊等等词汇铺天盖地。诗人们在生活中削尖了脑袋往城市里钻，可是一拿起笔，他们讴歌的又都是他们躲避的东西。这时候，你的《饿死诗人》出笼了。你大叫一声："饿死他们/狗日的诗人！"我感觉这个作品在当时那个虚饰文风（或者说伪文风）的特定时期有相当的必要。反拨一下吧。

**伊沙**：《饿死诗人》刚出版的时候，包括之前诗集里的诗散发各刊的时候，确实"震"了大家一下——一生中有过一次那样的经历，是我的幸福。前一阵子我在某网站的论坛页面上，看到一位资深诗人在评价一位年轻诗人的时候，用了"勇敢"一词，我看那个年轻诗人的诗真没觉出有什么"勇敢"可言的，不就是用了一些代表性器官的名词吗？当年我用的时候是我一个在这么用，这么写，现在是谁不这么来好像就不够"先锋"不够"时髦"似的，"勇"什么"敢"？

赵丽华："勇敢"很重要，但要看怎么个"勇敢法"。我记得你写马克思的那首，燕妮不在家，他乘机"把女仆按在地板上/这算不算/一个阶级/在压迫/另一个阶级"我想如果单纯写把女仆按在地板上而没有后面的两句,“勇敢”是够“勇敢”的。但充其量也就是一首“下半身”了。但后面的两句一下子就扎到穴位上了。这就是巴乔那种在球门前的丰富想象力和致命一击的能力。

**伊沙：**你说的这个是我长诗《风光无限》中的一节。让我想起沈浩波在2000年8月衡山诗会上的发言，他在那次堪称“勇敢”的发言中几乎“批”了所有人，但表扬了我，但有一段话讲得有问题（我不知道他现在是否已经意识到了）：他说我1995年前是反文化写作，1995年后进入身体写作——其实哪能分得那么清楚啊，写作比之理论的复杂在于他经常处于你中有我我中有你的境地，要说身体写作的意味，在我1988年《车过黄河》那个撒尿的动作中就蕴涵了，但那是一首在整体上又被当作是反文化的诗。你引的这节诗其实就包含了这个问题。你是在什么情况下读的《饿死诗人》？

赵丽华：我记不得了。在书店里看的。当时喜欢就买了下来。

**伊沙：**我是想借此了解你的写作经历……

赵丽华：我的经历很简单。不提也罢。1989年以前写过一些，1989年就不写了。这两年才开始写一些。开始写得不好，后来慢慢好了。

**伊沙：**我头一次读你的作品已经是近两年的事，但一看就知道你绝非新手，语言干净老道，是一种朴素的口语，抒情的成分较浓，写爱情的比较多。能否谈谈你的诗歌——用时下流行的“谱系”。

赵丽华：我没有什么“谱系”，也无帮无派，独往独来，闲云野鹤。高兴就写,不高兴就算。不怎么刻意。同志们说我是“横空出世”。格式同志说我是“一个从没有听说过的人这两年突然大放异彩”。

**伊沙：**你的出现的确有点突然。我最近在看《诗江湖年选》的稿子时发现，经过这两年，你已经写得更好了，真的很好！我看安琪编

“中间代”把你放头条，那就把你往这个“谱”里搁了。你怎么看？

赵丽华：安琪、黄礼孩都是我的好朋友。都是在积极为诗歌做事情的人。他们要弄一个出生在60年代的诗人们的合集。起了个名字，叫“中间代”。安琪的意思是给那些搞诗歌研究的学院教授们及那些写文学史的人提供一个可以参照的东西，或者，如你所说，叫“谱系”。安琪很可爱，你见过的。她信任他们。那些写所谓文学史的人。你信任他们吗？

**伊沙**：我要说不信任他们——我自己都觉得讲了句得便宜卖乖的姿态话！这种话还是留给“第三代”诗人去说吧，他们爱讲姿态话，爱摆姿态，姿态一摆，人顿时高大许多，牛B许多！骂也好夸也好，我被评论得那么多，在我们这代人中，甚至是最多的一个。我不能说别人的工作是全无意义的，就算别人做得不够专业不够科学，但于我也起到了面向一般群众的宣传效应吧？其中真正的道理是：别人的工作和我们的写作其实是两码事，他们做他们的，和我们没有本质上的必然联系。但如果“信任”是指你想到评论家的队伍中去找“知音”的话，那无异于去找死——我烦那种抱此目的而不得的人，反过来再咬上人家两口！

赵丽华：崔健说，在乐坛那些乐评人的地位太高了。其实在诗坛，那些搞诗评的人才史无前例地被捧到了高处。所以一些三、四流诗人改行做诗评，突然就了不得了。所以那些真正懂得诗歌的诗评家是很稀有的，很重要的。

**伊沙**：老崔讲话也是没有多少“下数”（陕西话，可理解为“准头”）的，我不觉得乐评人的地位有多高。老崔他是那种特知识分子的心理，就是老子出生入死不容易，怎么我做的这些让你们这帮乐评人几句就给“定论”了，“定”得不舒坦，他就不高兴，指出问题了，那就自然火起。自觉是“皇帝”的人，就开始喜欢身边的“太监”了——确实有一些“摇滚太监”——他其实是喜欢的，此种心理就是我与之数年前矛盾的缘起——不说了。诗评家的地位在诗界相对要高一些，但也不像你感觉的那么高，他们中的一些人的确是由三四流的诗人改行的，但从理论上讲似乎也不该因此而遭受攻击，难道说他们中从没写过诗的更有做评论的理由？评论是另一种专业，关键是他们在这个专业里专业不专业？

赵丽华：难道崔健没有道理吗？我是感觉有。还有你说他是知识分子心理，我不太认同。我喜欢他有怨气就发出来了。这样好，总比假惺惺的那种冠冕堂皇或者八面玲珑的发言让我舒服。不过你的这句话我赞同：对于搞评论专业的那些人，关键看他专业不专业，这句话换成哪个行当都有道理。

**伊沙**：已经接近真理了。

赵丽华：我听说今年世界杯，你写随笔猛赚了一把稿费？同志们说至少要有大几万。我读了一些，很喜欢。我感觉你写随笔啊杂文什么的很有一套，出手也快，找点也准。

**伊沙**：小赚，不像外界传得那么邪乎——还有人说我一个月赚了十万呐！随笔杂文现在成了我的谋生手段了，我不是真的关心它们写得好不好，但因为你的素质在这儿，你的职业态度也在这儿，所以它们也不大可能被写坏。在这一点上，我可以说是洒脱至极——不把这个当事儿的。我在紫衣侠编的报纸看到你的文章说自己是“伪球迷”，讲讲，“伪”到什么程度？有没有比中岛更“伪”？

赵丽华：我怎么能够和中岛比呢？中岛即便是个“伪球迷”，那也还算是个“球迷”呢！世界杯期间，他一场不拉地看球，特别地认真，他对结局的预测尽管夸张一些，但我倒宁可认为他是在幽世界杯一默呢！我是真正一点儿不懂足球。我还是把佟声这首《伪球迷》复制一遍：

哥们儿　千万要记住　无论是左面还是右面　罚点球的时候　吃红牌的时候　腿抽筋的时候　摆乌龙的时候　大比分领先或者落后的时候　球员和球迷打架闹事的时候　尤其是看台坍塌的时候　请一定要在第一时间叫醒我

**伊沙**：哈哈，这首好玩！

赵丽华：我当时写那些文章是编辑们约足球稿子，勉为其难写的。编辑们说大家比较欢迎女作家女诗人谈足球，说些外行话也可以，说些傻话也可以。不过挺好玩的，《江南时报》搞了一些，《诗选刊》选了一些，都挺好玩的。

**伊沙**：在那个世界杯月，好像所有会写字的都做了球评家……

赵丽华：形势所迫啊！我最近看你东西感觉太日常化了一些，主要是量大的缘故。好比冲果汁，水放得多了，味道就会淡一些。你每月都会拿出一批东西，这个量是很大的，这就不可避免地出现流水账式的东西。你觉得呢？

**伊沙**：你说的是我诗中的日常主义还是我写诗这个行为的日常化？我想这是两个东西。我想听你具体讲。

赵丽华：两者都有。你不可否认你诗里面的日常主义吧？不过日常主义我不反对。这样更贴近生活一些。把“写诗这个行为日常化”就累一些了。有时候难免为了写诗而写诗，勉为其难一些。你觉得呢？

**伊沙**：两年前，当“盘峰论争”在纸媒上烟消云散之后，我的朋友李岩跟我说：“我发现在和知识分子的斗争中，‘日常生活’不是你的武器。”我当时很激动地对他说：“你说得对！”查那时候的文章，你就会验证他所说的。于坚、沈奇、杨克、谢有顺、张柠等人都在反复大讲“日常生活”，唯独我没有。因为我觉得“日常生活”是“第三代”在反拨“朦胧诗”时所打的策略牌，也许它对打击“知识分子”的“乌托邦”也仍然有效，但我以为诗歌（甚至包括所有的艺术形式）在本质上是反日常的，诗歌材料的日常化和诗意呈现乃至诗歌精神的反日常——是我的方式，我打一开始就特烦“第三代”的“生活流”，我以为真正的诗意只在日常生活某些瞬间的高峰体验中，所以我在刚写的一篇谈口语诗的文章中讲到了这么一种现实：口语诗已从前期的日常主义走入到后期的高峰体验。至于写诗这个行为的日常化——我以为这是一名诗人职业状态的外在表现。如果你的“作品意识”强，那就是一首诗一首诗地写，自然不会写成日记和流水账，写坏了扔掉，写好的留着——这才是写作的正常生态，只有写少的人才会有首首精品的幻觉，诗这东西没那么娇气，多写点写不坏的，人脑子肯定是越用越灵，当然这也是因人而异，我就是感觉多，有什么办法？憋着？艺术王国大概是不把计划生育当作“基本国策”的吧？

赵丽华：我倒是欣赏你写作的松弛态度。不拿劲儿，不故作姿态，不端架子。我也一直喜欢把沉重的生活轻松化，把复杂的世界简单化的东西。

**伊沙：**前一阵我在魔头贝贝的一组诗下面留话，我没有直接谈对他的诗的看法，我建议他去看电影《美丽人生》——那部电影就有你说的意思：把沉重的生活轻松化。至于你说“把复杂的世界简单化”，我想这和我无关，我的诗一点也不“简单化”。但如果“简单”是指诗歌艺术的形式特点，那么李白也是一种“简单”，王维是另一种“简单”，我就可以接受。

赵丽华：我看了你自己比较看重的《唐》系列，有几百篇了吧。这样的写法是否会形成一种模式化呢？这样有意义吗？

**伊沙：**我写《唐》，这一举措本质上的疯狂比外人感受到的强烈得多，我是在和中国诗歌“黄金时代”的所有大师玩拼刺刀啊！起初的动机有两点：一个是低调的——我因为以前的诗歌老被人钉在“后现代”这根柱子上，但我自知没有“现代主义”，没有“后现代主义”，我一样可以做诗人——我身上潜在的另一些东西远远没有被开掘利用，我一直是知道的。另一个是高调的——我这人是真自信：我就是觉得自己特聪明，特智慧，特有才情（是，光说才华还不够）！我就是愿意直面所有的“庞然大物”！

赵丽华：我就是一直觉得我自己特聪明，特智慧，特有才情。想不到你也一样。呵呵。

**伊沙**：别笑啊！我就是想和最好的比：跟李白、跟杜甫、跟王维比，比不了也要比！我不认为这样的写法会形成模式化，你仔细体味其中的变化多端，大大地狡猾！很多人只注意到我狮子的一面，其实本质上我是属狐狸的。至于意义嘛，在我的《唐》里——你看，被五四文人夸大的古代汉语和现代汉语的那个“鸿沟”还存在吗？今天的诗人不应该用自己的写作成果去验证这一点吗？另外，你看我个人的现代汉语（有着很强的口语意味）有着多大的承载力，它什么装不了？——而这不是现成的，是我努力做到的！——你能说这没有意义吗？

赵丽华：你这句话好玩：“很多人只注意到我狮子的一面，其实本质上我是属狐狸的。”你哪里有那么狡猾？你一发言，总是有得罪人的地方。这一点和我一样，永远不会八面玲珑。不可否认，你诗里面有很强的承载能力。但是，你非要跟李白、跟杜甫、跟王维他们较劲，这一点我不赞同。真的，到最后你会发现你费力不讨好。这不是逾越不逾越的问题。

**伊沙**：我说的“狡猾”是诗内的，诗外怎么都可以……我不明白你说的“费力不讨好”，因为这其实是无功利可言的——或者说是“大功利”——有“大功利”思想的人才能在行动中表现出“无功利”的状态，我只是想把诗写好。

赵丽华：我偶尔会喜欢你猛然温情的那些。比如你6月的那组里面，有一首写在西湖看到一对情侣，你可能想到什么了，“我的眼睛里起了雾”。一般读者都这样，看习惯了你不在乎的一面，你突然在乎一把，大家会觉得很新鲜。你究竟想起什么了呢？

**伊沙**：在时光中流逝的东西，美好的东西。我在那首《夜西湖》中说：像上辈子的事。又说，上辈子就在湖对岸。请原谅，我不能说得太具体。有些事情，是你自己也说不清楚的。

赵丽华：你好像说过“老婆独一无二 / 情人可有可无”之类的话。我记不太清了。你怎么看待老婆和情人的问题。如果你有情人，怎么摆布她们的关系呢？你看我这个问题是不是有些像三流小报的记者？这个问题你要觉得不好回答的话可以拒绝回答。

**伊沙**：哈哈！赵丽华同志，你知道我是个人人皆知的“大炮”，管不住自己的嘴对不对？特别是遇到这种话题的时候。首先我要说，我没写过那么庸俗的两句诗，我的原诗叫《生活者》，共有五句：“我现在终于拥有了 / 我过去想要的生活 / 朋友从不贪多 / 情人可有可无 / 敌人遍布天下。”这诗是两年前（2000年）写的，写的也是完全真实的心境，也是我基本的一个人生态度——我人生中的很多东西在我18岁初恋时就被决定了，因为在此之前我已经决定要做一个泰戈尔式的诗人。其次我想说，我是特别特别特别不想让别人谈论我的私生活，我在诗里写了，我希望自己“没有故事 / 只有诗”。如果别人看到听到了什么，只能说明我的失败，其实我就是非常非常非常失败，所以也没资格谈什么体会了。过去我认为一个诗人在这个庸俗的“坛子”里没有绯闻是骄傲的事，而不是相反——现在我还这么认为！呵呵！同样的上述问题，我也想提给你——当然你也可以拒绝回答的。

赵丽华：你要反问，我是不会回答的。我要从现在开始长点心眼。我喜欢你“没有故事/只有诗”这句话。是啊，没有故事，只有诗。这话很智慧。我得记下来，以备不时之需。

**伊沙**：我总是一不留神就名言迭出啊！是不是？

赵丽华：是啊。啊还有，我知道你老婆是你同学，也一同和你一起翻译布考斯基的诗。我读了一些你们译的布考斯基的东西，比较喜欢他那首《一点儿原子弹》，其他的我都不是太喜欢，可能是写作风格和个人审美差距的原因。你和你爱人怎么想起共同做这个翻译的工作呢？

**伊沙**：我和老G翻译布考斯基的事我已在《布考斯基诗选》的《译后记》中写清楚了，这本将要出版的书算是我们互赠对方的一个珍贵礼物，是近七年来我们感情历程的一个记录。配合？是的，我们在这件工作中配合得天衣无缝，我相信从这本书开始，我们将证明自己是中国最好的诗译者之一。

赵丽华：这么严重啊！不过祝福你们

**伊沙**：谢谢！因为我们相爱，爱有点儿太多了，所以有时候我就有点儿仗爱欺人。

赵丽华：哇，更严重了！不过仍然祝福你们。

**伊沙**：我听说你先生是位领导同志，能否透露一点你们的感情生活？

赵丽华：NO。我不说。这属于家庭隐私。要绝对保密。

**伊沙**：看来你比我严重啊！夫妻之事，但说无妨。

赵丽华：前几天我开一个会。一个写小说的女孩与我同居一室。她问我：“你给你的婚姻打多少分？你对你的婚姻满意吗？”我说：“等你结婚以后再问这样的傻问题吧。”后来我发现她问每一个与她聊天的人。

**伊沙：**这个问题这么不好回答吗？

赵丽华：怎么说呢？你要说你满意吧，肯定有的是比你更满意的。自己夸自己，挺傻的。你要说你不满意吧——我凭什么跟你们说我不满意？我跟你们说了我就满意了吗？

**伊沙：**看来你也是想做狐狸……你丈夫读你的诗吗？

赵丽华：他工作很忙，一般是没有时间读诗。这次年代大展，他蹲厕所的时候看了看。他看了以后到我屋子对我说："我发现我翻来翻去，还就我老婆的诗好。"我仔细观察他的表情看看他是不是又想涮我。我说："那你说我怎么个好法呢？"他说我那个《华夏里 3 栋》。说华夏里 3 栋飞走了之后，华夏里 2 栋和 4 栋会惊讶地大叫，或许佯装不知，乘机向中间歪斜一点点，就这儿好。后来我看他夸到点子上了就有些忘乎所以。我就矫情地问他："看了这所有诗人的照片，我在其中算不算一个美女？"他看了看我，说："你是个美女。"还容不上我满足 3 分钟，他又接着说："你给我多少钱呢？"我说："我为什么要给你钱啊？"他说："那你逼着我说违心的话，你不付出点儿代价怎么行啊！"

**伊沙：**他这么幽默？

赵丽华：呵呵，不说这些了。老夫老妻的，没意思了。对了，前些日子你和于坚、尹丽川去了趟瑞典，是什么机构组织的这个活动？资金怎么个落实办法？去了几天？见了哪些外国诗人？详细说说。

**伊沙：**邀请我们的是瑞典奈舍国际诗歌节，这是一个常设机构举办的传统诗歌节，迄今已经举办了 16 届，这是头一次邀请亚洲的诗人参加，我们很幸运，资金都是诗歌节组委会出的，我们去了 10 天，诗歌节是 4 天，其他时间我们去瑞典各地朗诵和旅游。诗歌节上见了很多来自各国的诗人，可惜我到现在也搞不清楚他们的名字。诗歌节结束以后，我们去斯德哥尔摩附近的龙马屋岛上拜见了瑞典国宝级的大师特朗斯特罗姆，值得一提。

赵丽华：你们走的时候沈浩波写了一首诗，写送你们去机场的感想，有些“天将降大任斯人也”的样子。我和他有同感，愿意你们出去，把我们的汉语诗歌带出去，与更多的人交流，让更多的人看到。

**伊沙：**对，沈浩波那首诗我不是从网上看的，是从北京走的前两天，他和下半身的一帮小哥们请我们吃饭，他当众朗诵的。那首诗肯定不是他的好诗，诗中流露出的征服意识，我也是不赞同的。

赵丽华：但我感觉他写得不错，很真挚地希望你们出去好好地把我们的现代汉诗发扬光大。

**伊沙：**是。小沈是非常懂行非常敏感的一个人，他知道我们出去会和那些知识分子不一样，果然不一样！我们在国内讲的那个“直指人心”，在国外几乎是效果更好地做到了。在那种诗歌节上，每个诗人都会赢得礼貌的掌声，但我的效果完全不同，我听到了爆笑也看到了震惊的表情，感受到了来自同行的一种心悦诚服的尊敬。语言的鸿沟被我们蹲在家里的人夸大了，他们完全能懂我的诗。

赵丽华：我现在感觉国外的东西翻译进来的比较多。我们自己的东西翻译出去的比较少。我总感觉应该有一个什么机构专门做做这个事情。这个事情的意义从长远看是很大的。你感觉我们国内的诗歌比外国的差吗？

**伊沙：**情况确实如你所说的那样。但作为写诗的我们肯定是无能为力的，现在谈这个只能是奢谈。我感觉我们国内诗歌的优秀部分与外国诗歌相比，不是差不差的问题，是比他们更好的问题，我们在译本中读到的外国诗人都是他们几百年才出的几个大师而已——其中相当一部分也就那么回事，所以没什么可自卑的——或许这正是我今年瑞典之行的最大收获，太有底了，写吧！

赵丽华：好吧，那我就更有底了。

**伊沙**：我顺便想问问你最喜欢的外国诗人有哪些？

赵丽华：我喜欢的有那么几个：女的有席姆博尔斯卡、玛格丽特·阿特伍德、西尔维亚·普拉斯、格尔玛扎塔、狄金森等等。

**伊沙**：怎么没有阿赫玛托娃？那么男的呢？

赵丽华：我读她的少一些。有机会我会细致地读读她。我更喜欢现在仍然活跃在国际诗坛的还不算太老的诗人。男的我更喜欢史蒂文森、罗伯特·博莱、默温、埃利提斯、博尔赫斯，等等。

**伊沙**：怎么没有艾伦·金斯堡？

赵丽华：我感觉他的东西适合男同志读。是我的偏见吧。还有，我知道你的儿子吴雨伦是个聪明小子。听说他下棋能把很多高手斩于麾下。他下网上军棋吗？让他好好练练，有机会和我比试比试。我写过一个文章叫作《找个笨蛋下盘棋》，推荐给他看看，激发一下他的斗志。

**伊沙**：我儿子迷过一段中国象棋，在少年宫学棋，前后有一年时间吧，可是现在已经过去了。五一长假我和妻子带他去兰州、西宁两座城市旅游时，在他的要求下，我们还满街找老头来和他下，给人钱求人家跟他下，当然等他赢上一盘老头就急了，我们就什么都不用管了。可是现在，他棋都不摸了，上一次在电视上看到胡荣华，他还来幽默的："哈！我现在连胡荣华都不认识了。"

赵丽华：呵呵，这小子口气挺大的。

**伊沙**：他现在迷的是天文地理，每一段都有迷的。他有多聪明我倒没看出来，但那个干什么都那么容易上瘾痴迷的劲头，显然得自于我的遗传，挺好的，我知道他活得很开心很快乐，这就挺好。前两天安琪来西安玩，她告诉我一个诗坛现象：男诗人都生儿子，女诗人都生女儿——她说她是女儿，你也是个女儿。谈谈你的公主吧，咱们都是“孩儿他爸”“孩儿他妈”的人了，顺便交流一下育儿之道。

赵丽华：我女儿那就别说了。是极端聪明的那种。她妈妈就够聪明了吧？她比她妈妈可聪明多了。

**伊沙：**是吗？

赵丽华：黄礼孩编的那部女诗人合集上有我对我女儿的具体赞美。《喜剧世界》上也有。

**伊沙：**我再找来读读。

赵丽华：前几天，她上课。班里几个最调皮的男生因为课堂打闹被班主任罚到教室外面站着去了。这个班主任特别厉害。这几个调皮孩子不怕别的任课老师，就怕班主任白老师。因为这节课是别的老师，他们几个就有恃无恐，在教室外面嗷嗷叫。老师急了，就说：“杨若，你去办公室把白老师叫来！”杨若就是我女儿。我女儿恰好最讨厌给同学打小报告。去叫白老师，无疑会得罪同学。不去吧，老师那儿怎么交代？再说她又是班长。这是两面不讨好的差使。她一边向外走，一边想对策。她来到办公室，看到白老师坐在一个角落打电脑呢，就没有说话，悄悄回来了，跟任课老师说：“白老师不在。”但她又想，马上就下课了。任课老师下课后回到办公室，自己的谎话不攻自破。这怎么好呢？后来她灵机一动，和同桌要了红颜色笔，把一团纸弄红了，捂在鼻子上，说：“老师，我流鼻血了。”老师让她到外面自来水去洗。她到教室外面，把那几个同学批评了一顿，说：“你们怎么能这么干呢？已经在外面站着了还不老老实实的。如果我刚才真把白老师叫来，你们想想后果？叫家长是便宜的，她脾气那样你们不是不知道，开除你们都有可能。”这几个孩子忙点头哈腰，说：“姐姐，你说我们怎么感谢你吧！请你麦当劳？”我女儿说：“那倒用不着。你们好好学习，遵守纪律，少让老师生气就行了。你们也不想拉咱们班后腿吧？这样，一下课你们就堵住老师，跟她承认错误，尽量拖延时间，不让她回办公室和白老师见面。如果她和白老师一沟通，我就死定了。”那几个小子心领神会，果然一下课就和老师承认错误、打保证，老师都感动了，没想到这么冥顽不化的几个调皮鬼怎么突然幡然悔悟了呢！

**伊沙**：这事糊弄过去了？

赵丽华：糊弄过去了。但是我听她这么一讲，我也有忧虑了，她小脑瓜太好用了。如果她也这么糊弄我，我有几个脑袋也不够她糊弄的。

赵丽华：你的本职工作是怎么样的？和写作冲突吗？我特别喜欢兼职的状态，有点进退自如的感觉。你以为呢？

**伊沙**：每周给学生上8节课就是我的本职工作，两个整上午，其他时间（除了偶尔开会）都属于自己。看来，我真有先见之明啊！放眼一看，没有比高校教师更适合写作的职业了，而我们分配那会儿，谁愿意主动去高校教书呀？它唯一的缺点就是挣得太少（近一年似乎有好转迹象），养家糊口难以从容，所以就需要去外面做兼职，但兼职也要考虑那些占时少的，我在《文友》那三年搭进去的时间多了点儿，但那好歹是本跟文学有点儿关系的杂志，我愿意付出。目前我在西安电视台《纪录时空》节目做特邀主持人，平均到每周，也就一个上午的录制时间。前两天朱剑、黄海这两个“70后”还在跟我诉他们各自的苦——班上得太多了呀！确实，我目前的多产状况，首先应该归功于这个“物质基础”。你的情况怎样？我听说你在《诗选刊》也是兼职性的，说说。

赵丽华：兼职是相对好玩的一种状态。《诗选刊》编辑部气氛比较好，我很适应。当然也因为我一两个月才过去那么一次。我廊坊这边还有工作。如果真正在编辑部我想可能就没有这么轻松了。郁葱主编人很好，他的部下都相对自如一些。

**伊沙**：说到郁葱先生，我想起一事儿。《诗选刊》的前身《诗神》和我是没什么关系的，我在大学读书时曾经参加它的一个大奖赛而且还获了奖，获奖作品就发表在1989年的某一期——那也是我在《诗神》唯一的发表记录。90年代初我也自己投过稿，石沉大海啦；后来也有一两个编辑约过几次稿，结果都是“主编不批”。

赵丽华：呵呵。真的？发出来了是编辑的功劳。发不出来就可以推到主编头上去了。我也这么干过。

**伊沙**：所以两年前接到郁葱先生的来信我是挺意外的，回答刊物提出的最后一个问题时我还在耿耿于怀——我说：十年来《诗神》对我也太不待见了，希望《诗选刊》纠正这个历史性错误——尽管语气是在开玩笑，但我想至少这个回答不会发出来，没想到最后还是一字不落地发出来了。由此也可见此人的肚量。代我向他致意！

赵丽华：好吧。我感觉他作为一个最好的诗歌刊物主编，的确为诗歌做了很多切实的贡献，也因为发表一些比较先锋的诗歌而担了很多的责任。他是很值得敬重的。

**伊沙**：另外，我觉得你在这两年中也为工作受了不少委屈，我在网上看到有些孙子真是挺猥琐挺下流的，不就是作品没被采用，还有一些人，明明没他（她）什么事，甚至就没搞清楚事情的原委，为凑一时气氛也跟着骂人……

赵丽华：这个事情不说了。真正最优秀的最有品位的人集中在诗歌界。而真正下流无耻的最没有品位的人也混迹于此。一直以来，诗歌鉴定标准的模糊促成了这种现象的形成。有些人以为随便那么分分行就是诗歌了，发表了那么几首诗就是诗人了。尤其是在网络这种没有门槛的东西上面，可以把一个人的人性之恶和功利心调动到极致。不过没有关系，由着他们去吧。生活中没有的、欠缺的，他们要到网上去追寻。你总要给他（她）一个发泄的地方。对这样的人，你不理他就是了。常言说无事才生非，我们属于事情比较多的那种人。有很多的正经事情要做，哪有闲工夫搭理这些。你从街上走，一条疯狗冲着你吠几声，想引起你注意，你说你有什么道理和它好讲呢？

**伊沙**：又是岁尾，依照惯例，咱们似乎也该总结一点什么。前几天沈浩波给我打电话，想让我给《诗江湖年鉴》写篇“年度总结”，我因为今年评论式的东西写得有点超量，有点腻，就推掉了。

赵丽华：我也是怕这种东西。一弄总结，头就大了。

**伊沙**：他之所以想起请我来写，是因为我在看《年鉴》稿时发表了一个感想，在此可以聊一下——我认为自“盘峰论争”之后重新划分过的中国诗歌的实力格局（不是势力，是实力，对势力我从无兴趣）面临着再被划分的现实——其大致的方向就是“划”向个人——用前两年盛行的“第三代”怎么着，“中间代”怎么着，“70后”怎么着，然后各自拉一个大名单的方式已经说明不了什么了。比如我在看稿时的兴奋点都是由具体的个人激起的，而不是哪拨人、哪代人。

赵丽华：由这个“拨”、那个“代”，而顺理成章改为去关注一些具体个人是必然的一个趋势。

**伊沙**：比如张玉明是个“点”，但他绝非“新人”，而是一直坚持自网上新冒出来的“老人”，今年已经36岁了，代表这种现象的另一个人是云南的艾泥。比如莫小邪是个“点”,她就是当其时的“新人”,但如果你硬把她说成是“80后”的代表我就觉得很扫兴，她只代表富于天才性的她自己,同一种现象还有北京的溜溜,她大概和“70后”也无关联。比如管党生是个“点”，这个“点”的意味在于：不论这个人过去写得多么糟糕，不论他为诗歌所做的文化准备还怎么有欠完备，都不影响他在十分边缘化的一个狭小空间中的率先突围，这种诗人大概应该被称作“偏才”，墓草也当属此种。去年的“新人”篱笆、水晶珠链在我这里延续了兴奋，鲁布革、魔头贝贝的一部分也是如此。“70后”成名诗人马非、沈浩波百炼成钢,颇有意味的是这两条“汉子”都曾被我在不同时期认作是“笨人”，为什么我看到了“汉子”气壮而“才子”气短的现象？我已经不敢用多余的词语来说明巫昂了，容我只说一句：她也是一个“点”。岩鹰、徐江、殷龙龙、阿坚、余怒健康正常地持续着,网络也只披露了他们是年成果的一部分。“老于坚”仍然是大家的好榜样，在《长安行》中，大家见识了他未停的“动”；在《瑞典行》中，大家又见识了他坚实的“不动”;《便条集》仍在增长着……好了，我讲得够多了，我想请你从这一年日常看纸版稿的经验也谈谈——谈谈这一年……

赵丽华：我不知你读到我们《诗选刊》12期中国年代诗歌大展没有？这里面不仅集中了各个年代、各个流派的代表人物，同时也推出了大量让人兴奋的新人和被埋没的好诗人。

**伊沙**:这期不错。前几天荷兰汉学家柯雷来西安，我还送它一本，我意思是：你可以看看目前的最目前的状况……

赵丽华：我总感觉作为一个诗歌编辑的更宽泛的阅读、包容态度和作为一个诗人的极端化写作像一个矛和盾驻扎在我的脑子里面。表面看它们是对立的，其实它们在我的内部平衡了我，稳住了我。我不说我自己了。我很喜欢现在一些优秀诗人近两年的作品。比如盛兴的《春天的风》《满身油漆的人也可以耳鬓厮磨》《一个莽撞的冒失鬼》《铁轨铺到哪儿》等等。铁轨铺到哪儿/火车就开到哪儿/火车开到哪儿/哪儿就有卧轨自杀的人……人一旦卧到铁轨上/我们就无法阻止火车隆隆开来。

**伊沙：**哈哈！你对盛兴大概已经属于“滞后阅读”和“滞后喜欢”啦！我倒更喜欢两年之前的他，那时候我以为他会领衔一个时代呢！这两年他冲力不足缺乏霸气的弱点暴露了，总的说来还在优秀者的行列里，但肯定已经不是最好的了。天资同样很好的朱剑也是如此，写得小，气弱，以前的机智已经变成一种很死的思维定式。

赵丽华：竖的《落地窗帘》《老太太哭了》《和一个混蛋去埃及》也都不错。沈浩波不仅理论文字很犀利，你刚才说他什么来着？百炼成钢。这个词不错。他有些诗也漂亮。比如《炉灰之城》《给自己的献词》《词语的变迁》等等。他也有球门前丰富的想象力和临门一射的本领。竖和沈浩波是两个向度，但是都不错。轩辕轼轲前两年有出色表现，比如他的《我和人群的暧昧关系》等等。出手硬朗、老辣。但今年不行，有些走得太过的感觉。他肯定不想写泛泛的东西了，也不为了一些人的肯定或者发表而写。这一点有些像李红旗。有时候我本身也疑惑，写得太过了大家就不理解了，泛泛地写又没有什么意思。

**伊沙：**竖有才情，不是很大但肯定有——这使他目前还没有被“废话写作”（或叫后非非或叫橡皮）框死，以后很难说，性情至上者都很难说。沈浩波我已说过。至于你说的另外两人，一年没见一首诗，那还谈什么？事情就是这样有趣的：既然当初节奏是被70后带快的，那么现在就到了他们自己承受这个压力的时候，撑得住的人就撑，撑不住就靠边站。

赵丽华：马铃薯兄弟和马非的也不错。马非有一首诗说天空越来越灰暗与他长期低头有关。

在过去，他常常仰望的时候天空是蓝而透明的。我在网上看这首诗的时候忍不住地想跟着叫个好。因为我也有这个感觉。天空越来越灰暗了，跟我赵丽华的长期低头难道没有关系吗？

**伊沙：**你说到马铃薯兄弟我还想到陈傻子，他们都是江苏的嘛！我觉得他们都有不错的实力，但都因为个人的特点不够鲜明而有些被“埋没”。马非我前面谈过。

赵丽华：女诗人里面宇向我喜欢。她骨子里有一种开阔、自如的东西。这可以使她不拘泥于一些小感觉和小情爱。更小的诗人(80后)我看好木桦和水晶珠链的。木桦是个绝望型的诗人。是个天才。但他的起落会比较大。水晶珠链正是爱情撞腰的时候，不知她能否把这个状态持续下去。我还对另外一种写法的诗人有偏爱，比如吴晨骏的一些。比如丑石和恶俗。那种骨子里的感觉是我喜欢的。

**伊沙：**宇向我也注意到了，不错的。可我担心——我下面就算胡说了——她老公孙磊（对不起了，我的朋友！）老用大观念吓她，最后搞成一种模棱两可不够鲜明的东西，生命的感受是自己的，文化的观念是老公的。水晶珠链前面说过。就这一年来说，木桦还不及水木菁华，土豆还需成长，恶俗我无印象，至于你说到的那位“老同志”嘛，我只想说大概女人善于发现平庸者的优点，男人则会认定：平庸就是平庸，永远平庸！

（2002年）

# 从写作到生活

## ——《甲壳虫》杂志访谈录

### 一、关于批评与被批评

朱白:在您提及“第三代”的一些言论中,可以感到您的一种“烦”的情绪，您能就这个问题具体谈一下好吗？或者说解释一下。

**伊沙**：呵呵！“烦”——概括得好！也很微妙，还就是“烦”。你比如说我在早些时候读到朵渔写的一篇文章,呼吁“70后”向“第三代”学习,该文还论述了为什么要向“第三代”而不向“朦胧诗”“中间代”学习，我就觉得很“烦”。因为什么呢？整体上的“第三代”作品对我这个读者来说是一些很早很老很旧的读物，对我这个职业诗人来说更多是业余诗人的偶作，很久以来就在图书馆里摆放着，读当然可以，但怎么一下又要成为下一代人的阅读新方针呢？而且“第三代”目前已变成了一个空壳概念，原先待在里面的优秀诗人压根儿不需要它，抱住不放的都是一些平庸者和胆小鬼，以显示资历总算够老——你说，它除了这点遮羞布的作用，还有什么实质上的意义？

朱白：高效和独特常常被您体现出来，当一些人还在反对“知识分子”写作时，您又开始了对“第三代”的“策反”，或者说得温和一点儿，是因不满而提出更高的期望。能在这点上谈谈您的看法吗？

**伊沙**：首先我想说明我个人对你提到的这两个概念的理解："知识分子”其实就是“第三代”的一部分或者说其中一支——80年代的“第三代”本来就分“前口语”和“后朦胧”这两支嘛！而且人也是一代人，为什么要否认这一点呢？你看杨黎和孙文波就很有当年建立起来的“革命友谊”嘛，一起玩得不是很好吗？

其次就是你说到的“策反”，对我这个人来说，“反”就是“反”，0.1秒就决定去做的事情，从来不用什么“策”——事实也是如此，不信打开我的随笔集《一个都不放过》、诗集《野种之歌》（后面的诗论附录），我对“第三代”（包括“知识分子”）的批判，90年代初期就写了文章。

至于你说到“更高的期望”，我可以坦白地说，如果我对别人还有“期望”，我绝不会把这“期望”给予整代人——小而言之：一群人。那样的话，你任何良好的期望都势必落空。

朱白：您提到过“愿意直面所有的‘庞然大物’”，这在您近年的一些言论中可以看得出来，比如近几年网上的几场争论。这除了您一些善意的期望外，是否还有上述的一些心理因素在起作用？

**伊沙**：我不是在网络时代匿名拍板砖的风气中才开始批判一些人和事的，也不是在骂骂人就可以出风头的时代开始的，所以你说的心理因素在当时只存在于一点：勇敢与否。我最初不是先解决了这个问题而是直接跳过去的——就是别人背地里私下里骂我把我骂急了，我记得90年代初的那两年，每一个去北京的人回来都告诉我，这个人怎么骂你，那个人怎么骂你，我一统计几乎所有在当时有名有姓的北京诗人全都骂过我，那好，我也就甭客气啦，我给丫来一光明正大的！这么就开始了，一骂而不可收。

朱白：在前一阵子您对杨黎的批评中，提到杨黎在重复他的话，其实在这里面还是看到了一种意见相悖的观点。那么您看重和喜欢的诗人呢？或者干脆就谈于坚、杨黎、韩东，谈他们“不到位”的地方。

**伊沙：**我当时在网上——在橡皮论坛——在杨黎的“家”里说他“重复”那是客气，你可以翻他近年来的所有谈话——全像出自一份统一的文件——什么文件？橡皮帮X号文件。可怕啊！这很像是1995年后“知识分子”的搞法。还有一种可能：一切出自杨黎的贫乏——他这人真是贫乏。

至于你说的后一个问题，不是“不到位”的问题，是每个诗人——说穿了是每个生命体都有其自身局限的问题，让我说我觉得于坚的诗歌需要多一点“无理”、韩东的写作需要多一点“淫乐”、杨黎嘛——问题是全面的：他得趁老之前赶紧多读一点书，补习一些文化，开阔一下视野和胸怀，一个中文版的罗布·格利耶，不够！这是精确制导的时代，一把薄片刀还能耍什么？

朱白：您的一个很尖锐的观点就是“平庸就是平庸，永远平庸”，平庸是否一种气质而与学识和阅历无关？在您看来，平庸的人是不是真正不能靠近或融进诗歌呢？

**伊沙：**平庸与否不仅和气质甚至和血气相关。从理论上说，它与学识和阅历无关，但问题是：没有学识和阅历的人如何表现他的不平庸——去杀个人吗？去当把肉弹把自个儿和别人炸上天吗？愚蠢地敌视学识和阅历是“盘峰”之后弥漫在所谓“民间”的歪风邪气，这帮傻孩子打死他们都不会知道老子当年是怎么跟知识分子吵架的，多骂对方几句“垃圾”吗？多揭露对方私生活上的一点隐私吗？——

相反，“知识分子”正是这么干的！你们不号称是“知识分子”吗？老子就跟你们玩掉书袋——结果扯掉了他们的裤带，露出了身体缺陷一二三。

再说平庸——真正的诗歌从来也将永远拒绝平庸者！

朱白：网络使人与人之间交流变得容易起来，但是一直以来却存在着一种仿佛难以解决的沟通障碍，这使得许多人与人交往出现了误解，从争论到失去理智乃至朋友反目。在这里您愿意说明、解释一下过去的几次跟您有关的争论，或者有一些愿意说的话吗？

**伊沙：**小朱，我提供一种说法，你相信吗？——某某和某某某本来有伟大的友谊，是网络上的误会让他们丧失掉了。你肯定不信！所以网络上的争吵绝不会影响真正的友谊，倒是可以伤及一些很表面的关系。

跟我有关的几次争论？不好意思，我吵得太多了。能记住的是最初的两次：“沈韩之争”中，我站在沈浩波一边跟韩东吵，后来在网上跟老韩公开和好了嘛！又过半年跟小沈吵，我可以公开讲一下我跟小沈和好的情景：我去北京，符马活打我手机说要请我吃饭，我去侯马办公室等着，结果看到沈浩波、符马活、南人三个家伙走过来，我对小沈说的第一句话是：“听说你做书发了财？”之后到一家饭馆，坐下来就聊诗，什么也没发生过一样。我喜欢这样，我希望所有跟我吵过架的人咱们将来都能这样。好，就这样。

朱白：还记得1999年您“密谋诈死”的事件吧？当您“坐缆车游览时摔死了”的消息传出来后，那么多的朋友为您悲伤，作为一个诗人的重要性也突然显露出来了。您怎么看这件事？

**伊沙：**没有没有，“密谋诈死”完全是以讹传讹，我当时不是在衡山开会嘛，我还被安排做重点发言。有几个年轻的不爱听会就跑到隔壁的网吧，想开个善意的玩笑就在网上发了这么个“消息”，沈浩波知道后就在会上一讲，大伙哈哈大笑，我这才知道。从网上看到的朋友就当了真，有赶紧打电话来问的，我们离开衡山时，远在北京的侯马、车前子打电话给我旁边的中岛，听到我声音侯马在电话中号啕大哭——那是我兄弟呀！听说尹丽川也哭了，打电话告诉了韩东他们，还在电话中把小沈臭骂一顿，韩东事后告诉我说弄得老顾（前）挺难过——真的，让朋友们无端难过搞得我也很难过，所以不大愿意说这事。

朱白：关于“朋友交往”，总让旁观者有一种感觉，就是您有时候处于受伤害的位置。倒不是说这其中有什么真正意义上的伤害，这是不是说明您对友谊看得太过极端了呢？

**伊沙：**你感觉得挺对，我是很容易受伤。怎么说呢？我是对“朋友”这个称号看得比较重认得比较真的人，但后来发现了这个词在每个人那儿的轻重不同意义也不一样，你认为人家是朋友，可“朋友”在人家那里不过是“关系”或“认识”的代名词，甚至是人家出于某种利益需要或做人策略的考虑故意这么叫你的，于是受伤害的只能是你，我不是感叹过吗？“朋友”是个虚词，甚至只是一种语气。不过这也好办，你做自我调整就可以了。不是“朋友”了，怎么都好办。

朱白：从您的一些言论和与您有限的聊天中不难发现您是个重情义也很情绪化的人，爱憎分明。但是您肯定知道这很容易自伤和伤害到别人，您是怎么看待这个问题的？

**伊沙：**你说的情况确实如此。我确实伤害过许多人——也许他们的委屈讲起来比我还大。我现在想的是：也许我会在今后处理和别人的关系时比以往更好地掌握火候分寸，但不必有意地从大体上去改变自己——也就是说：在大体上，我很欣赏自己。

朱白：面对一些友人或长者对您的诘难与质疑，您是怎么保持一种健康心态的，或者说您的内心是怎样想的？因为可以看得出来您感到“悲凉”的时候并不能做到“毫不在意”。

**伊沙：**我不会回避任何在我身上发生的情绪，比如你说的“悲凉”，我确实搞文学搞得很敬业——对自己经历的喜怒哀乐都特别珍惜。怎么做到心态健康呢？我从不认为来自别人的看法有多重要，真的。

朱白：许多人在提到“伊沙”时，总是又爱又恨，但好像正是您需要的，或者说您并不介意。但是有一种意见是“伊沙想做大师，想当中国第一”，您对这个怎么看？

**伊沙：**你把作品真做好了，其遭遇必然是又爱又恨，爱恨愈强则愈好——我现在的处境不就是这样吗？这难道不是我所需要的吗？我明言宣告我拒做什么“大师”的，也没说过要做“中国第一”，别人想加在我身上，我也不拒绝——因为我知道，你想什么其实一点儿也不重要，关键看你怎么做，最终做到了没有。

朱白：韩东在两年前的一篇文章中着重说了一句：“我永远不会与你为敌。”我想这也是许多与您真正打过交道的人心底的一句话，包括那些与您发生过冲突（无论是诗歌，还是其他言论）的人。我觉得这一点是一个人的气质决定的，是改变和隐瞒不了的。就这方面谈谈您自己好吗？

**伊沙：**我想是这些朋友能够看清楚或感觉到：我绝不是个什么“坏人”，而且还是挺好挺可爱的一个人，是值得一交的朋友。

## 二、关于诗歌与非诗歌

朱白：您怎样看待您的新诗集《我的英雄》？它在您的诗集中

是什么地位?

**伊沙：**将由河北教育出版社出版的《我的英雄》是我1999年-2002年四年间的短诗精选，是我这一阶段诗歌写作方面的一大成果——另一大成果当数我的大型长诗《唐》了。我想,《我的英雄》应该是我目前为止最好的一个短诗集吧，放诸新世纪的诗坛也会是一部经典（就像《饿死诗人》之于90年代）——让时间来验证吧。

朱白：从《饿死诗人》到《我的英雄》总感觉有一种内心对待事物(当然还有人)的转变,包括审美和认可的转变。如认可,请谈谈。

**伊沙：**转变肯定是有的。但我不怎么想谈——也许是我自己并不想把哪些是变了的、哪些是没变的搞得太清楚：这种总体而言的“变”绝不是“一刀切”式的，是渐变而不是骤变，甚至更复杂——还有先变过来再变回去的。我想身为作者，对自己的写作还是要保持一定的混沌，多感觉少认识，不要完全搞清楚的好。

朱白：好像很多人都会点评一些自己喜欢的诗和诗人，尽管您可能不太喜欢，但还是想请您谈谈您喜欢的诗和诗人。比如说朱剑的诗常给人一种匕首特有的尖锐和精巧。

**伊沙：**又要开名单、搞圈地了——还是不这样吧。你说到的朱剑不错，但近一年来似乎冲劲不够了，我想他遇到了一些潜藏在写作内部的问题，比方说你起先把自己创造的平台建得过小的话，活儿可能会很快玩得精一些，也容易早熟，但再往前问题也就出现了。从最近的成果看，我比较看好徐江、沈浩波、马非、尹丽川的写作，质地好，底气足，干劲大，这是素质全面、才华开阔、职业精神、生命力强使然。

朱白：原来很喜欢《唐》，但现在真的很少在上面看到好的作品，好像只是几个人在撑着。

**伊沙**：是没有以前好了。从我个人来说，从今年正式开始长篇小说的写作之后，在网站上面投放的精力很少了——我想以后基本上也只能这样了，就让我自然地作为一个普通的上网者——力争做个长期的好诗制造者出现。

朱白：能否谈谈其他诗歌网站吗？

**伊沙**：我就说说我对去过的几个网站的粗略印象吧——

“诗江湖”：热闹、自由、混乱、放纵，很符合我的个性，目前我最喜欢。“个”：比较清静，因为有徐江在，有些话说得很有质量，我去那里常有一种到兄弟开的酒吧小坐一会儿的感觉。“或者”：比较温和，但人很健康。“扬子鳄”：版主刘春的趣味我不大欣赏，他似乎努力想在官方与民间、知识与民间建立起一种虚构的平衡，但这里时有小热闹——情况好时像一个小的“诗江湖”。“星星”：更像是个投稿的地方，去的人只贴诗不看诗，关心的是我的诗发了没有，我也是贴了就跑。“诗生活”：以前我和它是相看两厌，现在发现它的知识分子气味弱多了，很正常，很好，就有点儿喜欢上了，它的主页和网页设计是所有诗歌网中最好的。“橡皮”：目前最为典型的帮派网站——有些人注定不会在你的诗后说话，宁死不屈，因为你不是组织里的人，有些勉强说上两句，话里带音、话有余地，组织成员相互之间则舔来舔去，什么肉麻话都说得出来，整个论坛弥漫着一股四川泡菜的味道。

朱白：在一些诗歌网站上可以看到您几乎不间断的“每月短诗”，创作量很是惊人，如此高效率的创作好像也成了许多人批评您的理由，比如缺乏早期的那种经典写作、急于求成，等等。您是怎么看待这个问题的？

**伊沙**：我可以很自豪地告诉你——自 2001 年 1 月至今的 31 个

月的时间里，我以每月平均15首以上的数量一路贴下来，在网上没有第二个人能够做到这一点，而且我可以向你保证的是:这个“纪录”将会被我一直保持下去——因为这不是我努劲为之的，是我写作再正常不过的状态，网络开始才几年？我15年来一直如此——他们不知道：所谓“早期的那种经典写作”就是这样产生的，所以现在的好作品筛出来不就构成了你现在的“经典写作”吗？他们的看法是读者式的，而不是作者式的。“急于求成”——我需要吗？

朱白:在读过您的《唐》系列后，使人感到您在尝试着一种接近，然后近距离地比拼。如果您认可的话,谈谈这种“比拼”的结果好吗？

**伊沙**：“比拼”的结果并无胜负可言，我只是觉得自己变得更强大了。

朱白：关于您写的那些随笔（球评、早期的乐评和文艺评论），尽管大家普遍都表示爱读，可还是受到过一些非议。这个您是怎么看的？

**伊沙**：他们爱读可还要非议，说明“参与”进来了——我老碰到这种读者，是你让他（她）有了说和写的冲动和欲望，他（她）反过来还看不起你，面对经文式的玩意，他们反倒服服帖帖的……这什么也不说明，只能说明我的东西了不起。

朱白：如果有一天，有人将您的一些随笔归入您整个写作当中的话，您会有一种怎样的心态？会歧视它们吗？

**伊沙**：欢迎！原本就是我整体写作的一部分，哪里会歧视？不要说随笔，如果有人将我日常在网上的灌水搜集起来，没事拿出来读读，他会陶醉的。语言对我来说就是这么一种随口携带的东西，走哪说哪的东西，朱白你可回想一下，我在“橡皮”的时候，他们的网页上是有动感的，因为总能留下几句让人动心的话，现在你看，

“喜欢”“舒服”“想你”的作业本。

朱白：据我所知，您很早就开始小说写作并出过小说集。谈谈您的小说创作好吗？

**伊沙：**大学时学着写过。1996 年 -1997 年写了一年半，2000 年 -2001 年又写了一年半，加起来三年时间，都是在写别的的同时，写过一部小长篇、四个中篇、二十几个短篇，还有一点儿极短篇，共计 50 多万字——我把这些实践都当作是学艺。

我小说创作的真正开始是在今年，从一部长篇开始的——我计划在今后每年都能写出一部 30 万字左右的长篇，并再不间断地一直坚持下去。

## 三、关于生活

朱白：很羡慕您的爱情和诗歌能在一起。我是说那个见证和作为结晶的《布考斯基诗选》，您是怎样看待这个被称作“互赠对方的一个礼物”的？

**伊沙：**因为在一起来做一件事情的机会毕竟不多。中间相隔了八年，终于有了一个共同的成果，所以很珍惜。而且这件事离了其中任何一方都做不成，也不会去做。

朱白：如果您不忌讳的话，谈谈您的妻子在写作方面对您的支持和帮助好吗？

**伊沙：**太多了！

朱白：能讲讲嫂子在您受到诘难和非议的时候是怎样保护和宽慰您的吗？

**伊沙：**首先是我自己有承受力吧，她的承受力也跟着强了起来，并能够理解我有时候必须跟环境作战。她对我的安慰是在我遇到太多的不公正而有所抱怨的时候，有一次她告诉我说：“对生活要有耐心！”我就一下子平静下来了。并告诫自己：你要真想牛B你就不要抱怨。

朱白：您在《伊沙：坦白交代》用力地写了一句话“我爱我家”，这看似矫情却发自心底。能谈谈您的家庭生活吗？还有作为家庭它和您写作的关系。

**伊沙：**很正常很普通的家庭生活，是我写作从精神到物质的双重平台。

朱白：给家里人看自己的诗吗？比如您的儿子读过吗？或者说他认为自己的父亲是个伟大的诗人吗？在电话中可以感觉到他是个聪明活跃的孩子，如果有一天当他明白“大师”这个概念的时候，有人对他讲他的父亲是大师，他会惊讶吗？

**伊沙：**我妻子从大一和我谈恋爱的时候开始就一直是我的第一读者，她不一定是最知道我的东西有多好的人，却是最知道我的东西有多差的人。儿子才 8 岁，在她母亲的讲解下读过我的一首诗——那首诗写的正是他出生时的情景。我想在我儿子这代人长大的年代里，“大师”是一个无效的词。我不需要他知道父亲的成功和失败，只需要他享受我对他的爱——无比的爱！

（2003 年）

# "甲申风暴·21世纪诗歌大展"诗人专访·伊沙篇

——《南方都市报》访谈录

陆勇平：你是从哪个时候开始写诗的？是受谁的影响，或者是因为某一个事件？

**伊沙：**1983年17岁的时候，受到我的中学同学姜雁飞的影响：首先是他发表在《语文报》上的一首名叫《太阳礼赞》的6行小诗刺激了我；我们一起代表学校参加市上举办的一项征文活动时，在一个学习班上，他塞给我《诗刊》和《星星》看。

陆勇平：北师大有很多非常优秀的诗人，你在读大学的时候，是不是受到这些人的影响呢？

**伊沙：**在我们那一级（1985级）出现之前，北师大好像没有"很多优秀的诗人"，只有郑敏老师和任洪渊老师。郑敏老师是外语系的，平时没有接触——四年大学我好像就见过她一次，是在一次他们系的诗歌讲座上，印象最深的是她英语棒得不得了，可以随口翻译金斯堡的诗。任洪渊老师是我们中文系的任课教师，带我们当代文学课——他的课是我在大学时代上过的最好的课之一，自己学得也好，老得 96.97 这种分数（在我六七十分居多的各科成绩中是少有的），我的毕业论文也选的是任老师做辅导教师，得了一个“优”。在私下里，我们几个写诗的和任老师也有交往。他们二人（主要是任洪渊）对我诗歌写作的直接影响不大，但给我们的教益和提供的氛围却很重要。

陆勇平：最早写诗的时候，出于一种什么样的目的？

**伊沙：**做一个诗人。在当时“青年诗人”就像“青年导演”一样有魅力和吸引人。

陆勇平：有人说，你早期的诗有些玩世不恭的态度，你认为呢？

**伊沙：**“入世”后的“玩世”——这么说比较准。我认为前者才是根本。

陆勇平：我发现，很多身体比较肥胖的诗人对当下的日常生活和细节比较看重，就像于坚、沈浩波，还有你。你觉得人类的肉身对文学、诗歌来说是怎么样一种对应关系？

**伊沙：**于坚有他白纸黑字的“胖子理论”。我不敢肯定，不敢说得那么绝对。如果你列举的现象是存在的，我想是不是一般胖子都更为本质地热爱生活一些，所以对细节才看得见。还有大多胖子气质上都比较“浑”，这对诗歌有好处。人类的肉身对文学、对诗歌具有决定性的关系。但“肉身”不光指的是多肉、脂肪，更为重要的是筋骨、气血……

陆勇平：你经常把发廊、妓女等一些比较粗俗的对象入诗，这会不会影响到你诗歌“雅”的品质？在一些读者看来，你的这些描写无疑暗示着作者内心的一种心理，在你写这些诗的时候，是怎么样的一种心理？

**伊沙：**首先我不认为发廊、妓女这种对象是粗俗的——谁要是这么认为的话，我就会认为他（她）很反动。其次，我的诗歌品质也肯定不是到“雅”为止。我可以告诉那些读者，在我写这些诗的时候，我的心理与写“黄河”“梅花”时无异。请看这首受到过“知识分子诗人”孙文波攻击过的《在发廊里》：“他把手 / 伸向洗头妹身后 / 那手熟练地摸向 / 洗头妹的屁股 / 我全看见了 / 邻座的我 / 可以接受 / 这人性的小动作 / 但我无法容忍 / 他在镜中 / 那副作鬼的表情”——我在写什么？我写了什么？我是什么样的心理和趣味？这不难作出判断，我相信广大读者的阅读水平至少会比孙文波们高一些。

陆勇平：你经常谈到性，我想知道的一点是，你对性是怎么理解的，以及它在你的生活中分量有多重，与诗歌有什么必然的联系吗？

**伊沙**：人是铁，性是钢——于诗也一样。

陆勇平：很多人都非常鄙视当下日常生活，而你却保持着亲密的接触，所以写出来的诗非常好读，接近生活的真实，但会不会缺少一种文化的内涵？有人为此感到担心，过于口语化的诗将会变成口水诗，没有任何的诗意。你是如何将生活经验转化为既与现实生活相关但又有所间隔的诗歌呢？

**伊沙**：文化的内涵恰恰正在生活的真实之中。“诗”“诗意”“诗的语言”都不是前定的、别人给定的，而是诗人发现与创造的结果。创造。创造。唯有创造。

陆勇平：你自己最喜欢的是哪几首诗？为什么？假如放到诗歌史里面，应该处于什么样的位置？

**伊沙**：《结结巴巴》《饿死诗人》《车过黄河》和《唐》——它们的凸显并非产生于“自爱”而是“他爱”。因为我没有明确的“自爱”，我在一窝一窝地生，我的崽子在我看来没有区别，都很好或者都不好。至于它们在诗歌史中的地位——我想还是让诗歌史去回答。

陆勇平：你在网上非常活跃，经常和一些人吵架，在很多人看来，是有点不可思议，因为很多有名的诗人都不屑于跟一伙无名小卒吵架，会有损自己的形象。你觉得呢？

**伊沙：**我不觉得自己和他们有什么区别，都是“网虫”嘛！跟诗歌有点关系的“网虫”。至于我的“形象”——我想我没有“形象”，我不允许自己有！

陆勇平：韩东说你爱调侃、讽刺、做鬼脸、捣蛋抢白，是不是和性格有关，还是其他因素？

**伊沙：**和性格肯定有关——我是个骨子里爱玩的人。

陆勇平：你经常在网上与一些人甚至是朋友吵架，树敌很多，很多人对你甚至反目成仇，假如和你要好的朋友都走光了，你会不会感到内心的孤单呢？

**伊沙：**其实内心最孤单的时候，是你好大喜功地以为自己拥有很多朋友的时候。对我来说，已经越过了这一层，所以不会更孤单了。如果你周围的朋友真走光了，一个不剩，反倒有可能你的生命是真热闹了。

陆勇平：网络给诗人带来了一个前所未有的自由表达的空间，但是，诗歌是需要积累的，是需要时间的，任何快节奏的手段都会伤害到诗歌的真正品质。你觉得网络给你带来了什么，造成什么影响？

**伊沙：**这两天我翻刚出来的《伊沙诗选》（青海人民出版社，2003），发现在我的写作里有这么一个现象：我在2002年写了1985年的一个人，而在1997年写了1988年的一件事，这其实就说明了在表面的“快”之外包含了一种内在的“慢”。我正在修改的一部长篇小说，35万字，半年就写出来了，可是前后构思了五年，五年来一直在心理揣着，不断往里添东西，直到把它盛满了捂烫了才写出来。所以，“快”与“慢”于文学并不是一刀切的关系，而是你中有我、我中有你的关系，十分复杂。

陆勇平：在网络上经常会有吵架的现象，有时甚至是无端地诽谤和漫骂，但一切话题与诗歌没有太大的关系，甚至是无关，如此下去，就会让很多的诗人把所有的精力都用在对付敌手上了，正如鲁迅一样，原本可以达到更高的水平，然而战斗精神却分散了他必要的创作精力。你怎么看?

**伊沙：**我反倒认为是鲁迅的敌人激活了鲁迅的写作，是战斗精神帮助他达到了目前我们所看到的那个水平——如果说他没有达到更高的水平，是因为他就是这个水平，他的精力从来没有分散过，在其文学生涯开始后“满”到了极点。有人总是替他抱憾：先生没有版本意义的“巨著”,我认为他是英雄气短写不长,勉力写长又不肯，写出来也不会好。

陆勇平：你觉得中国的诗歌处于怎么样一个阶段或现状？有人认为，中国诗歌界鱼龙混杂、泥沙俱下，你认为呢？

**伊沙：**很正常的发展阶段，新世纪以来，网络的传播与交流成了新的刺激因素。鱼龙混杂，泥沙俱下是永恒的现场特征，并不专属于哪个阶段。

陆勇平：很多人都认为你的诗歌是现代主义诗歌的杰出代表，而且具有血性的激情，幽默好读，我想知道的是，你是如何保持这种血性的激情的？因为在我们这个时代，很多人都已经被生活和工作磨掉了一个人必要的勇气和坦诚。

**伊沙：**其实我从来没有考虑过“保持”的事情、不被“磨掉”的事情。我是天生的诗人，越来越“真相毕露”。

陆勇平：有人把你称为“中国的金斯堡”，你个人认为是因为什么呢？你接受吗？

**伊沙**：因为诗中所传递出的气质。接不接受无所谓。有人认为拔高了我，我暗自还认为是遮蔽了我呐。

陆勇平：在我读到你的诗的时候，发现你有一个重要的特点，那就是反对一种传统文化对诗歌的约定，或者说是对体制化诗歌美学的一种挑战。你是怎么看待这个问题的？

**伊沙**：这是必须的，否则你就是一个写诗的骗子。

陆勇平：你曾说，你母亲说你写的东西不合时宜，你觉得这是不是因为如今太多的人对当代诗歌的不了解而造成的误会，还是因为我们的诗人写的东西脱离群众，与人们的“内心市场”相违背？还有，你是怎么评价中国的诗歌读者的？

**伊沙**：诗人中有骗子，但骗子似乎更受读者的欢迎，譬如汪国真和文爱艺。也有决意要脱离群众的，但反而还能“蒙得住”，譬如“知识分子诗人”。起先我以为是文化水平、诗歌专业知识、受教育程度的问题，后来发现中国的读者也是没有身体——他们的身体要么没有感觉，要么有感觉了又开始自我怀疑：“这是诗么？诗是这样的么？”——我的读者中就有大量这样的人，你读我的诗都笑出眼泪来了，一分钟后便收起笑容翻脸骂我。让我至今都耿耿于怀的是：我在公开场合朗诵时所受到的最大欢迎是在去年瑞典的奈舍国际诗歌节上，在我的母校北师大，我倒是差点儿被轰下台去！

陆勇平：有些诗人曾表示，诗歌就是一切。假如给你一个选择，你究竟要诗歌还是要家庭？诗歌在你心目中的地位是怎么样的？

**伊沙**：诗歌和家庭不矛盾吧？我以为：你是否组建家庭、选择什么样的生活方式只和你所碰到的第一个和你谈婚论嫁的女人有关。

诗歌是我的理想、宗教、事业、抱负和生命力释放的最佳出口，除此无他。

陆勇平：我们知道，一个人结婚之后，特别是家中有小孩的时候，原先比较混乱的生活程序将会被规范化，很多人从而失去写诗的激情和乐趣。我想知道的是，家庭对你有什么影响？你的妻子、孩子以及亲戚支持你写作吗？

**伊沙**：如果一个诗人的激情和乐趣会被结婚、小孩、家庭生活搞没了的话，我就很怀疑他（她）的生命体——也太浅薄、太脆弱了一点儿吧？

我的家庭对我的写作有很好的影响和实质上的帮助：我的妻子很支持我的写作——因为这也是她过去的理想，她觉得我是肩挑两个人的理想。我的儿子对这事没感觉，院子里大点儿的孩子好几次告诉他："你爸上书了！"他毫无反应，听不明白。还有我父亲——我就先为他自豪一回吧：他是一位国内外知名的动物学家，有着世界级的个人成就，从来都看不起文学，早年是我选择此业的最大阻力。现在他认为：我能写出几本书，对日后评教授有帮助，也挺好。至于亲戚——他们什么时候关心过你的死活？

陆勇平：你觉得生活有没有压力？假如你没有任何职业，是"专职诗人"的话，你会写出好诗吗？有人说，苦难才出好的作品。没有苦难体验的东西永远都是肤浅的。你认为呢？

**伊沙**：当然有压力！最好趁早笃信：有压力的生活才是最好的生活。假如我没有职业，我就会去找个职业，不会去做"专职诗人"，有老婆养着也不会。至于"苦难"，我想这和心灵有关，有人亲身经历却很麻木，有人风平浪静却历尽沧桑——诗歌相信后者。

陆勇平：我个人认为，写作需要一个非常平静的内心世界，那种世界不是把爱与恨、美与丑、死亡与生存等隔离起来的世界，而是在各种现实与内心的冲突之后达成的和解，能不能结合你的现实谈一下呢?

**伊沙：**一言难尽。看我的作品吧——那里面什么没有!

陆勇平：你的诗歌观念是什么?你最喜欢的诗人是谁，包括中国的和外国的。

**伊沙：**作为《伊沙诗选》“代自序”的《有话要说》是我近来写就的一个“大诗观”，代表我现时期的诗歌观念。

喜欢的诗人如果提到“最”，无疑是李白。他是世界的、中国的什么我不管，只知道他是我的诗神和诗魂。有一个很隐秘的动机可以在此说出：我写了5000行的《唐》不过就是为了更近地看清这位祖先的模样。

陆勇平：工作和写作之余，你有什么特别的爱好，比如有些诗人喜欢喝酒、游山玩水?

**伊沙：**我有一个海明威式的“健康男孩”的过去：五项球类，无一不通。跑完越野赛，就上足球场。绘画、电影、音乐……不是你爱好什么，而是还有什么是你不爱好的?然后便是一个逐步丢弃的过程，就像小孩丢玩具一样，现在只剩下面前的这杯咖啡，就算我的爱好吧，而且也就是一杯普通的速溶的雀巢咖啡，没那么多讲究——我在写作之外对任何事都没有任何讲究。

陆勇平：为什么你喜欢这些活动而不是其他活动?

**伊沙：**一杯咖啡里有我写作的最佳状态：放松而又兴奋。

（2004年）

# “我是为全集写作的作家”

## ——“诗生活”网站访谈录

木朵：一些诗人常常提到“诗歌无济于事”“诗歌毫无用处”，他们在下断语时的前提可能是什么？“诗歌”与“事”之间存在什么关系？为什么他们会因为“诗歌”不能“用于”什么而感到沮丧？在诗集《伊沙诗选》（青海人民出版社，2003）的自序中，你认为，“便条的写作，片言只语的写作，不得不说的写作——这是今天的诗歌写作。”我对“今天的”这个修饰词很感兴趣，它是怎样的一个时间概念？“昨天的”写作又该怎样来描述呢？

**伊沙**：我想这么说诗的人肯定都是一些很差的诗人或者干脆就是伪诗人、非诗人，犯不着去为这些人浪费脑筋，我平时就是这么做的，现在回答你问题时也将继续这么做，还是不要把白痴发明的话题当作话题来对待吧。

你提到我的那段话……你对“今天的”这个修饰词很感兴趣……首先我想说它不是一个修饰词，而是一个命名的组成部分，它也并非只是或者主要是一个时间概念，我说了“今天的”就是当时说出时所指的那个意思，没有第二个词可以代替，所以没法解释。而且我说了“今天的”——我又没有提到“昨天的”，怎么描述？我不想谈我们可以心领神会的那些事物——那样的谈话会变得很可笑，我们越认真越投入，别人就越发笑……

也许，我们已经开始谈了，用另一种方式开始谈，就跟在日常的状态中一样，你可以设想我们之间有个小桌，上面摆着小酒小菜什么的……

木朵：以《回答母亲》（1995 年）为例，我想打听你写作中的一些小窍门。这是一首“三行一节”的规矩的诗，它与你其他不分节的作品在写法上有什么不同的讲究？“母亲”作为你诗中常常出现的对话者，可否也理解为一种她所代表的时间（时代）观念？在这首小诗中，你谈到了“母亲”的告诫、教育，让我看见了“母亲”在两个时间（时代）概念中的心理变化——而这些细微的心理活动，一种具有“落差”的感觉就是你用心描写的：它们给你的诗带来了“味道”。你的写作是否就是去拿捏一种味道，或者说捕捉一丝“思想涟漪”，找到一个“兴奋点”？

**伊沙：**这个发现很好，其实我不光有“三行一节”的，还有“双行一节”的，也有“四行一节”的，甚至“六行一节”的，你所说的“规矩”（指结构上吧？）在我的诗中占有一定的比例，我以为写作中包含着一个类似于“攻”与“守”的平衡关系，“攻”是放纵，“守”是约束，我一般“攻”的重点放在结构以外时，就会在结构中取“守”势——自我约束一下，将结构做得老实，反而在你“攻”的地方会收效更好，《结结巴巴》（1991 年）是更为典型的一个范例，试想我不以现在这种十分整齐的准格律的结构形式，那很可能写成一团乱一锅粥，因为你本来就准备采取一种很乱的结果语言嘛！不分节的作品往往是需要一个气息上的连贯……

关于“母亲”，我是这么考虑的，她就是我的那个“母亲”——

当你具体生动地将她写出来，就似乎有了别的什么，因为她作为一个人就活的某个特定的时间中——这都是文学的常识。我看到一个知识分子诗人，像是忽然悟出什么大道似的在文章里嚷嚷说：我现在考虑的不是诗歌，而是文学。我看了哈哈大笑，真是此地无诗三百首，你以为诗歌是什么？属于哲学？神学？这种人真是该打！

回到《回答母亲》这首诗，我想说我写的是：爱的胜利，任何诸如英雄主义和公民道德教育之类的东西都敌不过母爱之力——这么说可能就没劲了，你能感觉到某种“味道”这很好，说明它不是干巴巴的东西，我最痛恨干巴巴和味同嚼蜡的东西，我渴望被原生态的生活震撼和感动，我会将此转化为诗，通常都是这样，“写”这个词或者动作永远不是写作的全部……

木朵：这使我想起《性爱教育》(1997年)，它记录了旅途中的“震撼”。当你“身陷民间”时，所见所闻极有可能与诗歌都有关联，如你在《重要的是节奏》(2000年)中提到的“节奏问题”，或如《一次性触球》(1999年)中由足球到写作上的遐想。你是一位多产的诗人，在许多年的劳作中，你的诗歌经历了哪些显著的变化？不同的时期，写作当前的“大敌”各是什么？进入2000年，你优先考虑的诗歌元素是什么(“有待发明”的诗歌是什么)？“在诗中减力，运气”——这是怎样的减法运算？

**伊沙**：是的，首先最关键的问题：你这个人是不是一个诗人？你是诗人，然后诉诸文字呢，还是只在提起笔来写作的那一刻，摇身一变成了“诗人”？我的多产缘于我是前者，看到老是有人说我“勤奋”我就想发笑，因为我无奋可勤，并未有意识地去做什么，从另一方面用社会的眼光来看，我也可以被称作“懒惰”，你赖在诗里不出来，把什么都导向无用的诗歌，不就是“懒惰”嘛！我肯定是在变化，因为人在变化，是渐变而不是裂变，我以为在写作中，只有渐变才是可信的，裂变如果出现得多了就是假的，有一些形式主义者说自己一年一个样子，甚至一组一个样子，真懂写作的人就知道这是骗子。庞德所说的“日日新”是一种旨在不断创新的精神，而不是骗子用来表演的招式。我不断地出着新作，网上有一部分人总是说：还是老一套，你怎么不长进呢！而另外一部分总是说：我还是喜欢你过去的东西，现在的你已经老了。还有一部分人说：过去你是在瞎胡闹，正正经经写诗也就是这两年。我该相信谁的判断呢？他们相互之间便自行消解掉了，也许把这所有的信息（而非价值判断）加起来，就是我比较准确的写作风貌。最显著的“变化”是《唐》（2002 年 -2003 年），但那又不是与过去一刀两断的那种真正的变化。你说到“写作当前的‘大敌’”——说得好！我想在任何时期，它都存在于你的内心，比如年轻时对名利的极度渴望，中年后——特别是自以为功成名就时，开始知道用在写作中装点粉饰自己，就是我们通常所说的“装 B”。我很庆幸能够意识到这些“大敌”的存在，而且对自己绝对真诚地与之作战。进入 2000 年，我优先考虑的诗歌元素是什么（“有待发明”的诗歌是什么）？——我明白，这不是一个可以先在书斋里的桌面上预先设计好的事情，如今将近五年过去了，回头来看，我在写作中做得最有新意的一点就是敢于不断地站在任何一种先锋诗歌运动和团体的反面去反对先锋的简单化、姿态化、时尚化这类东西，在兀自挺进、深入、拓宽之中加强着自己作品的先锋品质。“在诗中减力，运气”——我的意思是力是不能直接作用于诗的，硬要这样做，只能破坏你的诗质，力只有融入你的气，通过气方能有效地在诗中发挥作用——诗只接受气体的东西。这些年我在网上看到了太多年轻人冲诗发狠的垃圾，正是不谙此理，以为牛气冲天便可成就好诗。

木朵：言及“兀自”——一种单枪匹马的姿态，我便想到你的两首相近的小诗：《母亲弥留之际》（2002）和《母亲的临终遗言》（1999年）。通过“母亲”的口舌，你提到了自己“像一个杂种”和“你的思想不合时宜”。你为何常常陷入一种孤寂之中？在《跟师傅说说心里话》（2002年）你提到了“我是偷学，是暗中苦练”，并且认为自己有“两个师傅”。我想听听你谈论自己的“师承”。“我是我自个儿的爹”这一宝剑出鞘般的四顾茫然的立论是在怎样的背景下提出的？

**伊沙**：这不是标榜，而是经历：我从小就和周围的人想法不一样，当然也包括我的亲人。这种不一样曾让我遭受了很大的痛苦，尤其是在青春期的成长中，那时候的我像是一个阴暗的坏人，常常陷入一种很深的自我恐惧中，为了摆脱这种处境，我开始逐渐学会了用世故的方式和周围人打交道，这才感到安全一些。直到写了诗，直到把诗真正地写好，这种压力才告解除。因为我发现我和周围人的格格不入使我很容易地就比他们写得好，独特、极端、彻底、诡异、天真……这些东西不是努着劲能够装像的，你不是这种人再怎么也装不像。你生成了这种人，那你就活该痛苦，孤寂便是家常便饭，这很公平。

至于我的“师承”的问题，我已经在多篇文字中反复多次的讲过，在《剥了皮你就能认清我》这篇长文中交代得最为清楚，不想在这里重复了。在这个谁都存在的问题上，很高兴，我是中国诗人中最为坦诚的一个！

至于你提到的我的双行诗《名片》“你是某某人的女婿/我是我自个儿的爹”，我在大学时代的一首诗里就写下过这两句，起因是我有个同学什么都靠女同学的家里边，还整天活得那个心安理得理直气壮的，我瞧着他，灵感就来了，当时整首诗没有写好。1992 年，我整理旧作时把这两句拉出来，取名为《名片》，就成了另一首诗——现在这首。其中后一句“我是我自个儿的爹”被传诵得更多些。

木朵：关于长诗《燥》（2001 年），最初你想把它当作怎样的一种尝试？它看上去更像是一个以“开燥！为……”为领衔的长排比句，在这种写法中，你发现了哪些关于长诗写作的常识？这支“有着重金属的灵魂”的“五脏六腑的梦乐队”受到了哪些主观上有意地限制——使这个句群维持着某种色泽，而不愿使之成为其他色素？其中两根红线——一是历史人物所负载的正统意味被不断消解，二是诗人的个人成长史像夜晚被点亮——交叉着，以至于“开燥”，变成了有着许多目的的个体狂欢。这首长诗被之后的别的长诗弥补了怎样的缺憾？

**伊沙**：看来你有你的结论，所以才提出了这些问题。我就说说我的想法吧。长诗——我是说古典意义上的“长诗”是死了的东西，想在这个体例上复制古人（洋古人而已）的努力，几无成功，海子的《太阳》七部书就是很好的例子。现代人想要写作“长诗”，必须自谋生路，是严力在汉语中率先实验，让我看到了他所命名为“诗句系列”的诗体有着“现代长诗”的可能性，所以我也写了《点射》（1994 年）、《史诗 2000》（1995 年）、《风光无限》（1999 年）三首。此后，我一直想写一首重返整体性的“长诗”，2001 年的时候用了半年时间一直在一首诗上用力，到最后我才发现它其实是两首：一首就是后来结成的《天花乱坠》（2001 年），一首就是《燥》（2001 年）。我在《燥》中想展现一下我写长句的才能，也想告诉那些站在意象诗的立场上咒骂口语诗的人：口语一样可以写得非常密集，环环相扣，而且不失活力。有没有人说过这句话——在你的一首诗中会找到你的下一首诗——没有，那我就来发明这句话。2001 年写完《燥》，我发现自身的可能性还很大，就有了 2002 年 -2003 年的《唐》——不论别人如何评价，我很庆幸自己拥有了这样的一首诗。《唐》的写作带来了两样东西——下一首长诗和我的史诗性的长篇小说写作——是别林斯基说的吧：资本主义时代的史诗就是长篇小说？——2003 年，我写了《迷乱》，2004 年至今，又一部新长篇的初稿已接近完成。长篇小说的写作避免让我精力无穷地去复制《唐》，所以新长诗我准备放一放，等待新的元素蹿入我的构思……

木朵：从一首诗中找到下一首诗，这一说辞让我想到诗人于坚的一个观点："自在的诗人必须在自己的作品内部建立这种关系，你写作攻击的对象不是时代，不是另一个诗歌派别，而是你自己的另一部分作品。这是诗歌独立和自由的基础。"(《为自己创造传统——话说伊沙》,2003）长诗《唐》似乎是在长度上取胜于读者的审美心理，在"互文性"写作的大纛下，不少新诗跃跃欲试，背靠大唐寻找登堂入室的路径，而你慢条斯理地把《唐诗三百首》给腌制了。生活在西安，"唐"似乎注定是你的一次奇遇。由于它的长度，随着簇拥和奚落的散尽，残留在读者脑海的印象是"伊沙这么这么写了一首长诗"，而细节似乎比这首长诗的意义更早退居视野之外了。在这首诗的基础上，你对"口语"的理解是否有所变化？不少评论也认为，《唐》是一首可以反复修订的诗；你在修订中的取舍标准是什么？

**伊沙**："好大喜功"是一种错吗？我不认为，关键是你"好"的是不是一种真正的"大"，喜的是不是一种真正的"功"。我愿意向同行们强调：《唐》，5500 行，一本不薄的书，而且它是《唐》。在《唐》的写作之前，我看到了"互文"的风气，但没有看到你说的"不少新诗跃跃欲试，背靠大唐寻找登堂入室的路径"的现象，都在面朝西方“互文”。《唐》的写作过程和发表过程几乎是同时的，我记得是从2002年2月中旬开始到2003年2月中旬结束，我于每月中旬在“唐”、“诗江湖”、“个”、“或者”、“扬子鳄”、“星星”、“诗生活”等几个网站发布当月所写，在这个过程中，也有些让我暗自发笑的现象：有个家伙，在我贴了几个月之后，开始贴他的——叫《风骚大唐》，还是最浅薄的“新古典主义”那种咏怀式写法，紧赶慢赶，在几个我的天然反对派的叫好声中，终于赶在我的前头弄完了——我知道他在赶什么。还有个天津的，在《唐》完成之后，开始搞他的《大唐诗人演讲录》的系列文章，我知道他想强调什么。唐诗、《唐诗三百首》——是一次“机会”？我是一个“机会主义者”？我怎么就那么会抓“机会”呀？这个大灵感怎么就硬要往我的脑子里钻啊？你说“腌制”，何谈“腌制”？唐诗本来就是到处高挂的一块“腌肉”，过去我们老是满足于高叫“我家的腌肉味道好”，我就是要把它割下一块来煲汤。可以肯定地说，我不生活在西安，就不会有《唐》的写作，因为我的写作不会直接来自于书本，一定会和生活的现场有关。1990年，管管、张默、大荒、碧果四位台湾诗人到西安来玩，我陪了他们好几天，中国的诗人能不爱西安吗？他们走到任何一个地方就是到了唐诗中的实景，他们都要随口吟诵几句。其中最有文化修养的是去年病逝的大荒，他坐在茶馆的一把藤椅上说：“这把椅子李白可能坐过。”我从两岁开始就生活在这样的一座城市里，在额尔古纳领奖时我朗诵了《唐》的片段，有句话我是脱口而出的——我说：“《唐》是我在西安住了快四十年——与古长安的天地对话的一个结果。”回想起来，我写作的过程中为什么非常冲动地急于发出，就是感觉到很有刺激性，绝大多数的人都会吃上一惊——对于大多数人惊一下也就可以了，细节问题是他们平时关注的吗？我母校的启功老先生就曾有高论：唐诗是说出来的——我不过是把可说的唐诗用自己的语言再说出一次罢了。所谓“口语”不过就是强调语言的可说性，是可说的语言。《唐》也许可以反复修订，但我拒绝，它已经完成了、定稿了——我的所有作品都会在当年定稿，再不修改。说白了吧，我是为全集写作的作家，还有一句话：“把每一年的圆都描标准圆，你不过得到了一个靶纸，而我要的是自然美丽的年轮。”（伊沙语）

木朵：于坚认为你的诗歌“天然就是在野”，同时认为“伊沙语在无数口语精子般的自由竞争中，成功地进入了经典诗歌的子宫”。也许一些读者会觉察到“在野”和“经典诗歌”之间隐晦的关系，随着你步入中年，稳打稳扎，不少奖项向你伸出了葱茏的枝蔓——似乎你开始“在朝”，成为“体制内”的一根粗实的血管了。你写作理论中的“假想敌”在最近几年是否出现了变化？正如“经典诗歌”曾经是你质疑的“物质”，而现在是否成为了致意的目标？“在无数口语精子般的自由竞争中”，于坚说，“我们发现，在内在节奏上，伊沙快车慢了下来”。这种“慢”来的是时候吗？它是怎样的一种“伊沙武器”？

**伊沙**：“天然在野”和“经典诗歌”之间的关系一点儿都不隐晦，是最大的保障与前提，如果“在朝”倒是断了这份关系。从青年时代开始，我一直是个“经典”意识很强、追求“经典”的自觉性极高的诗人，很早我就表达过这样一个意思（针对一种浅薄邪恶的“预言”）：我来实验，你得经典；我来开路，你来走路——休想！我实验，但我拒绝成为实验品；我先锋，但我不会让自己仅仅停留在先锋的意义上，我会让先锋的突进与“经典”的完成成为一个动作。而且我所说的“经典”还是真的新的“经典”，不是对老“经典”的变相复制。事实上，我做到了。我也不是到了中年才开始“稳打稳扎”，作为一个体育迷，我早就知道“稳、准、狠”这个导致中国乒乓球长盛不衰的秘诀，用足球术语说，我的写作是“全攻全守”型的，虽然从某个时端和某个局部看:是不要防守疯狂进攻。你提到奖，从天而降的两百亩地好像一笔勾销我以往很难获奖的历史，其实不论现在还是未来，获奖对我来说都是一种偶然——坦白说吧，这个“中国诗歌双年奖”的“双年诗人奖”就是谭克修一人力主发给我的，上一个大奖——《诗参考》“十年成就奖”就是中岛一人主发给我的，虽说反对者众，非议与咒骂的声浪也从未断过，但如果我说这世界上没有人喜欢我甚至爱我——那就是得了便宜又卖乖的装 B 犯了，爱我者同样很众，而且爱得那么强烈！就在几天前，我的第十种诗集《伊沙的诗》出版了，是常州一位我从不认识的读者在我全不知情中从网上搜集了我两百多首并将他们印制成一大本诗集。我想这些，都跟体制不体制没关系，在跟体制的关系上，我有我作为一个人的基本立场和处事分寸，但也不是一个动辄拿蔑视“体制”来说事儿或把“体制”当成一个符号抛来抛去的卡通人。对不起，我写作——不论是理论还是实践中从来没有什么“假想敌”——谁把自己“假想”为我的“假想敌”，那是自作多情，一旦进入写作，我是一个一心一意只关心自己的人，注意力非常集中。我在质疑“经典”的同时向“经典”致意,不可以吗？事实就是这样的。又说到“慢”——“慢”是什么？“快”又是什么？“前”是什么？“后”是什么？“左”是什么？“右”又是什么？“上”是什么？“下”又是什么？写作不是开汽车或开飞机。什么才是最为有力的“伊沙武器”？我有显微镜下也难以分辨清楚的对生命和生活的诗意敏感，并拥有自己独门所创的一套表现系统。

木朵：上文中你提到过“复制”一词，在后《唐》时代，你将如何摆脱它所带来的不快？“背叛成为一种/不可遏制的欲望”（《甫志高叛变记》2004），“背叛”或者“反其道而行之”是否构成一条小道？是什么促使一首诗有着“经典诗歌”的味道？这里存在一种隐形的门槛吗？来自另一种文体——批评的力量是否能使之更迅猛地成为“经典”？新作甫成，你往往能及时地得到友人的“批评”，你在领略这些批评时如何在它们的阐释与蒙蔽之间保持冷静？在你看来，诗与批评是怎样的一种关系？

**伊沙**：我需要尽快忘记《唐》，淡忘所谓“成功”的经验——我想我会做得很好，1991年周伦佑为《非非》复刊写信来约稿，我寄给他的一组诗中的某一首得到了他特别地激赏——那便是尚未问世的《结结巴巴》，他建议我把它写成一组，并说如果有这么一组诗，我将在中国诗歌史上拥有一席之地什么的，他说他可以一直等我写出来。记得当时我是马上回信婉拒了，我是天然的从骨子里厌弃复制和经营的。我对“完成”有很好的直觉，《唐》已经“完成”了，很快会过去，也许现在已经过去了。你问“背叛”或者“反其道而行之”是否构成一条小道？其实你心里有答案，它也只能是条小道，因为它是一条捷径。在艺术上，发散性思维总是要比逆向式思维高级，所以《唐》之后不是有人预料的《宋》或是同类型的其他长诗，而是非诗的《迷乱》。“经典诗歌”也许是写作研究中最大的神秘主义课题，让我最大限度地保持对它的无知吧——因为确实很无知，它让我总是纳闷：明明这一个更好，他们偏偏难忘那一个？它的神秘在于：其实批评的力量并不能够造就“经典”，而只能唤起更多的人注意到它，引发阅读，而“经典”却是一个相当广泛的非常相似的阅读结果——难忘。“经典”是刻在人心上的，时代变了，自由发表，我的写作习惯也有所改变，2001 年 -2002 年这两年（也就是我网络时代的开始阶段）我平均每月写 20 首诗——还不包括《唐》的写作，更不包括对布考斯基的翻译，随笔、文论都不算——是我有生以来写诗最多的时期，比青年时代还要多。我“手写时代”的习惯是一个季度一结算：将三个月的诗修改、整理、精心挑选、寄出发表。现在变成了一月一结算，当月修改，全部发在网上：对我来说这不叫“贴诗”而叫“首发”，所发之诗全是定稿，过后也再不修改……其实，这里面已经包含了我对“批评”的态度：那就是从根本上说，它与我的作品不构成一个直接的关系。别人说什么——如果说得对（不论坏话好话），会沉淀在我心里的，那么很自然地对我今后的写作会产生积极的作用，一句话，我会善待“批评”，但又不会简单地被其左右。你提到“友人”，朋友的“批评”是更有意思的，有时是无言的，你要仔细揣摩，善于分辨。总之，什么都听别人的人，肯定是傻子；什么都拒绝听的人，也同样是傻子。至于诗与批评的关系，我想是“花开两朵，各表一枝”，但又同在一棵树上。

木朵：在米兰·昆德拉的《小说的艺术》一书中，他有一个严格区分“小说家”和“作家”的做法：“作家有独特的想法与不可模仿的声音。他可以采用（包括小说在内的）任何一种文学形式，而且由于他写的一切都带有他思想、他声音的印记，所以都属于他作品的一部分……小说家对自己的想法并不在乎。他是一个发现者，他在摸索中试图揭示存在的不为人知的一面。他并不迷恋自己的声音……”他更乐于拥有“小说家”这一称谓（身份）。你会如何区分它们？小说的写作对诗会带来怎样的影响？我注意到，在“对布考斯基的翻译”过程中，尊夫人也成为了合译者，你平常的工作、生活很惬意吗？

**伊沙**：很有意思的一段话！我想我已经是一名“作家”了，现在想做一名“小说家”，往后，也许会在不同的时期对自己更强调其中的一重身份，为的是当时肩负的工作以及写作的作品的需要。小说的写作据说是会对诗带来影响的。在过去的十年中，我也看到过一些活生生的例子，但我理解那不是因为小说影响了诗，而是对待诗的态度以及诗本身出了问题——甚至是对文学的理解、整个的写作和人生的状态都出了问题而造成的。我将小说纳入日常的写作安排已经快两年了（2003-2004），这两年我的诗写差了吗？量是少了一半——但我觉得应该减下来，从每月平均 20 首减到 10 首，我认为是明智的，质则有增无减，我想就这么干下去了，中年以后的写作应该减少枝蔓化零为整。我也是人到中年才醒悟到妻子、家庭对我的文学生涯那无与伦比的重要性——在此一点，我是一个幸运的男人，没有理由不更投入一些也更出色一些，没有理由不珍惜现在的工作和生活，我现在考虑最多的问题是：如何在今后的二十年里都能保持每天早晨的新鲜？

最后，我想谢谢你的提问——这些来自文学内部的问题。

（2004 年）

# 大陆醒来了

## ——《明天》诗刊访谈录

谭克修：祝贺你获得首届“明天·额尔古纳”中国诗歌双年展的重要奖项——“双年诗人奖”。由于“双年诗人奖”和“艺术贡献奖”的奖品中有200亩草原私人牧场，一直被广为关注。你怎么看诗歌双年展，以及“诗歌与草原的浪漫结盟”（《南方都市报》标题）这段佳话的意义？

**伊沙**：谢谢你的祝贺！其实我更该感谢的是你力主将此重要奖项授予我的过人胆识——我的话中之意，你肯定明白，在这个坛子浸淫久了的人也会明白几分。

我确实很少获奖，也几乎从未获得过一个像模像样的奖。在这次之前，我获得的最重要的一项诗歌奖是2001年初《诗参考》颁发的“十年成就奖”——那是一项纯荣誉性质的奖励，没有奖金，没有奖杯，连个荣誉证书都没有，更没有颁奖仪式，但我相当看重这个奖，因为这是对我在20世纪90年代诗歌成就和所做贡献的一大肯定，而且是由现存的一本最重要的民刊发给我的。

而这一次——是你，是《明天》诗刊和额尔古纳人民政府给了我一次获奖的全面享受：那么华丽的一个颁奖晚会，马蹬形的奖杯是一件漂亮的艺术品，别致的荣誉证书是白桦树皮做的，一万元人民币的税后奖金，还有那200亩草原的私人牧场……我确实很少获奖，但这一次却是在正确的时间、地点获得了一项正确的奖项——是我心中的诗歌大奖！

离开额尔古纳，从海拉尔飞到北京，在等待去美国使馆签证的那几天里，所有到招待所来看我的朋友都要看看那尊奖杯和那本《国有土地使用证》；回到西安的这些日子，到学校上课时有领导和同事向我祝贺，去太白文艺出版社送那部刚编完的《被遗忘的经典·诗歌卷》的书稿，那里的编辑朋友也在向我道贺，前天去赴《女友》老板王维钧先生的宴请——席间遇见作协体制里的几个农民小说家，也是在问“你的地”如何如何……什么叫“大奖”？这就叫“大奖”！广为人知，广泛传诵，具有专业内部的说服力和对于外界的号召力，鲁迅文学奖的诗歌奖发给了谁？这些人是不知道的，所以，一项真正的大奖并不是由主办单位的“级别”所决定的，也不是单纯由奖金的数额所决定的，还需要一点专业的意识和特别的创意，这便是“诗歌与草原的浪漫结盟”——确实太浪漫太诗意了！西川说你“玩大了”，我说“玩得漂亮”……

在打造一项中国的诗歌大奖的意义上，这次无疑做得相当成功了，但如果说到“展”，因为那本作为“中国诗歌双年展”唯一载体的2期《明天》没有及时出来，在现场的活动中，“展”的味道就没有出来。我想两年后再搞的时候，可以在现场搞一个展室：两年中的各种诗歌出版物、诗人图片、手迹、录像带、录音带……可以将刘福春、世中人、阿翔这样的版本收藏家们请去搞，让他们贡献一些资料出来，还有就是我们在旅途中谈到的：让“双年展”尽快呈开放性，愿意自费前往的，网上提前报名，把大家组织起来……真正把它办成一个两年一届的诗歌盛会，一个诗人狂欢节。

谭克修：看过你的一些简历，有时候会特别标明自己的“哈萨克”血统，这与你的诗歌似乎有某种隐秘的联系？

**伊沙**：这个话题可以扯到很远，那是我20世纪80年代末在北京读大学的时候，有一次在新街口的书店里翻到一本刚出版的《青年诗选》（是中国青年出版社在当年推出的），其中杨炼的小传给我留下至深的印象——他先是说自己生于瑞士伯尔尼，然后说自己有蒙古族血统。我用了很长的时间才想明白他为什么会生在瑞士伯尔尼——父母一定是外交官吧。至于他的蒙古族血统，是后来在他的另一篇文字中得知他奶奶是蒙古族。在当时，我觉得这些小节很牛，现在看来那不过是杨炼在那儿玩装B——80年代的文化空气就是这样的，诗人以装B当牛B，也有像我这样的诗爱者专吃这一套，我见顾城穿着一件米黄色的风衣就给自己买了同样的一件穿上，就在那一本《青年诗选》中，还有于坚——你知道照片上的于坚那时是什么形象？头上还有毛，一把大胡子！还在那儿做拳击手状！我在大学三四年级的时候也是一副留着长发、胡子拉碴的形象，放假回家看父母才不得不理发刮脸，这才露出一张在那时还很清秀的小白脸，并深以为耻。80年代就是这样的，我在小传中写自己有哈萨克血统就是受到杨炼老兄的影响，也想装B，当然我的曾祖母也确实是从新疆走出来的哈萨克族。至于说到与诗歌的关系，我想首先是这点不多的血统和我这个人有关系，说豪放、说激情、说原始生命力都未免有点儿太夸张太简单了，总之它部分地决定了我这个人，然后由人再去决定诗。

谭克修：你是怎么走向诗歌写作道路的？你最初好像是一位抒情诗人，是什么原因促使你突然转向，成为一个彻底反对传统诗歌美学的先锋诗人？

**伊沙：**我早熟，在别人成为“文学青年”之前，我已是一名“文学少年”了。我从小学四年级开始大量地阅读中外小说——我在小说方面所做的准备既要比诗歌早，又不比诗歌少，所以发誓要用后半辈子做点儿偿还。我在初中时作文已经写得像小说了，那个没见识也不善良的语文老师兼班主任还在家长会上对我父亲说我“这孩子不诚实”，写的不像是自己的生活。到高中时我的作文水平跟同龄人已不可同日而语了，去市里参加作文比赛老是轻松拿奖。有一天，和我一块在市里的作文比赛中得过奖的一位同学在《语文报》上发表了一首六行小诗，令我既羡慕又嫉妒，觉得自己也能写，就写了还投了，结果也发表出来了，这事让我干得上瘾，就用课余时间，老写老投，在中学毕业前也陆陆续续发表了二十首诗，就这么开始的。

要说最初，我连抒情诗人都算不上，写的所谓“诗”，也就是一些“青春小语”之类的幼稚玩意。进大学之后，开始全面接触“朦胧诗”，自己的诗也一步步走过了舒婷式的抒情、顾城式的感觉和北岛式的意象，在开始个人风格的口语写作之前，北岛这个土摹本，还有艾略特这个洋摹本，已经把我培养成训练有素表现不俗的意象派诗人了。

突然转向的最大内因，是来自对意象诗表达上的不满足，觉得还是被什么东西捆住了手脚似的，外因则是我看到了于坚、韩东、李亚伟等“第三代诗人”所创作的口语风格的诗歌那生机盎然的表现活力，还有一大背景——在此之前，我还读到了美国诗人艾伦·金斯堡的《嚎叫》和《美国》，幸运和幸福地适时找到了“我的大师”。

谭克修：看起来，你的诗歌受到过美国诗人金斯堡、布考斯基的影响？影响你最大的诗人、作家（或者其他艺术家）究竟是谁？

**伊沙：**我的诗肯定受到过金斯堡和布考斯基的影响。但对我影响最大时间持续最长的却是李白。我怎么形容这种影响呢？那两个美国人只是“我的大师”，李白却是“我的神”。那是一种内在的根子上的影响！有人觉得我写了《唐》是个意外，我自己心里清楚：我怎么可能不写《唐》呢？我写了那么久就是为了到达《唐》！“我的神”一直在暗中看着我，他给我的精神覆盖和气质感染如滔滔江水，他启迪我自由的创造活力让我怎能不干点儿什么……

谭克修：影响你诗歌写作最大的因素是什么？你的写作你通常在什么情形下进行？你写作的动力是什么？

**伊沙**：是生活，和我的人生状态。

我的写作从外在看是说来就来可以随时发生的那一种，但从内在来说却是十分讲究，当心有所感时，我对什么时候立刻写出、什么时候等等再写、什么时候放弃不写都很有经验和判断力，也形成了一些自己的戒律：比如，就算灵感多多，从天而降，我也从不连续在一个时间段里写出第二首诗，要写，也会休息一下换个时间再写。所以，我很少因为气弱而失败的文本范例。

到今天，我可以很有把握地说：我写作的动力是对写作本身的热爱和酷爱——我在不到四十岁的时候，幸福地重返了自己年少时的初衷。

谭克修：在我看来，你本身是一个“知识分子”。但在诗歌写作上，你主张的去“知识”化，不担心会给大量初学者以误导？

**伊沙**：说到底，我当然也肯定是一名“知识分子”——甚至比那些将此名号常挂嘴边的人更是一名“知识分子”——这毫无疑问。

在诗歌写作上，我反对围绕着“知识”和“知识分子”所做的一切标榜和故作的腔调。严肃的诗人，心里没有初学者，也就没有正导、误导之虑。

谭克修：网络上，那些不得要领、毫无难度和千人一面的口水写作已有泛滥成灾之势，可能也有你个人的功劳——因为你的写作样式，看上去大大降低了诗歌写作的门槛。

**伊沙**：关于写作的“难度”问题，从门里看和从门外看是完全相反的结果。从门外看，我们所理解的“难度”永远都是语文层面的——是小学生识字阶段所理解的那种生字之难，就是越用生僻字，越用形容词，越用复句，越用修辞手法，就好像越“难”；从门里看，完全就是另一回事，前者所理解的那种“难”其实是最容易的，即便是毫无诗才的人通过语文课的学习也可以做到，所以里面藏着大量的骗子，而写作真正的难度永远都在一件看似最简单的过程中：如何将你个体的人生经验运用自己的语言转化为诗。想要写好，就会很难。高僧说的“家常话”和市井中长舌妇说的“家常话”——能是一样的吗？而那种看似有“难度”的写作不过是小和尚用诵佛经来唬百姓的假招子罢了。

谭克修：你怎么评价“朦胧诗”和“第三代诗人”？你比较喜欢他们中的哪一些诗人？

**伊沙**:“朦胧诗”——专制年代的地下写作,现时期的“侨民文学”,中国的意象派。上不接传统，下不接地气，前景堪忧，或已终结。

我比较喜欢的诗人是严力、北岛、芒克。

“第三代”——开放年代文化先行得以膨胀，诗歌成为群众运动的产物，全民写诗然后全民弃诗，充满青春和业余气味的集体写作，日常主义的初级口语诗，彗星诗人云集，幸存者寥寥。

我比较喜欢的诗人是于坚、韩东、李亚伟。

谭克修:在“第三代”诗人以后,也有过“第四代”“新世代”“晚生代”“中间代”“70后”“80后”等等提法，但都未被普遍接受，这是由于命名本身的问题，还是其他原因？

**伊沙：**我认为不是命名的问题，是命名的对象已经不成其为“代”的问题。20 世纪 90 年代之后，诗歌降温，回落到一个正常的位置上，与此相映的一个现象是：不再有“第三代”式的群众运动发生——而所谓“代”不过是运动的产物，没有了运动就没有了“代”，所以后来的诗人都不是以“代”而生，命名者则怀着上个时代遗留下来的“代”情结来继续做点儿事，基本没有文学上的严肃意义，却有着世俗策略上的某种针对性，也避免了一些漠视与无视的发生，起到了“以俗制俗”的作用，所以也不是一点儿积极的作用都没有。

谭克修：你如何评价当前的汉语诗歌写作？你认为目前汉语诗歌最为紧迫的问题是什么？

**伊沙：**二十多年以来，在世界面前，我们总是习惯于低头，老老实实地做学生状，现在我们可以抬起头说：以诗歌的现状而言，当代汉语诗歌比这个地球任何一个语种的诗歌成就有过之而无不及，十分壮观，正在一步步重返它曾经有过的伟大！这是盛唐重现的前夕，没有这点儿历史敏感，也就意味着没有做好充分的准备。

目前，汉语诗歌最为紧迫的问题正是我们在写作中已经或正在改善和解决的问题，在上面的一个问题，你已经谈到了那种在网上人人都可以来一手的景象，不要仅仅从消极和负面的意义上去看这种现象，古诗时代这是不可能的，贺敬之、郭小川的“十七年”是不可能的，“朦胧诗”时代是不可能的，“第三代”那时候也是不可能的，而现在一个小的性冲动者和老的性饥渴者可以用外在成形的“诗”来表现他们的冲动和饥渴，也可以借助这样的“诗”来表达他们对生活的一般看法，所以，尽管他们很可能制造了很差的“诗”，但也是有感而发的……为什么会这样？那是汉语诗歌的表现力和承载力在过去的十几年中又大大地强化了——我为自己在其中发挥的作用深感自豪，我为什么写《唐》？就是想看看我所参与改造过的现代汉语在与最好的古汉语的碰撞中会是什么结果？谁托起了谁？谁又把谁吃掉了？谁比谁更无所不能？

谭克修：你怎么看待汉语新诗的传统问题？

**伊沙：**虽然短浅，尽管薄弱，但也够了，摆在惠特曼面前的美国诗歌传统有多少？何况再生于我们心中的屈原、李白的传统并未远去。在我们的努力下，汉语新诗与古诗间的那道鸿沟已经基本上被填平了。

谭克修：作为90年代末那场震动国内诗坛的“盘锋论争”亲历者，你现在会怎样去看那次事件？

**伊沙：**虽然石家庄的陈超教授说我是因为很少参加诗歌会议的孤陋寡闻的缘由，才在自己偶得机会参加的“盘锋诗会”后大叫大嚷（我很高兴！这恰恰是我非“会虫”的最好证明）——但是，到了五年后的今天，我还是并且要用更足的底气再喊一声：“盘锋论争”是新诗百年历史上最伟大的诗歌事件！

我也还是要对那些自称为“知识分子”的论敌们说：五年过去了，作为人与人的正常交往，我们可以坐在一起握手言欢、推杯换盏、化敌为友，但我当年会上笔下骂你们的话，全都有效，无一字可以作废，为了中国诗歌的建设需要和健康发展，我是骂得其所，你等是被骂得其所！

看看中国诗歌这五年吧！还用得着我在这里废什么话吗？不服，咱们就接着往下看。

谭克修：依然有一些人不承认你的诗歌，你估计这样的局面会维持多久？什么情形下可能会得到根本性改变？

**伊沙：**我真得感谢这些人，正是这些人把我先和平庸的人群区分开来，再和功成名就德高望重的“名流”区分开来，我估计这样的局面不但会维持下去，时不时还会有所加剧，甚至激化，因为很显然，我不是正在走向完结开始变得心满意足心平气和的诗人，做人作诗都不会就此消停，所以对这些天然存在的反对者来说，我会不断给他们以“旧伤未愈又添新恨”的痛苦。至于什么情形下可能会得到根本性改变？我想那是当你更多的作品成为强制教育的内容的时候，当你的名字越来越符号化而这个符号越来越有压迫感的时候——我倒是希望这种情形永不改变，死去多少年之后你还是个“问题”，那样的话，你就是一直“活”着的！我会为此而加倍努力的。

谭克修：你的诗歌数量之多令人惊奇。除了大家已经耳熟能详的《结结巴巴》《车过黄河》《饿死诗人》，你自己满意的作品还有哪些？

**伊沙：**我对 2002 年编定 2003 年出版的四年诗选《我的英雄》（河北教育出版社）、2002 年编定 2003 年出版的十五年大选集《伊沙诗选》（青海人民出版社）以及 2001 年 -2002 年创作、2003 年改定的长诗《唐》（澳大利亚原乡出版社）——这三本诗集里的所有诗都很满意。

我有“名诗”——我为我在“名诗”如恐龙般绝迹的年代里能够拥有它们而感到洋洋得意，在很多时候，“名诗”就是硬道理；但好在我不是只有“名诗”和躺在“名诗”之上混吃等死的人，我的“名诗”也并不是我最好的作品（当然，这很正常），我有至少三本比这三首要好的诗（今后还会不断增多），这让我感到踏实。

谭克修：能否谈谈你的一般生活、你的兴趣、你的阅读习惯？诗歌在你生活中充当什么角色？

**伊沙：**我经过十年在外兼职打工所做的物质积累，我现在的生活就是一位职业作家的生活。每天要有六七个小时的时间用来写作，每周八个课时（两个整半天）的授课量可视为这个作家例行的“文学讲座”，从少年时代开始，我就是一个兴趣广泛的人——前天，和一个跟我同过小学又同过中学又一起在北京上大学（他在北大、我在师大）的故人一起吃饭，他跟我老婆讲我从小就是体育狂，能够玩到的球全玩得精熟，不能玩到的球也想办法玩——我哈哈大笑，明白他指的什么，那年头还没有条件玩网球，我拿把扫帚在教室里打扫卫生时给大伙表演博格、麦肯罗击球的“商标动作”，学得惟妙惟肖。现在这些年轻时代的业余爱好几乎全都放弃了，我不是一个刻意地要给自己安排业余生活的人。说到读书，十分惭愧，我不太热爱读书，读书很少，而且毫无系统，但书读得质量很高——悟性高，没办法，近一年来，我利用蹲厕的时间读了不少当代中国人写的长篇小说（其实是片段）……

诗歌，怎么说呢？是我的理想、事业、宗教、价值和生命——这绝非虚言。

谭克修：站在额尔古纳河畔，看到对岸辽阔的西伯利亚，我几乎同时想起尼基塔·米哈尔科夫的电影《西伯利亚的理发师》，和俄罗斯白银时代的诗人们。他们都给我一种强烈的俄罗斯精神气质。这里离你的私人牧场仅有十余公里距离，不知道今后你准备给我们带来什么？

**伊沙：**我还记得，你在美得醉人的旅途中曾给我们讲起过这部电影。进一步了解你就会知道，我实在是一个在物质方面缺乏感受力和想象力，相形之下却比较看重荣誉的人——这来自于李亚伟兄在饭桌上所指出的我的“毛病”，他说：“你太在乎诗了！”所以，去看牧场那天，站在自己的牧场上，那么大的一片牧场并没有让我很激动，后来在宾馆的房间里拿到那一万元的奖金也没有激动起来，但是在颁奖晚会上举起奖杯、致受奖辞、朗诵《唐》片段时，却是high极了！你当看得出来，我喜欢在有诗的场合用诗来表现自己，并且喜欢表现得尽量完美。回来之后，在网上看到小七（七窍生烟）拍的那些照片我就笑了：拍得很好，很真实，真实记录了我在那一时刻的喜不自禁。我记得我曾当面对你说过："这一次获奖鼓舞了我的士气！"——这话是特别真的心里话，"宠辱不惊"更像好玩境界的人说的姿态性的话，我是宠辱皆惊，刺激写作。

中俄边境上的那块美丽的牧场——重要的是：它在我心里。重要的是：我把目光留在了那里。比把它奖给我更为重要的是：你和额尔古纳的朋友们把我带到了比两百亩辽阔得多的地方，隔着额尔古纳河，面向广袤的俄罗斯，我脑中浮现出的是"大陆"这个词，我们心向"海洋"太久了，曾经一度，我们甚至想要放弃祖先留下的土地而改去打鱼，海岛与海盗都变成美妙的童话，现在，我们终于回头凝望这片"大陆"了，从我们的脚下开始的这片"大陆"，一直延续到天尽头……你在发言中提到了一串俄苏诗人的名字，我还想到了一串叫人心跳的小说大师……这会给我带来什么，我会给大家带来什么，我心里知道……

（2004年）

# 我做专栏作家

## ——《精品购物指南》访谈录

1. 你成为专栏作家的经历？（第一个专栏，共做过几个，现在的情况，写过哪些方面？）

1993年，一份办得很好的双月刊杂志《创世纪》存在了一年，我为之写了一年六期的体育专栏，这是我的第一个专栏。

总共做过几个已经记不清了，但值得纪念的是以下几个：1995年-2000年，我为《文友》杂志所写的长达六年之久的文化酷评月专栏；2000年-2002年，我为《足球》报写的历时两年的足球评论周专栏；2001年-2002年，我为《南方都市报》写的历时半年的生活小品日专栏。

现在我在为《特区文学》双月刊写一个叫《伊沙眼光》的诗评专栏。

写过的方面有文娱酷评、足球评论、生活小品等。

2. 成为一个专栏作家有什么要求？或者是你的哪些特点让你能够成为专栏作家并坚持至今？

（比如精力旺盛，每天都有话要对别人说，忍受不了长篇创作者几年才露一次面的压抑生活；或是比如特敏感，什么事情都能看出点儿内涵；又或者特能掰，什么东西都能说得出点儿道道。）

要我说是热爱生活，对文化有多方面的涉猎，掌握一套说人话的文风，活得渊博而有趣才是。

3. 专栏作家的类型有哪些？你属于？（内容上或是风格上）

懒得总结。

4. 国外介绍一个人时，可以把“专栏作家”作为一项正式的职业，并且会说他是某某类专栏作家或是某某报专栏作家，再或者加一个“资深”作为定语，以示从业水平。不知你向别人介绍自己的职业时说是“专栏作家”吗（或者是众多职业之一）？是否有专门的题材，或是专门的供稿报纸？

不说，我的职业是教师，我的身份是诗人。我首先是“作家”然后才是一名“专栏作家”——所以后者难被提及。

5. 还记得自己的第一篇专栏文章？

为了回答你的此问，我特意从书架上取下拙著《一个都不放过》查了查，是《开场哨（二篇）》，写的是马拉多纳和施拉普纳，一夸一骂。

6. 最喜欢谁的专栏？（国内外都行，已经停了的都行）

80 年代，贾平凹在《西安晚报》开设的《陕西小吃小志》的专栏，流沙河在《星星》诗刊开设《台湾诗人 12 家》，毕熙东在《中国青年报》开设的足球评论专栏。

90 年代，王俊（大仙）在《足球》报开设的足球评论专栏；大仙（王俊）在《北京青年报》开设的《三里屯泡吧》专栏；余秋雨在《收获》杂志开设的《文化苦旅》专栏；张承志在《花城》等杂志开设的不叫专栏的专栏；徐江在《文友》杂志开设的文化酷评专栏；燎原在《星星》诗刊开设的当代诗史专栏。

新世纪，王朔在《三联生活周刊》开设的文化酷评专栏；贾平凹在《华商报》开设的世界杯足球评论专栏；于坚在《昆明晚报》开设的世界杯足球评论专栏；韩东在《新周刊》开设的人物专栏；李敖在凤凰卫视开设的脱口秀专栏。

7. 专栏的创作与一般的文学创作有什么不一样的地方？（内容、字数、风格、观点之类）

对我来说，没什么不同，不允许不同。限制太多，不玩拉倒。

8. 专栏作家的收入情况？（最高的和最低的）

不了解别人。我自己也不能说。女人不问年龄，男人不问收入。

9. 是否足以维持生活，还是需要从事其他的工作？如果成为专职的专栏作家需要有多少专栏？

能维持又怎样？我从来不做此想。因为对我来说，专栏写作就是写作，不允许讲条件——挣多少钱就是条件。

10. 专栏作家最大的不同就是每天都要进行创作，写作的源泉从哪里来？

写作动力呢？（因为好像出租车司机，每天一睁眼就已经有了负债。）

一般要提前备用出多少稿件？

我经历过半年这样的生活（给《南都报》写日专栏那半年），没有任何问题，当年我36岁，我有36年的生活，岂是半年能写完的？老话是最实在的：写作的源泉是生活。写作的动力是对写作的热爱——在任何时候都不是钱——甚至是你一手拿钱一手交货的时候。

一般要提前给出一周的稿件。

11. 你的专栏文章都是有感而发吗？

当然。有感而发，有话要说。

12. 你能保证每篇专栏都有值得阅读的内容吗？会不会经常是

为了写而写？又或者像写作业一样，经常要赶出好几天的？

你必须保证！否则你就是个骗子。没有你说的这些不良现象。

13. 如果有一天你实在没有什么话题拿来写作，怎么办？这种情况是不是会很常见？

没有出现过，我不考虑“如果”。

14. 专栏作家每天的生活状态？

做你该做的所有事，每天有一个小时坐在电脑前。

15. 你会经常看别人的专栏吗？

不经常。好东西太少了。绝大部分的专栏都是滥竽充数，混子所为。

16. 怎样就算是一个好的专栏作家？

也许它另有标准，但我个人必须认为，好作家开了专栏就是。

17. 作为非职业的专栏作家，专栏创作与自己的工作之间的关系？

对于我，专栏写作属于写作。工作是工作。

18. 一个好的专栏作家是否就是一个好的短篇作家？那进行长篇的创作呢？

没关系。好的专栏作家应该是好的散文、随笔、杂文作家。小说与诗歌一样，是专项性极强、专业要求极高的另一领域。

19. 是否一个好的作家就能成为一个好的专栏作者？

不食人间烟火也不会说人话的那一种“好作家”除外，不擅长散文、随笔、杂文的“好作家”也该除外。

（2004 年）

# 把文学还给读者?

## ——与赵凝对话录

赵凝：我在去年“胸口写作”的风波中使自己平静下来，写作《白马之恋》这部小说，想写一个全新的男性形象，这个形象是以往文学作品中所没有的，可以说张皓天是“花样美男”的代名词，他身上融合了“男色时代”的全部元素。作为一个非常优秀的男诗人，你对“男色时代”这个提法认同吗？你认为“男色时代”真的来了吗？

**伊沙**：你每年都有新作问世，这是可喜可贺的，首先我想祝贺你！我刚读完你的这部《白马之恋》，读完之后的感觉是：小说就是小说，跟某些生造的概念关系不大——譬如，什么叫“花样美男”？什么叫“男色时代”？我都搞不太懂,也不准备搞懂。我读你的小说，读到张皓天这个人物，是把他当作一个个体来对待的，而不是当作一类男人的代表，或者一个时代的典型，我在阅读中收获的信息是：这是一个男人，而不是一类男人。你说他是“以往文学作品中所没有的”，我倒不这么认为，因为在我看来，没有“全新的”人物——如果有的话，那一定是不真实的——譬如说，这个张皓天，这个北京时尚社交圈中的“花样美男”跟上海“繁华一梦”年代的那种白面小开（很多文学作品中都表现过的）一定在精神层面或是灵魂上有某种内在的相似性，如果不是这样，他也难以成立。人是有本质和本性的，时代环境的变化或许会给他提供一个新的注释——那个注释的“新”并不等于“全新”，你要你的人物“全新”，对他是没好处的。在我以往的印象中，你不是一个喜欢在概念中谈问题的作家呀？当然，我也发现了很多写小说的，一到发言时就喜欢将概念甩来甩去的，这不应该啊，写小说的就更不应该。你忽然变得喜欢使用概念了，是不是出自一种急于塑造典型人物的焦虑？你很希望大家都来讨论张皓天这个人物吗？像80年代中期在对《人生》的全民大讨论中讨论高加林一样？

赵凝：是的，我还真希望张皓天成为《日出》里陈白露式的人物（高加林就算了，他太土），来个全民大讨论有什么不好？《白马之恋》现在在“新浪网”上的点击率很高，张皓天将来的名气说不定会超过陈白露。

“花样美男”这个词汇并不是我发明的，我只是第一个用文学形象把它凝固下来的作家。事实上，《白马之恋》的故事来自于一则社会新闻，新闻是快速过去的历史，再大的新闻事件，会很快被人忘却，而文学是凝固在纸上的“精品”，不会在人们眼前快速掠过，它是值得人们静下心来慢慢品味的东西。

在你最新出版的小说集《谁痛谁知道》中，有篇叫《我是种马》的中篇小说，男性为什么是种马？而不是女性笔下的白马？“种马”是“男色时代”的产物吗？男人的征服欲望很强，而“种马”的行为往往是“被迫的”，你认为男性愿意充当“种马”的角色吗？《白马之恋》中的张皓天是你说的那种“种马”吗？

**伊沙**：我的那篇小说写的是一场暗加在一个小人物头上的阴谋：主人公在对爱情的幻觉之中给一对没有生育能力的夫妻充当了“种

马”，故事很荒诞，人物也充满了屈辱感。我绝不是宣扬“我是种马”的充满男性膨胀意识的作家，因为本身就不是这样一种男人嘛——非但不是，对此种男性意识我是相当厌恶的，我在自己的作品中也有所反映，我在我的一部即将出版的长篇小说《迷乱》中也曾写到过一个“种马”式的男人，事实（这有赖于我在生活中发现的事实真相）是他早就是个“废人”，因为是“废人”，他就更要夸大他的“种马”形象，越“废”越“种”，这就不是那么简单了。你问“男性为什么是种马？而不是女性笔下的白马？”——我知道你不是女权或女性主义者，如果有人认为你的这部《白马之恋》带有女权意味，我想一定是误读了——女权或女性主义的简单幼稚就在于思维上有一种“换个位子”的想法！你问“男性愿意充当‘种马’的角色吗？”我的回答是：正常的男性几乎人人都有当地主甚至皇帝的意愿，很大一个原因是：地主就是小“种马”，皇帝就是大“种马”！你写的张皓天我觉得肯定不是什么“种马”，他在你的小说中一出场“卖”的心理和意识就很强烈了，似乎还出自一种本能。从你给定的诸多细节上说，他的本性是“鸭”——是男妓，这本来可以决定事情的残酷性，比现在你表现出来的要残酷得多，譬如他该对包他的大鱼有更狠的巧取豪夺——是什么阻止了他这么做呢？你告诉我们说是“爱情”……另一方面，你给定了我们“大鱼”这样一个人物，这样一个整天在做生意（还是前作家）的女人可能将一只“鸭”视为“白马”吗？可能有这场“白马之恋”吗？他们会有一段故事，但不可能是一场“恋”的，在你笔下的这对男女有点太像正常相恋的恋人，他们在家庭式的生活中也太像两口子了嘛！本来张皓天那个开出租的前女友（这个人物本可以更粗俗更轻贱一些）可以把我们带到一个更加残酷的底层社会中去，可以借此冲一冲时尚社交圈的虚浮之气，但是你却心软了，心一软笔就软，结果让她停留在一个符号的意义上。总之，在你所要讲述的这个故事和你所要表现的这些人物上，你想象的成分还是多了些，个人的善良愿望多了些……这是不是女作家的通病呢？

赵凝：我并不觉得张皓天是“男妓”。我记得几年前你写过一个小长篇《江山美人》，书中的你被一个当红女作家养着，你整天写诗，无所事事，你觉得你也是“男妓”吗？或者是一个“男妓诗人”？

**伊沙**：所以，“我”才很痛苦嘛！所以我才结束了那段关系嘛！不像你的张皓天这么心安理得（因为求之不得）。你刚才提到了陈白露——请你注意：陈白露最终是把自己杀死了的——由此即可看出，曹禺到底是大师，写出了人物的灵魂，并懂得让这灵魂来发挥它的力量，决定人物的命运。

赵凝：我去年在出版《夜妆》时，曾在《文艺报》提出“写小说是给人看的”，得到许多作家和读者朋友的赞同。现在文学已离普通读者越来越远，纯文学刊物的发行量有的只发行几千册，我认为这都是因为“小说不好看”造成的。“把文学还给读者”是我这本新书的一个目标，《白马之恋》就是要给读者一个好看的故事，一个文学长廊里没有的新鲜人物，让读者愿意自己掏钱去买书，而不是被这奖那奖所左右。小说原本就不是“小众艺术”，只有缺乏才情的作家才会打着“小众”的旗号写那些骗人的玩意儿。

**伊沙**：我因为长期置身在诗歌圈的氛围中，平时听到为“小众”辩护的“仿精英”的声音多了一些——我不是说的诗歌，而是诗人做起小说来的那副样子：他们怀揣着过时的西方“现代派”的观念的一根筋，总想着发明出一种全新的小说来，甚至已经提前宣告以前的小说是失效的，其实呢，他们压根儿就不具备写作常规小说的基本能力，也不打算花点时间和精力来自我训练一下，所以我对他们的提法和作态是素来反感的。但是，我也不能完全同意你的说法，譬如你说："纯文学刊物的发行量有的只几千册，我认为这都是因为'小说不好看'造成的。"——在我看来，这是全球性的正常现象，其中没有必然的因果关系，"纯文学刊物"就该"发行几千册"，如果它们发行几十万册，倒是不正常的，我们曾经经历过那种全民读小说满大街都是"文学青年"的不正常——我们就是从那时候走到了现在。你说"'把文学还给读者'是我这本新书的一个目标"——事实上，你不给自己提这个目标，这本书也有现在这么多的读者，因为书是由人写的，人是有差异的，有的人天生就离人群更近一些，也就更有人缘一些，这是由你整个人来决定的，而不是由某个口号某个观念来决定的。我反而觉得，这个口号这个观念对你的写作是会带来坏处的，你想在写作中再强化一下自己的"人缘"，想为自己多增添哪怕一名读者的念头都会有害于自己的写作。是不是在你们小说圈里就是这样一种情况：不以奖项为目标（得奖的确实都是某种类型的作品），就以市场为追求（赢得市场的确实又是另一种类型的作品），能否不从外在的环境中来寻找依靠，靠的是自己内心中永恒不变的艺术法则——也许是我太天真了。但我真的不希望看到这种情况，没有市场的作家为没有市场辩护，拥有市场的作家为拥有市场而辩护——如此一来，文坛上所发出的任何声音都失去了文学的严肃意义。初级阶段图书市场的混乱会造成作家头脑的混乱，如果是在一个更健全更成熟的市场面前，每个作家都必须首先面对这样一个对于自身的抉择和确立：你是文学的作家还是畅销书作家？那么，我们该如何回答呢？

赵凝：我以前是最纯文学的作家，作品写好后只发《收获》的，但文学作品的纯与不纯是要时间说了算的。就小说而言，我认为所有的挖掘和试验都是为了写出更“好看”的东西，而不是为试验而试验，装神弄鬼。小说本身并不是一个“雅”东西，小说是写给平常人看的，目前我的小说《白马之恋》在新浪网上排名第三，有很高的人气和点击率，如果说一个作家人气旺、书畅销就不够“纯文学”的话，那张爱玲又算什么呢？

评论家孟繁华先生关于我的写作，曾有过精彩论述，他认为我的小说是超越“女作家自我写真集”的小说。你认为小说可以超越自身经历吗？常常有人把经历过的事情写出来，例如林白女士的《一个人的战争》，而我的小说虚构的成分却往往要大于“亲历性”，如《夜妆》中的“著名节目主持人”，就是我虚构的人物，我希望“她”离我现实身份远一点儿，但没想到在《夜妆》出版之后，我就真的来湖南当主持人了。同样，在最近出版的这部小说《白马之恋》中，女主人公“大鱼”是一个名作家出身的文化公司女老板，“她”的经历是超越我自身经历的，但如果《体香》和《白马之恋》这两部影视剧操作得比较成功，在不久的将来，我也会有自己的文化公司。我总是“写作”在先，“经历”在后，我认为小说的神秘性就在于虚构，我总是“虚构了一段经历，然后把它变成真的”，这很奇妙，也有些不可思议。你对小说的虚构性和亲历性怎么看？

**伊沙：**这难道是二元对立的吗？要么虚构，要么亲历——有那么纯吗？有那么绝对吗？你怎么就敢断定林白的《一个人的战争》是“把经历过的事情写出来”？——我觉得这么说话太粗暴了，不像个作家说的，更像个评论家说的——你太多的话都像是评论家说的，圈子里待久了吧？把那些非文学的粗暴话听顺耳了。老孟（我见过的）说你的小说是超越“女作家自我写真集”的小说——这话又不像评论家说的啦，像个“娱记”说的，呵呵！我看到过两个比较边缘化的小说作家——甲问乙：“为什么我们老是在写自己的故事？”乙回答：“我们自己的故事还写不完呢！”——他们陶醉在这番小机巧所带来的智慧的幻觉里，甚至还有一种莫名的优越感，那就继续在欠缺虚构能力的状态中便秘一般写下去或写不出来吧。没错，小说是“虚构的艺术”——但如果认为唯有虚构才是高级的，那又错了,会培养出一帮专讲别人故事的故事匠——“你得舍得自己，把自己搁进去”——这话不是我说，好像是王朔说的吧？说得不错。作为一个如今正在大写小说的人，我跟你交流一个体会：好情节是需要编的，好细节是编不出来的——这是小说写作的奥妙所在。

赵凝：由于文学在逐渐滑落，变得越来越边缘化，而我的小说从《一个分成两瓣的女孩》到今天的《白马之恋》一路“走高”，至今已出版十二部长篇小说，在所有文学刊物都开始萎缩的今天，“赵凝小说”一直是以大发行量、大动静、大影响力“三大”取胜的，在文学界有人把它当作“赵凝现象”来研究，在出版界更是一年一度的“赵凝旋风”刮起，使得我的图书成为一个自成系列的大品牌。有人说我是商业的，也有人说我是一个文化现象。我个人现在以作家身份进入传媒界，当主持人，改编影视剧，我对文化传播感兴趣，希望从图书开始，辐射到更宽、更广的领域。你对文学和商业的关系怎么看？心里有抵触情绪吗？

**伊沙：**作为朋友我想提醒你：一、不要跟在自己的身后数自己的脚印；二、更不要给自己的脚印再插上一个时代的标签。

我认为文学与商业没关系，是两件事情——只是作品的出版会遇到它。我作为一个人，对商业不抵触，但也不操心，更不会向商业的思路和思维方式妥协。

赵凝：《白马之恋》刚一出版，媒体一片哗然，因为小说涉及敏感的“男色”问题，有人说赵凝在《夜妆》里“出卖色相”，而在《白马之恋》里她“让男人出卖色相”，许多男人都认为“男人怎么可以被宠爱”？认为《白马之恋》伤害了他们，是“污辱男人之作”。另一种声音是“包养我吧，我很帅”，这两种男人的态度截然不同。你认为男人究竟是害怕“被污辱”呢？还是巴不得被女人“包养”？

**伊沙**：人有多少种，男人就有多少种。

赵凝：我因“胸口写作”和“美女作家”这两件事情倍受争议，最近有一本畅销书《十美女作家批判书》中指出，“赵凝小说性描写泛滥”，你认为《白马之恋》中的性描写多吗？是否到了泛滥的程度？

**伊沙**：不光这部《白马之恋》，在我读过的你的书中，性描写都不算多，当然更谈不上“泛滥”——我玩个比喻吧，你爱喝酒，但每喝都很节制，却背负了一个“酒鬼”的名声。这有点儿冤枉你，但也不必为此而委屈，书卖得好了嘛！

赵凝：我在湖南主持《欲望都市》节目，有听众发来信息，认为我是“女权主义者”，我个人认为中国并没有女权运动，有不少标榜自己是女权主义者的文人，不过是在以此作秀。我觉得小说就是小说，我不为任何“主义”而写作。你认为呢？

**伊沙**：我当然不会为任何“主义”而写作，但也不会为商业而写作——以此共勉吧！

赵凝：我在小说里一直追求那种“迷药般的色彩”，从《体香》到《夜妆》再到《白马之恋》，那种如梦如幻的语言感觉从来都没改变过。我的作品之所以吸引读者，我认为跟我独特而精致的语言有很大关系。这是我小说的质感。而口语化、平民化可能是你写作时追求的质感，所谓泥沙俱下。我在去年因《夜妆》一书接受记者采访时，曾说过“我是中国最好的女作家”，结果遭到另一个“美女作家”尹丽川女士的恶毒咒骂，文章发在北京的《精品购物指南》上，我一直没有回击是觉得不屑。她非常想以女性作家的身份来个“泥沙俱下”，可惜我觉得她不是能够驾驭“泥沙”的人，我讨厌“玩文学”的姿态，讨厌管写小说叫作“码字儿”，总之讨厌一切缺乏真诚的东西。陈凯歌说，“要做有诚意的电影”，我赞成他的提法。无论是写作还是主持节目，我都会用手摸摸胸口，要对得起自己那颗“怦怦”跳动的心，这就是所谓的“胸口写作”。你觉得呢？

**伊沙**：你说的现象，我注意到了，嚷嚷着“下半身”起来的人，忽然对“胸口写作”大惊小怪，非常滑稽！有意见就表达你的意见，也不必那么恶毒的人身攻击嘛！当时看到那些丑话，令我大叹：同性相骂最恶毒！女人骂女人何其毒！我想你是因为自命“最好”刺激着人家啦，在某个小圈子的舆论里，人家“不是第一也是第三”嘛。现在有个现象很奇怪，诗歌圈子里也是一样的：写得少的骂写得多的，写不出来的骂作品迭出的，骂的时候还一副义正词严的样子，仿佛真理的化身，真是咄咄怪事！

“诚意”——陈凯歌的话说得不错，但关键是如何做，他拍《和你在一起》就是没有“诚意”，或是说有的是伪“诚意”，跟在武侠热的后面（还跟晚了）拍《无极》，就更没有“诚意”了。所以说——关键是做！

（2005 年）

# "我看我最像"

## ——《中国诗人》诗刊访谈录

马铃薯兄弟（以下简称马）：伊沙，你好！从我接受《中国诗人》主编的委托，主持"经典时空"开始，我就在考虑和你做一次访谈，但一直没有正式开始，因为我当初考虑这个栏目的时候，对这件业余工作的"意义"还是看得很重的。我希望能体现新时期以来这20多年的一个诗歌生态，一个诗歌发展的脉络。对这个时间段里的主要人物，要有一个既有个人理解也能站得住脚的选择与梳理，那就必然要有先后顺序的考虑。所以，虽然一直在关注着你，收集关于你的资料，关注你最新的动态，却没有实际着手来做访谈。可现在我觉得时候差不多到了。一来我实在是想问你一些问题，二来我不知道我这个系列在杂志会坚持多久，我希望在我主持这个杂志栏目期间，能把和你交流的成果在杂志上公布出来。这个系列已做了10个人，总的目标是做20个人左右，这20个人应该可以作为了解新时期以来诗歌发展的一些基本的支撑点。虽然前面有些老同志还没做，但我想弥补还有时间。这几天我把问题列了一下，请你百忙之中来面对一下这些问题。也许有的问题你已经回答过很多次了，但我相信，尽管如此，我还是想听你亲自说说，毕竟，各人发问的角度还是有所不同的。

在我的感觉里，你是近年来最具有争议性的诗歌人物之一。我觉得，争议，或者说褒贬的原因，一是你的为文，一是你的为人。为人，更确切地说是个性，是你对各种社会、文化现象的反应。从网上的信息来看，有时我感到更多是个性的原因。所以我首先想请你说说自己，对自己个性略作解剖。你觉得作为一个人，一个男人，一个作为诗人的男人你是怎么样的？你是不是天生就是一个富有反叛意识的人？

**伊沙（以下简称伊）：**准确地说出自己是困难的……试试吧！我想说我是一个传统的男人和一个不怎么传统的诗人，还想到一个成语可以描述自己："静若处子，动若脱兔。"

最近这些日子，我正在酝酿我写作计划中的第三部"大长篇"（小说），是写一个孩子眼中的 20 世纪 70 年代的中国，将动用我从童年到少年生活的全部经验，所以老是回想起小时候的自己（还时常能够梦见），我是一个大人眼中的"坏小子"是毫无问题的，具体"坏"到什么程度呢？我举一个例子：那是五岁还是六岁时候的事，反正是在上小学以前，我在父母单位一个露天的公厕里，从男厕所向女厕所抛砖，还干过多次，听着隔壁响起女人的尖叫和惊呼，心里头特别舒服，一边狂笑一边跑，后来被人逮住了，扭送到我父亲那里，被我父亲好一顿暴揍……我确实是被揍大的，到高中还有挨揍的经历。我初小时的班主任——一个长得跟骷髅似的老太太跟我父亲说了这么一个意思：这孩子将来不进监狱就是好的。我初中时的班主任——又是一个长得跟骷髅似的老太太，比前一个有水平，她在我父亲面前更进一步地阐明了这个意思：这孩子将来要么很好，要么很坏……我坏事做多了，让母亲伤心不已，充满自责："我怎么生出你这么一个……"然后将我家亲戚挨个历数，发现全是好人，就我这么一个坏种！

我看现在有些少男少女"作家"写的东西，"残酷青春"什么的，唯恐把自己写得不能再“坏”，其实都在装，这些家伙一看就知道纯属面瓜肉头一类的玩意，做坏事都是跟着队伍后面溜的，是我小时候见了就想上去欺负的那一种——开此小资时尚写作先河的王朔就是这种角色嘛！什么“动物凶猛”？动物还有个发情期，很讲“文明”的嘛！我真是从骨子里厌恶这种时尚化的写作，那可真是又酸又假！我可以告诉大家：一个天生一肚子坏水的孩子基本平安地长大之后回想起来的感受是：长大了，太不容易了，是知识是一点一滴的文明把我从蒙昧中拉将出来的啊！

马：我看你的资料，了解到你 1983 年发表处女作。你对自己的写作也有过一个分期，那是几年前了。现在你对自己的写作里程怎么来看？请你为我回顾一下你的文学写作之路。特别请你对早期的经历做些回顾。你是怎么开始写起诗来的？从一个阶段到另一个阶段，其中起重要作用的因素是什么，或者说，你是怎么实现阶段的转变的？

**伊**：我是从小学四年级开始阅读成人文学读物的，不是偶尔为之，是日常性的大量阅读。如此一来的结果，使我的作文水平一直比同龄人高出一大块，初中时已经把作文写得像小说了，其中已有虚构的东西——为此，我的语文老师（就是上个问题提到的第二个形似骷髅的班主任）还对我父亲说我“不诚实”。高一那年，我在市里的作文和影评比赛中拿了两项一等奖，我在去领其中一项奖时才算真正认识一起得奖的同级不同班的同学姜雁飞，也是在那年，他干了一件轰动全校的事——就是在当年发行量巨大的《语文报》上发表了一首小诗，我看了觉得我也能写，马上就写了一首，投给了《陕西日报》并很快发了出来，从此欲罢不能，时写时发，这种状态从 1983 年一直延续到 1988 年我读大三终于有了写出好诗的能力——这是一个历时五年的准备期。第二个阶段是 1988 年 -1999 年，是我跃上诗坛表现充分并建立了自己个人的诗歌体系的一个时期；第三个阶段是 2000 年迄今，是以网络为原生现场的新世纪写作，是从青年走入中年的自我升华的一个新的阶段。在每个阶段之间，是内外因的双重作用同时发生造成的，你其实根本不必做什么。

马：看你的简历，知道有其他民族的血统，你有没有过具体详细的考证？能介绍一下吗？

**伊**：有狐臭为证，呵呵！看过我的《西施兰颂》一诗吗？

连谁生了我们不都是别人告诉我们的？是我父亲告诉我：我的曾祖母是新疆来的哈萨克。我的伯父也说过。他们弟兄两个确实长得有些欧化，到我这一辈就淡了。我的家族好像跟少数民族有缘似的，我又娶了回族的女儿，我儿子简直就是民族大融合的结晶。

马：你现在的身份多重，诗人、小说家、评论家，有时还到大众传媒客串一下。在你的心底，你最看重哪个身份？比如说，如果你想选择一个称号，你更愿意别人怎么称呼你？

**伊**:这还用问吗？当然是诗人——这至高无上的身份！对我来说，没有这个首要身份，别的称号毫无意义。

马：请你说说，你为什么写作？

**伊**：为了活下去。

马：在你的写作道路上，有哪些人或哪些因素对成就你的写作具有重要的意义？

**伊**：不玩虚的，我拣实在的说——

父母（主要是父亲）的反对和漠视，这比悉心培养重要得多——因为我打小就是一个逆反心理很重的人，你越反对，我就越要去做；你越不屑一顾，我就越要干出个样儿来给你瞧瞧！可怜天下父母心，我父亲对我的人生设计是：学好数理化，走遍天下都不怕，考进同济，毕业后成为一名建筑设计师。谢天谢地！中国最终没有因为我而多出一个平庸的建筑设计师。

诗人严力超凡脱俗的慧眼。黄贝岭当年尚在北京，到我们宿舍来过一趟，扔下了两本《一行》，别的同学只是看，我看了之后就投了一组诗过去，半年之后发出来时，我已经毕业分回到西安，第二次寄诗过去后，严力给我回了一封长信，其中有一句话是最为关键的，他说："不出几年，你就会写出来"——这是第一位著名诗人对我的诗直言不讳地表示肯定，之后《一行》每期都有我的诗发表，直到新世纪以后停刊，那两年我很快被诗歌圈子里的人所知道，主要靠的就是《一行》。所以说严力是"扶我上战马的人"是不为过的。

诗人马非不遗余力的推助，春节期间我应某网站之约整理了一下自己已出著作的名目表，发现由青海人民出版社出版的在其中占有七种之多，责任编辑都是王绍玉（马非），七本著作啊……还说什么呢？这不是一两句话能够感激完的！我之所以从不放松自己，在很大程度上，就是不想叫马非这样的朋友失望！

马：你对新时期这 20 年诗歌有个总体的价值判断吗？姑且按约定俗成的方式命名，朦胧诗、第三代诗歌、中间代诗歌、70 后、80 后等等，你认为哪一个命名所指代的那些写作群对诗歌艺术的贡献更大一些？或者说，你更接受何者？

**伊**：已经快 30 年了吧？从总体成就而言，我可以十分肯定地说：它全面超越了五四以降现代文学的那个 30 年，也超越了台湾诗歌五六十年代的繁荣，并且初具了某种"盛唐气象"。请大家参看由我编选的两部大书：一、《现代诗经》（漓江出版社 2004 年 5 月版）；二、《被遗忘的经典诗歌》上、下卷（太白文艺出版社 2005 年 1 月版）。

你提到的第二个问题很难讲，从无到有阶段的贡献总会被放得很大，抬得很高，譬如“朦胧诗”和“第三代”；从有到有原本更难，譬如所谓“中间代”所做的，就容易被忽略……把 70 后、80 后拉到这里谈，我觉得对他们有点儿不公平，尤其对后者——才刚上路嘛！

我在不同的时期会更接受其中的某一种诗歌，就不一一道来了。

马：你被列为中间代诗人之代表，可你也说过，自第三代之后就没有代了，而代之以个人化写作。请你略加阐释。

**伊**：这个很容易理清，像“朦胧诗”“第三代”原本就是对某种在当时属于新的诗歌现象的或正或反的界定——由于此种现象都出自于某个群体，继而成为这些群体的代称。“第三代”之后再没有这种由群体造成的新的诗歌现象了，也就没有了“代”，所有类似的命名徒有对某个年龄段诗人的标明性，也就失去了诗学上的意义，像“中间代”“70 后”“80 后”都是如此。“代”、群体、流派、社团本来就是历次文学大潮初澜泛起时的现象，它越发展，越深化、越成熟，个人化写作的特征就会愈加明显——从 20 个世纪 90 年代以来，我们已经看得越来越清楚了。

马：我注意过这个现象，就是北京师范大学诗人群。现在好像还没有人很明确地提出这个问题，但它是一个存在。你能不能稍稍谈论这个话题，你们这些诗人之间，是一种什么样的生态的关联？是什么样的原因或力量造成了这个群体？你能否对其中的一些你的校友略作评说？他们和你之间，是一种什么样的关系？是否有某种传承的关系？

**伊**：不是没有提出过，很早的时候——大概是在 20 世纪 90 年代前期，徐江就做出过“北师大 85 一代”的命名，在新世纪初的网际论争中，我们不是还被人指斥为“北帮”吗？事情已经过去了，我才搞清楚：哦，“北帮”原来是“北师大帮”的简称。

这个现象的形成，跟20世纪80年代中后期中国社会以及文化的“大气候”有关，也和那个时期北师大中文系的“小气氛”有关——至少在那个时期，我们所上的中文系是全国最棒的中文系，刘晓波、王富仁、王一川、任洪渊、蓝棣之等一批思想活跃年富力强的中青年教师都是我们的授课老师，郑敏也在外语系做教授。当时写诗写得小有名堂的以我们85级为最多，到高年级时稳定在了10个人左右，现在剩下我、徐江、侯马、桑克，84级的宋晓贤，86级的张海峰——以上几人算是第一拨吧。到了1998年，在校就读的沈浩波和我们联系上，又“挖”出了在我们离开学校的几年之间就读于北师大的南人、朵渔、李师江，前两年又发现了溜溜——这算第二拨。

限于时间和篇幅，对于他们——我就不一一评说了，有兴趣的朋友可以翻看我的散文随笔集《被迫过着花天酒地的生活》（人民文学出版社2004年6月版）中的一篇长文《1985-1989：散落在铁狮子坟的回忆》，以及由我主编的《被遗忘的经典诗歌》一书中的评点文字。

头一拨里的人是和我一起成长起来的，第二拨里的个别人可能还是跟我有着某种“传承关系”吧。

马：当初的盘峰论战已经很久远了，现在回头看，当初那场论争，从诗歌学上来看，双方的艺术分野真的那么严重吗？而回到现在，你觉得是否还有一种无法跨越的分野？

**伊**：非常严重，比大家看到的还要严重得多。我在后来事隔半年之后举行的龙脉诗会的发言中已经讲过“这是两种动物在森林中的遭遇和碰撞”——是两种生命形态的遭遇和碰撞，是诗意的动物和非诗的动物的遭遇和碰撞！

这个巨大的分野永远无法跨越。

马：你的诗歌写作近年数量似乎十分惊人。经常可以看到你的月度作品集束推出，恕我直言，这些作品相当多的仿佛是一种练习，像是为了维持诗歌感觉和诗歌状态的一种功课。良莠不齐是正常的。我关心的是，你写作时内心的考虑，我感到似乎有种叫“习惯”的东西在影响着你的写作，你说写作是你的生命的存在方式。我还想知道，你这些随笔式的诗歌记录的深层，是否也有一种对诗歌写作能力丧失或退化的危机感?

**伊：**大雁塔有七层，可以把塔尖看作是第八层——塔尖最高，但只是一个尖；第一层的塔基面积最大，用砖最多，才能一层一层上去……这便是“塔”。

还有一种东西，譬如电线杆，看起来省料，直戳戳的，向天奔高而去……但它能有多高?这就是“杆”。

我想我已经讲清楚了。

马：我最近比较多地看你的作品。我感觉，回头看你的《车过黄河》，特别是《饿死诗人》，觉得毫无疑问堪称你的代表作，其后的作品，或许更成熟，可就是不再能具有它的影响。代表作就是淹没其他作品的。这是没有办法可想的事。你自己最偏爱自己的哪些作品呢?

**伊：**这恐怕不是一个单单发生在我身上的现象吧?譬如北岛影响面最广的《回答》——虽不能夸大地说成是他写的最差的一首诗，但说到他写的差诗绝对是可以数得着这首的，我在《文友》杂志编评《世纪诗典》专栏（现结集为《被遗忘的经典诗歌》上、下两卷）的时候，就坚决不选他的这首诗，有多少《文友》的读者哭着喊着点名让选，我就是不选……

我觉得所谓“代表作”需要一点与时代“媾和”（我并未说“妥协”）的意思在里头，会替一个诗人争取到最广泛的读者群（有共鸣感嘛），盖因如此，它就不可能代表一个诗人的最高成就。对于一个诗人来说，没有“代表作”是可悲的，徒有“代表作”也是可悲的。

我对自己的作品没有偏爱或偏废——这倒不是出于自恋，而是相反：我从来不研究自己已经写出的东西。

马：近年你的诗歌，我觉得《唐》是最值得注意的。这首长诗可以看作你的诗歌积累的一次集中的检阅，当然，其中出现了一些有趣的问题。在很长的时期，你是以反叛、以解构、以反讽为精神特征的，对政治，对文化，对权威。而在《唐》里面，我看到了某种回归或皈依，诗歌的情感上，也和以往的粗粝不同，表现出了某种细致温柔，这是不是一个诗人的发展无法抗拒的过程？或者所谓变化只是外在的，不变的是某种内在的一致性？请你谈谈《唐》的构思与写作的经过。你怎么看长诗在当代的贫困？

**伊**：很多人把我看成是“时代的诗人”，说老实话，我现在还有这样的写作状态，已经让这些人大跌眼镜了，他们早就在背后发出过“很快完蛋”式的预言和诅咒——与这些家伙的判断恰恰相反的是：我是本质的诗人，永恒的诗人，如果生在古代，就是古诗的诗人；生在五四，就是新诗的诗人……我对自己的生命体和诗歌能力的了解远甚于每一个“别人”，我知道有一天我会在某一首“大诗”上集中爆炸式地表现一下——这便是写作《唐》的最大原动力，想写的念头早已有之，知道写什么是到了新世纪，2001 年在心里酝酿了一年，2002 年写了一年，2003 年修改了半年。

大部分人读《唐》，说读出了一个不同的我；少部分人读《唐》，说那个不同的我还是我；我说其实那更是我——是我的全部。即便是在你说的“反叛、解构、反讽”的向度，《唐》也是更进一步的；而在另一个向度上，它是大风月——我是这么一个擅长于风月的诗人，这奇怪吗？在我自己看来，一点儿都不奇怪，你身上心上有的，迟早都会写出来。

我自知，超越《唐》才是真正困难的事，所以短期之内放弃这样的尝试，重回短诗，写作小说。

长诗在当代已不成其为一个现成的体例，它早先的功能已经被长篇小说分担掉了，若要成功有效地写作长诗，必须要有非常独特的大灵感和全面的诗才——我不讳言说，《唐》正是这样一个产物。

马：我最近编一本网络诗选，知道关于诗歌的网站竟然多达上千。和许多诗人朋友一样，你对互联网充满着赞美之情。那你觉得互联网的诞生，尤其是诗歌与网络建立联系后，你的诗歌是否也有一个互联网时代？你的诗歌是否受到了互联网的某种影响？是什么样的影响？

**伊**：有，我自称为“伊（e）诗代”，肯定会受到影响，我也主动配合它给了自己一个压力：在现场写（但不是什么“在线写作”）。至于结果，过几年会看得更清楚。

马：口语诗歌承受着很大的误解，承受着污名。有人说，口语诗歌把语言变成了垃圾场。现在是一个词语的意义空前混乱的年代，某些人口中的垃圾未必是垃圾，但是即使我们认为他们的表述很准确，还有个对垃圾词义的不同理解问题。这个问题先不去管它，我想说，口语诗歌诗意的流失倒的确是个问题，我认为这不是与生俱来的。一方面，有人出于偏见有预谋地刻意地攻击它；而另一方面，口语诗歌的实践者又的确存在误解口语诗歌、伤害口语诗歌的状况。而我在你的口语诗歌中，看到了力量、干净、利落、一刀见血，这是许多喜欢繁复意象的写作者所不可能达到的。“我儿子的孤独／普天下独生子的孤独／差不多就是全人类的孤独”。诸如此类的句子，堪称典范。有时，你的同一首诗，有的人说粗俗、不登大雅之堂，而有的人则认为其语言美丽无瑕。在你看来，口语诗歌应该注意哪些盲点或误区？

**伊**：口语是最不易藏拙的诗歌方式，高手真高，垃圾遍地。

你说“口语诗歌诗意的流失倒的确是个问题”，我以为可疑的是这“诗意”二字，有人所谓“诗意”是来自于古体诗、抒情诗、意象诗的阅读经验，而不是来自于自己的生命体验，这样套，当然会失望的。

写口语诗的人大部分是垃圾，攻击口语诗的人全都是垃圾——请所有人注意这句话。

没有明确自觉的“口语意识”就写了口语诗的人，进入不到语言奥妙的高层次；时刻不忘刻意强调自己写的是“口语”的人，则会写得小气而做作——此为两难，是为提醒。

马：我注意到你的诗歌中，许多作品都有一个叙事的依托。处理不好，就很容易使作品语言缺乏必要的张力，对于高手，可以掌控，而常用这样的写法，是否会形成某种惰性？是否会使诗歌写作的语言要求发生某种自然的降低？

**伊**：不是“依托”，也不是“叙事”——而是“叙述”，“叙事”是中国特色的“知识分子诗人”的理解，他们在20世纪90年代中期以前都是抒情型的意象诗人，实在抒不下去了（是酸不下去了），就来找“叙事”，还以为发现了什么灵丹妙药——不过倒是让他们勉勉强强地写下去了，现在为争这个发明权互相之间还时不时撂上几句小杂话。至于为什么是“叙述”而不是“叙事”呢？因为我们是在诗歌内部说话，而诗歌的本质是抒情的，“叙述”是另一种抒情手段（冷抒情）而已，其意不在于“事”，而在于“叙”本身，指向情……所以我说诗歌中的“叙述”是不及物的，它及的是情，所以“叙事”之说是大大的无知，是非诗的……我以上所讲是现代主义解决过的问题，所以你说中国特色的“知识分子诗人”到底是现代前还是现代后的诗人？到底有没有知识？这种理解上的误差直接导致创作的结果，其“叙”之意在于事，自然就是干巴巴的味同嚼蜡，最明显的一个例子就是孙文波。

上面这个问题，我曾在“盘峰论争”的现场当面质问过某个在名牌大学里教书的“知识分子”，他仓皇应对：“一回事儿！”

语言的“张力”是诗人在意象诗那个阶段自设的一个标准，没法通用吧？“惰性”又是从何谈起？捕捉加想象到一个很绝的场景片段比在语言上搞些修辞的小花样要难得多！至于语言的高低之分——这就像一个没有衣穿的穷人总想把所有的衣服都穿在身上，而富人正光着身子领着女人在泳池边玩呢！

马：你喜欢金斯伯格，你最欣赏他的什么？除了他，你还喜欢那些中国的、外国的诗人？

**伊**：如果我眼中的老艾伦和一千个一万个人眼中的是一样的，那么我就失去了谈论他的资格，我说他内力强大——这可能还好理解，但如果我说他一身纯洁、一腔是爱、一脸天真呢？我说他就是一个天使在人间呢？恐怕一些只能靠文化知识来理解事儿的老少爷们儿就会立马傻眼。譬如说，在文化的理解上，马雅可夫斯基似乎和金斯伯格是同一类诗人，每次我从一些诗歌同行的嘴里听到金斯伯格之后紧接着就会听到马雅可夫斯基——这时候，我的反应一定是闭一下眼，在我看来，太不一样了啊！疯狂也会不一样的！金有一种内在的混沌的深刻，马则透着一身轻薄之气……

又该拉名单了吗？让文学教授们去干吧！在有关金斯伯格的话题中，我只能提到布考斯基和李白——我对别的诗人的热爱都无法到达这个分儿上，感觉上他们是我在诗上的“家里人”！

马：有人戏称，鲁迅的小说后继无人，但在随笔杂文上，至少造就了一个伊沙。说到鲁迅，许多当年参加断裂问卷的作家诗人们的回答几乎是众口一词的，即否定鲁迅对自己的影响和意义。你怎么看鲁迅？他在你的精神深处是否拥有某种影响力？

**伊**：别“戏称”了，在随笔杂文上，我已经不准备玩了——鲁爷就是在这上头贪玩才误了自己原本可以更加远大的文学前程！思想家、革命家这些个头衔你要它做甚？把文学家做踏实了不比什么都强？假如我们硬要把鲁迅塞在莎士比亚、托尔斯泰或是李白、曹雪芹的序列里，他老人家在天上能踏实吗？像我这种爱他的人在地上能踏实吗？

至于在断裂的问卷中对鲁迅的态度，我觉得无所谓肯定或否定，只记得那种声音听起来有点儿阴阳怪气，有点儿滑稽——其实这个行为本身就很滑稽，太书生气了！太小儿科了！我当时也收到了一份卷子，看那问题就问得自作多情，虚拟了许多以为是“庞然大物”很在乎的问题，期待大家反其道而答之。从小到大，我答的卷子还不够多吗？我为什么要通过再一次的答卷来表明一点什么？立场？观点？我是有想表达的，在此之前已经写了一篇文章——《世纪末呼吁：解散中国的作家协会》，并将这篇文章公开发表在《文友》杂志上。

毫无疑问，鲁迅是人杰，我肯定深受其影响，前提是：我是那么爱他。

马：你的写作精神中似乎具有某种挥不去的矛盾，我觉着，一方面是犀利、尖刻、不依不饶；但另一方面，又反映出忠直、仗义、敦厚、温情和易感。在外在的“邪”之外，我觉得你有很深的关怀在。如果用一个不太恰当的比喻，我觉得你是一个很热血的左派知识分子——这里的知识分子和诗歌争论中使用的“知识分子”概念无关。你自己怎么看自己的矛盾？

**伊**：其实，这一点儿都不“矛盾”，在我看来，十分“和谐”，十分“统一”：前后两点互为其真实可靠的依据。而且，我从来都不“关怀”什么（也从不“批判”什么），我是一个骨子里的“平民主义”者，活在地上（既不在“高处”也不在“低处”）。对于全球一致偏“右”的文明来说，我肯定是个广义的“左派”；对于我的国家的主流意识形态而言，我也不算是个“右派”——是可疑的、被遗忘的、边缘化的、靠边站的一路货色吧——“多余人”！说我是“知识分子”，我也是当不起的，我知道那是很严肃很使命化的一重身份。

马：尹丽川曾用一个很朴素的说法来表达自己的诗歌观：有感而发，不蒙人。这最基本的东西，在许多人那里似乎并不能做到。在一些人那里，诗成了技艺，成了炫耀，成了美丽的羽毛，成了小资情调的装点。我觉得不蒙人，是一种诗歌创作的“真”，而如果没有了这种最基本的“真”，许多作品真的就没必要去谈了。你如何看待当今诗歌的这些问题。有的东西写得似乎很美，可它就是不能让你激动，不能触动你心底最敏感的部分。

**伊：**那种东西连美都不是，是塑料花！千万别把美随意地让出去。你说的此种现象实际上是诗歌的消费现象，而非创造景观。

马：你的作品中一度流行一种戏仿，这种戏仿并不是你的孤立现象，是我们周围文化一度很普遍的现象。比如王朔的小说语言、冯小刚的导演语言。我觉得这种戏仿装置性很强，具有反讽效果，某种无奈的反抗，但我觉得不具备具有深度的穿刺力，刺激与兴奋也是表皮化的虽然很爽，但其价值与意义是要存疑的。当然你的作品中表现更强烈些，但究其内涵，还是没脱出流俗。也许那是你一时的写法，但这是否与对流行与时俗的引力没有足够的抵抗力有关？

**伊：**其实你已经帮我解答了，那是我一时一地的写法，在20世纪八九十年代之交的诗中玩得较多，那时候可不流俗啊——甚至是唯一有效的抗议手段。这种方式在那个年头，总比“亚洲铜”“祖国或以梦为马”“面朝大海，春暖花开”更具有“深度的穿刺力”吧？

马：你是否也希望自己的诗歌，在惊世骇俗及高分贝之外，也有加入一些蕴藉与韵味的必要？在瞬间的震撼外，也必要加入隽永？你如何看待诗歌创作中的技术性因素？你看重技术吗？现在许多诗人进入创作的准备期似乎很缺乏技术的磨炼。你有什么忠告吗？

**伊**：不是“加入”，是早已有之，我从未忽略，是粗糙的读者忽略了——因为他们习惯的诗歌传统从来都不缺乏后者，见惯而不惊。

如果技术在此有被谈论的价值，那么它一定指的是被我们的写作创造出来的技术，平庸的诗人一辈子都在想：还有多少技术没有被我掌握？然后在博览诗书中去寻找。杰出的诗人则会不断将新的技术创造出来，在网上读诗，我有一个乐趣，老发现俺伊氏的独门绝技被采用得很经常很广泛啊！呵呵！会心一笑。

我的忠告是：诗歌这玩意，从来不吃蛮干这一套，但也不是学成的，而是写成的。

马：你一直是非常自信的诗人，精神的自信饱满如你的形体特征。你这样的一段话令我印象深刻：“我使我的祖国在20世纪末有了真正意义上的当代之诗、城市之诗、男人之诗，我的先锋与前卫由姿态变为常态——汉诗和后现代由我开创并只身承担。”请你简单地概括一下你心中后现代的汉诗的特征。

**伊**：我这段话说得好啊！我记得是1996年在回答《葵》的若干问题时说的。我在1988年以后就一直是个自觉的诗人。你要的后现代汉诗的特征全在我的诗里，我记得1993年的时候，当时意识一流的诗评家李震拟编一本《中国后现代诗选》，他说：正确的编法是一半伊沙，一半群魔乱舞。我说了，因为我是自觉的。但这不是引进和移植那么简单（像一些理论界的“后主”们所干的那样），在诗上，它需要创造的智慧。

马：你曾自称“人民诗人”。请你说说，在价值迷乱、人心不古的时代，人民诗人应该是什么样的？我记得你的《中国底层》，写得啰嗦而好。是不是这就是你的“人民诗人”的实践之作？

**伊**：其实，我说这话是带有自嘲意味的。我是一个说人话写人性的诗人——所谓“人民”根本不需要我这种诗人，甚至根本不需要诗歌，他们只是偶尔需要一些鼓舞人心的口号或者是你在前面的问题中已经提及的那种“小美”。只是他们生活的真实质感被拿到自己的写作中来——从这一点上来说，我其实是利用了“人民”。

马：你诗中曾充斥着怒气，反叛与不耐，拍案而起式、愤世嫉俗，我想知道这一切都从何而来？与哲学有关吗？

**伊**：与哲学无关，与血气有关，与自由的表达有关，与真诗人的身体有关。嬉笑怒骂，皆可成诗，而不是“我不生气”。

马：你在文学评奖中得了200亩牧场的奖赏，你去看过没？准备怎么开发？顺便问一下，现在各种诗歌评奖也不算太少，你觉得哪些评奖是值得重视的？

**伊**：我去看过。我到现在都不觉得它跟我有什么实质性的关系。永远也不准备开发，让它年年岁岁，绿了又黄。

我是这么想的：管它有多少种诗歌奖，只是在某些偶然的时刻，个把奖忽然落在了你的头上，你才恍然发现：哦，原来还有这么牛B的一个奖啊！让奖因你的获得而牛B！

马：欲望在你的写作中具备什么样的地位？你说是“来自身体的表达需要”。“仅靠欲望的引领，是最有生命力的状态”。现在还这么看吗？如果欲望减弱，是否艺术的创造力也随之减弱？你是否担心这种减弱？

**伊**：看看叶芝老了是如何保持写作状态的——他迷恋色情。

现在我愿意把在这里谈论的“欲望”说得更大一些——是欲望的全部（性欲只是它的一部分）——我认为创造力跟你全部的欲望有关。我小心观察过那些停下来或是慢下来的人，想看看他们与我有着何种圣与俗的区别，结果令我高兴：我发现他们在正确估量自己的诗歌成就甚至仅仅是声名方面比我更不客观，估得很大，也就心满意足了，认为可以躺倒不干坐享其成了——另一方面，我也发现他们的功名欲真是小得可怜——而事情的构成就是这样，“功名欲”这个俗物也是能够导致“创造力”这个圣体的。优秀的诗人一定是对好诗充满占有的欲望（像性欲发作一样强烈），以及由欲望而产生的想象力，然后写出来。

把每天都做好的人，什么都不必担心。

马：新时期以来的中国诗歌，贡献出了自己不凡的成果，贡献了一茬又一茬的诗人。你觉得在这么长的时间里，它是否贡献出了自己具备大师资格的诗人？谁离它更近？

**伊**：也许已经贡献了——不过，他一定不是现在在庸众、俗人以及现有的文化体制眼里看起来很像“大师”的一种人，也不是哭着喊着拿着端着要当“大师”的一种人，真实地生活和写作，不断地创造，他应该是每天的诗人。

我看我最像。

（2005 年）

# “我会盯住眼下的每一天”

## ——中间代诗人访谈系列之伊沙篇

**时间：**2005年9月22日星期四

**地点：**北京VS西安

**提问：**安琪

**回答：**伊沙

**形式：**邮件

安琪：晚上好，伊沙！看到你接受过那么多访谈，一时还真有点儿发麻，不知从哪个角度问你了，我们这个话题是中间代诗人系列，打算时机成熟继续和远村、黄礼孩再做一个图文并茂的选本，所以话题还是从中间代说起。评论家向卫国认为你是“中间代第一人”，这“第一”的意思是“你的出场也就是中间代的开始”，你如何看待这个观点？

**伊沙：**好像是前年，向卫国兄曾在电话中问过我《车过黄河》的写作时间，我如实回答说是1988年6月，他就以此作为“中间代”出现的时间标志。我记得在20世纪的90年代中期，我的老师王一川先生也曾问过我，他问的是《车过黄河》的发表时间和首发处，我也如实回答说是1989年，是我的朋友中岛拿到哈尔滨作协办的一张内部小报《文学潮声》上发表的。

我想：身为批评家，他们都是出于从理论上对某个文学现象（“中间代”？）廓清的需要，试图找出一个最早的标志，因为当时没有如“两报大展”那样一个外在的很热闹的公开事件，就找到某个较早出现的人物和作品头上去了——我和我的《车过黄河》于是便有幸得此殊荣。

李亚伟还认为我是“第三代诗人”呢！也是因为早的缘故。

安琪：请回顾一下你的创作历程，我相信你一定也经过传统意义上的青春期抒情写作或唯美写作，你是什么时候选择今天这一路的写作：有点儿无赖、有点儿批判，怎么说呢，就是那种市井化的东西。

**伊沙**：这个问题我已经回答过很多遍了——

1983年-1987年我走过了你所谓“传统意义上的青春期抒情写作或唯美写作”这个阶段，我不认为这个阶段的我是在真正地创作，而是在习作，是为真正的创作所做的准备阶段。

1988年开始进入到“今天这一路的写作”：“市井化”怎么可以概括它？它是充满人性的先锋写作，是独属于我自己的写作。

安琪：很多理论家对你的写作有过各式各样的归类，最常见的是“后现代”，反正“后现代”是一个最时髦最没风险的词汇，你是如何定位自己的诗歌的，你所说的“独属于”是怎样一个“独”法？

**伊沙**：老实讲：在20世纪的八九十年代之交，我很用心很系统地钻研过“后现代”——从理论到历史上的经典作品，我不反对别人这样说我，有些评论也是写得有理有据有感觉有发现的。但我想说明的是：“后现代”对我来说只是一个“开始”而不是“为止”。

我觉得自己不要定位自己的诗歌——这是个自讨没趣的做法，也是有害于自身创作的做法，别把自己给“定”死了。

如果对我的诗能够做出各项指标的量化分析就会看清：我这个“人”的性格、气质、话语方式——也就是与生俱来的这些东西在写作中所占比例最大，起着决定性的作用。这就是所谓“独”。有人指出我的诗“太过个人化”“靠才气在写”——一点儿没错！难道与此相反才对吗？

安琪：你的写作习惯是什么，是先构思好了再写，还是先找到第一句，顺其自然再写下去？你给自己的写作定任务吗，你的量好像很大？

**伊沙：**你说的这种情况：“还是先找到第一句，顺其自然再写下去”——在我1988年以后的写作中绝不可能出现——我认为这是某种带有欺骗性的写作行为。

我一般会有构思，哪怕它只是一个点，很模糊，指向不明。

我不给自己的写作定任务，即便心里有，也是因为知道那就是我正常的量（这是长期写作所获得的经验）。

安琪：你这一点我很认同，我也一向反对那些在生活中损害诗人形象的人，譬如喝酒闹事、破坏、暴力什么的。好吧，你继续前面话题。

**伊沙：**在我所谓的“接待生涯中”，见识过各种各样的诗人，见诗人的最大体会还就是：人如其诗。“知识分子”就像他们的诗一样苍白、虚弱、乏味、无趣、拘谨、装B；垃圾派还就是特垃圾的那路人；我特别喜欢的诗人还就是一见如故、一拍即合、成为朋友……

安琪：嘿嘿，果然伊沙！从言谈中深知你对唐朝、对李白有着无限的向往和崇敬，你理解的唐朝和李白是什么样子？

**伊沙：**不可说。一言难尽。一本《唐》说的就是这个，说得够多了。

安琪：你对你的长诗《唐》十分器重，甚至有着很高的期待，你创作这首诗的缘起是什么？创作过程中遇到的最大问题是什么？《唐》寄托了你什么样的理想？它达到了吗？

**伊沙**：前几天张小云从北京过来，我请他吃羊肉泡馍，一边吃他一边跟我说："到了西安，就明白你为什么会写《唐》了……"——对别人来说，"长安"只是一个文化概念；对我来说就不一样了，我两岁来此跟生在这里是一样的，这是我成长和生活的环境，是我每天呼吸的空气……这就是《唐》之缘起。

创作中遇到的最大问题是古汉语和现代汉语如何相融——融为一体。我在《唐》中寄托的一个理想就是要添平这个被人夸大了的所谓"鸿沟"（"五四新文化运动"不就是在折腾这个嘛），我认为部分的达到了。在《唐》写出来之后，我再看别人用古诗的诗句作为起兴的那路"新古典主义"的技法手段就觉得太简单太寒碜太小儿科了！心想：你们真该好好看看《唐》，里面的玩法五花八门，声东击西，也高级得多，当然这需要才华、才情、灵气、鬼气……

安琪：你是一个比较自信的人，这份自信的基础建立在哪里？

**伊沙**：知己知彼。

安琪：在网络上，有时也见到你十分粗俗地与人对骂的话语，你为什么舍得破坏自己的形象去成全他人？

**伊沙**：我不是在"破坏"自己的形象——这正是我整个形象中不可或缺的组成部分。你这个"成全"用得好！人要有成全他人——成全你的"敌人"的气概！不要忘了：他们也在"成全"我，他们把我"成全"得太好了！说真的：我欠他们的！所以我得骂而不往非礼也。

安琪：你和你妻子老G合译过诗，又多次写到你的儿子吴雨伦，给你个机会谈谈你的家庭，他们的存在让你很骄傲对吧？

**伊沙：**是让我很骄傲，首先是很满足——说句并不矫情的话吧：感谢上帝将他们赐给我。

我有自以为是的所谓“大事”要干，并未把所有的心力全放在他们身上，但他们却是那么地好，我该感谢谁呢？

能够意识到一个好的家庭对于自己的重要性，对一个男人是并不容易的，好在我已经意识到了，在近几年。

安琪：中间代这拨人很多我也知道一进入《中间代诗全集》就死亡（有可能这里面也包括我本身），死亡指的是他们基本已经不写了或者写不出了，但对你，我充满期待，旺盛的创作力将使这一概念不断发扬光大，请你对自己的未来做一个预测。

**伊沙：**类似的一个说法我也听说过——针对的是另一件事，你我都参加过诗刊社传统的“青春诗会”，那个诗会曾被人吹成是“中国诗坛的黄埔军校”，我十年前去参加的时候，就听到有人在房间里嘀咕：对来的有些人来说，这里是起点；而对有些人来说，这里是终点——这话说得挺毒的，结果不是应验了吗！有的人一生最大的“荣耀”就是参加了个“青春诗会”（就像央视《足球之夜》的主持人刘建宏永远都在谈“高考”——不就是考了个人大嘛！）你翻翻历届“青春诗会”的参加者名单，就不由得不发出一声感叹：这里头大部分人都是些什么人？干吗去了？现在在哪儿？当年参加时，我也曾问过自己，“青春诗会”对我来说是什么？我内心里的一个声音回答说：中转站！那么，《中间代诗全集》对我来说，不过是又一个“中转站”而已。我记得当时编的时候，我只按行数的要求提供了一个《唐》的节选本给你——就这一首长诗，我的“老三篇”（《车过黄河》《饿死诗人》《结结巴巴》）还是你身为主编力主加上去的，我记得你当时在电话中曾问过我："你对《唐》就那么自信吗？"——这个自信当然是有的、足够的，但我的自选更体现了一种心态：那就是不满足于总结，更希望能拓展，向前看！

我是一个现实主义者，从不预测未来（也很少去想象），我会盯住眼下的每一天，把自己正在写作的每一件作品都力争写好，明天自然会更好。

（2005年）

# 懒得多说

## ——新世代六诗人访谈之伊沙篇

1. 你是位“诗歌语言”（包括网络语言）特立独行，强烈追求“个人身份”的诗人，却为什么又会提出要为一拨同样明确追求“个人身份”刻意规避“集体身份”“潮流趣味”的诗人贴上统一的标签，是为了能与国际接轨，还是想过把“指点江山”的瘾？

**伊沙：**不知道我都把谁贴了标签？“知识分子”？“橡皮帮”？“垃圾派”？……你问得不具体，叫我不好回答。

2. “新世代”这个“命名”最早出自你选评的《世纪诗典》，作为一个理论上的“代”，“新世代”没有能像“第三代”、“70后”、“下本身”一样引起“诗歌界”的关注，你认为这是为什么？

**伊沙：**因为我的命名没有它们拙劣——你忘了首列朦胧诗了——这一个更能证明我说的“拙劣”。

3. 除了出生年份（他们中的人大多人生于20世纪60年代）你是如何界定“新世代”诗人的身份的？（符合哪些条件，才算是个“新世代”的诗人）

**伊沙：**如何称呼“朦胧诗”“第三代”之后的这一代诗人？——此为我在当时命名“新世代”的动机，别的我就管不着了。后来它不是被叫作“中间代”了吗？那就叫“中间代”好了。

4. 撇开“新世代”诗人的“创作个性”不谈，你认为这一命名与“70后”“下半身”命名有何本质上的区别与实际意义？

**伊沙：**懒得去想。

5. 如果你有权来支配出这本诗集的资金，你会拿这笔钱作何用途？（这里有个前提条件，这笔钱不允许拿来出自己的诗集）

**伊沙：**还出这本诗集。

6. 如果由你来主编“90年代”诗人丛书，你会选哪十位诗人？

**伊沙：**徐江、唐欣、阿坚、侯马、贾薇、朱文、杨键、宋晓贤、岩鹰、余怒。

7. 请你在《我的英雄》中挑选你认为的前十首好诗？

**伊沙：**对不起，我不会去读自己的书的，从第一本开始就是如此，我读的最后一遍总是在校对的时候。

8. 韩东在为《我的英雄》写的一个评中称你是个“小丑”，但却是个“伟大的小丑”，你觉得这样的评价恰当吗？你理解的“小丑”与“伟大的小丑”之间有何区别？

**伊沙：**我不认为有恰当的评价存在。“伟大的小丑”可以直译为“大丑”。

9. 韩东在为杨键的《暮晚》写的评中有这样一句话“就算我们只编了一本杨键，这套诗丛就已经功德圆满了。”作为这卷丛书中的一位诗人，对主编的这句话，你有何感想？

**伊沙：**没什么感想。如果实际情况真是这样的话，就算我（别的人我代表不了）搭了把杨键的车吧。

10. 一直以来，你的诗歌发出的声音总是那样尖利、刺耳，让习惯于诗歌思维定式的人的耳膜感觉不舒服，你这样的“嗓音”，是一种本质自然，天生如此，还是一种类似京剧中小生的假嗓，只是一种唱腔，仅仅是因为表演的需要。

**伊沙：**兼而有之。因为写作于我是自觉的和不断生长的。

11. 你和你的诗歌，似乎都是以一种“造反派”式的姿势在诗歌舞台亮相的，如果有一天，你不反对点什么，是否就会江郎才尽写不出诗来，或者说就会退出诗歌的历史舞台了？

**伊沙：**你描述的是一个悖论。无法回答。

12. 在《我的英雄》中有这样几句诗：我现在终于拥有了/我过去想要的生活/朋友从不贪多/情人可有可无/敌人遍布天下。什么样的人才能成为你的朋友？什么样的人又会成为你的敌人？

**伊沙：**人生没有理论。好在我不是个真的“友情至上主义者”，不会为此烦恼。

13. 现在，在你回答问题的此时此刻，你想要的未来的生活是什么样的？

**伊沙：**在写作中得其所哉。

14. 面对你的敌人，你所摆出的轻蔑与对抗姿态是被迫的自卫反击，还是积极应战，或者说你根本就期待着这样的文字鏖战？你好像很好斗。

**伊沙：**根据现场情况而定。我期待的文字鏖战是有真正价值的。我生性好斗无疑。

15. 在你的诗歌中，我经常看见李白这个名字，这位作古已久的大诗人，在你心中处于什么地位？

**伊沙：**我的诗神！

16. 你写《唐》与李白有点儿关系吗？

**伊沙：**李白让我“通”了。没有李白，唐也不唐。

17. 身为一名诗人，对诗人孙志刚事件你发过言吗？如果没有请继续回答下一个问题。

没有。

18.萨特曾经说过单纯的文字或哲学都不能自救，关键是要进行行动，并以实际行动证明“一个把文学当作神圣事业的人是怎样过渡到行动中去的”。如果有一天时代需要你这么做，你会行动吗？

**伊沙：**无须奢谈“如果”。1989年我就作过一次选择——我的选择是：不行动——或者说只作为一般群众而行动。

19.对你的老友徐江，这位活跃在20世纪90年代的诗人，他的作品没有进入“年代诗丛”编委的视线，对这样的不公正，你怎么看？

**伊沙：**任何编者都有其自身的局限性。我只知道，若是我编，首选徐江。

20.俗话说：“慢工出细活。”但每个月你都有一堆新诗贴上论坛，这样的速度让人觉得它们似乎来自一条“诗歌变形金刚”的流水线，而你就是一位掌握了词、语等各种诗歌组装技术的熟练工，看似百变，其实却不离其宗，就这么几个零件，只是装法不同。你就不怕因为产量而影响了质量吗？

**伊沙：**我告诉你一点真相吧：99%的慢诗人都是笨蛋加懒汉。别说我勤奋，首先是敏捷。诗是说写就能写的东西吗？

21.好几次看见你在论坛上为自己新版的诗集叫卖，你就不怕有王婆卖瓜的嫌疑？你是急于想把你的礼物送给喜欢你诗歌的读者，还是想让出版社尽快收回成本？哪个更多些？

**伊沙：**后者更多。我以为：一个作者出了赔本的书是很丢人的事，如果累及朋友则罪不可赦。和某些老小“天才”不同，我没有自己的书注定就该卖好的幻觉，那就该主动去做点儿什么。“王婆”怎么了？那些爱惜自己形象胜过一切的家伙才是可耻的！

22. 好几次看见你在论坛上贴小说，看来你也要“歌”而优则“说”了，诗歌是个赔本的买卖，与诗歌相比，写小说获得的现实利益要大得多，你会因为小说的介入而逐渐疏离诗歌吗？

**伊沙：**不是“也要”而是“已经”。怎么一说小说就是“现实利益”？哪儿有那么容易的事？刘索拉讲，美国投身摇滚的青年要做的第一个心理准备就是终生受穷，我是准备好了受穷才写小说的——作为一个理想主义者，你暗自加重了自己的筹码而已。我不会因写小说而疏离诗歌——2003年已经证明了。

23. 如果有个人出一个你满意的价钱，买下呕心沥血完成的一部作品（诗歌或者小说）的版权，但他买它的目的却是让这部作品永不出版，你愿意吗？

**伊沙：**那要看是什么价？10万、100万、1000万、1亿就是四种不同的“价钱”。

24. 请在“第三代”、“后朦胧”、“新世代”、“70后”、“下半身”、“中间代”（如果某个“命名”下没有可以跳过）中列出十位你认同的诗人。

**伊沙：**太麻烦，算了。

25. 谈一谈“新世代”之前的“第三代”与之后的“70后”吧！

**伊沙：**以前谈过，这次算了。

26. 根据以往的了解，你怎么看这次入选“新世代”诗人的作品？

**伊沙：**该有的都有了吧，那就好！

27. 对这次《南方都市报》与《诗选刊》合办的诗歌大展，你持何看法？是否觉得一个很有意义的初衷，最后被搞成了一出不欢而散的闹剧？

**伊沙：**好事，我不也帮着鼓噪了嘛！怎么散了，散了就散了……

（2005年）

# “我心不俗”

**访谈人：罗贤**

1. 首先从你的生活谈起。西安是座什么样的城市？它对你的创作产生了什么样的影响？

**伊沙：**西安是一座秋天的城市，永远灰蒙蒙的，恍若隔世之城。它让我内心安静，创作自然就有保障了。

2. 我们知道，除了写诗，你还进行其他文体的创作。在生活中，你是怎样保持自己旺盛的创作激情的？你会通过一些特别的方式去刺激自己的言说欲吗？

**伊沙：**我其实没有动用什么特殊的手段和方式，就是想写，就是将写作一事看得很重。

3. 自“五四”以来，新汉语经历了打散、改造到充重组。你认为其核心价值在哪里？而这种打散、改造和重组对于汉语言的发展是破坏性的还是建设性的？

**伊沙：**其核心价值当然是它发展和成熟的充满活力的那部分。有趣的是：经历了更多破坏的汉语言反而被建设得更成熟和更有活力，譬如大陆地区的现代汉语就比台湾（也该包括港澳和海外）地区成熟得多。

4. 你怎么看待“朦胧诗”“第三代”“70后”，这些认为制造出来的代？他们之间是否有着某种隐秘的联系？

**伊沙**：前两者是特殊年代的诗学现象，对应着不同年龄段的两代诗人；后一者是带有商业符号意义的笨拙而粗暴的强指，与诗学无关。你所谓“某种隐秘的联系”在前两者中是存在的，在对“朦胧诗”的继承中出现了“后朦胧”（日后演进为“知识分子写作”）；在对“朦胧诗”的反动中出现了“口语诗”（是“第三代”的主体）。

5. 于坚评价你，“将当代诗歌的意义疆界扩大到更辽阔的中国经验中去”，你是怎么看待这句话的？私下你跟于坚的关系怎么样？你跟他的区别在哪里？

**伊沙**：如果你的写作是真实可靠的，所谓“中国经验”就是一个必然的结果。

于坚是我在生活中最密切的极少数几位朋友之一，是我的兄长，是我青春期的诗歌导师。

我和他的区别？随便举两例：他爱摆弄照相机，我不爱；他爱逛商店，我不爱……

6. “刘丽安诗歌奖”是否直接导致了“盆峰论争”的发生？而在这次论争上，你扮演了什么样的角色？如果文学史要你来给这次论争定性，你会怎么写？

**伊沙**：不是，程光炜所编《岁月的遗照》才是导火索。

迎头一击的战士。

“20世纪末，中国现代诗歌先锋与保守两股势力之间所发生的一场大争论、大冲撞、大对决”。

7. 金斯堡、布考斯基和李白，谁对你的影响要大一些？你跟李白之间是否更具有某种传承性？

**伊沙**：容我不回答这个问题——因为无论我怎么回答都显得面目可憎。

8. 你长诗“唐”在我看来属于“中国式发言”，你是怎么看待这种个别体创作的？

**伊沙**：就你的话题说一点想法：在《唐》里，我有一种纠集先贤唤醒亡灵的冲动，让世界知道汉语诗歌的厉害，知道我们在诗上的尊严从来就不是虚的……所以，在《唐》里，我有意采取了大量的引用——尽量完整地引用（以避免断章取义），与自己的书写与创造并置，还被一些心术不正外加智障的二流子指责为“抄袭”。

《唐》是我迄今为止创作上最大的一次行动，我已把《唐》存在银行里，够我吃一辈子利息了。

9. 从 2003 年到 2005 年，是你全面介入网络诗歌的一年。你是怎么看待网络诗歌的？网络诗歌对新诗的发展会产生何种程度的冲击？它的前景又如何呢？

**伊沙**：我在别的访谈中已经回答过这个问题：没有“网络诗歌”，只是当网络在我们的生活中得到普及之后，诗歌有了一个新的更为有力的载体和传播方式，在新的世纪里带来了新的热闹与繁荣。当然，它对那些大搞文字障眼法的不知所云的“诗”，也有着宣布其无效的残酷性。

10. 在“80 后”全面登陆和冲击文坛的今天，你是否会警惕这些孩子？你会为此感到恐慌吗？你又是如何看待“80 后”的？

**伊沙**：“警惕”什么？为什么要“警惕”？“恐慌”什么？为什么要“恐慌”？

我对“80 后”没看法，因为我不是以“代”来看待写作者的。不管哪一代，只会有很少的人写得很好，我会记住那些个体的名字，并对他们的写作加以认真对待。

多说一句：我最终的“对手”，只会在比我写得久的人中间产生。

11. 生存之下，必有矛盾对立。什么样的写作者会让你嫌恶无比？如果给你权利，你是判他们死刑还是死缓？

**伊沙：**我不断厌恶过很多人，他们是一些什么样的人？我既没有总结过，也就不会在脑子里留下任何成见，我不靠成见跟人打交道，就像我不靠陈规陋习来写诗一样。

你给我的权利我是不会要的——没有这个欲望，连想一下的欲望都没有。

12. 汉语诗歌的源头在哪里？到目前为止新汉诗是否拥有了独立而成熟的品质或者说它是否已经成为一个独立并且有效的发音器官？

**伊沙：**听说是《诗经》——在这些常识性的问题上，我们写诗的就不要自作其小聪明了，精力浪费不起。

我觉得拥有了或者说成为了，关键在于它的发展现在已经变成了日常性的。

13. 你跟世界是怎样一种关系？而你写诗跟你的生活本身又构成一种什么样的关系，是冲突是对立还是和谐统一？在你的诗歌里面有无数生活现场的影子，你喜欢这样真实表述自己的生存环境？

**伊沙：**问题大得吓死人！我其实从不考虑这样的问题，这些都是在做的时候自然会理顺的各种关系。

我只回答最后两问:如果在我的诗歌中看到了“生活现场”和所谓“真实”,不要以为它是随手“拣”来的,是“照搬”到诗中去的,我早就说过:“真实需要对真实的想象力。”

14. 现在网络上所谓的诗歌争论，更大多数时候是背弃文本而进行的文本背后的“话语权”和“朋党”之争？作为网络诗歌一名积极的参与者，你是怎么看待这个问题的？

**伊沙**：任何争论都不可能是完全纯洁的，诗学含金量相对较高的争论可以被视为是有价值的，还有一种也很有意思：虽无诗学的含金量，却能够反映出诗人的语言智慧和真性情，看起来好玩，有观赏性。

15. 什么样的女人最能吸引你？在你的创作过程中，“精神”与“肉欲”哪个要更重要些？

**伊沙**：没有概念，没有成见——事实是：能够吸引我的女人吸引了我。

都重要。

16. 你写诗时会感到疼痛吗？如果有，这种疼痛来自于哪里？你又是如何具体去解决这种疼痛的？

**伊沙**：有时会，来自不同的地方。解决？写出来算不算是一种解决？

声明一句：疼痛与欢乐是平等的，你疼痛了并不证明你的高贵，只是说明你很正常。

17. 一位伟大的诗人和一位不朽的诗人，它们之间的区别或者说是距离在哪里？媒体时代，你会感到与其他诗人之间距离吗？

**伊沙**：我对你的第一问没兴趣，也很烦“伟大的诗人”和“不朽的诗人”的说法。

第二问我没读明白。

18. 在诗作《饿死诗人》中，你试图表达一种怎样的立场？在创作这首作品时，你是否已经预见到它对当代诗坛所产生的最大冲击？

**伊沙**：在写作之前，我没有想到“立场”，在写完之后，我更不会去总结出一个“立场”来。

不单是在写完这一首的时候，而是有一大批的诗，署在“伊沙”名下的诗，让我明确感到：一旦发表，诗坛必惊，我必出名。所以，我就通过不懈地投稿来寻求它们的发表，并且运气不错。

19. 在人人高喊和标榜“先锋”的时代，你是怎么看待“先锋”吗？

你认为自己的作品先锋吗？

**伊沙：**就算别人已经把这个词糟蹋过一千次，我也会第一千零一次地擦亮这个词。

先锋是艺术的使命和生命。

我的作品从1988年迄今始终保持着之于中国现代诗发展的先锋性，对我自己来说，这是毫不含糊的。

20. 当代诗坛，在你看来谁最像是诗人？而那些遭你鄙视，在你看来最不是诗人的诗人，他们分别又是哪些人呢？

**伊沙：**二流的诗人比一流的诗人更像诗人，三流的诗人比二流的诗人更像诗人，最像诗人的是骗子。真正的诗人不像诗人，像他们自己。

21. 北岛认为我们目前正面临着“形式的危机”，这是人们忙于空谈，而缺少诸如细读这类的形式主义的批评，才造成鱼目混珠的现象吗？

**伊沙：**我大概明白他在叨叨什么——他或他们是想让现代诗以意象诗的形式如古诗的格律体那样被固定下来，大家都在一个新糊的火柴盒子里玩，高下也好评判了——而这是极其腐朽极其反动的。

细读顶个屁！批评从来就没有起过好作用。中国现代诗发展到目前，最牛的一点是：它已经不带批评家玩了，就是想带丫玩，丫跟得上吗？

22. 近几年来，你陆续获得了一些官方和民间颁发的各种性质的诗歌奖，你是怎么看待这些奖励的？获奖对你而言是证明自己价值的体现还是对生活的妥协？

**伊沙：**获奖对我来说是一种偶然。

我心不俗，但喜欢以俗制俗，所以对我来说，在名利上，任何一种得到不过是得给膜拜得到的人看的。

（2005年）

# 仍然是“一个都不放过”

## ——《狂欢》访谈录

**采访人：中岛（诗人、《现代文明画报》《诗参考》主编）**

**时间：2006 年“五一长假”**

中岛：老朋友节日快乐！在五一劳动节采访你很有意义，在我看来，你确实是个“劳动者”，甚至可以称作是“劳动模范”……

**伊沙**：我接受这个称号，并且感到无上光荣。我争取明年把“三八红旗手”也给当了吧！呵呵！

中岛：咱们还是从《狂欢》的出版说起吧。这几年来，你出了太多的书，一年都要出三四本了吧，但这一本似乎有些不同？

**伊沙**：对，因为这一本是长篇小说。

中岛：以前你也出版过一本长篇小说——叫《江山美人》……

**伊沙**：对，那是八年前出版的一本“小长篇”，小薄册子，只有 12 万字。现在我明白了，在小说写作中，“小长篇”就是“小长篇”，“大长篇”就是“大长篇”，12 万字跟 42 万字的区别之大是关乎本质的，就像虽说都属于长跑的范畴，但“越野赛”跟“马拉松”在本质上是不一样的。

中岛：是不是可以这样来理解：《狂欢》是你所写出的第一部真正意义上的长篇小说？

**伊沙**：不是我所写出的“第一部”，只是我所出版的“第一部”。

中岛：最近以来，我在有关《狂欢》出版的报道中看到：这是一部尚未印行就被不法书商盗印成“陈忠实新著”《青楼》的作品……我想听你本人说说：这到底是怎么回事？

**伊沙**：是在去年下半年吧，一个在北京从事编辑出版工作的朋友发信告诉我：在一家超市里发现我的《狂欢》被盗了，被盗印成“陈忠实新著”，随后，他还应我的要求将一部《青楼》买下寄给了我，封面是一个半裸的女人，冒的是“南海出版公司”，翻开一看就知道是从网上直接下载下来的，连格式都是网络版的……在此之前，我曾在天涯、红袖添香等网站发布过这部作品。

中岛：你别说这个不法书商还是挺有脑子的，他选出你的这部稿子来做“陈忠实新著”还是对一般读者挺具有蒙骗性的，首先，《白鹿原》作者的新书不能太薄对吧？《狂欢》做出来刚好是一块纸砖头；其次，从内容上看，《狂欢》明显写的是一个以你所在的西安为原型的城市，陈忠实不也是住在西安的吗？在写出《白鹿塬》这么久之后，他就该写西安城了吧？

**伊沙**：你这个逻辑抓得很准：对这帮“农民军”（陕军就是一支典型的“农民军”）来说，打从心里头是很渴望“进城”的，一辈子的奋斗，就是为了成为城里人——从人的“进城”再到文的“进城”，但前者容易后者难，贾平凹的《废都》就是一个很好的例子：有些先看过这部小说之后才到过西安的人说：西安是不怎么洋气，但哪儿有这么土啊？大家有此诧异并不奇怪，因为事实上，《废都》写的根本就不是“废都”，也不是“废城”，而是“废县”“废镇”“废集”。“农民军”是无论如何也写不好城市的，所以这个下流书商也就是下流书商的眼光和趣味，他也不想想：陈忠实怎么能写出我的《狂欢》呢？！他要能写出《狂欢》他不就很伟大了嘛！我把这话说给那些认为我在利用此事大肆炒作的人听：我是真不想沾陕西的这点儿土气，让人以为又从黄土地上爬过来了一只土鳖！

中岛：你沉下来写长篇小说的这几年里，酷评性的随笔文字明显少了，甚至少到几乎读不到了，出的集子收的也是前几年的东西，我听到身边有人议论说：伊沙是不是变了？蔫了？从一个批判的人变成了一个讲述（讲故事嘛）的人？变得不来劲不过瘾了？我说不会的：伊沙骨子里的那股真气和血气恐怕今生都很难改变，有诗为证，他的小说也将证明这一点。作为相交十七八年的老朋友，我自然是知你甚深，刚才听了你的一番话，我只是替这篇访谈的读者感到放心感到高兴：对这篇文字的阅读不会让他们感到是在浪费时间！好，我想再请你用一两句话来对你和所谓“陕军”的关系做个结语。

**伊沙**：道不合不足与谋，老死不相往来！

中岛：过瘾！让我深呼吸、喘口气——回到《狂欢》这本书上来，我想先赞美一下设计者：这个封面做得真是漂亮，完全是一派大雅的感觉！听你说是用黄庭坚的字拼成的“狂欢”二字……咱们再说说封面上的其他字：“中国的《北回归线》——落叶甲虫”。这个“落叶甲虫”是谁？

**伊沙**：是《狂欢》最初在天涯网连载时所遇到的一位网友，他把我的两部小说《迷乱》（待出）和《狂欢》放在一起写了一篇非常有感觉的评论，题目就叫《中国的〈北回归线〉》。《狂欢》由作家出版社出版时，我将这篇评论收到书的附录部分里了。

中岛：这篇文字我仔细读过，确实写得很有感觉。我注意到文中有这样一段话："……我想问一下伊沙，在两部小说里我看到了另一个小说的影子。我不知道伊沙是否读过，但是我想伊沙是知道这部小说的：《北回归线》，如果不知道，我会对伊沙有一点的佩服。我这不是在说伊沙的作品是在模仿谁，而是说出我看完《迷乱》和《狂欢》后的一种真实感受：中国的《北回归线》。我之所以这么说，是因为伊沙小说带给我的震撼与力量和我当初看完《北回归线》的震撼与力量是一样的。或者说是超出了《北回归线》带给我的震撼。"——我在此想问的是：你是否知道《北回归线》这本书？

**伊沙：**知道啊，当然知道。

中岛：你是否读过这本书？

**伊沙：**没有——也不能说完全没有，翻过一些，好像还读了开头。

中岛：我完全相信你说的。因为我知道你并不是一个酷爱读书的人，更不是一个博览群书的人——在这一点上，我觉得你是个天才，很像我嘛！呵呵！现在的问题是：你几乎没有读过《北回归线》，但却写出了一部"中国的《北回归线》"——正如你初涉诗坛的当年，写那么"瘦"的诗，却硬被说成是"中国的金斯堡"，老金的诗体多"胖"呀，跟散文诗都没啥区别了！你说说看：你为什么总被说成是"中国的XXX"——就好像你天生是一个血统不纯的杂种似的……

**伊沙：**哈哈哈！这不是我是不是个杂种的问题，而是开放之后的将近三十年来，我们渐渐自我培养起了一种杂种心态，其典型的思维方式所转换成的经典句式便是：中国的XXX。

中岛：正因为置身在这样的一个环境之中，我才觉得你在《狂欢》封面上就"伟大的中国小说"开宗明义的宣言很有必要。搜狐网就一部具体的作品（《狂欢》）重新展开对这一话题的讨论也很有意义……

**伊沙**：这段话我并不是为了发表而写的——我是在给《狂欢》责编王婷婷女士的信中很自然地写到这段话，她觉得好就摘到封面上来了，现在我把它重录在此："伟大的中国小说，应该是那种深刻反映出中国复杂的当下现实和现实中人性异化的作品，应该是从内容到形式上都具有中国质感并暗藏中国精神的作品，应该是给读者在提供艺术享受的同时具有灵魂上的震撼力的作品。"——说这话的时候，我还不知道身在美国的中国作家哈金先生是怎么给"伟大的中国小说"下定义的，这个话题在当初被讨论得很热闹的时候，我正埋头写着我私自理解的"伟大的中国小说"呢。这次还是通过搜狐网做的这个专题才搞清楚他是这么说的："一部关于中国人经验的长篇小说，其中对人物和生活的描述如此深刻、丰富、正确并富有同情心，使得每一个有感情、有文化的中国人都能在故事中找到认同感。"——哈金先生并未隐瞒，这个定义是从 J.W.Deforest 在 1868 年给"伟大的美国小说"所下的定义中"抄"过来的："一个描述美国生活的长篇小说，它的描绘如此广阔、真实并富有同情心，使得每一个有感情、有文化的美国人都不得不承认它似乎再现了自己所知道的某些东西。"三段话都摆放在这里，我想每个人说的什么大家都会看得一清二楚——也别光听怎么说，其实每个人都是按照自己的话来做的——反过来应该更准确：是因为先这样做了，所以才要这么说，照着对自己有利的方向说去。譬如这位大洋彼岸的哈金先生，我觉得这位当年的中国留学生是先照着 J.W.Deforest 先生的"伟大的美国小说"的定义写出东西之后，再将其偷换成"伟大的中国小说"的概念，目的是想成为中华民族的"主要作家"。我对哈金的质疑是：丢了母语，何谈中国？岂有文学？焉有伟大？

中岛：你是早就成名的诗人，是十多年来活跃在中国诗歌一线阵地的重量级的诗人；你是在诗上成名多年以后才开始自己的小说写作的，到今天终因一个大部头的长篇而引起大家对你小说写作的关注——我想问的是：诗人写小说——这个现象并不新鲜了吧？我想听你自己说说。

**伊沙：**这个现象是不新鲜了。为什么呢？因为我很清楚地记得：1995年，我为当时的《文友》杂志写过一篇文章叫作《诗人为何写小说》（后被收进我的《一个都不放过》这本随笔集中），就提出（在当年不算“首次”也算“较早”）并分析过这一文学现象，我记得当时我在文章中还列出了一份二十人左右的大名单——而我自己的名字是肯定不会出现在这份名单上的，因为当时我还没有正式开始我的小说写作（大学时代的习作阶段不算数），我是在第二年——也就是1996年，我年满三十岁的时候才开始写小说的，先短篇、再中篇、后来小长篇，中间还停了几年，然后再从短篇开始，再写大长篇……我自己正可以用来做证：这是一个持续了十年以上至今未见衰退的文学现象，后来的年轻人不断加入其中，强化着这一现象，所谓“70后、80后作家群”里头不是有不少既写诗又写小说的吗？

中岛：我想听你分析一下这个现象形成的文化根源——为什么没有一个与此相对应的即小说家写诗的现象同时发生呢？

**伊沙：**我在当年的那篇文章中就曾深入地分析过，怎么说的我已经忘了。我就说说我现在的看法吧——我认为这是由以下两方面的原因造成的：风雅的一面是文学上的理想主义者宏伟规划的自我实现——大师病患者在文体上的霸道和扩张都可以含概其中；世俗的一面是小说（尤其是长篇小说）潜在的市场吸引，最不济也有个背靠着旧体制的纯文学杂志的稿费发放，小说家在主流社会中所拥有的地位和在大众中所受到的尊重也是诗人无法相比的。大概就是这两重因素吧。你说的“与此相对应的即小说家写诗的现象”为什么没有发生呢？因为世俗一面的吸引力不存在了，风雅一面虽有吸引——但诗这个小东西，你以为想写就能写的了吗？诗比小说的专业性更强，对写作者天分上的要求更高，所以，诗人写小说还是要比小说家写诗来得容易一些。我记得张承志、张炜、梁晓声等老牌小说家都曾有诗情和写诗的冲动，但写出来的所谓“诗”在文本上均不及格。

中岛：那么你个人是出于何种原因而介入小说的呢？

**伊沙：**当然是出于我所谈到的上述这两方面的原因，但当我一口气写出三部大长篇时，我就想补充一条进去：我有小说的才能，必须合理地加以利用。

中岛：我在诗江湖（诗歌论坛）看到有个阴阳怪气的匿名者说你写小说是在紧跟韩东，有没有？

**伊沙：**我也看见了，我觉得这是一个白痴在开玩笑——随他说去吧！当初，我的小说在天涯网连载时，有人还说我在跟阿来呢！乍一听我想不明白：我是那么不喜欢那部装神弄鬼故弄玄虚的《尘埃落定》，不喜欢那种中学生品味的文笔，怎么和这阿来扯上了呢？仔细一看方才明白，原来在这些阿来的粉丝眼里，阿来也属于诗人写了小说的，他们还故作谦逊和自嘲地说：阿来过去是“三流的诗人”，但现在却是“一流的小说家”。我说：拉倒吧，你们这些阿来的傻粉丝们！阿来算什么诗人？小说也写得够次！

中岛：在你心目中，有没有你认为比较理想的诗与小说俱佳的作家？

**伊沙：**几乎没有。只有个别人证明了二者兼得的微小可能。我听说国际文坛上有个叫博尔赫斯的阿根廷人，我为什么说是“听说”？因为我一不喜欢他的诗，二不认为他写的那种小说就是本质的小说，三对没有留下长篇的小说家一以贯之地表示遗憾。我还听说在中国的现代文学史上有个叫废名（冯文柄）的，我在大学里教的碰巧正是这一段的文学史，但为什么又要说成是“听说”？因为他的小说同样写得不大本质，诗也写得有点儿疙疙瘩瘩。不过，这没什么值得大惊小怪的，将诗与小说兼得于一身本来就是最有难度的，因为这两种文体所需具备的才华有着一定的矛盾性。最容易兼得的是散文——当然，我在这里使用的是“大散文”的概念，所以，不少优秀的诗人、小说家同时又是优秀的散文家，甚至于优秀的散文家几乎全由优秀的诗人、小说家还有学者兼做，专攻散文者反而难得优秀。正因为诗与小说兼得最有难，也就最富有挑战性，所以才值得一试——至少我是这么认为的。

中岛：在我看来，你的诗歌写作正处于自己的黄金时代，在这个关键时期，要拿出那么多的时间和精力来进行小说写作（你不否认长篇小说的写作是最费时费工的吧？），你不怕诗歌写作会因此而受到影响吗？

**伊沙：**说什么都没用，还是用写作的成果来回答吧。我只知道，在刚刚过去的 2006 年 4 月，在作家出版社推出我 40 万字的长篇小说《狂欢》的当月，我写短诗 10 首，平均水准未见下降，《春天的乳房劫》放在我诗歌写作的大背景下也是一等一的杰作。

中岛：你确实比别人更了解你自己的创作——狂热而又冷静正是你胜人一筹的地方。我听到有人把诗人写小说的现象说成是“小说主义”，还说“小说主义”就是“投降主义”，不知你怎么看？

**伊沙：**谁这么反动？这么丧心病狂？是来自朝鲜或古巴的作协书记处书记吧？越南和老挝都不这么认为了啊！

中岛：自打去年 9 月初你来北京出席你的随笔集《无知者无耻》

首发式暨你的诗歌作品朗诵会以来，咱俩一直没再见过面，我从多方听说这大半年来你的变化忒大——其中最显著的外观变化就是减肥成功……

**伊沙：**对呀，一不留神，我在自己的身体上制造了一个不小的奇迹——就这半年多，我已经从一个体重190斤的胖子变成了一个体重140斤的非胖子，一口气甩掉了50斤，人也变得“比较帅呆”、“相当酷毙”……

中岛：难以想象，你是很善于制造奇迹啊，《狂欢》本身就是一个奇迹。我想问的是：你在成功遏制并且扭转了自己身体上多年以来“横向发展”的这个势头的同时，事业上“横向发展”的势头却是有增无减，诗歌后面是随笔、随笔又五花八门地玩过好多种、随笔后面是小说、小说还得分个短、中、长，如今，小说算是玩成了，结出一个大的果实出来，小说后面你准备玩什么？是电影吗？像朱文那样？

**伊沙：**中岛，你这么本分的一个人，怎么也有“文青思维”啊？我先回答你吧。我的回答是:不,不,不！记住:我一连说了三声“不”。对我来说，小说后面还是小说，是更好更多的小说，还有更好更多的诗歌，包括随笔在内的“大散文”则不求多，我在休息的状态中就可以写得不错。我不是“文艺青年”或者“文艺中年”，我是一名本本分分的文学家，还是一名文体占得够全乎的文学家——就差戏剧一项了不是吗？我一生的梦想就是要成那种著作等身并有些传世之作的大文豪，哪儿有时间和精力去搞什么鸟电影？反戴棒球帽、拿个电喇叭，跟个小丑似的一猫腰，然后一声怪叫：“开麦拉！”——饶了我吧！我这辈子可不是用来排练节目录成影儿给天下俗人放的……

中岛：呵呵！看来你是真对电影不感兴趣，但如果是另外一种情况，譬如你的小说——咱们就说眼下这部《狂欢》吧，要是被哪个机构或导演看上了，想将它改变成影视作品，你会不会拒绝？

**伊沙**：拒绝？为什么要拒绝？谁想拿走拍它——随便！按正常的程序买走即可，从此跟我了无关系。我也绝不会参与改编（编剧）的事情，总之是绝不掺和。多少不错的作家被废在影视这事儿上，多少小说高手被折在编剧这事儿上：王朔被影视榨干前的水准是《动物凶猛》（这也是其小说创作的最高水准），被榨干之后就变成了《看上去很美》，实际上不美。真是奇了怪了：这王朔连灵气都被冯小刚那吸血鬼给吸干了，王朔总算还是有灵魂的一个人，一个作家的灵魂当然是偷不走的，只是这灵魂已经兀自出了窍，徘徊复徘徊。刘恒也是一位很有实力的小说家，当年读他的《虚证》时，我真是暗自羡慕和叹服作者的能力，前不久，手摸余华糊的《兄弟》这只纸老虎时，我甚至还想起了刘恒的“张大民”来——这个作家真的是很有实力啊！只是入道以来，被这个影视的诱惑给骚扰得在文学上头毫无雄心，至今未成大作，论实力，就算不是二流作家，可留给人们的印象也顶多就是“二流作家的第一名”。当我看到这位曾经佩服过的小说家，以《张思德》这部电影而一举夺得“金鸡奖”的最佳编剧奖时，我心想：这就叫“种瓜得瓜，种豆得豆”吧。再想想那个叫刘震云的人，这人当然早就没了当年写《塔铺》时的真挚与朴素，也没了写《一地鸡毛》时的实在和从容，人也完全活成了他爱挂在嘴上的那个鸟词：“拧巴”——如何将一个河南农民“拧巴”成京城娱乐圈的一分子？此人是个活标本。所以，跟影视娱乐打交道，不光是坏手废功的问题，还有灵魂发霉腐烂的问题。

中岛：看来你是早就看在眼里，想在前头……

**伊沙**：说穿了，不都是钱和利益给闹的嘛！是“初级阶段”的“国情”给闹的嘛！不过，人还是应该有所为而有所不为的，应该懂得收手和不贪。文学大师文体扩张的多样性和文艺青年的眉毛胡子一把抓毕竟是两回事。文学就文学，不是什么写字，也别瞎扯什么“文艺”——这个从“五四”、从苏联过来的词早应该淘汰掉了，因为在时代后来的发展中，“文艺”中的所谓“艺术”已经独立退化成“娱乐”去了，就算是想当艺术家，你都哭错坟了！

中岛：你刚才说到余华的《兄弟》，并将其比喻成“纸老虎”，能否说得具体一点儿——这也算从去年到今年中国文坛的一大热点吧？

**伊沙：**一个年富力强的小说家有十年写不出小说了，而在此十年之间，他过去的三个小长篇走过了一个逐步卖好终于大火的过程，看着自己的书在市场上那么有号召力，他自己当然是很想写出新作的，即便是出于对自己身上羽毛的爱护，他对自己新作的质量也是有其严格要求的（他不是自称写过那么几个没有拿出来的嘛），这一次，老天爷开恩，好不容易让他找到了状态，一下子给写 high 了，自个儿就激动得不行，忍不住对着媒体瞎嚷嚷，在尚未全部完工的情况下，分割出一个“上部”来出版，赶一赶订货会和销售旺季啥的……这个人啊，这个作家啊，都浮躁成啥样了？能把自个儿用心血熬成的新作用卖猪肉的方法割去一扇卖了！你这个“余拔牙”变成了“余屠户”了咋的？余华原本是在为自己还能写出字还能写出钱来而欢呼雀跃，他的读者们则是期待着一部杰作的诞生，在此之前他们不是已经将活着的余华盖棺定论为“大师”了嘛！“大师”这只母鸡当然是应该生出“杰作”这只鸡蛋的，最后鸡蛋还是生出来了，但是肯定不是“杰作”——不但不是什么“杰作”，还有“伪劣之作”的嫌疑，于是有些懂点儿文学也真心盼着余华好的人便有点儿大失所望，倒不一定从此真的就会离开，再说没准备也没能力看出差或者看出了差也不在乎它差的铁粉丝还有好些人呢，他们维护了余华的尊严，保住了余华的自信。老余也很容易便想通了：这都什么年代了，准你韩寒、郭敬明这些卖作文本的有铁粉丝，准你李宇春这个什么都不写唱也唱不好的有铁粉丝，就不允许我"初级阶段的中国文学大师"（伊沙概括的）余华有其铁粉丝吗？！我们回答说：当然允许！还要鼓励！只是老余自己有点儿晕菜了，马上投身到时代的洪流中去了，声言要从实力派变成偶像派，他左看一眼莫言，右看一眼贾平凹，然后将其老脸朝前一腆说："在作家里头，我长得算不错的！"我想：他要是再偷着瞧一眼在电视上正给青年女歌手出文化难题的同门兄台秋雨先生的话，没准儿他还会说："在作家里头，我还算是一爷们儿！"

中岛：哈哈哈！听君一席话，实在太开心！请继续，请继续——

**伊沙**：我觉得整个事情的过程就是这样的：余华并没有欺骗谁，是某些高看余华的人自己欺骗了自己。余华是个"聪明"的作家，唯其"聪明"，就不值得期待。我为什么说他"聪明"呢？就拿他那两三部被公认为写好的"代表作"来说吧，不论《许三观卖血记》还是《活着》，都明显是从中短篇抻成的小长篇，他本来就是作为某个刊物（《收获》？）的宠儿在给这家刊物写稿子，状态一来写长了，他根本就不是为着一本独立的"书"而加以考虑的，所以，他既没有长篇意识，也不懂长篇手段——一句话，余华不会写长篇！现在有人在书店里，看着厚薄不一的上、下部捆在一起的《兄弟》觉着别扭，然后说：这连匀称和平衡都不懂了——不是不懂了，是本来就没从整体上加以考虑过，凭感觉写哪儿算哪儿——这就是刊物培养出来的作家，当代作家为什么好东西基本上都出在中篇上？就因为从一开始就是为刊物写东西的，所有的观念和意识都是被这刊物影响过的——这也算"初级阶段"的一大特色吧。王朔给人的粗略印象是一个比较反叛的角色吧？

但是且慢，你看他写得好点的小说基本都是五到八万字的大中篇——这是一个在事后看来很不划算的篇幅，可当时为什么就这么写出来了，就是因为是在为刊物写嘛！可以这么概括：中国“初级阶段”的文学杂志培养了一代以中篇见长的小说家。

中岛：你的意思是：背靠在体制上的刊物限制或者说弱化了这些作家的能力？

**伊沙：**没错！

中岛：我也听出来了，你是在为自己而庆幸——因为你不是这种依仗刊物成名同时又被刊物培养的小说家……

**伊沙：**当然！

中岛：伊沙，我觉得你的文学出身跟王小波很相似，都不属于在向刊物投稿寻求发表这个环节上一帆风顺的主儿，也不属于作协体制所培养出来的那路“根正苗红”的作家，都属于生长在民间荒原上的野草，有所不同的是：你通过民间色彩较重的诗歌领域先杀了一条血路出来，王小波则没这么幸运……我记得当年王小波刚出来时有人说他是“高手在文坛之外”，我认为在小说上，你同样也是“高手”，是“新世纪的小说高手”，而你却是从诗坛斜刺里杀出来的。我的想法很快得到了印证：在《狂欢》的封底，又见落叶甲虫的一段高论：“如果说王小波的书对于我来说是一道大餐的话，那么伊沙的书对于我来说就是这大餐的酒水，缺一不可。”——我不知道你是怎么看的？说说看。

**伊沙：**我希望自己的名字老能和“王小波”这三个字扯在一起，扯得越多越好，但这绝非出于我的本意，而完全是一种促销的心理：王小波的书不是卖得好吗？为了让我伊沙的书也卖得好点儿，我恨不能被说成是一个“活着的王小波”，一个“超越了王小波的王小波”。

但也仅仅如此而已，我并没有真的因为与之并列而生出的骄傲的感觉来……

中岛：这是为什么？

**伊沙：**因为我觉得他还不够好。

中岛：他不是一个公认的“高手”吗？

**伊沙：**他算是一个“高手”，但是不够“高”，不像在他死后某一种合谋的力量将他捧的那样“高”。在我看来，王小波只写过两篇好小说，一个是《黄金时代》，一个是《革命时期的爱情》，其他东西都很难叫人一口气读完，我甚至看不出有什么写出来的必要。我说的这两篇其实可以合称为一篇，它产生于这么一种写作状态：就是这一根筋，老是绷着，不断修改，拖上几年，终成一篇杰作。谁说王小波是个天才？连个才子都不是，他只是有点儿聪明，悟性还可以，一边读书一边悟，然后再添加到小说里去，不断地添加——他只能依靠这种方式来写稍微好点儿的东西，用正常的日常的平常的方式来写，水平就“哗”地下来了。还有就是：即便是在他的“杰作”之中，也有非常不好的东西，譬如他最好的《黄金时代》我就认为写得有些假，从细节、情节、环境、氛围的假到情感、情绪上的假都有，这绝对不是那个年代真实的性（当然你可以将之理解成一种被压抑的性心理），王小波的真里头（包括其随笔）有假的东西，有自我炫耀、自我得意和自我感动的东西，说穿了还是个知识分子（先甭管“特立独行”不“特立独行”），而且是社会主义“初级阶段”的海龟派。去年夏天有段时间，我把几个过去印象不错的中国当代作家拉出来重读，我记得“二王”是先后读过，“二王”就是王朔和王小波，读时也曾感觉到王小波是比王朔分量更重的也更有穿透力的作家，可就是读着没有快乐，还有那么多篇读不完，王朔则几乎篇篇都没有读不完的问题而且有许多人性的快乐。我突然想到：这个分量啊穿透力啊固然是重要的，但读完读不完应该是个等大同大或更大的问题，毕竟我们谈的是小说家啊！所以，我对王小波并不像有些人看得那么高。

中岛：我从未听到有人谈王小波可能或事实上已经存在的问题，这是第一次！

**伊沙**：就因为死了嘛！死了就好，一好百好。我老是和"死者"相遇。20 世纪 90 年代初，我初闯诗坛时撞见一个说不得碰不得的海子，我记得我刚在一篇文章中略微谈及了一点对海子的真实看法，就有好几个著名诗人给我写信说：说得好，其实我们也想说实话，但因为我们有名不好说，你替我们说出来了，今后还应该说得更多一点儿，骂得更狠一点儿。现在我遇到的是同一个问题——"死亡神话"。但是从情感上讲，我始终认为不论海子还是王小波都是"活"着的，我们完全可以正常地对待他们的作品评价他们的好坏，我们就是要把他们当作能够写文章回骂你的大活人！

中岛：说得好！聊得差不多了，正经话题也聊够了，最后我想我们可以放松一下，让读到这篇访谈录的朋友也跟着放松一下，我最后再问你一个问题吧：在 20 世纪 90 年代前期，你是后来被称之为"酷评"的这种文体的一大始作俑者，最早在《文友》杂志上开骂当时刚刚走红的余秋雨，几年骂下来，也曾骂人无数，骂名远播，引得观者如云，这几年来，你潜心埋头于大部头的长篇写作，大有"放下屠刀，立地成佛"的架势，如果——我是说如果，你再开"骂戒"重写檄文的话，你第一个想骂的人是谁？不许多想，要凭感觉立刻说出！

**伊沙**：陈祖德！

中岛：陈……祖德是谁？

**伊沙**：噢，对不起！我说错了——可见这人让我一提就愤怒而有失冷静——是一个叫“宋祖德”的人！那人你知道吧？就是那个老是龇来龇去的无耻的龅牙！俗话说：“狗嘴里吐不出象牙”——这人回答了，这个无耻之徒用他那副活脱脱的嘴脸回答的是：“狗嘴里吐出的是龅牙！”

中岛：那你刚才说错的“陈祖德”是谁？

**伊沙**：你这一问我就知道你是个围棋盲，陈祖德是比聂卫平更早的一位中国棋王，是最早战胜日本九段棋手的中国棋手，当年不光是棋下得好，他与癌症抗争的事迹通过他的自传《超越自我》也曾激励过大家，跟宋龅牙这个无耻之徒说错在一起——我呸！真是玷污了陈祖德先生！

中岛：这姓宋的龅牙何以让你如此愤怒？我感觉不过是一无足轻重不足挂齿的一个装疯卖傻的玩意儿……

**伊沙**：我以前只知道他是一喜欢惹是生非的“新闻人物”，还真以为是个专揭娱乐圈黑暗的“斗士”啥的，然后有一天我在电视上看见了这个人，这就是网上爱说的“恐龙”吧？让我差点儿把在娘胎里喝的羊水都给吐出来！当时的感觉是：这个世界绝不是由是非曲直——由真理谬误构成的，你看电视上这张活脱脱的小人嘴脸，这口大龅牙，就算他屁股下坐的那把椅子就叫真理与正义又能怎么样呢？虽然被添了恶心，但我对其原形和本质的想象力也还远远不够，直到前两天，从朋友博客的链接进了这孙子的博客——我靠！我可真算是开了眼！

中岛：怎么着？

**伊沙**：别着急，我给你引上一段，也让你这个没见过世面的开开眼：“祖德眼光向来不低，连章子怡、黄圣依、杨钰莹、金巧巧我都没看上，唯独看上你,希望你珍惜。人类几十亿年才诞生一个宋祖德,我不是人,我其实是神,我是诗神,我是爱神,因为我太温柔,玉皇大帝令我暂做一段时间骂神,每次骂人,我的心都在滴血,你跟我在一起,一定会看到我最柔情似水的一面。”

中岛:行啦!求求你,赶快别引了,我也快把在娘胎里喝的羊水都给吐出来了!这整个是一疯子加事儿B啊!怎么还敢自称是“诗神”呢?

**伊沙**:我说你孤陋寡闻没见过世面吧?哈哈!你还是被载入当代文学史册的《诗参考》的主编呢!连宋祖德——宋大诗人都不知道……

中岛:就这个疯子加事儿B也写诗啊?写的什么诗?

**伊沙**:看来还是得引,你预备好痰盂以防吐噢——这首叫《根》:

当繁花落尽的时候
才知道根的高贵
笑容摇曳的时候
才知道心的虚伪
两颗心的交汇
越走越远
越走越累

当金砖一天天地堆砌
我们看到的是一个倾斜的高度
夕阳轻抚闪闪的金光
擦不净墓碑上厚厚的尘埃

名利将心灵敲打成浮躁
猜忌将快乐倒影成烦恼
只有根　静静地在土壤的深处延伸
轻吻那些骄傲的花朵凋落的芳魂

这一首叫《宁愿跌倒》：

别再为我佩戴任何珠宝
我的手指　承受不了闪光的镣铐
钻石的光芒照乱了我的睫毛
沉重的项链压弯了我的腰

我要脱掉厚厚的名誉的外套
以我赤裸的骄傲　寻找
真善美铸造的廊桥

纵然再一次跌倒
抓一把真实的泥土　亦好

中岛：行了！我们可以给汪国真平反了——宣告汪国真至少不是中国诗人中最臭的一个！并宣告中国最臭的诗人是这宋龅牙……

**伊沙：**错！他哪里是"诗人"？中国从来就没有过这么一个"诗人"！将来也不会有这么一个"诗人"！前不久，一帮 80 后还跑到中国作协那里去撒娇呢？呼吁将其开除出作协啥的——由此见得，这帮 80 后都是中国作协会员吧？宋龅牙当然也是了。他是影视大亨，是炒作大王，是社会名流，连中国作协会员都是了，什么都是，但就不是诗人——这个朴素却稀有的桂冠不论你用多少钱都是买不来的（我听说就他现在的那些破诗也是雇人写的——甚至包括博客里的文章）。

中岛：好，就聊到这里。

（2006年）

# 我将听从中年的召唤

## ——《美图生活》杂志访谈录

**记者：王勇**

记者：自从《文友》停刊之后，你在众人的视野中几近消失，至少在我是这样，能不能谈谈你的近况？

**伊沙**：你这当头一问提醒我的是：《文友》杂志在当年的影响力以及掌握一家具有影响力的媒体的重要性，否则我明明还在写，甚至写得更多了规模也更大了，怎么就“在众人的视野中几近消失”了呢？呵呵！在此纠正你一点：《文友》当时并不算是“停刊”而是改刊成了《男友》——这是很具有讽刺意味的。

离开《文友》之后，我还曾在《法制与社会》《西部大开发》两个杂志和西安电视台兼过职，然后就结束自己断断续续长达十年的“兼职生涯”——正是这个比较雄厚的积累让我写成了《狂欢》嘛！2003年以来，我除了在我本职所在的大学上上课之外，就是坐在家里写长篇，三年半下来已经写出了三部。我的近况就是这样，我也很喜欢这样。

记者：在对你的阅读中，首先是诗，然后是随笔，最后才是小说，你是怎么分配它们的？而在你的想法中，三者的地位又是如何的？

**伊沙：**事实上，跟你读到的顺序完全相同：我是先写诗，再写随笔，最后才写小说的。诗歌属于“瞬间的写作”，不占时间，你只要有心、有感觉、有灵感的惠顾，你就写得出来。我是把原本用来出去做“兼职”的大把时间给了小说，还有原来写随笔的时间，随着我大规模地开始写作小说，我的随笔也基本上减产到无了——如此分配充分说明了这三者在我这里的地位，那就是：诗歌与小说并列第一，随笔及其他第三。

记者：最近你出版了长篇小说《狂欢》(《齐鲁晚报》专门发了个简讯)，是否类似1990年的韩东，意味着你已把主要精力投入到小说的创作之中？

**伊沙：**如果我的印象无误的话，1990年的韩东是零散地发了两三个短篇，我的1996年有点像他的1990年，我一开始写小说就发了一个中篇，现在嘛，也许像他出版第一部长篇的2003年……你说呢？

是，我现在已把主要精力（还有时间）投入到小说创作之中，但我需要吸取韩东的一大教训：因为小说而影响了诗。好在已经过去的这三年半并没有这种现象发生，我的诗依然量大质优，我力争创造一个小说与诗俱佳的“奇迹”。

记者：虽然有人说你写小说在紧跟韩东，其实你们还是有很多不同的，比如语言风格，比如故事的取向性，相比他们，你上来就写长篇，在写作上有什么障碍吗？在我印象中，像韩东，写小说将近十年才写出了第一部长篇小说《扎根》。

**伊沙：**不是不同，是相当不同，截然不同，那帮人说的“跟”指的是成名诗人写小说这个“行为”——那也错啦！其实我“跟”

的是我的美国偶像查尔斯·布考斯基先生。

谁告诉你我是“上来就写长篇”？这种事情大概只有70后、80后的愣头青才敢干吧？我在去年出版的小说集《谁痛谁知道》（宁夏人民出版社）的后记中回顾过我的小说历程：“从时间上说，书中的作品写作于1996年-2001这六年之间——这也是我在小说写作方面倾力于中短篇的时期，老实讲，其实这是挺‘虚’的六年，远远没有写满，甚至它可以再被分成两个阶段：1996年3月至1997年10月是第一个阶段；2000年5月至2001年8月是第二个阶段，实际上也只有三年多一点的时间，期间我还完成了一部12万字的‘小长篇’《江山美人》（太白文艺出版社1998年版）。”

实际情况不是你想的那样吧？我这么懂文学的一个人，不把刀剑磨好哪儿敢出来闯江湖？呵呵！

记者：几年前，你曾有过在诗歌上李亚伟是你最大的对手这样类似的表达，而几年过去，这种状态是否有变化？如果有变化，你现在的对手又是谁（其实在我看来，你们在时间上是不对等的，至少是现在的伊沙跟80年代中期或者末期的李亚伟在同场较量！）？

**伊沙**：有些事，我没当真，是你们当真了——说明你们很善良。

我的这个署名说法说明我曾是对诗歌和诗人都怀有无邪之爱的赤子一个——也仅此而已。

我没有对手。

我怎么可能去跟20世纪80年代的过气之人去较量呢——我吃饱了撑的？

记者：在中岛的那个采访中，我注意到你好像对电影没兴趣，是天生的排斥吗？

**伊沙**：有兴趣，不排斥，甚至有感觉，有想法，但这并不等于我就要去做什么导演。

记者：你不是一个酷爱读书的人，可我还是想让你推荐一位你认为写得不错的外国作家或者一部电影，我一直认为作为诗人的伊沙和作为批评家的伊沙是同等重要的，这不止是一种眼光，更是一种品质？

**伊沙**：一位外国作家：美国诗人、作家查尔斯·布考斯基。

一部电影：《肖申克的救赎》——别笑我土！

记者：这几年，山东冒出了好多诗人（发现盛兴是你对70年代诗歌写作的贡献之一），有的早就出道，只不过近几年才产生影响，像盛兴、邵风华、长征、雪松、江非、轩辕轼轲等等，你最看好那个？

**伊沙**：东岳。

记者：山东文学在全国的影响，一直表现在小说上，诗歌一直处于不尴不尬的地位，对山东诗歌的现状，作为一名成名甚早的诗人，你有什么看法？

**伊沙**：也许是孔孟后代之故吧——我感觉山东人太中庸了，于诗不利，小说好像也只出张炜那号的。

记者：最后问你一个有点儿无聊的问题，过去的半年，你成功地从一个体重190斤的胖子变成了一个体重140斤的非胖子，与你出版长篇小说《狂欢》相比，是不是更有成就感？

**伊沙**：不是，因为跟写作长篇尤其是出版长篇相比，这是太容易做到的事。而且，我动用的还是在二十多年的写作生涯所磨炼出来的意志力。减肥没什么灵丹妙药，靠的就是意志力，身边有很多人照着我的方法去做，结果却是越减越肥。

记者：90年代的《上海文学》有一个栏目——60年代作品展，从年龄上讲，你属于60年代，而你的朋友侯马也有过创作从1989

年开始的说法，但具体到文本，你的作品还是和60年代为代表的比如“新状态”一些人的写法还是有很大差别的，甚至格格不入，如果单看作品，有时我感觉你和60年代是不相符的，甚至多了70年代人的许多特质，你的看法如何？

**伊沙：**很高兴你能看到这个差别，这个格格不入。“新状态”是多么观念化的一个产物，什么“生活本身就这么无趣，所以我就可以写得很无趣”，跟他们相比，我就是爱写日常生活中的有趣过瘾，唐欣说我写的是“日常生活的传奇”——可以这么总结，我和他们都是从日常出发，他们是从日常到日常，我是从日常到反日常。“新状态”这帮人长篇都玩不转的，因为长篇需要一点儿真本事，一定要写好看的。

我不觉得我像70年代人——在我看来，他们太不专业了。

记者：前段时间，白烨和韩寒在网上进行了一场“集体自由搏击”，牵涉者众多，对此，作为批评家的伊沙有何评论（你的随笔减产，这是一件非常遗憾的事，你的批评家的风采我等怕是很难再见，只好就这样问了）？

**伊沙：**狗咬狗，一嘴毛。最有趣的是双方都给咬准了，首先是老狗把小狗咬准了，小狗就急了，小狗一怒为面子，召唤小小狗一起上，老狗见势不妙，赶紧关了狗窝的门……

记者：现在很流行的80年代后作家的作品读过吗？若读过，感觉如何？

**伊沙：**狗屎！韩寒尤其是郭敬明，真是比我想象的还要狗屎！也许他们搞的是“幼儿文学”？

记者：你的作品，在读者群中一向两极分化，喜欢的就是喜欢，不喜欢的就是不喜欢，你如何看待这种现象？

**伊沙：**很正常的现象。希望这爱恨都是强烈的。

记者：在你的小说中，有很多共同的元素，比如摇滚比如性，是什么原因促使你关注这些的？

**伊沙：**生命。

记者：写小说，尤其是长篇小说，是不是有经济方面的考虑，现在因写长篇小说而致富的作家有很多？

**伊沙：**至少我没有，哪儿能考虑那么多啊？钱这东西，有就有，没有就没有；多当然好，少也可以活。

记者:在中岛的访谈中，你说到了王小波、余华，在你的想法中，中国最好的小说家有谁？

**伊沙：**80年代——马原；90年代——王朔；新世纪——伊沙。

记者：最后问一个题外话，记得当年你还写过球评，现在西安也有了一支中超球队，现在还在关注足球吗？

**伊沙：**关注度严重下降。已经不去现场看球了。世界杯就要开踢了，我好像还没兴奋起来。人过四十，我将听从中年的召唤。

（2006年）

# 从《狂欢》说起

## ——《北京青年周刊》访谈录

**记者：郭小寒**

### 关于《狂欢》

记者：《狂欢》是您第一部真正意义上的长篇小说，是什么让您产生了写长篇的想法？

**伊沙：**我们都知道在人的身体上有那么一个“生物钟”，我想在一个作家或是诗人的身体上还有一个专为写作而长的“生物钟”，一到时候它就会提醒你：该写什么了。在2001年底，我的“写作生物钟”提醒我：你该写一部长诗了，我在2002年就写了《唐》；在2002年底，在《唐》快写完的时候，我的“写作生物钟”又提醒我：你该写一部长篇小说了，我在2003年就写了《迷乱》。《狂欢》是2004年写的，但由于种种原因，它出在《迷乱》前头了。“写作生物钟”能够做出这样的提醒也说明：你为某部作品所做的积累和构思已经够了。对于这一点，我在《狂欢》的后记中也有详尽的记载，在此不赘。

记者：作为西安的本土作家，这部小说很有“西安风采”，为什么会选择这样一个题材？是否有生活的一些缩影，当代文人的一些真实生活现状？

**伊沙：**你说“西安风采”我很高兴，因为此话很能够传神。你知道，我是一名教师，我的本职工作是在大学里教书，但在20世纪90年代，这样一份工作是很难养家糊口的，我就不得不到社会上去做所谓的“第二职业”，我因做“第二职业”而在西安的期刊业断断续续干了有十年，参与过多本杂志（其中有两本在当年相当有影响）的起落兴衰。在我写作《狂欢》的时候，我“第二职业”的生活已经彻底结束了，它对我来说是一段既完整又特殊的生活经历，素材的积累也已经足够多了，所以动用这样的积累来写作一部长篇是必然的。我不讳言的是：这里当然有着某种生活的缩影，也表现了当代文人一些真实的生活现状……《狂欢》正在新浪和搜狐两大网站热载，我看到有少量的读者发言说：这文人怎么都这么下流啊？写得不真实云云。我笑着心想：我知道还是你知道？我看得透还是你看得透？还不抓紧抱起我的《狂欢》补一下社会和人性的课程，以免到了社会上就被狼给叼去了，跟我这儿撒什么娇啊？！

记者：小说中反映的文人中年堕落的原因是什么？这是否一个普遍存在的现象？

**伊沙：**在冯彪身上表现出了这样一个过程：从苦大仇深到巧取豪夺。我认为对于男人来说，这是一个普遍存在的现象，在中国社会发展的这个时期，表现得尤为突出更有特色而已。我认为我写的是现实主义小说，我把我的主人公冯彪当作一个典型人物来塑造，自我感觉很成功。所以我猜想很多男性读者在读了《狂欢》之后，都会从冯彪身上发现自己的某些影子，即便不一定会有他那种行为，也会有他的种种心理和感受，别不好意思承认，我这个作者隐藏在字里行间会对你会心一笑！呵呵！

记者：小说中的性描写，您是怎么把握的？堕落就是身体上的堕落吗？每当一部作品过多涉及身体，都会被认为是噱头，您怎么看？

**伊沙：**对于一名作家来说，如果你自己对待性的心理是健康的，那么你在小说中性描写的文字再多也会是干净的——这就是我的把握。

堕落当然不止于身体上的堕落，但对于身体健康欲望健全的男女来说，身体又很容易甚至于会最先参与进去。

身体不存在能写还是不能写的问题，到现在还认为文学不能涉及身体的人——那还算人吗？但身体写作就像写作本身一样又确实存在着好与坏的问题，你别看有些小家伙整天不谈身体就不会说话了，其实写出来的文字却是一点儿性感都没有，干巴巴的！文学之神，不会因为你涉及到了身体与性，就姑息你功力的欠缺，在我看来，身体与性，反而更加难写，性描写是最能够看出一个小说家的功力的。

## 关于伟大的小说

记者：在封面上，您提出了“中国伟大的小说”的回应，您怎么看哈金的这一论断的？

**伊沙：**这段话我并不是为了发表而写的——我是在给《狂欢》责编王婷婷女士的信中很自然地写到这段话，她觉得好就摘到封面上来了，现在我把它重录在此：“伟大的中国小说，应该是那种深刻反映出中国复杂的当下现实和现实中人性异化的作品，应该是从内容到形式上都具有中国质感并暗藏中国精神的作品，应该是给读者在提供艺术享受的同时具有灵魂上的震撼力的作品。”——说这话的时候我还不知道身在美国的中国作家哈金先生是怎么给“伟大的中国小说”下定义的，这个话题在当初被讨论得很热闹的时候，我正埋头写着我私自理解的“伟大的中国小说”呢。这次还是通过搜狐网做的这个专题才搞清楚他是这么说的："一部关于中国人经验的长篇小说，其中对人物和生活的描述如此深刻、丰富、正确并富有同情心，使得每一个有感情、有文化的中国人都能在故事中找到认同感。"——哈金先生并未隐瞒，这个定义是从J.W.Deforest在1868年给"伟大的美国小说"所下的定义中"抄"过来的："一个描述美国生活的长篇小说，它的描绘如此广阔、真实并富有同情心，使得每一个有感情、有文化的美国人都不得不承认它似乎再现了自己所知道的某些东西。"三段话都摆放在这里，我想每个人说的什么大家都会看得一清二楚——也别光听怎么说，其实每个人都是按照自己的话来做的——反过来应该更准确：是因为先这样做了，所以才要这么说，照着对自己有利的方向说去。譬如这位大洋彼岸的哈金先生，我觉得这位当年的中国留学生是先照着J.W.Deforest先生的"伟大的美国小说"的定义写出东西之后，再将其偷换成"伟大的中国小说"的概念，目的是想成为中华民族的"主要作家"。我对哈金的质疑是：丢了母语，何谈中国？岂有文学？焉有伟大？

记者：您做出这样的回应，又是基于怎样的判断？您觉得自己的这部《狂欢》是一部伟大的小说吗？

**伊沙**：自然是动用了自己的经验对文学的永恒性所作出的判断。

我身为作者的回答是：《狂欢》是一部拥有伟大的潜质因而可以直接交付给时间的作品。

记者：您认为哪一代作家或哪个作家写出了中国最伟大的小说？

**伊沙**：没有哪一代，只有哪一个。

我的回答毫无"智商"并且一点儿都不动脑子：曹雪芹。《红楼梦》。中国最伟大的小说。

记者：看您以前的一些文章，您并不是很满意中国当前体制内作家的一些作品，为什么？

**伊沙：**只是因为他们写得差——而且是越来越差，朝不保夕。

记者：在一篇访谈上看到您对余华不屑，还要将下一个矛头指向马原，一直以来，您写的文学评论都是很尖锐的直指一些文化热点人物，是真的觉得他们的作品有很多弊端，还是一种自我提升的手法？

**伊沙：**我只想说：这是出自一个简单的动机，犯不着理解得太过复杂。

记者：近年来一些大作家像余华、莫言、韩少功，纷纷出版了他们最新的作品，也引发了不少争论，您作为一个文艺批评家，怎样看待他们最新的作品和作家的出路及转型问题？

**伊沙：**余华我已经说过不少了，《兄弟》（下）直逼《无极》而去——既然他已经跟陈凯歌似的蒙不住了，我也就别落井下石了，在此只说一句：他通过这一上一下的两本《兄弟》，证明了自个儿还能写，并还能够直接写出钞票来——这已经够了不起了！

恕我直言，莫言是中国文学二十年来的一大莫名其妙，不好意思，他的新书《生死疲劳》我买了，又一次看不下去，看不到底，就像过去二十年间他几乎所有书在我手中的遭遇一样。就单行本作品而言，他只写好过第一本即《红高粱家族》，但内行人都知道那一本并不是真正的长篇，而是一个中篇系列，从第二本《天堂蒜薹之歌》开始至今，真正是没有一部写好的，这是一个看起来很用功但就是写不好的作家（这跟贾平凹很像），人却莫名其妙地成了“在纯文学中坚守”的一大符号，写不好，但守得住也成啊！守成符号了嘛！

韩少功有什么新作品？我还没有读到。这也不是一个值得信任的作家，感觉在写作这个行为上的生殖力偏弱，得使半天劲得等脑子想清楚了才敢落笔写点儿什么，是靠知识靠观念写作的那路人，《马桥词典》多造作啊！就算你不是模仿老外（又怎么不是呢？），也是差点儿憋死才想出来的玩意。

放眼江湖，当年的绿林好汉，如今武功全废，说到底还是从生命力到创造力枯竭的问题。

记者：您认为纯文学在当下的文化环境中有出路吗？纯文学有没有受到流行文学和类型小说的冲击？

**伊沙**：对不起！我从来不从大面上来思考这类问题——也许根本就是一个伪问题。

不是流行文学和类型小说冲击了纯文学——之所以这样说，是由于前者原来是没有的不存在的，由着你纯文学在那儿孤芳自赏，现在前者发达了蓬勃了，后者就觉得受到了某种冲击。

我只管对自己做出定位："纯文学"——这是一定的，打死我我都不会去写什么流行文学和类型小说的；但这并不意味着我准备孤芳自赏，我追求的是"好看的纯文学"——"好看"也是一定的。我以为有一种"纯文学"应该比流行文学和类型小说更加"好看"，因为只有"纯文学"才讲究表现的形式和表达的效果啊！那些流行文学和类型小说的作者谁有大仲马写得好看？甚至雨果。我的一位学生也是一位青年诗人读了《狂欢》说叙述节奏太快了，我还没有来得及和他交流呢——我想提醒他的是：别忘了，《狂欢》是一部40万字以上的"大长篇"，但很多人看完之后却不觉其长，为什么呢？因为我在其中动用了手段——快捷就是我的手段。

记者：您怎样理解文学的经典和畅销，您觉得您的小说是经典的还是畅销的？

**伊沙**：不准备搞得太清楚，但知道如何端正自己的态度：梦想经典，不惧畅销。

## 关于文学

记者：在我的阅读印象中，无论是您的诗还是评论都是很先锋尖锐的，但小说并没有这种感觉？这是刻意的吗？

**伊沙：**其实也很先锋很尖锐的，只是几种文体的表现特点不同。我很知道文体的本质何在，所以我绝对不会在一部小说之中让作者跳出来喋喋不休地大发议论，用乖戾无比的愤青之言来表现自己的先锋尖锐——这是应该交给随笔的，你在小说里头这么干说明的是你的没本事。我在小说方面的先锋尖锐都是通过人物、故事、情节、细节来表达的，而不是直接喊出来的。

这当然是刻意的——准确地说，是自觉的，我快满三十岁才正式开始写作小说（短篇和中篇），快到四十岁才正式开始写作长篇都是自觉使然。

记者："我有小说的才能，必须合理地加以利用"什么叫写小说的才能？写小说应该具备怎样的才能？

**伊沙：**讲故事（不仅仅是"叙述"——这个文人化的鸟词）、塑造人物——这是小说才能的两个基本点。还有你对自己经历过的事情记忆力如何（尤其是对细节的记忆力）、你在虚构一件事时的想象力怎样……

让我们还是多讲基本的东西，最基本的最本质。

记者：有人说您最近"沉寂"了，说您从一个批判的人变成了一个讲讲故事的人？您同意这种说法吗？

**伊沙：**那还是在几年前，我曾经面临过这样一种抉择：站在诗人的本位上向左看，是我已经有点儿影响的随笔写作（有人称之为"酷评"），可以通过对这种写作的加强进而成为一名"思想家"；向右看则是我无甚影响的小说写作，通过对它的加强能够成为一名"小说家"——"小说家”在“思想家”面前分量似乎轻多了，但我却毫不犹豫地向右去了，弃“重”从“轻”，弃“大”从“小”，弃“思”从“艺”，弃“道”从“文”，我之所以能够拒绝思想的诱惑，就是王八吃秤砣——铁了心要做一个本本分分的文学家，而作为文学最硬邦的两大文本——诗歌和小说我是力争要兼得的。

知道鲁迅临死前有何遗憾吗？他对冯雪峰说：如果他能再多活十年的话，就要一年写出一部长篇小说。

是我等后进知先生，还是先生知先生？是我等后进知文学，还是先生知文学？呜呼哀哉！

记者：您还在从事诗歌创作吗？写小说、评论和诗歌对您来说在创作上有哪些不同的感受，会互相影响吗？

**伊沙：**我当然还在从事诗歌创作，并且每个月都会有新诗出笼。

小说是工作，评论是休息，诗歌是灵感。

对我来说，没有互相影响——要影响也是好影响。

记者：诗人写小说在我国文坛很常见了，有没有人把你跟韩东比？你怎么看？

**伊沙：**有人认为我写诗是学韩东，写小说是跟韩东，甚至说既生韩何生伊，我无所谓，爱怎么说就怎么说去吧，你说得越难听，我就会写得越起劲。

## 关于西安

记者：但你一直是站在文学前沿的人，西安这样的地域环境对你有没有什么影响？

**伊沙：**我想一定会有某种潜在的影响，只是我自己难以分辨清楚——那就不去管它了吧。

记者：西安并不是文化中心，西安有很多著名的作家和艺术家，在你眼里，这是一个怎样的城市？

**伊沙：**当我第一次出国的时候，我从老外的嘴里惊讶地发现原来我居住在一座世界名城里。我的切身感受是：在当代中国，西安几乎是一座最有特点的城市。我随着自己年龄的增大变得越来越适应甚至于越来越热爱这座城市。这是一座秋天和中年的城市，也是一座为沉住气欲干大事者预备的城市。

记者：你和他们有来往吗？是不是也像北京一样有圈子文化？您混圈子吗？

**伊沙：**我和你说的那些人不来往，用句老话说叫“老死不相往来”。跟北京相比，这里并没有太多的圈子和饭局，写作的人都共在以作协为中心的一个大圈里，体制的色彩很重。我从来不混他们这个圈子，早些年，我刚从北京毕业回来，也曾经在一个小圈子里头混，但那个小圈子后来给解散了，这是一个由本城处在民间状态的比较优秀的诗人组成的圈子，解散的原因是大多数人逐渐放弃了写作。所以说，我不混圈子已多年。

记者：在西安的生活是怎样的？您的“隐士”生活，是一个怎样的情况？

**伊沙：**在大学里教书，每周要上十几节课。其他时间便是在家写作。几乎不在任何一项文学活动中抛头露面。长安已经沦落到不认识它首席诗人的地步了，我只是别人嘴里一个关于隐者的传说。

（2006年）

# 没有文坛，唯有文学

## ——《重庆商报》访谈录

**采访者 :《重庆商报》 刘东灵**

1.《狂欢》是一部关于“知识分子”的小说，有论者评价说，你走出了鲁迅，又在遥遥呼应着鲁迅。在小说中，你要描绘的是怎样的一些“知识分子”？你要通过描述这些众生相，对当代中国发出哪些方面的声音?

**伊沙 :** 我在大学里常带的课程之一是《汉语基础写作》——带这样一门课的一大好处是：我给学生讲的都是最基本的写作常识，我在不断讲述的过程中也等于是在不断地提醒我自己这名写作者：不要离开常识，因为最常识的东西最本质，譬如写作基础理论告诉我：要写自己所熟悉的。你所说的“知识分子”正是我相对比较熟悉的人群，我把他们当作作品表现的对象是再自然不过的事情，甚至自然到我在写这些人物的时候并没有想到他们这些人的“知识分子”身份，我只是把他们当作“人”来表现的，至于小说写成之后，别人视之为“表现知识分子题材”或是“揭露知识分子问题”的小说，那也很正常。你问我要描绘的是怎样的一些“知识分子”，我只能回答说我要描绘的是作为“人”的知识分子。通过描述这些众生相，我想让我的小说变成一面镜子，通过这面镜子，我们可以照照自己面具之下的嘴脸，也照照我们置身其中的这个时代，我想打造的是一面真实的镜子。

2. 你作为一个先锋诗人，却用比较传统的叙述手法来写《狂欢》，为什么要采取这样的写作策略？

**伊沙**：这也再次说明：我的写作所关心的并不是“先锋”和“传统”的问题，而是“本质”的问题——我认为我的《狂欢》是非常“本质”的小说：是讲故事的（并不仅仅是文人化的“叙述”）、情节跌宕起伏、细节极其逼真；是塑造人物的——我自认为书中以冯彪为首的多个人物都被成功地塑造成了典型人物；是有戏剧冲突的，在中国，人与人之间难得有不冲突的……但如果有人根据这些因素硬要把它说成是传统现实主义的那路东西，恐怕不是我——而是有些老作家会跳出来跟你急，因为我的味道已经更加丰富和复杂，所以我反对给自己贴标签，我写的只是我所认为的“本质”的小说——这就够了。

这不是采取了什么策略，只是基于我对文学中不同文体的不同认识。还有一个细节能够表明我的想法，也能从另一个方面回答你所提出的问题：我不想被人叫作“诗人小说家”，而想被人叫作“诗人、小说家”——有了中间的这个顿号，就是有本质区别的。

3. 美国作家亨利·米勒的《北回归线》被誉为世界文学史上的里程碑，它的出现标志着一个崭新的文学时代开始了。有读者称《狂欢》为中国的《北回归线》。你怎么看？

**伊沙**：我听了之后当然很高兴，很荣幸，因为他说：“伊沙小说带给我的震撼与力量和我当初看完《北回归线》的震撼与力量是一样的。或者说是超出了当年《北回归线》带给我的震撼。”

也仅此而已。

把《狂欢》交付给读者和时间吧。

4. 从小说中的人性思考和结尾很大的情绪空间来看，你是在用一种诗歌之外的题材（只能是小说）来写一首史诗？

**伊沙：**没错，《狂欢》所带有的史诗性并不太难发现，它就是按照一部表现世纪末世道人心这样的史诗结构来设计的，还有这种个人编年体加“世纪倒计时”的叙述手法都有史诗的特点。我的上两三代作家都是曾以成年人的身份经历过十年“文革”的，我以为他们都辜负了“文革”这段特殊的历史，因为这几代人加起来没有写出一部表现“文革”的史诗性的大作出来。

我在试图履行我对历史的责任并努力表现出我的力量——这便是世纪史诗《狂欢》的写作。

5. 你对当前的畅销小说、80后作家的小说、玄幻等类型小说有什么看法？你的小说也畅销了，你觉得你的小说会引起读者审美的改变吗？

**伊沙：**让他们去玩吧！玩去吧！热热闹闹的！这些劳什子与我有什么关系呢？我既不会为畅销而写作，也不会涉足任何一种类型小说——说实话，我既看不起写类型小说的人，也看不起类型小说本身。

《狂欢》的畅销是基于这样一个事实——写得好，而且很好看，明显要比那些什么“80后作家的小说”和形形色色的“类型小说”好看得多。至于这能否最终引起读者审美的改变？我想：一不要太乐观；二要慢慢来。

6. 继博客上与文学评论家白烨展开骂战之后，一贯以叛逆不羁著称的韩寒近日又在博客上发文，对三个“无趣的中国中年男人”——

余秋雨、陈凯歌和陈逸飞作了毫不客气的损评。能谈谈你的看法吗?

**伊沙**：我先看到的一幕情景是：狗咬狗，一嘴毛。最有趣的是双方都给咬准了，首先是老狗把小狗咬准了，小狗就急了，小狗一怒为面子,召唤小小狗一起上,老狗见势不妙,赶紧关了狗窝的门……

接下来看到的第二幕是：一个小太监在午门前跳着脚叫骂三个老太监："你们的宝贝割得比我早！"

7. 韩寒说"文坛是个屁"，印象当中，你对文坛的批评也不少，你觉得文坛是个什么?

**伊沙**:他能认识到"文坛是个屁",就该觉悟到他所追逐的所谓"车坛"不过也是一泡屎。他是屎壳郎放屁。

在我眼里，没有文坛，唯有文学。

8. 你如何看待宋祖德这位"娱乐圈斗士"?

**伊沙**：我以前只知道他是一喜欢惹是生非的"新闻人物"，还真以为是个专揭娱乐圈黑暗的"斗士"啥的，然后有一天我在电视上看见了这个人，这就是网上爱说的"恐龙"吧？让我差点儿把在娘胎里喝的羊水都给吐出来！当时的感觉是：这个世界绝不是由是非曲直——由真理谬误构成的，你看电视上这张活脱脱的小人嘴脸，这口大龅牙，就算他屁股下坐的那把椅子就叫真理与正义又能怎么样呢？虽然被添了恶心，但我对其原形和本质的想象力也还远远不够，直到前两天，从朋友博客的链接进了这孙子的博客——我靠！我可真算是开了眼!

9. 这人最讨厌的地方，就是他还经常以"诗人"自居……

**伊沙**:他哪里是"诗人"？中国从来就没有过这么一个"诗人"！将来也不会有这么一个"诗人"！前不久，一帮 80 后还跑到中国作协那里去撒娇呢？呼吁将其开除出作协啥的——由此见得，这帮 80

后都是中国作协会员吧？宋龅牙当然也是了。他是影视大亨，是炒作大王，是社会名流，连中国作协会员都是了，什么都是，但就不是诗人——这个朴素却稀有的桂冠不论你用多少钱都是买不来的（我听说就他现在的那些破诗也是雇人写的——甚至包括博客里的文章）。

（2006 年）

# 明知不可为而为之

## ——《岳麓晨报》访谈录

**采访人：刘永涛**

1. 这次在长沙举行的首届“麓山·明天名家诗歌峰会”，被认为是与20年前的“中国现代诗歌群体大展”的一次历史性对话，你如何看？

**伊沙：**也许主办者举办这项活动的初衷里有此意愿吧，但从会议开的情况来看却没有体现出这个效果。可话又说回来，20年前的那次“群体大展”真值得让我们大动干戈地来做一次历史性的对话吗？至少，我绝没有这样的冲动。我在会上的发言中已经讲过了：我更愿意谈论的是1999年“盘峰论争”或者说是以网络作为原生态现场的新世纪以来的近几年间现代诗发展的状况和存在的种种问题。会议的诗学研讨部分搞得不够热烈（我觉得在田汉大剧院的朗诵晚会搞得很出色），跟有些假模假式缺乏诚意的家伙混了进来有关，我记得有个来自江南来的不男不女的伪诗人，在头天晚上谭克修的作品研讨会上就想寻衅滋事冲我发难，我当时大声地回应他：第二天的研讨会上再说！结果第二天一整天下来，任凭主持人在台上如何请，他却连台等没有登，让我白等了，既然那么想吵架，那就来吵嘛！我不知道这是为什么，后来别人提醒我：头天晚上那是初来乍到多喝了两杯猫尿的缘故，是酒壮怂人胆啊！呵呵！

2.在我们的这个时代，诗歌究竟有多重？作为一个享有国际声誉的先锋诗人，你认为诗歌还可以介入现实生活吗？或者说，当下该以一种怎样的方式介入？

**伊沙**：我的回答是：诗，像水一样重，而不是像铁一样轻。

其实，我们刚刚在长沙所经历的如诗如画的美好的一切正是像谭克修这样的诗人大胆并且富有智慧地用诗歌介入现实生活的见证。

在这方面，我们每个人都可以变得更富于责任感和行动性一些，想到了就要去做，在力所能及的条件下为诗歌去做更多的事情。你做一点儿，现状就会改变一点儿。

3.你的小说写作已有相当的历史，但很大程度上却为诗歌成就所遮蔽，以致出现对你的“误读”，长篇小说《狂欢》堪称是一个最有力的矫正，你想通过这部小说对自身的写作发出怎么的声音？

**伊沙**：我记得我在我的《谁痛谁知道》这部中短篇小说集的后记中曾对我的小说写作做出过还算真诚也很深刻的检讨：“每每自己想起或跟人谈起我的小说写作，我都有些发自内心的反省：与诗相比，我写得太少了，我是一个多产的诗人，却是一个薄产的小说家；与诗相比，我持续不断写作小说的时间太短了，这是十几年与三年（后来有增）的对比；还有创作实绩上的对比，世俗成功上的对比……我可以找到一个外在的借口说是谋生占去了我的时间（小说写作确实需要大量的时间）——但这也只能是个借口，因为任何存在于写作外部的都不该成其为影响写作的真正理由。”——我想这正是以往我小说成就与诗相比非常有限的主要原因，老实讲，你说的这种被我自己的诗歌成就所遮蔽的现象也有所存在，但不是主要的，好在俱往矣：现在我已写出了三部十分厚重结实的大长篇并且已经出版了《狂欢》这样的力作。

我想通过这部或者还有尚未出版的另两部，发出早就应该发出的完全属于伊沙的独特而尖锐的小说声音！

4.《狂欢》是一部典型的“知识分子”小说，并且昭示出20世纪鲁迅精神的脉象，通过对当代知识分子的描绘，你试图呈现一个怎样的当代中国？进而对我们的时代命名？

**伊沙：**是的，我今后仍将会把“知识分子”当作我小说表现的主要对象。因为我对这个人群非常熟悉。我从来都认为“知识分子”比“工农兵”更难写——就是说在写作上难度更高，因为有文化思想就不那么简单了嘛！可是一旦写好了就该比别的人群更具有对这个时代的表现力，因为毕竟他们是时代思潮的承载者。

说到我时提鲁迅，稍稍让我有点心安的是：在小说主题的严肃性上，我是秉承了先生的精神的，并与眼前这个时代的主流背道而驰！

当代中国如果能够用几句话就可以说清楚的话，我就不用写一部40万字的长篇小说（还不止这一部）。“狂欢”这两个字正是我大着胆子对这个时代所做出的小心谨慎的命名——我自认为既准确又传神。

5.华人作家哈金提出“伟大的中国小说”，引发巨大争议，你在《狂欢》的封面上给出了自己的定义。你认为《狂欢》就是一部伟大作品吗？它怎样区别于这个时代的文学？中国存在好的小说吗？

**伊沙：**这个问题我在接受《北京青年周刊》采访时已经回答过了：“我身为作者的回答是：《狂欢》是一部拥有伟大的潜质因而可以直接交付给时间的作品。”

你说“这个时代的文学”，在我看来，“这个时代的文学”中有90%以上的是作者压根儿就没打算朝好里去写的玩意，在剩余的10%的中间还有90%的人是有愿望但无才力的……这便是《狂欢》出世的环境！它杰出首先是因为它严肃。

中国当然存在好小说，难道《红楼梦》不是吗？我甚至认为它是人类文学史上最好的一部小说。

6. 如果说你的《迷乱》是一个理想主义的“童话”，那么《狂欢》就是一曲现实主义的“挽歌”，两部小说放在一起，几乎构成了一部男人的心灵史。而事实上，我想说的是你小说的史诗意识，你的野心，在当下的中国语境中，这究竟有多大的可能？

**伊沙：**我已活到了不惑之年，自己正在享受着自身悄然发生的明显不同于以往的种种变化——其中有一点：我现在做事情，已经不再考虑可能性的问题——也就是能否在世俗的意义上取得成功的问题。所以，对我来说，一切反而变得简单了：我想做，我就去做；我想这么做，我就这么做了，管它有多大的可能呢！我的史诗意识以及我的野心，决定了我的小说平台是建在海拔较高的地方。

7. 你似乎并不看重小说的技术，由诗歌写作而到小说写作，是否有不可逾越的障碍？

**伊沙：**关起门来说吧，我其实很注重技术。而对于写作来说，什么才是“技术”呢？就是有此“事半功倍”无此“事倍功半”的有效手段，我当然会注重啦。只是我从不孤立地看待它，更不膜拜它，乃至变态地谈论它——并且知道怎样不留痕迹地使用它，在我看来，在写作中炫技的作者都是对文学认识低下的四流以下的蠢货。

我现在有资格讲了：由诗歌写作而到小说写作，确实有着某种程度的不可逾越性：这是这两种极端而纯粹的文体（散文就不是）各自所需人的才华的对立性和矛盾性造成的。所以，这是非常非常难的，是文学写作的最大难题之一，但唯其如此，才具有挑战的意义——明之不可为而为之！

8.“80后”许多人都是读你的作品成长的，对这一代写作者，你有什么期待吗？对他们而言，你的写作史有怎样的启示意义？

**伊沙：**最近以来，类似这样的话听得比较多，说明什么呢？说明岁月易逝，我已老了，是个老作者。

对于年轻一代，我哪儿敢有什么期待？我怕我一期待，我就会在瞬间里变得更老了。

至于我的写作史对于他们有何意义……我想，他们因为目睹了我的所作所为而相信在这个世界上在我中国的当代真的有人把写作当作自己的信仰和生命来追求，就可以了。

9. 现实中的你随和、热情、大气、血性，而少见文字和网络中的锋利和“骂人”的风采，可以告诉我们一个怎样真实的你？

**伊沙：**网上网下，你在任何一个地方所看到或感受的我都是真实的我的一部分，把这方方面面加起来大概就是我的全部吧。

多少年来，我被人“误读”得深——我纳闷于我竟然从来都不怕别人“误读”我，这种不怕长期以来让我自己都有点儿搞不懂，现在，此刻，我忽然明白了：我这人挺受看的，经得住别人的看，所以才底气足。

10. 据说，你被认为是出席这次诗歌峰会最帅的男人，你该告别“胖子”的诨名了……

**伊沙：**哈哈！上个月在武汉的“或者·平行诗会”上，我和于坚就遇到过，有一天我们俩站在下榻的宾馆门前，听见四周有人喊：“胖子”，我就对于坚说：“我已经不必回头去看是不是在叫我了，而你还不行……”哈哈！是到可以说“别了，胖子”的时候了！不知谁说的——是我渊博的朋友唐欣转述的：说人在四十岁以前的长相由爹妈负责，四十岁以后的长相由自己负责。说得好啊！这不单纯是“面由心生”的问题。我现在的样子就是自己负责的结果，是我所希望的“好样子”。

（2006年）

# 诗无探索的意味就等于失去了生命

## ——《新诗大观》访谈录

**采访人：英树**

**时间：2006 年 8 月 2-3 日**

1. 你是何时开始诗歌创作的？你对自己哪段时间或哪些作品比较满意？

**伊沙：**1983 年开始。

我对自己写作的每个时段都还比较满意，如果非要列出一段的话，我愿意列出 2002 年 -2003 年这两年，这期间我写出并修改完成了长诗《唐》，还写了三四百首短诗、长篇小说《迷乱》，还和妻子一起翻译了美国诗人查尔斯·布考斯基近百首的诗作。劳动量大到了极点。这是我文学生涯中乃至人生道路上一个非常关键和重要的阶段。

2. 你的职业是什么？你的职业和你的诗歌作品有什么联系吗？

**伊沙：**我的职业是教师——具体而言是大学教师。这和我的诗歌作品没什么必然的联系。

3. 你的朋友一般从事什么职业？他们对你的诗歌理解吗？

**伊沙：**有商人、公务员、公司白领、编辑记者等等，他们未必能理解但知道消费和享受我的诗，并以结交我这样的诗人为荣。

4. 诗歌以外的文学体裁你喜欢哪些？有哪些作品？

**伊沙：**曾经喜欢随笔的写作，有《一个都不放过》《被迫过着花天酒地的生活》《无知者无耻》三部随笔集出版。

现在喜欢小说的写作，有《俗人理解不了的幸福》《谁痛谁知道》两部中短篇小说集、《江山美人》《狂欢》两部长篇小说出版，还有两部长篇小说《迷乱》《中国往事》待出。

5. 你最喜欢看谁的诗歌？对你影响较大的诗人有哪些？怎样评价他们的作品？

**伊沙：**近期最喜欢看的是我自己参与翻译的美国诗人查尔斯·布考斯基的作品。越看越觉得好。

对我影响较大的诗人有美国的查尔斯·布考斯基、艾伦·金斯堡、法国的雅克·普雷维尔、中国的李白。

怎么说呢？他们是人类的精灵！

6. 你对诗歌以外的艺术形式感兴趣吗？到什么程度？

**伊沙：**当然感兴趣。

到什么程度？到我四十岁了还需要经常抑制自己的冲动：比如画油画、写书法的冲动，比如照相、拍电影的冲动，比如作曲、唱歌的冲动，等等，我有冲动想做的事情太多了！我必须时时告诫自己：咱这辈子已经玩得不少了，这些东西留到下辈子去玩吧。

走出了青春，人生就需要抑制自己的冲动。

7. 你认为诗的好坏有没有标准？你自己的评判标准是什么？

**伊沙：**废话！当然有！

我自己的评判标准当然不是几句话就能讲清的，建议大家多读我的诗和诗论，也多读我选的评的诗——推荐两个选本：《现代诗经》

（漓江出版社）《被遗忘的经典诗歌》（太白文艺出版社）。

读一读，对我的评判标准自然也就了解了。

8. 你对探索诗歌有什么倾向和看法？

**伊沙：**一句话——诗无探索的意味就等于失去了生命！持这种看法的人你说会是什么倾向？

9. 你认为当代中国诗坛谁具有“大师”的资格？或者说会不会出现“大师”？

**伊沙：**其实我特别不喜欢甚至瞧不起这个词，我觉得这是挺世俗甚至是挺脏的一个词。我始终认为“天才”这个词要高于“大师”这个词。

所谓“大师”会有的（就像面包会有的），只要你写得多、活得长、熬得久，巴金死时不是已经被叫作“大师”了吗？但没人敢把他叫“天才”，因为他明摆着不是。总之，这真的不是一个好词，谁要把李白叫“大师”，我就会以为他们指的是李白炼丹获得的一个职称！

10. 对中国诗坛的现状，你想说些什么？

**伊沙：**我不管别人怎样，整体怎样——这些都不是我所要关心的问题。我只知道：如果还有一个人在用心写作正在写好——不用问，就是我。

11. 你能否回顾一下过去十年及展望一下未来十年的中国诗歌？

**伊沙：**过去十年，诗歌在热闹中前进；未来十年，诗歌仍将在热闹中前进——重要的是：谁和一时的热闹有关？谁造成了它的不断前进？

12. 对于诗歌以外的话题，你最想说些什么？

**伊沙：**今年夏天北方的雨水真多——好！

13. 你对《新诗大观》有什么意见和建议？或者你想对《新诗大

观》说些什么？

**伊沙：**多发有价值的东西，不要搞平均主义。普及与提高相结合，但提高比普及更重要。

（2006 年）

# 我奔着我所理解的“伟大”而去

## ——《乌鲁木齐晚报》访谈录

**采访记者：刘雪明**

伊沙老师好，谢谢您接受我的采访。

### 关于作品本身：

1. 引用您自己在接受其他采访时的话“‘狂欢’这两个字正是我大着胆子对这个时代所做出的小心谨慎的命名——我自认为既准确又传神”，请问：您认为它的准确和传神表现在哪里？

**伊沙：**我之所以用了“大着胆子”和“小心谨慎”这样的词语，说明我对这样的命名行为还是怀疑的，如果不怀疑，我就不会去写一部书来做出命名，直接说出来好了，所以，我怀疑一语道破……现在，事已至此，我关心的就是它是否准确和传神了：这难道不是一个狂欢的时代吗？人物在狂欢中明明灭灭生生死死……有些东西只可意会不可言传，身为作者的我更不能说得太多太透。

2. 前一段时间华文作家哈金提出“伟大的中国小说”的话题引

起了国内文学界的极大争议，而据您自己介绍，您的大作《狂欢》是您“大长篇小说计划”中的一部，那么是否意味着您本身也有做一部“伟大的中国小说”的野心？您是怎么看待自己的这部作品的？

**伊沙：**每个人对“伟大”都有他自己的理解以及对“伟大”的追求，在此一点上，我与哈金先生也不一致，我奔着我所理解的“伟大”而去，《狂欢》的写作正是如此。

《狂欢》作家版（大陆地区简体字版）的责任编辑王婷婷女士认为它是应该排在2006年中国原创小说前10名的作品——哦，最近我听到多个朋友认为它的质量应该排在年度第一名，我对自己的评价还要高一点儿——我认为在新世纪以来这个更大的时段之内数也是能够数着《狂欢》的，先不提什么“伟大”不“伟大”的，《狂欢》起码是一部久违的力作。

3. 从十年前的《江山美人》到现在的《狂欢》《迷乱》以及还没有完稿的《中国往事》，您似乎一直在以知识分子为写作目标，为什么会选择这样一个取向？以后是否会尝试着写另外的人物形象？

**伊沙：**我还是认为作家应该去表现他所熟悉的人群而不是相反，知识分子正是我所熟悉的——但这只是一个主要的方向，事实上我已经在《中国往事》中注意表现所谓“知识分子”这个群体之外的人群：旧社会过来的老妓女、爱打老婆的炼钢工人、风情万种的女售票员等等……我会在今后的写作中更加注重人物的广度和宽度。

## 关于作品的几点疑问：

1. 主人公以纵欲来回应自己所遭遇的种种打击，是否意味着知识分子在社会冲击中无可奈何的一种变态取向？

**伊沙：**写作时我是这么考虑的：冯彪起初所受到的打击来自于他的婚姻和家庭（当然事业上的打击也是很重要的一方面），他身体的压抑感与性有关，初次的释放让他尝到了甜头，以后便欲罢而不能了……我不想总说他的知识分子性，而说这是他的人性，变态嘛，多少是有一点儿的，在如此恶劣的环境和遭际之中，人不变态几乎是不可能的。

2. 文中出现的文学（传统文化）最终向娱乐（大众流行）靠拢（仅有的一次纯文化的胜利还得力于素素“最差作家”的评选策划，这毫无疑问是娱乐的噱头），是否暗示着传统文化只有与流行接轨，才能有生存的空间？

**伊沙：**很高兴你能看到这一点，因为我在小说写作上从来都是相信情节的虚构性与细节的真实性的结合，细节的真实保障了一个时代背景与环境的真实：20世纪90年代末的中国，正处在精英文化向大众文化蜕变的一个转型期，对于当时的有些现象，身处于新世纪的此刻的我们已经见惯不惊习以为常了，但在那个时候一切都很新鲜。小说就是要提供这样一个慢慢地一点一滴的蜕变过程，放到政治报告中就是一句话。我倒没有主动去暗示什么，有些事物是明摆在那里的，有它自身的意味。

3. 主人公因为“参与”流行而终于发迹（而在此之前尽管才华横溢，却险些饿死在出租房中），最后却又因为追逐流行而遭遇劫难，是否隐喻着知识分子在现代生活中对于所谓流行事物无所适从的尴尬处境？

**伊沙：**是的，在与形形色色的女人遭遇的这条线之外，他在事业与职业这条线上遭遇了你上面所列的这个过程。还是不用隐喻或暗示，一切都是明摆着的：一个把小说创作当作事业追求的青年作家，一个在80年代接受教育的理想主义者，在后来的现实面前的不适与尴尬是肯定的，可以这样说：就跟丢了魂似的。

## 关于人物形象

1. 冯彪

整部书在讲述冯彪堕落史的时候，当然也是在讲述整个知识分子心灵挣扎与彷徨的心灵历程，那么，在您看来，在现今社会，这种知识分子的堕落是否具有其必然性?

**伊沙：**当然有，只不过堕落的方式多种多样。有论者指出过：严格说来，冯彪并不算堕落，因为他始终没有忘记自己的文学理想和事业，即便是在他最具有堕落嫌疑的私生活方面也还是充满着内心的挣扎，妄图摆脱但又无力自拔……也就是说，他还是有灵魂的，跟冯彪相比，这个知识分子的群体其实更加堕落，在某种意义上说，这也是必然的、无法避免的。

2. 素素

素素这个人物形象在书中虽然占的笔墨不多，但她有她鲜明的性格，她的沉默和似乎洞察一切的睿智，让读者对这样一个文弱但不软弱的女人以深刻的印象。您在处理这个人物形象的时候，根本的动机是什么？是否想要把她描写成当前社会的一个“异数”——假使堕落是一种必然?

**伊沙：**在《狂欢》“遍地坏人”的语境，素素像一抹美好的亮色，她之所以讨读者的喜欢也是我事先就料想到的。我对这个人物的塑造比较满意的地方在于：我并没有将她处理成一个简单的符号，着墨虽少，但也还是个活生生的人。我并非有意要让大家从这个人物身上看到所谓的“希望”，而是很自然地表露着我这走向成熟的世界观：这个世界上什么人都有，并不是单色的。

3. 风筝

风筝在文中出现得比较早，最后主人公的劫难也与她密不可分，我们是否可以这样假定：风筝在文中就是“命运”，她本身的名字也很有意味。风筝,是否象征着一切自由与美好的事物,而她最终的“掉下”则是隐喻这种自由与美好与现实的格格不入?

**伊沙**：你将其理解为“命运”我很乐意，风筝是自由的，但也是脆弱的，这个文学女青年正是来自于山东的风筝之乡潍舫的，我想从她身上向大家展示另外一种文学青年的命运：就是明明条件（包括先天的才华和后天的教育）不够，但还要硬努着劲豁出一切朝着这条路上奔命的，最后的结果会怎样？一定会十分悲惨的。当然，这里头还有其个人生活中潜伏着的不良因素。

再次感谢您接受我的采访，希望您工作愉快，把更多的作品展现给我们，谢谢！另外，您的《中国往事》如果成书，希望您届时可以再谈谈它。

（2006 年）

# 文学十年，语言的狂欢

## ——与赵凝对话录

### 十年光阴，我们把它献给文学

赵凝:伊沙，你好。首先祝贺大作《狂欢》出版，它是那么厚重，我很喜欢它。

**伊沙**：谢谢谢谢！请赵老师多多指教，我拿这部《狂欢》到小说这边来报到，作为一名小说作家，我确实迟到了，都四十了才有稍微像样的一部出来。

赵凝：谁叫你的诗出道太早诗名太重呢！看来我得抓紧了，最后再把你当作一次诗人——我觉得诗人与小说家的对话会碰撞出更多、更大的火花来。今天我们就应《文学界》之邀,做一个“两极对话”:诗人与小说家的对话、男人与女人的对话。

**伊沙**:好的。没问题。对于咱俩来说,这样的对话已算轻车熟路了。咱们不是一年一次，已经对过三次了，这应该算是第四次……

赵凝：十年前，我的小说第一次在《收获》杂志上发表，那是一本我当时觉得很神圣的纯文学杂志，当时我们在济南开笔会，记得在大明湖边散步的时候，我跟你聊到这篇小说以及关于小说创作的许多想法，十年来我把它们一一变成了现实，十年来，我一共创作、出版了《体香》《夜妆》《白马之恋》等15部长篇小说，回想当年在大明湖边说过的话，我觉得光阴没有虚度，因此，心里觉得非常踏实。你觉得呢？

**伊沙**：回想起来恍若昨日，但时间却过去这么久了，多少大好光阴就这么溜走了，那冬天早晨大明湖上的雾气还历历在目呢！我还记得你说的关于小说写作的那些话，我当时的感觉是：到底是从北京来的，见识不错，也挺敢想敢干的嘛！还有，到底原本是搞纯文学的，志趣自然放得就比较高。你想那个会上的大多数人当时都在想什么，在《女友》杂志多发两篇稿子，再捆绑在一起出一本青春美文集……你觉得光阴没有虚度——这真是幸福之人说出的幸福之语啊！这话不是随便什么人都能说出来的，你是站在15部长篇小说上说出来的，你完全有资格这么说……

赵凝：我不赞成那种说法，就是说一个人的兴趣爱好如果有一天变成了你的专职工作，那兴趣爱好就变成了酷刑，写作像受刑一样难受。写作对我来说是一个很享受的过程，写了十年，我觉得是我享受了十年。去年我应邀到湖南经济电视台去当主持人，签了一年的合约，本想一年不写作，干点别的，休息一下，结果2005年整整一年待在长沙，在主持节目的同时，还是写作了一部20万字的长篇小说，别人说我主持节目也是一个享受的过程，正因为如此，我的节目《闻道夜来香》才能大获成功。你认为我是一个很会“享受”的女人吗？还是像他们说的那样，是属于“命特好的那种人”，干什么成什么？

**伊沙**：我也不赞成你刚才提到的那种夸张的说法——如果都那么认为的话，一个人的兴趣爱好就永远也不要“升格”成他的专职工作了，写作这件事就永远只能停留在业余玩票的层次才好——可事实是这样的吗？翻开中外文学史看看吧，哪儿有业余玩票者成大器的？你说写作对你来说是享受——说得好！我知道如果你身体上没有体会到，这个词是说不出来的。我也属于把写作当成享受的人，写作对我来说是一种生理需要、生理依赖，绝对不能缺少的。

## 小说的性别

赵凝：有人把我在小说创作上的成功，归结为我是一个女作家。他们说女作家写的书肯定好卖。我不这么认为。我承认自己是一个细腻到极致的作家，是那种带有天生艺术气质的女人，但我认为无论男女，只要找到属于自己独特的语言，就能写出“好看小说”来。

**伊沙**：眼下的文学市场似乎是这样构成的：少年作家（有男有女）扒在最大的一块蛋糕上，女性作家（成年女性）扒在一块中号的蛋糕上，男性作家（成年男性）扒在最小的一块蛋糕上——那最小的一块蛋糕还被余华一人吃掉了一半……哈哈！在市场上，置身平台的大小不同，起点自然就不同——但是，这是市场。在艺术上，人人平等，大家全都在一个大平台上，是同一个冰冷的铁筛子在筛着我们。

赵凝：你的小说《狂欢》给了我一个惊喜。要知道我是一个职业小说家，对小说的语言感觉是极为挑剔的，但在《狂欢》里，我看到了一种可能性，男性语言叙述的可能性，在更多的小说中，我们看到的是“中性语言”，这就像“超级女声”选秀一样，第一名反而是个“中性人”。这个问题你怎么看？

**伊沙**：你的确是很敏感。我也确实是自觉的。我在写作之先就想过这个问题：第三人称到底是不是人在叙述？回答说：是。第三人称到底是不是我在叙述？回答说：是。因此，既然小说中的第三人称叙述既不非人也不非我，那就把人的气味——我的气味亮出来嘛，何必遮遮掩掩的！正因为我不再遮掩了，所以躲在小说纸本后面的那个人被你敏感地捕捉到了，包括他的性别和性意识。还有一种可能，有些人的性别并不鲜明，性意识也较弱，让人感觉是中性——中性就是非人和物化的变态嘛！“超女”选出中性人我想是不是中性人能够消除好些女生与生俱来的自卑感——平民偶像的首要功能就是抚慰人的自卑感吧？

赵凝：伊沙，你小说中的“方言感”，我很喜欢。比如写到女房东暗恋冯彪那一段，其中有些话要是出现在我的小说中，就太怪异了。你虽然不是方言写作的作家，但有一种属于自己的语言乐子，很贴切也很幽默。

**伊沙**：你不是刚在长沙生活过一段嘛！应该能够感觉到：这是外省和北京最大的不同。得益于外省的这个环境，我可以让多种语音的语言和谐自然地并存在小说的语境中——因为我们身在其中的生活本身就是这个样子的。人物对话或会话以普通话为主，兼及方言。融入方言是加强我想强调的那些：现场感，生活的原汁原味性，并非是从地域文化的角度考虑的（像那些乡土小说家）。

## 关于“80年代遗风”

赵凝：伊沙，我记得你曾说过的一句话是“赵凝最不喜欢的年代，是80年代”，因为我觉得那时的文学创作有过多的政治色彩，什么“伤痕文学”之类，而许多人都认为“80年代是中国文学的黄金年代”，这个问题你怎么看？

**伊沙**：我对那个年代有感情是因为是在那个年代里接受的大学教育——这也就包括了主要的文学教育在里头。那个年代的文学是从一个很低的起点发展起来的，是在恢复中重建，今天回想起来，《伤痕》算什么？《班主任》算什么？在这个起点上，现在唯一可谈的也只有朦胧诗（就是当年的《今天》派）了。从起点发展总是很快的，到了80年代中后期出现了一些好的作品和好的作家，有好几个不是到了今天还能写还能卖嘛！你说那个年代的文学创作有过多的政治色彩，我觉得没有这个色彩反倒不真实了，因为曾经一度我们就生活在政治之中，"文革"刚结束，人们只想哭，"伤痕文学"便应运而生了。对于把它说成是"黄金时代"的说法，我觉得也不必太较真，"文革"时期是政治压倒一切，到了80年代又是文化压倒一切，所以他们那时候的文学还是没有经受过商品大潮冲击的文学，还是处子童身，是很宠儿很贵族的，我想起马原曾在当年的一篇小说里写到他跟藏族作家扎西达娃在内地某机场登机，两人都留着一脸大胡子，觉着自己形似演员，各自口袋里还揣着一张中国作协的会员证，外表像演员其实是作家，自我感觉那个好啊！滑稽得让我想吐！这就是那个文化膨胀文学至尊的年代……

赵凝：写作是最具个性化的劳动，我不喜欢有人按年代划分作家，好像出生年份差不多的人，就应该写出同类的东西。我觉得个性是最重要的，每个作家只有写出从自己骨肉中分离出来的东西，才真正具有生命力。在我看来文学是一生的事业。你觉得呢？

**伊沙**：完全赞同你说的。我刚在我的语录体文论《有话要说》中写了这么一段："我们正在让这个词在写诗的事情上生效——'年富力强'！诗歌不是'青春的事业'，小说更不是，文学是一生的事业！"

## 怎么样看我去做主持人？

赵凝：关于我去做主持人，圈内的传言很多，有人说我已厌倦了写作，要进军娱乐圈了。还有一种说法是认为一名优秀的小说家去当主持人，是大材小用，浪费才华。你怎么看呢？

**伊沙：**我认为这属于你职业选择范畴的内容，不必听人说三道四，也不必把它过多地与自己的文学事业纠结在一起，跟你过去在军事院校里给学员上课是一个性质的。一个作家不该把自己与社会隔绝开来（但也不要陷得过深），尤其是现在，社会发展如此之快，外面的世界用精彩形容都不够了，把自己关在家里闭门造车，行吗？写写自恋的博客还行。有些人的年轻并不大，却已经写不出来了或者压根儿就写不好了，我想从根本上说就是在这方面出了问题。

## 王小波一生只写过两篇好小说

赵凝：我在新浪网你的博客上看到你的一个观点“王小波一生只写过两篇好小说”，对这个观点我很赞同，王小波的作品，我只喜欢他的一部分杂文和一个中篇《似水柔情》，后来张元把它拍成了电影《东宫西宫》我也看过,感觉还不错。别的小说读起来都有些勉强，你不能说它不是小说，但更准确一点儿说就一堆烂素材，看着令人心烦。

**伊沙：**我认为他写得好的两篇小说是《黄金时代》和《革命时期的爱情》。其他的我读不下去，读不下去就是读不下去，我曾强迫过自己读——还是读不下去，我总不能虚伪到这个地步吧：这个作家的绝大部分东西我根本就读不下去，但我非要随大流地把他说成是一个多么了不起的作家，我肯定不会这样做的。就从他的小说比较难看这一点来说吧，还不是知识分子的臭毛病在其中作怪，怎么老爱在小说里头显摆自己有知识有学问呢！还懂不少“高科技”！我不过是随口说了两句“文学烈士”的大实话，就有一帮自称是“小波门下走狗”的玩意冲上来咬，一串拳吠听毕，可以肯定的是：不论是谁的走狗，都是蒙昧的一群。

## 好看的纯文学小说

赵凝：我从你的《狂欢》的海外版序上看到这样一个词汇：好看的纯文学小说,这和我的小说理念不谋而合。2001 年我的成名作《一个分成两瓣的女孩》出版，我当时的小说出版商兴安先生就提出“好看小说”的概念，“好看的纯文学小说”是我这些年一直坚持走下来的路线。我个人是比较在乎销量的，因为我觉得销量比某些人为评出来的“文学奖”更靠谱。销量就相当于电影的票房，票房高才是硬道理。

**伊沙**：“好看的纯文学小说”是我自己的提法，可见英雄所见略同。关于销量的问题,我是这么看的——我刚看到韩东为我的《狂欢》所写的一篇很棒的评论，其中写道：“有评论说《狂欢》是一部好看的小说，只是强调了其中的一个方面。在我看来，伊沙并不以现实的读者为向导（那是商业文学的必然），而是以专业的严肃探寻了读与写的互动。简单的迎合和简单的固执一样，对小说的实现、功能的释放都是有害的。对小说的诚实就是承认其方式的有效性，并付之果敢的实践，伊沙做到了这一点。”——这段话真是说准了我的心思和想法，也说准了我的态度。你说销量相当于票房，但问题是：

小说并不等于电影，我觉得你应该像对“文学奖”的超然态度一样对待销量——千万不要因为自己的销售大而把它当成包袱背起来，事实是你写的东西和你人一样是天生有人缘的那一种，你不必为销量担心，应该考虑的是如何把它本身写得更好，好上加好，你说对吗？

## 人算不如天算

赵凝：有些作家非常喜欢迎合图书市场的口味，看看市场上时髦什么就写什么。一阵子反腐题材流行就写反腐，过一阵子民工题材走俏就写民工，总想掐准了市场的脉搏，搞一部畅销书出来。在我看来“人算不如天算”，市场是不可以迎合的。

**伊沙**：是的，用我的话说：这叫作家书商一起当了，是写作者的堕落！总的来说，这么些年，你的心态是不错了，成绩的取得和良好的心态有关，你似乎心境很平和，不太与人争论什么。《十美女作家批判》以及尹丽川对你的言论攻击你似乎都没有回击……

赵凝：我只想用作品说话，我每年一部长篇，写得很从容，也很饱满，我喜欢那种饱满充盈的语言状态和写大作品时全身心浸泡其中的感觉。那种状态对我来说真的很有快感。我不想被别的情绪打扰。

大前年是写《胭脂帝国》和《体香》，前年是《夜妆》，去年是《白马之恋》。每年出版一到两部长篇小说，就是给攻击我的人一至两个响亮耳光，我就不用说什么了。是的，我在接受《北京娱乐信报》采访时的确说过“我是中国最好的女作家”，为了这句话我在不断地努力写出新作品，而不是躲在作家或者诗人的外衣下面睡大觉。那些特别“难产的”女作家、半天写不出新作来的人，只能怪自己才华太少，骂人也没有用。还是趁早改行去干点儿别的吧，省得站在文坛上看着别人一部接一部地出书眼红，女人最爱嫉妒女人，我不能因为别人嫉妒我，就不出新书了。

**伊沙**：“我是中国最好的女作家”——她们也可以说呀！每个人想说的话都可以说出来，就怕真相是：她们当众不敢说，私下说自己最好，看别人敢于公开说出来，然后就发急，就妒火中烧……

## 藏在文字里的神灵

赵凝：我最痛恨别人把写作说成是“爬格子”，一个“爬”子让我感觉十分恶心，失去了写作的快乐，我就是一个跟文字较真的人。我也不喜欢某些人说的“码字”，每个人内心都应该保有一块神圣的净土，对我来说，文学就是藏在文字里的神灵，写作十年，只有敬畏，而不敢妄言。文学也给了我应有的回报，许多人喜欢我的作品，通过文字，我们心灵相通。我觉得我是一个幸福的女人，因为每天朝夕相处的，全都是我喜欢的：书、文字、电脑，电影、剧本、音乐，CD碟片，电视灯、谈话节目、麦克风，漂亮的大房子、独立的书房、临窗的风景、交往十年的朋友……其实，大部分时间我都生活在小说的世界里，生活对我来说就是梦境的一部分，我要交还给现实的，是一部又一部让人眼前一亮的小说。谢谢生活所给予我的一切。十年来也感谢诗人伊沙一直在与我分享小说的快乐。生活给予我的太多了，我无以回报，唯有努力工作。一起加油吧！

（2006年）

# 善待自己的那颗心和那支笔吧

## ——《中国诗歌调查》答问录

1．你如何看待各类诗歌奖项？你认为近年来文学界哪个奖项最具或最缺乏公信力？

**答：**无所谓，不太关心，也有点儿酸葡萄心理。

我认为敢于冒天下之大不韪而授予我的诗歌奖就是最公正和最具有公信力的，影响也会变成最大，譬如奖给我两百亩牧场的“中国诗歌双年奖”。

我认为最缺乏公信力的是鲁迅文学奖的诗歌奖——它在我眼中是个笑话！鲁迅真被糟蹋得不成样子了！先生在天有灵会下来抓这些王八蛋的！

2．你如何看待诗歌流派与民刊？目前出版的诗歌年鉴很多，你最喜欢哪一本？

**答：**流派的时代过去了，谁搞谁可笑，像“垃圾”、像“三条”，都是笑话。

民刊有必要继续存在，是网络最好的补充，它把现场中好的东西留了下来。

年鉴，我还是更看重我作为编委并参与过它的工作的《中国新诗年鉴》(杨克主编)。

3. 你如何看待诗和当代艺术之间的关系?除诗歌外,你还比较关注哪种艺术形式?

**答**:徐江前一阵告诉我:他在一本当代美术史的著作中看到了我的名字,因为作者提到了《车过黄河》——这就是关系!

除诗歌外,我最关注的是小说。

4. 如何看待当代诗歌批评?你认为他们做得怎么样?对你的创作有影响吗?

**答**:一帮学院里的白痴为了混职称而写学术八股文汇编!你抄我来我抄你,还专拣最差的抄——最差的都集中在北京海淀区!

这些狗屎怎会影响到我的创作?连我的学术论文都影响不了!

中国有价值的当代诗歌批评都由诗人用非学术八股文的方式写出的——很骄傲,我也算这样真正的批评家中的一个。

5. 你认为个人化的诗歌创作和媒体以及大众审美习惯之间的关系需要调整吗?如果需要,应该如何调整?

**答**:不需要。抛弃大众!

你自己身上的那点儿大众性、群众性、人类性足够了,不至于让你写的作品成为自闭的黑洞。

6. 你觉得中国当代诗人说得太多了吗?太多不相干的言谈是否妨碍了诗歌创作?

**答**:会说的都在说,不会说的说也说不出来。值得一听的话不多,有的人说得比写得好,特别会说服同行和读者,自己给自己当政委……哈哈哈!要说真话啊,真话会有益于创作。

7. 诗在你的生活中占据什么地位?你经常浏览登陆哪些诗歌网站?

**答：**诗歌至上。

我常去的网站是诗江湖、诗生活。

8．你如何理解“自由”？

**答：**不敢奢谈。善待自己的那颗心和那支笔吧！

9．你觉得目前大中小学里的汉语言教育以及诗歌教育是否存在着误差？如果有，你有什么建议吗？

**答：**误差很大。也许人家做得对：给孩子们喝肉汤不让孩子们啃骨头？孩子们还在换牙嘛！还在发育嘛！

10．你如何看待中国传统诗歌？你的传统在哪里？你认为新诗90年的历史足以形成一个新的传统吗？

**答：**辉煌灿烂——从“辉”已经到“黄”,从“灿”已经到“烂”！

我的传统肯定不在中国传统诗歌里！在我十七岁的时候，如果这个世界上还是只有这些火柴盒结构的古诗的话，我不会爱上诗。就是这样。

早就形成了！我就是一个传统的源头，影响了多少人的写作！我就是活着的古人，在生前不朽。

11．你认为80年代的诗歌状态比现在辉煌吗？为什么？如果你经历过80年代，你当时发表过多少作品，怎么发的？现在呢？

**答：**未必见得。现在不说，将来再看。

我经历过80年代，我在80年代发表过40首诗左右，怎么发，投稿呀！到现在发表过多少没算过了，有500首以上吧？

12．你认为朦胧诗人的成就是否被夸大了？你觉得朦胧诗人中艺术成就最高的是谁？

**答：**严重夸大。既然韩寒的粉丝也知道北岛写的是“诗”，那我还是说严力吧。离传统越近者贡献就越小，荣誉倒很高。

13. 你有固定的写作圈子吗？你怎么看待圈子？它们对你的写作有无影响？

**答：**没有。不喜欢搞圈子，甚至厌恶“圈子”一词。有正常来往的朋友。

14.阅读诗歌，你喜欢看印刷版还是电子版？你现在创作时用纸、笔还是用电脑？

**答：**读诗喜欢印刷版。写诗先用纸笔、修改时用电脑。其他文字全用电脑。

15.你最近在忙什么？能说说昨天整整一天你是如何度过的吗？

**答：**开写第四部长篇小说，开始给军训了一个月的一年级新生上课。

昨天，我早上六点起床，坐三站公车到一个班车点，去遥远的新校区上课。上午三节《中国现代文学》，正好是鲁迅的专章，讲得很来劲。下课后步行一小时，坐600路公车回家，下车后吃了碗炒面，然后回家睡觉，下午四点才起，上网，然后步行半小时去接儿子。我现在是不吃晚饭的，上网、看电视，中间写了一首诗，在有课的这天，我是不碰小说的（其实我是很会休息的人啊），晚上十一点半上床睡觉。

（2007年）

# 中国没有摇滚，只有下贱的娱乐

## ——某音乐杂志访谈录

记者：如果回过头再看看60年代，可以用什么词来定义它？摇滚乐的60年代？性解放的年代？还是吸毒、嬉皮的60年代？民权运动的60年代？学运的60年代？你从中得益，还是受罪？

**伊沙：**不不不。这些我在1980年代以后通过学文化的方式才接触到的内容太不靠谱了，我一个都不会用。我是1966年生人，对60年代毫无记忆，我的长篇小说《中国往事》为什么要从1970年写起就是这个原因——所以，我想用一部童年时看过的朝鲜电影的名字来定义它：《失去记忆的人》。

无所谓“得益”或“受罪”，我在成长，怎么都能长大——看我的《中国往事》去吧。

记者：如果得益，得何益？如果受罪，又是受何罪？近年来，谈70年代、80年代的多了，可是已经没人再谈60年代了。是因为年代远了，大家都容易遗忘，还是因为什么？你觉得不谈“文化如此丰富，变革如此之大，影响如此之深”的60年代，可惜吗？

**伊沙：**我作为一个那时没有记忆的人，将不负这方面的责任——这个责任应该由比我大十岁左右或十岁以上的人来负，但他们正在老去，伴随着无心和阳痿！

记者：有人说，60年代的启示录是鲍勃·迪伦，60年代的神话（从诞生到灭亡）是“甲壳虫”，60年代的毁灭天使是吉姆·莫里森，60年代的绝望少女是乔普林，60年代的魔鬼化身则是“滚石”乐队……你和他们的“距离”如何？对他们中的谁最有兴趣？为何又有这么大的兴趣？

**伊沙**：他们都很伟大，但与我“距离”遥远，我刚才已经说过了，他们对我来说都属于后来才学到的文化。我曾对吉姆·莫里森很感兴趣，因为得到了他的一本诗集，并有将它译成中文的打算。

记者：除上述几人之外，如果再让你另行挑选西方60年代中最影响你的人，或者书，或者音乐，或者电影，又或者是西方某段历史，该是什么？

**伊沙**：金斯堡也该算是60年代的——当然是金斯堡！当然是伟大的《嚎叫》！他是你刚才提到的那些艺人的爹和魂。

记者：你是否认可中国的非主流文化、青年亚文化，以及在文学上的“新人类文学”，是对60年代西方“反文化”的一种继承？这种继承，有何变质的地方？是不是有点儿“取其糟粕，弃其精华”的成分——比如性倒是解放了，却丢了西方反文化中的先锋精神？

**伊沙**：“继承”？这是多大的一个词啊！我没有看到什么“继承”，我看到的是卡通化的模仿（可笑的是这样的模仿竟然还有市场），主要是在70年代以后出生的人中，在精神上与之有所相通的反倒是60年代出生的人。

记者：60年代西方的“反文化”的衰落，原因之一就是后来的摇滚歌手日益成为了商品，失去了号召青年的力量。而中国的“新人类”从一开始就和商业化密不可分，时刻不忘运用商业手段，获得大众，结果她们却越来越远离大众，从而也无法获得一个整体的反叛潮流。你是如何看待这样一个现象的？商业会不会成为文化的“天敌”？

**伊沙**：我想用一部长篇小说来回答——正是我手头正在进行的一部：一名歌手的成长故事，名字都起好了，暂时需要保密。

记者：你对60年代西方的“反文化”的衰落，失落吗？除了商业化，你认为它衰落的其他原因是什么——只是偏激和玩世不恭，而无实质性的革命性？就像反文化运动尽管不乏社会主义思想的成分，但最终的结果却是资产阶级（特别是中产阶级）夺回了旁落的文化领导权。

**伊沙**：让我省几个脑细胞吧！

记者：尽管衰落，但你目视或者体验现在的西方，和60年代的反文化相比，西方又有何方面的继承，或者转型？现在的西方社会，在你眼里，又是怎样的一个文化/社会面貌？

**伊沙**：我——我们有什么资格谈论别人？并且胆敢下结论？！

记者：都说，工业文明培养了“新人类”，“新人类”却也成了工业文明的天然敌人。她们用暴力、摇滚、吸毒、做爱、音乐、疯狂表演、流浪、自我封闭的行为方式，和工业文明的技术理性以及权力理性对抗。你如何看待反文化和工业文明之间的这种矛盾与统一的关系？你觉得这种矛盾是必不可免的吗？该如何去协调，从而达到“和谐社会”这个目标？

**伊沙**：“和谐社会”？呵呵，呵呵，呵呵呵呵！“这个孩子要死的！”“救救孩子！”……

记者：作为“大门”乐队的主唱，吉姆·莫里森是一个诗人、艺术家、偶像、音乐家、歌星乃至天才；他也可以是一个疯子、堕落分子、瘾君子、心理变态者，甚至一个流氓。你更喜欢他哪一面？你对他的兴趣，从何而来？

**伊沙：**诗人！当然是诗人，因为他是诗人，我才对他另眼相看。这没办法，我是一个诗歌或诗人至上主义者。那是在20世纪的90年代，我从美籍华裔学者刘耀中（就是他最先将我称作“中国的金斯堡”）的手中得到了第一本查尔斯·布考斯基的诗集，我和我爱人合作翻译了其中的一些诗，刘耀中先生很高兴，就继续赠书给我，寄来了吉姆·莫里森的诗集，我爱人看过几首说：“跟布考斯基风格差不多。”我就来了翻译他的兴趣。但是紧接着，我爱人要生我儿子了，这事儿就搁置起来，直到今天。

记者：你想把他哪本诗集译成中文？他的诗集在哪方面，跟你心心相印？作为一位中国优秀的先锋诗人，你觉得自己跟他有一脉相承的地方吗？你会在自己的创作中，向他致敬吗——就像一些导演，努力重拍一些先辈的优秀作品？

**伊沙：**我刚去书架上找了一圈，不知道它跑到哪儿去了。那是一本由无题诗组成的一本诗集。你提“先锋”二字我爱听，我们不都是各自国家不同时期的“先锋战士”嘛！我不会在创作中向任何人致敬，我不想夸大我的热爱，比如对李白，对金斯堡，对布考斯基，都超不过我爱自己、爱女人。我是原创这个词的化身，不是大师的粉丝。

记者：“这个孩子要死的！”“救救孩子！”……这是你对新新人类的一种寓言式的表达。就像莫里森的摇滚嗥叫，“孩子们都疯狂了”到“父亲/什么事，儿子？是的，我想杀了你/母亲，我……要……（嗥叫）”，我发现你们真的有很大相似的地方。你觉得呢？对“孩子”，相隔这么多年，你们为何还要选择如此相近的态度？

**伊沙：**不是“选择”——这个词太冷静，太书斋，太“知识粉丝”（“知识分子”的伊沙新说）了。你应该这样问：为什么相隔这么多年、隔得这么遥远，我还能像他一样愤怒？我都四十不惑了为什么还时常悲愤交加？回答是：因为我是本质的诗人。别看中国人老爱提传统，他们连“愤怒出诗人”的传统都消化不了——没长胃！

记者：你最喜欢他的哪些诗？这些诗在现世还有意义吗？在诗歌和摇滚同样沦为边缘的当下，当诗歌都需要靠对“梨花体”的争议来引起关注，你觉得会有人对诗人的莫里森，以及摇滚的莫里森有兴趣吗？

**伊沙**：具体不谈。我们不要自作多情，不论是作为诗人还是摇滚音乐家的莫里森不缺读者和听众，你以为你有十三亿人（有几个读诗听摇滚？）就怎么了，你的兴趣是个屁！想想看，西方有多少伟大的东西都发生在1976年以前，你在闭关锁国闹文革，离了你地球照转转得挺好！所以呀，别一副地球主人翁的口气，先去解决你第三世界文化欠发达国民素质低下的问题去吧！

记者：在吉姆·莫里森身上，有着惊人的才华，也有在很多人看起来很堕落的东西。比如在嬉皮运动圣地——威尼斯海滩，生平第一次吸食大麻与安非他命，又比如康涅狄格州演出前，被警察发现自己与女歌迷在浴室内发生性关系……和整个60年代相比，你觉得是时代塑造了他这个人，还是他引领了整个时代？你如何看待这个时代的？

**伊沙**：这叫“生逢其时”。我认为西方60年代的伟大在于他们反抗的对象真的是“庞然大物”，其作用相当于一次现代的文艺复兴。

记者：毒品、酒精，以及女人，让27岁的莫里森在1971年死在巴黎公寓的浴缸里。同样，另三位摇滚巨星布莱恩·琼斯、詹尼斯·乔普林、吉米·亨德里克斯也成了毒品的牺牲品。你如何看待这一死亡？

它是否整个60年代的一种天衣无缝的悲剧总结？而对中国文化娱乐圈如今混乱丑恶的现实来说，它是否又是一种预言？

**伊沙：**我这么认为：他们都是天才，既然是天才，其命在天，老天爷说收就会收走的。我们是在说诗歌、摇滚，我们不要谈娱乐和圈，中国没有摇滚，只有下贱的娱乐。我正在写这样的一部长篇小说。

记者：就像你十分推崇金斯堡，也认为《嚎叫》伟大。而莫里森也影响着你。那么，对于整个中国先锋诗阵营来说，他们受西方60年代文化的影响有多深？从中吸取了怎样的营养，还有受到了怎样的误导？

**伊沙：**我想较一下真：我当然十分推崇金斯堡，也认为《嚎叫》伟大，但是我并没有说：莫里森影响过我，我不是那么容易受影响的。就中国先锋诗阵营来说，他们并没有受到西方60年代文化多深的影响？这一点上他们还不如摇滚青年。中国写诗的人，大部分都是身体较差的人，不灵敏，没反应，很麻木，他们只会在大师的语录中寻找真理。顺便说一句：我可以骂诗人，但是韩寒不能骂，我不允许。

记者：你否认中国的非主流文化、青年亚文化，以及在文学上的“新人类文学”，是对60年代西方“反文化”的一种继承？你看到的是卡通化的模仿（可笑的是这样的模仿竟然还有市场），能对此具体阐述一下吗？

**伊沙：**不要说我们的青年在模仿，西方的青年也在模仿。也许伟大的时代真的过去了，我在想，我们所有的努力和创造都是为了做出一个反证！

不多说了。

（2007年）

# 关于“庸诗榜”

## ——《诗生活》访谈录

沙沁：我是诗生活新诗论坛版主，恭喜你们两位先后名列“庸诗榜”榜首（笑），不知孙文波先生今年会否因为多了个陪伴而高兴一些？你们两位可以说是我近年来最喜欢的诗人，尽管你们的诗歌风格看起来差异很大。但令我意外的是，去年和今年你们的诗都先后名列庸诗榜首。我对我在诗歌认识上如此高的反面命中率产生了极大兴趣，于是，让我有了对此事的相关人士访谈的欲望。我希望这个访谈是互动式的，你们也可以反问我。

**孙文波**：先要谢谢你的恭喜。再来说说在这件事情上我高兴不高兴。我为什么要高兴呢？我又为什么要不高兴呢？哈哈！这个鸟榜……

**伊沙**：好的。你确实应该恭喜我们。我上榜了，老孙也不显得孤独了。事实上，从去年到今年的所谓“庸诗榜”上尚有徐江、沈浩波、春树、李伟、刘川等著名的实力诗人与我俩做伴，我以与这些诗人同在一榜而感到光荣——这是真话！

沙沁：记得去年孙文波先生名列榜首后的第一反应是：“他们是想借名人炒作”，今年伊沙先生的第一反应是什么？

**伊沙**：“他们在报复！”——上海《青年报》的记者打电话来采访我，从他口中我才得知这个可恶的“庸诗榜”又出笼了，我“不幸”名列榜首……这个记者在告知我这个消息后大概是为了安慰我这个“受害者”，便马上说出徐江、沈浩波、春树也上榜了——这时候，我脑子里的第一反应便是：“他们在报复！”——因为我还清楚地记得：去年这个榜发布以后，我和徐江都在我们常玩的“诗江湖论坛”上发表了一点抨击性的言论，主要是替李伟和刘川这两个优秀的口语诗人打抱不平。我的判断现在得到了完全的证实：据上海青年诗人小鱼儿在“扬子鳄论坛”上透露：上海老诗人黎焕颐就是因为去年在报上发表了对“庸诗榜”批评的言论,今年自己便上去了，可更加不幸的一个消息是：老诗人在这一年间去世了！真是人死了都不放过呀！如果硬要给这“庸诗榜”找一个参照物的话，我会想到美国电影的“金酸莓”奖，我们不妨查查看：有没有人在这年死了还要送他一颗“金酸莓”的？这样的死者，你只会在奥斯卡奖颁发之夜的大屏幕上看到他们的音容笑貌，全场一片肃穆，然后是长时间经久不息的掌声……那是这个电影盛典中最美好最人性的一幕（来自于地球上最美好最人性的一种文化）！看得我多次为之动容！可我们是怎么做的呢？追着人家远去的灵柩送上一张丑陋的“庸诗榜”——这无异于又要了一次这位老诗人的命！这种老诗人哪儿开得起这种玩笑啊？！我想这是这位多产的老诗人一生所发表的最后一首诗吧？那就是“遗作”了，连“遗作”都不放过！连死者都不放过！连一点儿人性都不讲了！就算是这位老诗人真的写了一首“年度庸诗”，也不该这么做吧？况且哪儿有那么绝对的？！躲在这鸟榜后面的人以及这个榜所折射出的文化真是太邪恶太丑陋太吃人了！

沙沁：我始终在想这样一个问题，你们俩在不少评论家的眼中，分别代表两类诗人，伊沙先生是“民间”写作的代表，而孙文波好像被划归在“知识分子”写作的代表里。是因为南京方面有意针对不同流派而想表达某种公允呢，还是因为你们的诗歌都有违反诗歌原则的共同问题？比如说孙先生的“诗歌的散文化”、伊先生的“大白话诗”和“一句话也要分行”？

**孙文波：**我不认为你说的这些问题是他们做这个东西的前提，你这样说是高抬他们了。不管别人怎么看，我一点儿都不相信他们所做出的对自己行为初衷的解释，那么夸夸其谈、振振有词，一会儿是不能容忍中国诗坛的混乱，一会儿又是要给中国诗坛提供“警示”，好像真是天降大任给了他们，中国诗歌的兴衰都系于他们的一身了（他们这是把自己当成了中国诗歌的国安局，或者公、检、法机关了）。他们有那么厉害吗？肯定没有。本来，一个人可以表达自己对别人写作的看法，一群人也可以表达对别人写作的看法，但那只能是一个人或一群人在自我修养的基础上，表达的与自己的修养相匹配的看法，如果动不动就把自己的所作所为称作一个国家的什么事情，冠以国家的名号，真的只能让人感到是拿自己“鸡毛当令箭”了。而你说到“违反诗歌原则”，哪里的“诗歌原则”？在这一点上，我早就很清楚地知道：我的诗歌原则从来不需要以别人的诗歌原则为参照，它自有一套我从多年写作实践中总结出来的律条。或许我还可以更傲慢一点地说：很多已经存在，并被不少人看作是可以用以评价中国当代诗歌现状的诗歌原则，在我看来只不过是一些无事抱荆的人搞出来的莫名其妙的东西。我的诗歌原则的关键之点就在于对这样的原则的反对。人们应该知道，不管是现在还是过去，创造性的诗歌写作，其关于原则的意义并不在于对既有原则，哪怕是普遍性原则的保持，而在于对它们的改造，甚至是颠覆。真正的诗人是自己的原则的建立者，而非简单的别人的原则的顺从者。这才是创造性写作的应有之义。正因为诗人是自己的诗歌原则的建立者，我才要说：如果我们不能对什么是诗歌原则的实质产生本体意义的理解，就不会真正认识到写作者与诗歌原则的关系怎样建立，以及在什么样的基础上，诗歌原则才有意义。很显然，从这一点出发，我可以告诉你的是：并不存在我的写作“违反诗歌原则”这样的事。因为我早已为自己建立了一整套与自己的写作相关，并在实践中被证明对中国当代诗歌发展产生了影响的诗歌原则。你可以看一看，90 年代至今，不正是由我与其他的一些朋友为中国诗歌的走向提供了什么是有效的写作的实例吗？

**伊沙：**这些人的心并不真在诗上。你要揣度他们，先从诗外考虑无疑是对的，他们关心的是诗坛的势力划分（因其最终目的是借机上位嘛）：自“盘峰论争”以后，所谓“民间”和“知识分子”在舆论中被无端放大成了两个符号，成为人们眼中的“强势”，所以要想寻衅起事必然要搞搞这两大阵营，去年搞“知识分子”，今年搞“民间”，他们是动了一番脑筋的，想得也是很细的（南京人的特点），孙文波是个印象中的老实人，先搞；伊沙是个舆论中的大恶人，后搞……如此一来，“知识分子”和“民间”都搞了，看似比较公允，但是且慢，你仔细数数，两届总共 20 位庸诗上榜诗人，除了孙文波连第二个“知识分子”都找不出来，“民间－口语派”两次加起来上了六个人，今年更是包揽了前四名。其他的基本上都是体制里的老左派诗人（确实也没写过什么好诗），而且都到了退休的年龄，手中已经没什么权力了……把我们和这些人放在一堆，真坏呀！既阴又坏！

至于我和老孙为什么会被选中在榜首、冠军、状元郎的位置上，我想用恶俗的说法来对付这帮恶俗的坏人：因为我们俩都是去过鹿特丹的国际级大诗人嘛！都先后出席过世界上最负盛名的荷兰鹿特丹国际诗歌节嘛！——此为隐喻，我说的是在国内外的名气。在“民间”这个浩大的阵营里，好像没有比我更合适的人选了，那个在人民大会堂开过作代会的“民间领袖”有可能吗？开玩笑！人家是什么奖都通吃的“获奖专业户”，去年还出现在“好诗榜”上。那就只有是我了！不认都没辙！在“知识分子”那边，首先北大人是绝对不会被搞的，因为真正掌权买单的何言宏教授正是北大毕业生，自己人搞自己人不是北大传统（注意：这是我们北师大的传统），还有一个很关键的因素：就是要搞现在写得比较勤的，“庸诗榜”评委、“臭袜子诗人”吴晨骏是这样自供的：“年度的庸诗榜，选了几个目前诗歌写作成果较多，或较有影响的诗人的较一般的作品。‘现代汉诗研究计划’的参与者们认为，只有把较有名气的诗人的庸诗选出来，才能更好地给人们起到一种警示作用”——“知识分子”那边，在我印象中，目前也就臧棣和孙文波写得比较勤，既然臧棣是北大人，享有“庸诗豁免权”，那就只有搞老孙了，所以老孙，你就自认倒霉吧！

诗的因素只能放在最后考虑：你说的“你们的诗歌都有违反诗歌原则的共同问题”——我更习惯于将它称之为“先锋指数”，当然要搞“先锋指数”高的，因为别忘了，这个评选还是一档节目，要给业界和大众看的，怎么取悦他们？最讨巧的办法便是找两个写的诗“不像诗”，的，越“不像诗”越要搞，而“不像诗”往往是“先锋诗歌”的一大因素（不像前人的常规的诗歌），所以说：这些烂人其实就是“先锋”的敌人，他们妄图依仗庸常的业界和蒙昧的大众来打击“先锋”，其心可诛，哪里还有一颗诗心？！

沙沁：记得我去年与李建春在诗生活讨论到你们俩，我认为你们有共同的地方，而建春不以为然。后来他开始认可我的判断，你们俩看起来差异很大，但你们都反“审美”。也就是与传统诗歌美学背道而驰。这是不是你俩名列榜首的实际原因？或者还有其他原因？

**孙文波：**我并不认为自己的写作与传统的诗歌美学有什么背道而驰的地方。恰恰相反，我一直认为自己是在发展传统诗学有效部分的轨道上从事写作，只是一般人看不到这一点，他们的能力使得他们只能从表面看到我的写作与传统不一致的地方。其实，传统是什么？它从来不是一种简单的外在形式上的东西，而是一种我们称之为一个民族的文化内在发展的、一脉贯通的精神。在这一点上，我很自信。这么些年来，正是这样的对传统精神的把握与理解，构成了我写作的内在驱力，使我看到自己的写作正走在我认为正确的、对很多人来说具有引领意义的方向上。至于你说到的有“反审美”化这样的东西。我要告诉你的是：这样的说法有问题。因为我看到当有些人在说到当代诗歌的“反审美”化时，实际上是把“过去”作为教条当成了“未来”，这种以静态的守成态度看待诗歌写作的做法，不可能用来有效地考察正在行进中的诗歌写作，得出正确的结论更不可能。这一点不单单对于现在是这样，就是我们要对中国诗歌已经成形的历史事实做出认识也不行。而真正的情况应该是这样的：对于一个把创造力看作诗歌写作的首要因素的诗人来说，如果他的写作没有体现出对既有诗歌范式的“脱离”，不是在改变的意义上让人们看到诗歌写作对变化的要求，那么他最终得到的亦不过是对“僵化”的领受。在我看来，这恰恰是对传统作为一种精神的最大背叛。举一个例子吧：当年元稹、白居易的新乐府诗出现时，不是也有人说他们的诗歌违反了写作的律条，但现在看结果怎么样？人们不仍然将他们看作是融入了中国诗歌传统，并体现了与其他人一致的诗歌精神的伟大诗人吗？

**伊沙**：李建春我前年在武汉见过一面，他是基督教徒，好像很欣赏萧开愚。你们这么认为，让我觉得新鲜，至少是头一次听到这样的论断。我自己还得不出什么结论，但我肯定不会拒绝任何一种对我诗歌的善意理解，还要感谢你们提供了一种认识问题认识自身的独特角度。至少从外形上看来，孙文波写的与传统的抒情诗和意象诗都不一样，我写的似乎更加离经叛道不像诗——我认为这是我们被选中的一大因素（诗内因素），但不是唯一的因素，其他原因上一答已经谈及。在此还可以补充一大因素：那就是私人恩怨——奖是由人评的，这便成了一个无法避免的问题，尤其大家又都是中国人——孙文波或其他人与谁有隙我不知道，我只知道我自己：有个嫉贤妒能的马永波和吴晨骏在评委会里，我怕是想跑都跑不了了。这个马永波我认识得很早，1991年就见过面，此人一直对我醋意十足，老在背后说我的坏话，在1996年还曾挑拨崔健骂我，我在我刚刚完成的长篇小说《黄金在天上》中详细记录了这一事件，有兴趣的朋友不妨到时候看看。这个吴晨骏嘛，跟我有个彼此的稿子相互不发的交道——也算一报还一报地扯平了吧？他却不是这样想的，在2002年，在“他们论坛”上忽然跳出来骂我，我当然也没客气，在“诗江湖论坛”做了回骂。这两个才疏学浅性格阴郁平时备受压抑的小人物一旦得到了一点儿小权力，那可就不得了了，是会利用得很充分的——我心明眼亮：我能上榜夺魁，这二者起到了最为关键性的作用，黄梵、何言宏这种诗歌观念上的落伍者都是积极的呼应者。所以说，假公济私，公报私怨，借机报复，是这个评委会的一大特点。

沙沁：你们两人都是成名已久的诗人，尤其是伊沙，代表作品早已被收进各类史家的新诗史的述评中。这类反传统诗歌美学的开创性文本的作用，对于主要由各个大学的专家教授组成的评委团，不会不知道？或者正因为知道，他们对你们的作品要求更为苛刻，因为你们如果出“庸诗”，对年轻一代诗人误导会更严重。顺便问一句，你们俩被评为庸诗榜首的《与沁园春无关》《崆洞山小记》，在你们所有作品里面如果用上、中、下比，属于哪一类？是不是最差的？

**伊沙：**他们当然知道，而且极可能就在教（在课堂上讲我的诗他们可是太痛苦了）。在此一点上，你还是把他们当作有责任心的好人想了，他们当不起！至于他们的诗歌观念、意识和知识，我多少也有所了解，在此之前，我读过何言宏和羊霞的论文，前者是个学院八股假大空，后者狗屁都不懂，还俗不可耐把要发表她论文的某刊主编和编辑都写在某代重要代表人物里头大吹一通……就是这么一堆无德无才无学的教授、博士！

对自己的作品，我肯定有着一个清醒的估计，譬如说：在我的代表作“老三篇”里，《结结巴巴》就是上，《车过黄河》《饿死诗人》就是中上，《崆洞山小记》居于什么样一个位置？我现在不说，因为这是“战时”，我不想给对我心怀歹意的敌人和某些别有用心的看客提供任何口实。我现在只能说：它对我来说是一个比较特别的作品，是在我的主体风格之外的一个收获——这帮家伙大概也是这么考虑的，回避掉你所擅长的带有后现代解构性和身体性的那一路，让你在同行和读者面前出个丑，结果出丑的恰恰是他们——我在网上说：他们只知道我会李白那一手，殊不知我还会王维这一手，这其实是一首现代禅诗：时间的变化所带来的天气的变化将一座山变成了两座即将空间一分为二：“上去时和下来时的感觉 / 是非常不同的——// 上去的时候 / 那山隐现在浓雾之中 // 下来的时候 / 这山暴露在艳阳之下。”——这体现出一种十分典型的东方式的时空观；恰似李白

"朝如青丝暮成雪"，恰似洛夫"左边的鞋印才下午 / 右边的鞋印已黄昏了"。接着几句是对文化重压的抗拒和排遣，崆峒山可是一座道教名山："像是两座山 / 不知哪座更崆峒 // 不论哪一座 / 我都爱着这崆峒"——在"诗江湖论坛"上有人将"崆峒"二字谐音为"空洞"去理解，认为我是在玩自己早年惯常的解构之术（像《致命的错别字》等等）——如此理解已经比评委会中的教授、博士、诗人强多了，但其实不是，这么做可就太单向了，我的意思是："崆峒"俩字就让人挺有感觉的，所以我说"不知哪座更崆峒"，还有更有意思的："崆峒"既是一座山名，还是一座岛名（那座岛在山东），不过跟教授、博士和末流诗人谈感觉，那是鸡对鸭讲。禅意归禅意，文化归文化，最终，人和山的真实关系还将落实到身体："因为这是 / 多年以来——// 我用自己的双脚 / 踏上的头一座山。"——写到这里，还不能唤醒教授、博士、诗人的日常经验吗？在这人人都靠索道"爬山"的时代里，我是在成功减肥之后才对此有了一个深刻的体验。不过我发现：不光这帮学院里的教授们没感觉，"诗江湖"上那些下半身的一根筋也照样没感觉（只要文化含量一加大思维方式一复杂这帮孙子就找不着北了），反而一般读者倒不是那么好忽悠的，他们自然理解不了多么深，却说"有味道"——那是对语言的直接感受。我对《南方都市报》的记者说：等事情过去了，你看读者记住的是我的《崆洞山小记》还是排在"好诗"首位的柏桦的《水绘仙侣》？后者估计连诗名和作者名都记不准，前者则会逐句背诵，不信走着瞧！如此说来，我真应该感谢这个编委会了，他们没长脑子，害我不成，还让正在变革中的我看到了自己本来已经具备的宽度与多种可能性，此乃天助我也！

**孙文波**：你说到他们是对我们苛刻。要知道，对人苛刻也是需要本钱的，没有苛刻的本钱，拿什么来苛刻别人？至于说到我们会对年轻一代诗人误导，这也是小看了年轻一代诗人的甄别能力。古今中外，在诗歌写作这种创造性活动中，真正会被误导的，都是那些不值得看待的写作者，真正有出息的写作者是不会被人误导的。再就是我一般不在外人面前评价自己的作品。但有一点可以告诉你：只要是拿出的东西，我还是有自信的，知道它们绝不会差，因为我知道，就算是我的作品中最差的诗，在中国当代诗歌的环境中也绝对是有意思的。而具体说到《与沁园春无关》这首诗，后来我反复掂量过，最终觉得它还是可以见人的。关键的是，我到今天仍然相信那些评它的人并没有真正读透它。本来，去年我曾经有过想法，自己对它做一番细读似的解释，以便让人们最终明白，在这样一首诗中，要想读出我传达的内涵，的确需要对诗的互文性（也就是人们通常说的“互文写作”），对词在具体的历史语境中的承载力，以及对构成一首诗的具体的技术转换方式，有全面的理解能力。但后来我放弃了这一想法，因为我实在不太想做这样的带有阅读启蒙意味的事情。有灵性者自能悟嘛。

沙沁：从去年到今年南京方面评出的奖项，把萨达姆和汤唯评为“诗性人物”看，显然有炒作或恶搞的非诗成分，而把你们评为庸诗榜首有网友也认为是在恶搞。但评委们为什么偏偏选中了你们俩？或者说你们本身也有非诗因素，会成为他们恶搞的理由？比如胡戈恶搞陈凯歌的作品，也是由于陈凯歌作品的粗糙、媚俗提供了他恶搞的理由。还有一种情况，你们俩都是长期活动在互联网诗歌论坛上的名人，你们在论坛上的行为、举止，以非诗方式得罪了人：比如伊先生在网上骂人是出了名的，而孙先生也曾与诗人余怒在网上剑拔弩张？

**伊沙：**把萨达姆、格瓦拉、王菲、汤唯这些人评为"诗性人物"，前两者表明的是这些所谓的"文化人"的头脑混乱，后两者表明的是这些人的下流趣味，某网友说得好：汤唯不是"诗性－人物"而是"性－人物"；还有人质问：汤唯一脱激起了谁的"诗性"？我真想回答说：南京所谓"诗人"的！他们的这些可恶的噱头已经饱遭唾骂了，在此我就不多说了，就一句：文人自作聪明玩商业炒作，无异于搬起石头砸自己脚！

你提到陈凯歌，陈被恶搞的那年是因为拍了《无极》——《无极》怎么都算是陈导演生涯的一次滑铁卢和大败笔吧？如果我在2007年留下了一个大败笔之作而被这样恶搞一下，我也认了，但我有吗？在2007年底，我还在某诗人的赞誉帖后跟帖总结说："这一年比较辉煌。""比较"是谦逊的说辞，事实上，这是我文学创作20年来最为辉煌的一年，从写作上看，我写了今生恐怕极难重返的巅峰大作《灵魂出窍》（长诗），具有新人文思想标志意味的优秀长诗《有朋到长安来》，孕育着一次重大变革的转型之作《网语真言》（长诗），在《行》的巨型诗组中添加了分量很重的《荷兰行》（组诗），杰出短诗更是每月都层出不穷，前一年创作的《春天的乳房劫》被到处转载广受好评，大有一跃而成我的新名作之势；在诗之外，我还完成了5万字的长篇大散文《鹿特丹日志》（分两期发表于《大家》杂志），40万字的长篇小说《黄金在天上》；出版方面：前一年完成的31万字的长篇小说《中国往事》由磨铁文化策划、远方出版社出版，我最出色的散文随笔集《晨钟暮鼓》由山东文艺出版社出版，荷兰鹿特丹国际诗歌节基金会还出版了我的中英文对照和中荷文对照的诗集各一册，一年之中出版了四本书。荣誉方面（这是这帮无知俗人能够看懂也最为看重的）：海南汉语诗歌研究中心、《诗歌报月刊》、《羊城晚报》、红网等多家媒体联合评选出“1986-2006 中国十大新锐诗人”，综观这二十年的表现，考虑到“新锐”这个称号，毫无疑问，我是其中最为名副其实的当选者；有着“世界三大文学盛会”和“头号国际诗歌节”之美誉的荷兰鹿特丹国际诗歌节 2007 年举行到了第 38 届，我作为中国大陆地区唯一一名受邀诗人出席了这项盛会并有着轰动式的表现，可以毫不夸张地说，此为中国诗人在这一年里在国际诗坛上所取得的最高荣誉（为此，我感到无比地自豪和骄傲）！

如果不是我——是别的什么人在取得了如上的成绩和荣誉之后还要被恶搞上“庸诗榜”的榜首，以我之行侠仗义喜欢打抱不平的性格也会在网上说一句：“无法无天，天理难容。”

你说我“在网上骂人是出了名的”“在论坛上的行为、举止，以非诗方式得罪了人”——说的都是事实，但我在这里要申辩两句：一个诗人的遭际和命运是由他的诗来决定的（而不是“非诗”），1992 年以前，我没有公开写文章骂过任何人，但也到处被人骂，在祖国大地各个阴暗角落的诗圈里——那是我诗的作品所引起的。那时候年轻嘛，少不更事，听说之后非常伤心、气愤，后来我一想：与其等着你们这帮王八蛋躲在角落里骂我，还不如让我光明正大地拿起笔来指名道姓地骂你们，看谁骂得有道理？由此激发了我当时的“酷评”写作。到“互联网时代”，骂人似乎就更方便了，不过说句实话：我从来没有无缘无故地骂过人，或大或小，或公或私，都有其因。

**孙文波：**你又说到了我们的诗的“非诗因素”这个词。而我想问的是：什么叫“非诗因素”？在这一点上，我恰恰与那些总是要在人类生活中划出一条“非诗”与诗的界线的人的看法不同。在我这里，人类生活的方方面面，从来没有“非诗”与诗之分别，一个诗人工作的最重要意义在哪里？就是以自己的工作从没有诗意的生活中发现诗意。而一个评论诗的人连这一点都不理解，还在那里想当然地为诗划出一条界线，在我看来，这样的评论家完全就是饭桶了。不过，真正的情况恰恰就是如此，当代从事诗歌评论工作的大多数人在我眼里的确是什么都不懂的家伙，他们关于诗的认识让人想笑。而最让人觉得滑稽的是，他们还总是自以为是地想要给诗歌定出一个标准，成天在那里说诗歌应该这样写，那样写，如果情况真是他们说的那样，何不干脆写诗的人都放下笔算了，他们既然知道诗歌应该怎样写，那他们自己怎么不写，或者他们悄悄写了，写出来的却狗屁不是呢？问题实际上很清楚，如果一个搞批评的人总是在那里对写诗的人指手画脚，要像革命领袖那样为诗人指明写作的方向，我基本上可以断定这是一个对什么是写作一窍不通的人，因为在这个世界上，只有那些什么都搞不明白的人才会有那么大的胆量，敢什么话都说。而一个人如果稍微有点儿自知之明，他就不会那么自以为是。就像我读到过参加榜单评选的某个评委的文章，他在文章里说他们这样做的目的是为了拯救中国诗歌，不让中国诗歌失去基本的标准。当时看到这样的话我就笑起来了，这样的说辞真是大言不惭啊。拯救中国诗歌？好像他们是中国诗歌的救世主似的。不要说没有谁能够成为中国诗歌的救世主，就是有，也不会轮到他们。想一想吧，在那些评委里写过诗的人中间，有谁写出过在中国当代诗坛产生影响的诗？没有。一群从来没有写出什么作品的人，敢在那里为中国诗歌定下标准，除了可以用“胆大妄为”一词来形容，还能用什么词呢？所以，在这件事情上，你说他们是在恶搞也成立，只不过他们的恶搞并不是搞住了别人，恰恰是他们自己。是他们以自己的行为让人们看到，如果人自不量力，会做出怎样滑稽的事情来。

沙沁：你们俩是否从小喜欢打架？因为我曾记得，孙先生针对网上骂人的诗人，有过一段痛斥，大意是那些骂怪话“干扎劲”的人，如果在网下真正动真家伙，马上就会焉了。但印象中你们都是成都人，成都人在重庆人的眼里都是说话“干扎劲”，一到动真家伙，就蔫了的人？前一段我在诗江湖看见伊先生和重庆金柯骂架，伊沙狠，他比伊沙更狠。如果是在网络下，相信金柯会先动手打伊沙，即便他有可能打不赢伊沙。而印象中，重庆金柯曾经对伊先生崇拜得五体投地。为什么会出现这种情况？这是不是你和曾经的带头大哥于坚绝交后必然会付出的代价？

**孙文波**：我小时候对打架并没有什么特别地喜欢，不过，因为当时正在“文化大革命”，学校停课，父母忙于自己的事，没有人管我，所以尽管不喜欢，但还是经常与人打架，而且只要是与人打架，还特别地狠。人可能就是这样，打得多了，不管喜欢不喜欢到最后都会很容易就与人打上了。所以，下乡当知青的时候，我曾经一扁担把一个人手臂的两根骨头打断过。就是后来当兵，第一年我也与人打过几次架，其中一次甚至把一位战友的鼻梁骨打断了，为此事，我还差一点儿背上一个处分，后来没有被处分，全靠当时我的检讨书被连队领导认为写得还算深刻。至于你说到的重庆人认为成都人“干扎劲”，我这些年认识不少重庆人，在我看来，哪里的人都差不多，都是中国人。如果你碰上了敢打架的，就碰上了；碰上了光是吼得凶的，也就碰上了，并不会分是哪里人。用一个重庆人爱说的词，“虾子”，哪里又没有呢？

**伊沙**：当然喜欢。我认为小时候打架是一个孩子的男人教育的一种很好的方式。我在长篇小说《中国往事》中就写了不少次打架，基本上都是我的亲身经历。很同意老孙的说法，这也是我的亲身经验，有些在网上什么下流话都骂恨不得把你骂死的家伙，一见面就点头哈腰跟孙子似的，叫你大跌眼镜很不适应。我是成都人，可你别忘了，我两岁就到了西安，已经完全北方化了西北化了，另外，我本身还有八分之一的哈萨克血统嘛！你说的是，我一般会让对方先动手，但他很快就会趴下。你说错了，我和于坚绝交只不过是这些家伙打出来的一个幌子，其用意是对我进行“道德审判”，他们才不会为什么于坚出头呢！你说的人来自诗江湖内部的一个极不健康的小团伙——我称之为“四小人帮”，他们都是我的朋友沈浩波的超级铁粉，粉丝做久了，便有了挟浩波以令江湖的企图，但这江湖毕竟还是诗歌的江湖，最终还是要靠文本来说话的，他们的文本毕竟还是难以服众的，我本来待他们不薄：说过他们的好话、编发过其中三人的诗、对其中一人曾激赏有加、你说到的这人我也给过不少激励……即便如此，他们还是觉得不够不满，但是很快上升为仇恨却是出乎我预料的，你一定还记得你说的这个人骂我亡母的那些话（就是你说的“狠”），我想你肯定知道这四个小人是谁，有空你去他们的个人博客里去看看，咒骂我的诗搜集起来绝对可以编本诗集。我的前友张楚的歌里唱道“江湖险恶，人心叵测”——确实如此。

沙沁：还有一种原因，就是你们的很多诗歌都有一种对现实的“批评性”在里面，且并非传统意义的“批判现实主义”。里面所透露的自由、独立的思想也是我比较欣赏的部分。比如伊先生的《官方诗会》；孙先生的《献给布勒东》，对假文人和伪先锋的反讽和批评，会不会让一些人不舒服？

**伊沙：**你这一点说得很好——“且并非传统意义的‘批判现实主义’”——传统意义的“批判现实主义”在我看来是非常浅薄甚至媚俗的，通常玩的是“政治正确”“文明正确”那一套，你注意到了没有？这样写的人，不但能够得到评论家的吹捧，还能在官方获奖，因为这样的写作是无毒的。我的写作当然不是这样的，请看林贤治的一段话："他写了不少像《笑容可掬》一样庸俗无聊之作，开'下半身'的先河。但是，他在歌笑间毕竟未尽忘怀于社会，写过个别批判性的作品，如《非典季节》《啊！人民的女市长》等，想不到一旦撒泼起来竟也会动手砍杏黄旗。"——沙沁你可以作证，我"批判性的作品"可不是"个别"的，再看他的措辞和口吻："想不到一旦撒泼起来竟也会动手砍杏黄旗。"——林贤治的这段话正式代表了一般中国式知识分子的看法，他们要的是道貌岸然的正确批判，而我恰恰不屑于此道。所以，我诗中的批判，既让被批判者不舒服也让赞同批判的人不舒服（反对批判的人肯定也不舒服），因为它首先是诗，其次才是批判。林贤治们还是想把诗当作批判工具——其本质跟他们想要批判的对象是一样的。

**孙文波：**哦，会不会让一些人不舒服？这里我想说的还是类似前面谈到"苛刻"时那种话：要想获得阅读的舒服是有前提条件的，不具备这样的前提条件，你凭什么想得到舒服呢？所以，在当代对诗歌写作的认识充满了浅薄之见、在写作的实践中充满了流俗的情况下，如果我的写作真有让人不舒服之感，我很高兴。我还可以再说一句：对于那些总是自以为是的人来说，我希望他们在阅读我的作品时不舒服。很不舒服，要是他们舒服了，我会觉得自己很失败。

*沙沁：最后问伊先生一个问题：你曾经将于坚视为大师级人物，是什么原因让你和他彻底决裂？是因诗歌，还是个人恩怨？*

**伊沙：**我说过。我所有说过的话都不会在事后否认，白纸黑字，也否认不了。当时说这话的契机是：我先后编完《现代诗经》和《被遗忘的经典诗歌》时发现，在中国新诗史上，在 50 岁以后还能坚持写作的诗人真是少之又少，觉得应该为其鼓与呼。至于什么原因让我与之彻底决裂，我想先举一个例子（不是此人讨厌的隐喻而是明喻），是个生理卫生常识：通常，当你感到口渴的时候才会想到去喝水，这时候你的体内其实已经缺水很久了——我想说的是：当你和某人的关系终于到了崩溃的时候，其实那个关系在暗中已经结束了。令我感到十分满意的是：其中绝无个人恩怨（我相信对方也是这个看法），反倒是在“盘峰论争”以后，我们二人度过了为时不短的一段利益互给资源共享的“强强联手”的“双赢时期”，从利益上说，这样的“蜜月关系”保持下去对双方绝对是有好处的。但是人啊，毕竟不是利益动物（至少我不是），诗歌上的分歧越来越大（其实原本就很大），但这不能成为其决裂的全部理由。我认为：最关键的一点是价值观、世界观、人生观的巨大分歧甚至对立，他作为“民间诗歌领袖”跑到人民大会堂去开作代会，我没什么意见，也没有干涉他，他倒是心虚地向我作过解释（跟他以往领得官方奖后的解释差球不多）：云南是少数民族省份，没什么有实力的人，得靠他去撑场面云云。只是到了后来的某一天，我在杨克的博客里看到出席作代会上的诗人们三三两两三五成群合拍的一组照片，有一个细节被我捕捉到了，我发现每一张照片上于坚的胸前都比别人缺少点什么，噢，原来他是把代表证（胸牌）摘掉了——我忽然感到一阵恶心！它在人民大会堂里头，还能意识到谁会看到这些照片，还要制造一个“身在曹营心在汉”的微妙信号……我顺乎自己的感受就写了一首诗，到了当月月底，这首诗也随着这个月的全部创作被我贴到网上去，他读到后便在深更半夜打来电话来质问我：是不是写的他？我说我在进行文学创作。这事儿似乎就过去了。后来，沈浩波在网上表达了一点儿对他诗歌的真实看法，说了几句大实话，他终于绷不住了，在网上对我和沈浩波破口大骂："去你妈的！"然后声称"仰天大笑出门去"，我和沈也毫不客气地当即作了回应。事情就是这样。我觉得这样的决裂对当事的双方——应该是三方都有好处，从此以后，每个人都可以毫无顾忌旁若无人地做他自己，立竿见影：我看到"于坚大师"终于可以大大方方去领取"鲁迅文学奖"了（其间必然经历了一个从申报到四处大做工作的艰辛历程），而在 2001 年西川获得该奖的那次，他还在电话中对西川之"越过底线"的愚蠢之举大加嘲笑，对其在网上的饱受非议幸灾乐祸，到了"鲁迅奖"的下届评奖，他在电话中告诉我：陈超有意提名他当候选人，被他拒绝了——《他们》诗派的人有一个传统：自己有什么事儿自己绝不说（不像我），而是先告诉身边的朋友，通过朋友传天下，我恰恰又是一个喜欢外传朋友怎么牛的热肠子，这事儿经我传出去了，"民间领袖"的形象便更加熠熠生辉，他给"盘峰论争"中的"论敌"唐晓渡遭遇车祸的未婚妻捐了 2000 块钱的佳话也是经我传遍江湖。现在好了，他走他的阳关道，我走我的独木桥，各写各诗，各得其所。其实，原本就不是一路人，这不是原则、立场、信仰的分歧，是有和没有的差异。

沙沁：最后问孙先生一个问题：批评家们在诗歌流派分类时，总是喜欢把你划归于"知识分子写作"类，你的名字总是与诗人臧棣在一起。但按我对诗歌的理解，你骨子里更靠近伊沙而非臧棣，你自己怎么看？

**孙文波**：不要把批评家的话当真。他们真的能够做出分类吗？

沙沁：最后问你们俩一个问题：你们对对方的诗歌怎么看？（可以不回答）

**伊沙**：孙文波对现代诗的发展是有贡献的——他最突出的贡献就是在 20 世纪 90 年代中后期，当后朦胧那一支把意象 - 抒情诗走到穷途末路的时候，贡献了“叙事”，以此激活了这一路的写作，影响了同代以及后来的部分诗人。当然，孙文波式的“叙事”跟我们口语诗的“叙述”是有很大区别的，所追求的效果也不大一样。如果非要说意见——我最大的意见是：孙的“叙事”写得不生动、不好玩，缺乏生活现场的质感与活力——而这些正是我所追求的。

**孙文波：**有一个词近年来似乎很流行，叫“在现场”，它的意思好像是指一个人与他的所作所为，一方面体现出与时间的共时性关系，另一方面也体现出在场域的占有上具有改变其内部结构的效应。现在我把这个词提出来在这里用，我要说的是：我和伊沙对于中国当代诗歌来说，都是“在现场”的诗人，我们的诗歌也是“在现场”的诗歌。而一个“在现场”的诗人和他的“在现场”的诗歌意味着什么其实不需要我来说明。

（2007 年）

# 作为异端而存在

## ——《竞报》访谈录

1. 你给许多人的印象首先是一个“骂人者”形象，不仅是在诗歌界，还涉及散文、音乐、足球等很多领域，你是否觉得这种战士式的骂也是一种“话语权”，或者说是在争夺“话语权”？

**伊沙：**过去也许是，现如今越来越不是——我指的是进入到网络时代以后，人人都在骂嘛！如果说这也叫“话语权”，那么这个“话语权”就是公有的。在这样的情况下，我反而选择了退出——从你提及的“音乐、足球”等领域中退出了，将此“话语权”放弃掉。这种退出和放弃完全是自觉的行为，我不想做一个对任何人事都要发表看法指点一番的那种人（公共知识分子？）。

2. 抛开“破坏即建设”的说法，你在不同领域的这种“战斗”是否存在一个共同的出发点或者说艺术观？

**伊沙：**肯定有——但如何去总结它呢？我犯难了！这么说吧：它一定是站在传统、主流、大众、时尚……的反面——作为异端而存在的。

3. 你所有的“战斗”存在一个明确的反对目标吗？或者说对你的对立面进行一个归纳。

**伊沙**：这样的归纳有点儿困难，但很有意义：我想将之描述成“一个道貌岸然的庞然大物及其形形色色的寄生虫”。

4.你所反对的各种观点的对立面在你身上是否存在一个排异问题，你是如何将它们统一成一种“伊沙风格”的？

**伊沙**：这是肯定的，但我不知道他们是如何统一成一种“伊沙风格”的——我其实并没有刻意地去做什么，自然而然形成的吧，或者原本就是如此，一切由此出发。

5.长期与人争论的战士式生活如何作用于你的写作？争论会不会让你的写作陷入不冷静？你是如何在骂架与写作之间寻找平衡的？

**伊沙**：首先，你用“战士式生活”来概括就是一种卡通化的放大，我肯定过的不是一种“战士式生活”，如此骂的行为自然会构成你的杂文、随笔的写作，由此带出的情绪也会给诗歌写作带来好处（比如说愤怒），其实小说写作需要的也并非是死水一潭的冷静，我就经常在小说写作之前（我称之为“热身活动”）、之中（我称之为“中场休息”）、之后（我称之为“放松大脑”）上网去骂上个把人。有个被我骂过的小子发帖说：瞧！他整天趴在网上骂，哪儿有心思和时间写作呀！结果呢？我写了这么多。所以说，不需要去寻找什么平衡，他们都属于一个人自然而然的整体，没有反倒是不健康的，如果一个人告诉我说他一辈子从来没有骂过人，我会认为他白活了。

6.是不是可以说，你频繁的这种“骂人”其实也是与自己的一次次斗争，既是保持自己的激情，同时也是对自己的警惕，甚至就是对自己的战斗。

**伊沙**：迄今为止，我都没有如此理性的自觉和这么高尚的境界。骂就是骂，批就是批，我在骂别人的时候当然认为自己是正确的，这还用得着掩饰吗？你说的上述情况也是一个自然的结果，因为我骂得很真心，自然就真的认为我所抨击的人事十分丑陋，也自然就不会去做这种人或让这种现象发生在自己身上，毕竟我还不是个太假太笨的人吧，于是一个良性的局面就自然形成了。我已经警惕到了自己的“战斗”——比如不要导向知识分子式的“小题大做”，所以我更愿以无理性的面目和意气用事的形象以及污言秽语的方式出现。

7. 我们注意到，你所骂不仅是一些“老对手”，甚至还有很多自己曾经的朋友，这是否自我否定？

**伊沙：**如果它能构成一种自我否定那可就太好了！也正是我所盼望的。四月份我去北京签证时遇见沈浩波，某夜我们聊到当年发生在我们之间的一场网战，我告诉他说：当年的用于网战的文章我不会修改一个字，事实是已经以原样收进了我的随笔集《无知者无耻》。有人说，你一会儿骂这个人，一会儿又夸这个人，到底哪句评价是真的——我想说把这些加起来的全部就是真的，不怕它们自相矛盾，不怕出现自我否定，因为我不想为真理而写作，更何况对某人所做盖棺定论的“悼词”式的评价也与真理无关。作家是提供真相的，不是说出真理的。

8. 生活中你是一个什么样的人？朋友对你意味着什么？与朋友的交往和决裂会不会影响到你的写作？

**伊沙：**一个美好的诗意的有趣的人！我很看重朋友，真正的朋友对我来说是美好生活的一部分！与朋友的交往和决裂对我写作的影响倒不大，因为我不是一个容易受人影响的人，我在这方面很有美德——我常常美化我的朋友，尤其是那些给过有益影响的朋友。

9. 你身上最引人瞩目的是民间立场和学院身份的矛盾，你自己如何看待这种矛盾？

**伊沙：**好像有位同样在高校任教的知识分子写作者早就提出过

这样的质疑：身在学院反学院（他确实是身在学院吃学院的典型）什么的。在我看来，这非但不是可疑的，反而是非常可信的、靠谱的。身在学院的人才可能真正了解学院的痼疾和问题，反学院才可能反到点上，正如反文化的人必是有文化懂文化的人而不可能是文盲一样。在我看来，这是一个看似矛盾的统一体。那些身在学院吃学院身在作协吃作协并心悦诚服地接受了学院和作协体制价值观的人，生命的形态未免太简单，脑瓜未免太弱智，人也未免太可悲了吧。

10. 作为高校教师，你在教学中如何体现自己的立场？

**伊沙：**在我这里一切都颠倒过来了：我的课更像是一个诗人、作家的文学讲座——这样的话，一切都变得简单了：我怎么写我就怎么讲，我在教学中所展现的立场就是我的文学立场，当然我也必须在教学上为我的学生负责：看看他们在我的这种方式教育之下是变傻了还是变聪明了，总的来说还是叫人满意的，上个月我去海南领奖，顺便到那里的一所大学跟诗歌爱好者座谈，两小时下来，我最大的感受是：跟我的学生相比，这里的学生太傻了，其中有些人已经蠢到无药可救的程度！我已意识到不是所有的学生都有幸碰到像我这样的教师，意识到自己教师工作的价值和意义。

（2007 年）

# 我的文学永远关乎人生

## ——《都市快报》访谈录

1.在很多人的心目中,“诗”就是美好的同义词,比如“诗意人生”,“诗一样的画卷”等等,可是在你的诗歌主张中,我们却看到了许多异样的东西,有些东西甚至是很刺痛人的,你心目中的真正的诗歌是怎样的状态?

**伊沙:**你能看到这一点,让我很高兴!“诗”当然是美好的同义词,但这不是通过单方面表现美好的内容就可以达到的,你想达到“真善美”的话,就必须具有消化“假丑恶”的能力,必须具有美国诗人所说的那个“强健的胃”,“吃进垃圾转化成糖”说的也是这个意思。对我而言这是再基本不过的写作常识,甚至于就是我的出发点,对大多数人——有诗人也有读者——这却是一道终生不逾的鸿沟。有人即便是从道理上想通了,在对具体文本的理解和处理上也还是不行,因为写诗读诗都需要才华。我心目中真正的诗歌就是我的诗歌——这不是口出狂言,而是深含至理:谁不是按照自己心目中的理想模式在写作呢?不是有过这样一句话吗:我写出的只是对诗歌的理解。当然,这还有一个创造力和表现力的问题——所谓“眼高手低”的问题。

2. 在你的文字中，批判是一个持续的主题，你觉得这种批判与调侃是来源于你的性格，还是来源于你的知识背景？

**伊沙**：回答就在你的提问之中——有你提到的“性格因素”：毋庸讳言，我性格中肯定有多疑好斗、争强斗狠的一面；有你提到的“知识背景”：我所学习到的“知识分子精神”是怀疑、批判、独立（不是那一伙写诗的中国土鳖自我宣扬的那一套）……当然，还有更多重的、更复杂的、更具体的、更细微的其他方面，譬如诗人的使命感、诗的主题设计，等等。

3. 海子的诗已经被收录进了中学教材，也完成了原先很小众的诗歌逐渐被大众化的过程。你觉得诗歌的最佳状态应该是大众的还是小众的？

**伊沙**：在我看来，海子死后，他的诗经历了两次面向读者的推广活动：头一次是在 20 世纪的 90 年代初，自杀事件激起了诗界内部的海子热以及“麦地狂潮”的跟风写作，将他推向全体诗人和一般诗歌青年；第二次就是近年以来他的诗被收进了中学教材，将他推向所有接受中等教育的广大学生——如你所说，这回可是“大众化”了。我对后一点深有体会：去年包括我在内的几个诗人与骂现代诗的韩寒对骂，其粉丝团不断跳进我的博客来骂，挂在这些中学生嘴里的“现代好诗”有两首：徐志摩的《再别康桥》和海子的《面朝大海，春暖花开》——我意识到：海子面朝大众的普及工作已经成功完成了！一点障碍都没有，这么快就被全盘接受了，甚至没有中学生会觉得他句子写得别扭（甚至有语病之嫌）。这一方面说明强制教育对中国国民是多么有效——甚至是唯一有效的办法！另一方面说明：海子不过尔尔，他最多也就是一个当代的徐志摩，很有“万人迷”的缘分嘛！那些在海子热中将海子夸大成神的人被过早出现的结果掌了嘴，当年骆一禾引用海子的诗句说海子：千年之后，海子再生于祖国的河岸，会看到所有善良的人们都在诵读他的诗篇……哪里需要等千年？十年足够了！那也就是只需要十年便可被大众普遍接受的玩意！所以我说："海子神话"最终告破于中学语文课本。

在一般情况下，越到近现代越是如此：最好的诗歌在它出现的当时只能是小众的——甚至连小众都是不能接受的！个别的优秀诗人——譬如波德莱尔和金斯堡——会靠其文本偶然激发的社会事件（譬如官司）所引起的误读而走入大众视野，但这绝不是普遍现象。

4. 你觉得当前诗歌所面临的最大问题是什么？

**伊沙**：这个问题很危险——我只要一回答，就是一副作协主席或秘书长的嘴脸！回答越认真越是！事实上，这是一个我回答不了的问题，因为我早已放弃了这样的思维模式。没有必要考虑整体和全局的问题——整体和全局的问题从来都不是真正的问题，譬如说：因为我们的文化将诗歌理解为"青春的事业"而造成诗人创作生命的短寿，在我印象中刚刚浮出海面没几年的某些"70后"甚至于"80后"诗人，已经创作式微或停笔不写了……我会考虑这样的问题吗？当然不会！因为这样的问题太低级了！我只需要考虑我自身存在的问题——只有我的问题对我来说才是"当前诗歌所面临的最大问题"！譬如说，最近几年，我一直觉得自己写得太舒服太顺溜了，如果安于这样的写作，早晚就是时代中产阶级式的酒足饭饱玩趣味的写作，我拼命给自己寻找一点诸如愤怒、失意、怀才不遇的情绪其实就是为了摆脱这样的写作（愚昧者哪里懂得我的良苦用心），多写自己的焦虑、困窘、无奈，直到上个月，命运赐给我《灵魂出窍》这首长诗，因为我的心诚。对于一个和平年代生活安稳的诗人来说，大的灵感撞击的匮乏和稀有，将是我时刻面临的一个大问题。

5. 现在，许多人仍然迷恋古体诗，你觉得古体诗和当代诗歌会存在相同的读者群吗？你最喜欢的古代诗人是谁？

**伊沙：**没有做过调查，感觉上古诗和新诗的读者群是不同的，可能只有很小的一部分人是重合的——两者都是（让我向这部分人表达我出自本能的敬意）。有一个明摆的事实：古诗的读者群是个大圈，新诗的读者群是个小圈，前一个大圈比这后一个小圈要大得多。刚才我说了，我要向两圈重合部分的读者致敬，其次便是只读新诗不读古诗的读者，我绝不向只读古诗不读新诗的读者致敬——因为这部分读者往往是生命中毫无诗意对诗歌毫无感觉的人，他们读古诗跟爱不爱诗歌无关，只是向某种强权文化妥协（附庸风雅也是妥协的一种方式）或者受迫于这种压力。而且，古诗是他们随时砸向新诗砸向当代正在写作中的诗人的一把铁锤！去年韩寒的所作所为难道不是这样吗？我还很怀疑：这些人是否真能读懂古诗？某个特爱装大师 B 的当代著名诗人老爱引用李白的"仰天大笑出门去"一句，他不晓得李白是在被召进宫去的心情下写的，所以老爱用在大耍牛 X 的时候，每回我见他引用我都替他捏把汗但又不好提醒……这就是当代人（还是诗人）读古诗的水平！

我最喜欢的古代诗人是连王八蛋都声称自己喜欢的李白——但是我想说的是：我喜欢的李白和你们不是一个李白，每个人喜欢都是把自己的精神和灵魂加注进去的李白（人云亦云者除外）。

6. 每种艺术形式的最终精神归属都会指向人生，你现在心目中人生的价值取向是什么？和原先有什么不同吗？

**伊沙：**你说得不错，我的文学永远关乎人生——且是以人生中重要的部分为己任，我心目中人生的价值取向是创造——创造、创造、不停地创造！因为《灵魂出窍》中写到的这番特殊经历，我的心灵也算是在鬼门关走了一遭，生死关头体会到了人之善——人之为人：我最在乎的还是我对这个世界做过什么，有过多大的贡献？在那个时刻，组建过家庭、生养过孩子这些看似简单的事情都是一种莫大的安慰！对于写家而言，有一点无法回避：你写了多少？写得如何？产生过怎样的影响？“死”上一回，就知道如何更好地活着了，俗话说：不知死，焉知生？

7. 你经常出国参加诗歌活动，你觉得国外的民间诗歌活动和国内的诗歌活动有什么最大的区别？

**伊沙**：我并不经常出国，此次应邀去荷兰参加鹿特丹国际诗歌节，才是第二次。所以，在这个问题上我没有发言权。我特佩服也特讨厌那些出过几趟国之后回来就宣布“西方如何如何”的大忽悠，真不知道他们那些粗暴而简单的结论是如何得出的。有一个差异我也感觉到了：国外诗歌节以朗诵为主，五年前去瑞典，某夜朗诵都进行到了零点以后，这次看鹿特丹诗歌节的节目单，有两三夜的朗诵也会到零点以后，老外做起事来还真是一根筋！国内诗会以研讨为主，我想这主要是受到苏联和现行体制的影响；至于国内安排较多的游山逛水，据说是来自于我们古代的传统……据此，有“聪明”的“思想家”站出来说：西方人爱朗诵，朗诵时表情庄重肃穆，是日常宗教的影响；中国人没有日常的宗教生活，是用诗教替代了，开诗会爱玩，是我们中国人的天性就爱亲近自然，在游山逛水中吟风诵月……到此，新世纪以来，由身体自卑变态到文化自负的最傻X的“思想”就这样出笼了！

（2007年）

# 诗人震醒了？

## ——《河北青年报》访谈录

1．曾几何时，诗歌脱离了时代，疏远了社会，远离了生活，对大众失去了精神支撑和引领价值，以致有人因此感叹和惊呼："诗歌死了！"但今天，诗歌的热潮再一次席卷而来，它记录了这场灾难，温暖或打动了人心，也呈现了诗歌独特的力量。于是，又有人说："诗人震醒了"，"诗坛复苏了"，"它将震出诗歌的辉煌"。你怎么看待这些口号？

**伊沙：**这些口号全是非诗的人在放屁！对这些人而言，从来就不存在"诗歌"、"诗人"甚至"诗坛"。所以，围绕这些东西的任何看法都是伪结论。在我看来，1976年"文革"结束至今，从不存在"诗歌死了"的问题。相比较文学的其他样式，它反倒活得最为健康、最为独立、最为自在、最有生机、最有活力、最富尊严——而这些都是为非诗的人所不知道的伟大的秘密。我不知道谁的诗"脱离了时代，疏远了社会，远离了生活"。反正我的诗没有。至于"对大众失去了精神支撑和引领价值"，我觉得不是优秀诗人的问题，而是大众自身的问题，还有某方面的问题。

2．为什么这次地震后涌现了大量诗歌？

**伊沙：**因为震撼、触痛、感动、反思。

3. 从网上流传的作品看，里面有不少业余作者所作。你觉得这种全民写诗的现象，说明了什么？

**伊沙：**说明一个传统的诗歌大国的底子还在：那么多人像条件反射一般做出了情之所至找诗歌的选择！

4. 你如何看待这些诗歌的艺术性？汶川地震诗会在诗歌史上留下一笔吗？

**伊沙：**今天是2008年6月8号，距5·12过去尚不足月，现在不是回答这个问题的时候。

5. 大灾当前，文艺工作者的责任和扮演的角色是什么？

**伊沙：**不知道。我不是"文艺工作者"，我是一名"教育工作者"，身为教师，在余震不断袭来时，坚守自己的工作岗位，把该上的课上好，遇到紧急情况，做好疏散学生的工作，保护好他们的人身安全，是我义不容辞的责任和义务，也是我身为教师的道德底线，在精神上，我会向汶川灾区那些牺牲或幸存的英雄的伟大的同行学习。

6. 最近一共创作了几首"灾难"题材的诗作？请谈谈创作时的随想。

**伊沙：**我写了一个内含22首短诗的大组诗《凶手大地》，并即时地在网上发布了。我所有的感想都写进了这组诗，在此就不啰嗦了，新的感想还会写在今后的诗中。

7. 灾难来临，很多人失去了家，你对"家"如何定义？

**伊沙：**5.12那天中午，我在午睡之中于西安家中的床上被震醒了，感觉自己是躺在一条上下颠簸左右摇摆的船上……当我穿好衣服出门而去之前，我记得很清楚：我没有忘记一把抓住家门的钥匙——我以为那就是"家"，但是我错了，当我跑到院子里，跟所有跑出来的人都在做着同一件事：打手机，打着那已经打不通的手机，这一刻我明白了：所谓“家”不在身后，不在你逃出来的地方，而在你的手机上，那时你打的号码就是你的“家”。成语说“家破人亡”，这回明白了，词的次序颠倒了！

8. 你怎么看待“诗歌重生”？

**伊沙：**前面已经谈过了。我希望借地震重生的是人们对诗歌的爱和信赖！

9. 平时有什么爱好？除了诗歌创作，还有什么艺术形式能表达自我的？

**伊沙：**这个月的爱好是看欧洲杯。除了诗歌，还有小说。

10. 网络时代，诗人们有了新的疆场。你（参与）浏览过一些诗歌论坛，感觉如何？

**伊沙：**我一直在“诗江湖”活动。它是中国最棒的诗歌论坛——事实上，它就是中国现代诗歌的原生现场，也是我展示作品展示自己的舞台。

11. 如何看待中国诗歌的未来？

**伊沙：**无比辉煌灿烂，有如盛唐重临，中华民族伟大复兴最重要的精神标志——相信我，没错的！

（2008 年）

# 从洛特雷阿蒙说起

## ——向征现场访谈录

**采访者：向征（法国高等师范学院博士）**

**时间：2008 年 7 月 21 日晚**

**地点：西安锦苑双龙大酒店咖啡厅**

**形式：采访手记**

向征：您是否读过法国诗人洛特雷阿蒙的作品？

**伊沙：**在此之前没有读过。

向征：在此次调研中，有学生认为他所读到的洛特雷阿蒙作品节选与您诗作的风格有相似之处，您如何看？

**伊沙：**首先，从外在形式上看，我们之间没有相似处。我也写过散文诗，本来是分行写，后又取消分行，合为散文诗，叫《晨钟暮鼓》。其次，从内在的状态上说，我自己不好做判断。就目前十分有限的对这位诗人的阅读而言，我也只能说说印象：他的行文很极端，情绪上很混沌，内容较为驳杂，而且有些晦涩，但有时却又富于雄辩。

向征：您在之前的访谈中提到“我的诗肯定受到过金斯堡和布考斯基的影响。但对我影响最大、时间持续最长的却是李白”，如何理解？

我觉得您是在气度上像李白，如果用“我本楚狂人，凤歌笑孔丘”来形容您，您觉得合适吗？有没有您喜爱的其他外国诗人和作品（19世纪或20世纪）？您选择阅读的标准是什么？

**伊沙：**先说金斯堡，在20世纪80年代，有大量的国外诗歌涌入到中国，大家对先锋的、超前的作品很敏感。金斯堡，作为世界著名诗人，我最初接触到他的作品是在1987年，正是《嚎叫》，感觉很震撼。再说布考斯基，我认为布考斯基和法国诗人雅克·普雷维尔有点相似。他是不被学院派承认的，在很多美国诗选及汉译本中难见其踪影。要感谢一位住在美国的华裔朋友，将布考斯基的英文诗集邮寄给我，其口语化的诗歌风格对我影响至深。我与妻子将其100首诗首译为中文，希望有机会出版。和金斯堡相比，布考斯基的语言更浅白，短诗比金斯堡更胜一筹，我的风格与布考斯基更接近，或者说，我受布考斯基的影响更为直接。最后，谈谈李白。我认为，一个诗人受到自己母语诗人的影响一定会大于跨国界、跨民族、跨文化，跨语言的诗人的影响。随着时间的推移和自身的成长，这种影响会更大。从精神上讲，你说得不错；从语言上讲，我认为反复咀嚼李白的诗句，感觉比读金斯堡的更为可靠。李白对我的影响，是随着年龄和阅历的增长而逐步加深的。有些诗人狂热崇拜外国诗人，这是20世纪80年代心态的延续，他们极其关注外国诗人以及诗坛发展的动向。我肯定不在其列。我认为，这种关注应该适度。我大多关注在风格上能够吸引我的诗人和作品，并从中汲取养分。我不愿在与我风格迥异的诗人身上浪费时间。

向征：从五四时期对西方诗歌的大量译介，到20世纪末对“翻译体”的批评，对“与西方接轨”的质疑，中国文学界，更具体到中国诗人，如何看待西方诗歌？

**伊沙：**首先，这种质疑是对的。长久以来，我们太习惯于做“学生”，甚至“唯西方马首是瞻”。但是，我们更应该呼唤民族意识的觉醒。这也是“盘峰论争”在分歧上的一大焦点。我认为，这种现象在一段时间内出现是正常的。这是一种对于历史积压的释放，比如五四时期和20世纪80年代。在这些时期，我们大量引进的正是我们血液中奇缺的东西。但是创作不等于当学生做作业。随着中国的发展，民族意识的觉醒,自我意识的觉醒,我们对这个问题应该有一个更加清醒的认识。我反对知识分子变态化的写作，对西方作品的简单模仿，复制，使自己貌似很西化，恨不能全都变成西方人的趣味。但是，需要指出的是：对待这个问题不能采取“二元对立”的态度，应该提倡适度原则、中庸之道。这里我提出一个“黄金分割点”的概念，如果一个诗人的创作能够科学合理地利用古典，现代，西方这三大元，使自己的写作处于一个“黄金分割点”上,就会有一个健康的充满活力和创造性的写作。

向征：我国现存的译介作品大多是学院和学会认可的一些“大师”的作品，翻译者往往总是在译已经成为传统的东西，我们对边缘化的，或者对正在发生的诗人及其作品无从了解。您认为，这种状况导致的结果是怎样？（中国的现代诗歌将沦为西方传统诗歌汉语译本的摹本）。

**伊沙：**对于这个问题，我在1996年《诗歌报》举办的湖州诗会上就提出过。我认为这是一种恶性循环。问题的关键在于，谁来引进国外作品？是中国诗人和外语专家。对于前者而言，他们必定根据个人趣味选择国外诗人和作品介绍给国人。但是中国文化的弱势地位必然使他们认为西方标准大于国内标准,因此,出现了小圈子循环的现象。对于后者而言，一方面他们会排斥所谓“不高深的，肤浅的”，另一方面，他们又嗅觉灵敏，会选择译介“不高深的，肤浅的”但是在国内却能够引起关注即有潜在销路的作品。我个人很愿意了解国外与我同龄的诗人创作到了什么程度。

向征：有人认为洛特雷阿蒙的《马尔多罗之歌》和《诗》在中国译介相当晚，原因有二，一是这个诗人在法国是相当具有争议性的，二是这样的作品缺乏社会性。有诗人认为，诗歌的“当下的气场指的是社会性，可以把它看作是一种干预，比如对权力的干预，对道德的干预。”您怎么看诗歌干预功能的建立？

**伊沙**：诗歌的社会性差，这是公认的事实。我认为洛特雷阿蒙作品的出版编辑判断是正确的，这位诗人的风格形式是极端的，（比如布考斯基，他的小说是“下里巴人”式的，有很多脏话），但是他的作品对大众不直接，更多为学术界所关注。布考斯基在美国的商业效应甚至大于金斯堡。目前中国的出版社更多考虑的是经济效益。

向征：“天问诗歌公约”，提出对人格分裂写作的谴责，您在一次访谈中谈到，“做人要有一定的社会性、世俗性，可以随和一点、哪怕中庸一点……文本则要极端、彻底”这正好与我们常常挂在嘴边的，法国作家布封提出的“文如其人”相反，您怎么看？

**伊沙**：首先，我认为“天问公约”不严肃，是小儿科话语。所谓的“写作公约”是非常可笑的。文如其人，或者文不如其人（文章是对一个人的补偿）都不能机械化对待。我们要问，“如”的是哪个“人”？是外在的这一个还是内心的那一个？或者可以说，“文如其身”，比如，杜甫晚年，身体衰弱，他的风格也会有相应的变化。

向征：在洛特雷阿蒙的作品中，互文性是它的一大特点，后人在其文本中看到了诸如，莎士比亚，但丁，雨果等人的文本，而作者本人也在《诗》中强调，“抄袭是必要的，进步导致这样做”，您怎么看？我看到有人对您的《唐》提出了相似的批评，您怎么看？

**伊沙**：在《唐》中，我自己的诗句和唐诗构成“并置”关系。古印度存在着集体创作的诗歌观念，强调调动民族传统，涵盖群体的力量。

《唐》就是利用唐诗的所有精华，应和唐诗的力量。海子也曾提出印度"大诗"观念，但并未动用本民族真正的诗歌力量。认为我的《唐》是"抄袭"的，完全是无知小儿的判断。

向征："你理解的文学和我的文学这两个极端之间，也许存在着无限多的中间状态，它们可以被轻易地继续分割"，《马尔多罗之歌》，您理解的文学，或者是诗歌创作是怎样的，与当下的其他诗人有何不同？您认为"文学永远有来自于它内部的标准，即使有对这种标准的改造和创新，也是带有专业性的"。

**伊沙：**诗歌史的流变与社会、心灵环境的变化是密切相关的。但是诗歌有永远不变的东西，不能粗暴地一概论之。如果说内核之内还有内核，那么最核心的部分是不变的，或者说骨髓是不变的。创新应该是有效的，十之有九的创新会被历史宣布为无效——哗众取宠的创新是无效的，失去核心的创新是无效的。创新让诗歌更纯粹，而非更芜杂，但是可以通过芜杂来实现创新。我国现存的诗歌观念之多不亚于国外的，如我前面所说，这是对历史积压的释放。

向征："它美得像昆虫那两条长长的触角，更像仓促的埋葬，还像修复各种伤残器官的法则，尤其像极易腐臭的液体"，"尤其像一架缝纫机和一把雨伞在解剖台上的偶然相遇！"您如何理解这样的表达？您说过，"真实需要对真实的想象力的"，这样的真实是否可以理解为超现实？

**伊沙：**我认为对于小说而言，虚构是手段，效果要真实。局部的真实未必真实。综合、涵盖了一批人物的典型人物才更具有普遍的人性，这是对于真实的想象力的体现。超现实是从另一个角度逼近真实，是内心的真实，心灵世界的真实。二者殊途同归，是创作的普遍方法。

向征："诗歌应该由所有人一起创作。不是一个人"您对此怎么看？

在您的一篇评论中，您认为当今的诗坛写作是“个人写作”时代，为什么？

**伊沙**：洛特雷阿蒙的这种提法为超现实主义所提倡，首先，这是一种流派意识。超现实主义创作在一定时期内是以实验小组的形式进行的，他们在推进，普及，强化一种流派意识。如我国在20世纪80年代的“今天派”,20世纪90年代的“知识分子”,新世纪的“下半身”等等。我认为，流派是文学发展初级阶段的征候，这种现象应该结束；在大师出现的前兆,一定是个人化写作。

向征：有人写文章题目为《伊沙，别乱咬人》，批评您在诗歌和文学批评中“开骂”，在洛特雷阿蒙的作品《诗》中，他写道“法语杰作全是中学颁奖演说，是经院话语”“不要理睬那些平庸的作家：乔治桑、巴尔扎克、大仲马、缪塞……福楼白、波德莱尔、勒孔特以及科佩。”您如何理解这段文字？

**伊沙**:我是一个很杂的写手。我也在诗中批评同行,批评经典作家。在西方，独立的批判是“知识分子”这个概念的题中应有之义，他们会带有全球意识地去公开去批评一些事物，但是在国内，不是这样的，所谓“知识分子”玩的是“温良恭俭让”的风度（这丝毫不妨碍他们在私底下斗得你死我活）。上述洛特雷阿蒙的言论恰好成为我的观念的佐证，追求新，就要树立要去攻克的对立面。这首先是正在进行时态的作家、诗人释放传统压力的一种方式，其次，也是对传统认识的不断纠偏和修正，在中国看到的却是另一番景象：对传统作家和经典作品意义的过分夸大。我们也缺少这类迷狂的诗人、作家。

（2008年）

# 天才之言

## ——英国《诗报》访谈录

1. 你成为诗人最主要的原因是什么？

**伊沙**：才能！我认为上帝是公正的，对每个人是公平的：在其创造人类的大手笔中，在我们每个人的身上都留下了“天才”的伏笔，所以我们人活一世的第一要务就是要设法找到自身这个“天才”的伏笔所在，我认为自己是比较幸运的：我在少年时代便将它找到了——那便是诗歌。但是，所谓“天才”是需要通过写作实践和周边环境对于你的认知来反复验证的，经过一段时间的验证（在我是五年），我便得偿所愿地成为一名诗人。

2. 作为诗人，你的创作受到那些方面的影响？

**伊沙**:才、学、胆、识、力。“才”指的是先天才华，即所谓“天才”，它所起到的关键作用并不仅仅在于起步阶段，而会贯穿一生；“学”指的学养，扩而大之为一个人全面的修养和素养，你所接受的教育——在中国，自我教育的质量似乎更为关键；“胆”指的是创造的勇气，对写作理想的抱负和野心，没有抱负和野心的写作者是不会有太高的建树的；“识”指的是见识，当然，这种见识不是孤立并且空悬地只针对诗歌艺术，而是面对全部的外在和内在世界，是你的世界观、人生观、艺术观的全部体现；“力”指的是生命力，以及建筑在这个基础之上的创造力，无个性的生命创造不出有生命的艺术，中国的诗人在很久以后才意识到：“生命”与“身体”有关。

3. 中国诗人之中，最值得推荐或介绍的一位是谁？她或他的诗歌有什么特点？

**伊沙：**严力。从年龄段上来说，他是北岛、杨炼同一代的中国诗人，但他却是被严重忽略的一位优秀诗人，不论在中国国内还是国际诗坛上，似乎都是如此。请读他的一首在中国非常有名的“代表作”。

还给我

请还给我那扇没有装过锁的门
哪怕没有房间也请还给我
还给我
请还给我早上叫醒我的那只雄鸡
哪怕被你吃掉了也请把骨头还给我
请还给我半山坡上的那曲牧歌
哪怕已经被你录在了磁带上
也请把笛子还给我
还给我
请还给我　我与我兄弟姐妹的关系
哪怕只有半年也请还给我
请还给我爱的空间
哪怕已经被你污染了
也请把环保的权利还给我

请还给我整个地球
哪怕已经被你分割成
一千个国家
一亿个村庄
也请你还给我

1986.

## Give It Back to Me

John Chow

Please give me back the door without a lock
even without a room still I want it back please!
Please give me back the rooster that awakens me
in the morning
even if you have finished eating it still I want the
bones back please!
Please give me back the shepherd's song
from the side of the hill
even if it is on tape still I want it
back please!
Please give me back a relationship to my
brothers and sisters
even if it lasts no more than a year, still I want it

back please!
Please give me back the space of love
even if you’ve worn it out, still I want it
back please!
Please give me back the whole of the globe
even divided into thousands of nations
hundreds of thousands of villages
still I want it back please!

严力的诗歌在我看来有着这样的特点：一、充满现实质感的超现实性（有人认为《还给我》写的是“文革”，也有人认为它写的是“环保”）。二、意象精准富于张力（“那扇没有装过锁的门”等等）。三、富含智性和幽默感（这是中国诗歌奇缺的品质）。四、他对中国诗歌后来发展和演变具有启示性（对我就产生过深刻的影响）。

4. 你最喜欢看哪些外国诗人的作品？

**伊沙：**我喜欢的外国诗人不少，这需要开一个长长的名单。但如果说到“最”，我想说三个人：美国诗人艾伦·金斯堡、美国诗人查尔斯·布考斯基、英国诗人威廉·布莱克。金斯堡是在我青年时代对我产生过重要影响的一位诗人，他在精神上对我所产生的影响似乎更大一些，他是我的“精神导师”之一。布考斯基则影响到具体的诗歌写作，他的气质让我迷恋，这是一个“秘密”，布考斯基通过对我的影响进而影响了当前一批以“先锋”为己任的中国青年诗人的写作。我对布莱克的关注始于金斯堡，金斯堡说他是惠特曼和布莱克的混合体（这等于是在说布莱克是他的两位导师之一），相对于高亢的惠特曼，我更迷恋神秘的布莱克——这种难以言传的神秘感不光影响了金斯堡，也影响到我的写作，迄今无人发现这一点。由于我在本届诗歌节的“细读”节目中要为观众介绍威廉·布莱克的名作《天真的预示》，在此就先不啰唆了。

5. 请你介绍一下中国的诗歌现状。有什么好处？缺点？

**伊沙：**从“文革”中的“地下诗歌”开始（具体而言是从食指一个人的写作开始），中国的大陆地区有了世界通行意义上的现代诗写作，值得庆幸的是：从那时开始，再未中断，持续至今，并且逐渐形成了自身的一个小传统。它的“好处”在于：这个小传统，是背靠着中国古典诗歌的大传统，中国人的智力类型是适合于写诗的（就像中国人擅长打乒乓球一样），适合在狭小的物质空间里表现广阔的精神内涵，再加上人多势众，人多必有“天才”出，藏龙卧虎，再加上特有的尖锐与复杂，都在刺激着诗歌的力量滋生。它的“缺点”在于：人类的诗歌毕竟是在不断向前发展中的，我们的传统有时便成了我们前行的包袱，还有便是这未经梳理糟粕的文化传统对于人的戕害——具体说来，便是对于诗人的戕害，比如说：“学而优则仕”——诗写好能当官，如此一来，你便看不到写作一生的中国诗人。在中国，有些著名的老诗人经常在诗歌会议上抛头露面，台下的人都知道：他（她）已经二十年没写诗了——但也视之为正常现象。这种戕害的可怕在于：它通过废掉你这个人从而废掉你的写作，人废掉了，写也无用。

6. 请你讨论一下创造诗歌的具体过程。你偶尔写诗？常常写诗？经常写？

**伊沙：**平时，在我伸手可及的地方都备有那么一个笔记本，我称之为“写诗本”，灵感来时——准确地说：是一首诗的构思成熟时，我会将本子抓过来写，快慢不拘，从容写就。等到每月月底，我再将本月所写之诗，逐字逐句地敲到电脑上——这需要几天时间，也是一个精心修改的过程，然后就定稿了。除有错漏之处，以后不再修改。我是反对修改旧作的诗人，我怕自己所有的诗都像是产生在同一年。

7. 你最欣赏的一行或一句诗是什么？

**伊沙：**想一想，有不少。但最先跳进我脑海中的是苏联诗人曼杰斯塔姆的“黄金在天上舞蹈 / 命令我歌唱”。因为我最新的一部长篇小说《黄金在天上》即将在中国出版了，我用这两行诗做了该书的扉页题字，书名也脱胎于此。

8. 请你把以下的一个句子填写好：“诗歌能够……”

**伊沙：**诗歌能够让我活得像个人！

（2008 年）

# 是我的诗让我站在了浪尖上

## ——张后“访谈诗人中国”系列之一

张后：伊沙你好，其实早在 2004 年左右我就和你有过联系，那时我曾在《赶路诗刊》当副主编和操盘手，在邮件里约过你的稿子，估计你可能忘掉了？约你稿子的人海内外是不是太多了？有偿的多？还是像我这样什么报酬都不给，还可以无耻地揩你的名声的多？

**伊沙**：张后你好！我记得你和我联系过，但确实忘记是为什么事儿了，原来是为《赶路诗刊》约稿啊——正好，你这一发问，倒是先回答了我最近的一个疑问：就是我跟《赶路》是怎么结缘的？我原来的印象中是 2007 年的“收购行动”，《赶路》把我的长诗《灵魂出窍》给“收购”了。后来在网上“百度”别的资料时，无意中发现是在 2005 年总第二期上就有一次较大篇幅的展示，是跟李亚伟排在同一个栏目里——这就是你约的吧？现在搞清楚了真好！因为我在佛山开会期间听到一个朋友说：“诗江湖”这拨人都是由一位 80 后诗人“摆渡”到《赶路》那边去的——我听了以后从情感上不愿意接受，说实话我不想欠这个 80 后诗人任何东西（尽管我认为他欠了我），而且冥冥之中有种直觉：他会“摆渡”别的“诗江湖”但不会“摆渡”我——诗人的直觉啊！真他妈太厉害了！尤其是像我这种诗人中的诗人，诗人兼小说家！现在好了，我得到了一个我特别乐意接受的答案，否则日后报错了恩被人笑作“自作多情的傻逼”就不好了。

对于我的健忘，我想请你原谅！至于忘记的原因，我想肯定不是因为约稿太多，反而是约稿太少，再加上心态的变化——网络时代以后，我对纸媒发表的重视度每况愈下，也不主动投稿，每到月底上网将新诗一贴了事，有少量约稿都会欣然给诗。有无报酬更是无所谓，事实上，在我脑子里从未建立起“诗稿酬”这个概念，我记得有两次我在网上公开声明过：我所有诗歌的版权公有，意思是：想发就发，想转则转，有酬当然好，无酬也可拿走——我自认为：我这么做，是聪明人的选择，识时务者为俊杰，呵呵！张后，如果我有“名声”可以让你“揩”——那是我莫大的荣幸！事实上，我老婆从中都揩不出个二两油，浪得一个空名而已！前天晚上，与秦巴子、姚鸿文等几个本城朋友喝酒的时候还聊到这个问题，掐指一算，发现某几个故人都是将名声（或曰“文学成就”）转化为物质回报的超级大人精，把自己那点可怜的名儿都榨干了还在那儿拼命榨，把自己的“文学成就”存在银行里，从来不追加增存，利息吃光了就通过提高利率继续吃——在座者公认：在这方面我堪称“大白痴”一个——不过，我自己感觉：是个挺幸福的“大白痴”，我心不在此啊！因为心纯，更因为心大。等我老到写不动的时候，再算这些小账吧——肯定也不会！

张后：你现在每天出门是不是都很危险，你太有名了，想要暗算你猎取你人头的江湖儿女肯定层出不穷，他们每天盯着你就跟杀手盯着肯尼迪、里根一样？该下手就下手，好像打你一拳踢你一脚他们就会在诗歌史上留一笔，就可以成名于千古了？其实这点我早在意料之中的，因为我亲眼见过，只是那一次并没有人得手，你知道为什么吗？你还记得我在哪里第一次见到你吗？你肯定不记得，因为我没有和你说话，我只是一边暗暗观察你来着，呵呵，告诉你是在 2005 年的大连，你和杨黎、徐江、小安、梁小斌等等一群人雅集海边，据说那次就有一伙人企图拿你的人头，后来一见面看你太壮实了，像一条大鲨鱼，站在那里真是威风八面，连背影都很慑人，就没人敢动了，呵呵，可这次不一样，我听说你瘦身了，不那么恐惧了，所以在佛山诗会上有人就对你蠢蠢欲动了，但我知道这些举动都十分可笑，难道真的把你伊沙杀了，他们就可以名载史册了吗？简直幼稚得很？恐怕想打倒你的人，没有一个超过你呢？无论从水准哪怕从字数上？

**伊沙**：是啊！我经常两三天不下楼（我自知这种生活方式很不健康），出门下楼两件事：在去超市采购的途中散步——这是最有安全感的，街上没人认识我；去学校给学生上课——这没有安全感，不过，叫我老婆觉得：她总担心某女生会爱上我，已经重点注意过一些人选。真正危险的当然是出去开诗会了。你说 2005 年的大连你在场？那你可隐藏得够深的！你说得对：那次一到大连我就感觉气氛不对——这个不对的气氛来自于当地诗人，都在那里绷着，一副宁死不屈的架势（好像我要强奸他们），跟这次佛山晚宴开始前的氛围特别像。大连那次是吃饭没咋的，会上无发作，等我回了家，网上骂开了，有一个叫“大路朝天”的垃圾派，噢，原来是那时九十五公斤的吨位起了点作用——你别说还真是的：我发现我减肥前出席这类会，基本上没有找茬的，一减肥，每回有——有的我都忘了，是沈浩波提醒的我：说 2006 年武汉那次，那个谁谁谁不是要跟你过不去吗？说的我真是有点后怕，这个谁谁谁是个体重两百一身高一米八的大汉，真要打起来，被踹到七、八米外墙角下的不就真成我了吗？当然，那也不一定，打小巷战打群架的时候我就懂得这样的常识：打架不是比个子。这个谁谁谁是在会上向我“发难”的——不过，人家讲得很学术：现在中国诗坛有一半人都在写“江湖体”，所谓“江湖体”就是“伊沙体”，然后明确告诉大家：我不喜欢伊沙的诗，结果又给大家全文一字不落地背诵了一首我的诗（我还清楚地记得是《十万个为什么之一》），我在当晚武大的朗诵会后还公然嘲笑了他的朗诵——但也没怎么嘛，因为双方都不过分。在佛山时那孩子真是太他妈过分了！说实话，只有借他十个胆子他才敢这样，但偏偏他就借着了。我想：按照由他领衔的那个“小四小人帮”的计划（咱不说是“阴谋”），本来是准备到研讨会上去“文斗”的，他们知道会来一些记者，可以炒成新闻，但是酒壮怂人胆，情绪过早失控……这个莫名其妙的情绪是颇值得玩味的，对我有情绪的主儿人数之多堪称诗坛之最，但是千万别理解成我爱骂人树敌颇多什么的，恰恰是网上吵过的，见面倒没什么甚至于很亲热，在佛山来了个寿州樊子就是这样。这是一种相当复杂的情绪，我也把它说不清楚，他们自己也不能完全说清吧？这些打着小算盘玩诗外功夫的，就别提什么“水准”别想什么“超过”了吧！你提到了“字数”——这又得让多少人恨死我！我一部长篇小说是普通长篇字数的两倍。

张后：有个“小损样”的诗人，真够阴损的，他在2005年10月21日这一天，曾在“天涯”论坛上贴了一首诗，题目是《致伊沙》，我不知道你读过没有，我是这两天寻访你的相关资料搜索到的，“小损样”的小损诗，是这样写的：

乌鸦相信叫了一千次
一定会变成喜鹊

癞蛤蟆认为只要诅咒上帝是白痴

天鹅就会乞求做他的二奶

他妈的伊沙掏出被梅毒爱得发狂的小鸡鸡
向世人吹嘘比长城还长，比神六更威风

这个烂崽在黄河尿了一泡尿
让马桶似的中国诗坛骚了三秒钟

我认为写这首诗的才是白痴，即使这个小白痴虽然写诗骂了你，但他也不得不承认伊沙就是随便尿了泡尿，也让中国诗坛所有“小损样”的诗人发了羊角风，而且看看“诗江湖”论坛，又有多少“小损样”整天在你的贴下发癔症呢？简直狂犬吠日？

**伊沙**：去年还是前年，有个朋友提醒我，别人致我的诗够出一本诗集了，我说那还得是挺厚的一本诗集，很快我发现：还有骂我的诗呢——能出更厚的一本！这个现象大概也在中国的诗歌史上绝无仅有！我受用了！谢谢所有写到我的诗作者，不论是赞扬还是诅咒。这一首我是初次读到，也就是个“小损样”，“七分裤跑偏了”，连“阴损”都算不上，如此之“诗”非但气不着我，反倒容易让我读来洋洋得意：“小损样”不光用了《车过黄河》一个典，“梅毒”也是一个典，出自《梅花：一首失败的抒情诗》，还有这种“双行体”的形式，也是我老爱用并且在现代汉诗中有所推动和发展的，用“伊沙体”、“伊沙典”来骂伊沙……你说我读了这样的“小损样”能不得意吗？而真正的“阴损”大概都不适合用诗歌来表现：我记得我去荷兰出席鹿特丹国际诗歌节前夕，一个叫“他爱”的人在“诗江湖”论坛发帖咒我坐的飞机掉下来，像徐志摩那样；佛山打架事件发生后，一个叫“金轲”的人咒我迟早横死街头……跟这些疯狂的咒语相比，这首诗算什么？我大概算中国诗人中被骂最多的一个，已经习惯了，但也还是对这种只有真正的仇恨才能产生的变态的疯狂感到震惊！这两人我都没见过！

张后：实际上我对你认知的相对别人来说，可能比较晚，我一向后知后觉的，我是2002年左右从对历史的研究中抬起头时，才在一个朋友处有幸看到几本你主编的《文友》，中国竟有这样一本耳目一新的杂志？我真遗憾没能看到所有你编的这本杂志，以至这本杂志封了之后，成了我一生的一个遗珠之憾，现在我知道这不是我一个人的遗珠之憾，是中国文化枢纽中的一个遗珠之憾？

**伊沙：**我在长篇小说《狂欢》中写得很真实：《文友》是被它自己的老板用一场阴谋玩死的，两年之中从16万的发行量玩到了2万，然后以此为名正言顺的理由得到上面的批准改刊为《男友》（一本从始至终完全亏损现已不存在的杂志）。一个16万发行量的以文学为核心的具有先锋意识的杂志在这个时代本该被当作宝贝来倍加疼爱的，却落得被他爹用变性手术杀死的悲惨下场！最遗憾的是：我和我当年的同事们在实践中从市场上摸索出的一整套行之有效的办刊经验，竟然无人沿用和继承，《文友》之后，中国再没有一本《文友》式的刊物。我在佛山还对《汉诗》主编张执浩说呢：真正有价值的东西，都不会有始无终，所以要抓住机会啊！整整3年，36期杂志，浸透了我和同事们的心血，期期都有好诗歌、好文章、好策划，影响过一代青年的成长（哺育了多少70.80后诗人），也参与了中国的文明进程（新世纪网上的多少东西都能在《文友》那里找到“先声”），这就够了！从我自己来说，这也未尝不是一个好的结局，一场及时雨。在《文友》兼职的3年里，我的诗歌写作是有史以来产量最低的，我的中短篇小说的写作也被迫中断了。解脱之后，我才赢得了短诗产量最大的一个时期，并且写了巨型长诗《唐》，随后又进入了长篇小说的写作阶段。在“好主编”与“好诗人、好作家”之间作何选择？这还用问吗？鲁迅做翻译，我认为都是在浪费时间！何况编刊呢。

张后：你们那场著名的“盘峰论争”结束了，我十分惊骇，近10年我没有写诗，如今诗坛竟是这样多云变幻？五彩纷呈？各领风骚三五天，但你始终站在浪尖上，10年后，你愿意再回顾一下那次峰会吗？因为那次论争对于跨世纪的中国诗歌和跨过世纪的诗歌中国仍太有指导意义了，以致后来的所有诗会全成儿戏？以致后来的所有诗会全都失色黯然？以致后来的所有诗会皆都附庸风雅？

**伊沙**：我没有什么不愿意回顾的，前阵儿我还在网上说呢：真希望有一天在网上突然读到一个“盘峰会议”的全程录音整理稿，那才有意思呢，让大家看看一个原生态的“盘峰”！对方中有人不是说我的那篇扫描文章不真实吗？那就可以看看到底真实不真实了。我眼中的“盘峰”是这么来的：我认为“知识分子写作”是20世纪90年代唯一成立的诗歌流派，“知识分子诗人”始终很自觉地进行着他们的理论建设和诗歌批评，他们的这种所谓的“学术文章”一般是发表在纯文学或学术性的刊物上（我曾讥之为“学术炒作”），他们每个人都很喜欢在写文章时拉出一份当代重要诗人名单，而这个名单就像事先统一拟好的一样，翻来覆去就是他们几个。在整个20世纪90年代，他们写文章、编诗集、拉名单，也没人说他们不是。但是到了20世纪90年代后半段，他们的胆子越来越大了，首当其冲的是程光炜编选的《岁月的遗照》——这本书标明是“90年代诗选”。我记得书还没上市，当时影响巨大的《北京青年报》就发了一条新闻，说：一本“90年代诗选”，竟没有选伊沙的诗——我读到这条消息，心中蹿起了火苗！当时尚在北师大读书的沈浩波写出了第一篇批评文章《谁在拿

90 年代开澜》，接着徐江、沈奇、于坚也在其各自的文章中批评了该书的做法并涉及“知识分子写作”，这些都发生在“盘峰会议”的前夕，构成了“盘峰论争”的导火索。我记得在从西安去北京开会的火车上，我和沈奇曾预想过这个会，都认为程光炜本人一定会做出反击，我还对在文章中为我说了公道话的沈奇说：“他要跳出来骂你，我是不会坐视不管的！”。我们的预想还是太幼稚了一点，一到会上便发现：我们遭遇的是一个铁板一块的整体。而所谓“民间”，是主持人吴思敬临时指认的，他说：“另一方搞的《1998 年中国新诗年鉴》上既然有这么一行字：在艺术上，我们秉承永恒的民间立场，那么就把你们叫作‘民间写作’吧”。从当时参与争论的主要几个与会者可以分析他们代表的是什么人：怕出路费（该会路费自理）不愿参加硬被我们忽悠去的于坚代表的是 90 年代被热热闹闹的“知识分子”搞得失去了风头的“第三代”，我、徐江、侯马代表的是从 90 年代成长起来的真正的生力军，沈浩波作为一名在校的大学生，是没有资格参加这种规格的会议的，但我认为他也很有代表性，代表着潜伏在黑暗之中的“70 后诗人”。会议组织者是真希望双方争，双方火气是真大，吵得很真实，争什么呢？谁来代表 90 年代诗歌？为什么要争 90 年代呢？它是 20 世纪的高峰！会上吵完了，几家媒体又辟出了专版，于是转入笔争，双方都有一些未与会者通过文章加入进来，甚至于那年过去了，大家还在各自的文章中耿耿于怀地说起它，后来新世纪诗歌发展的格局、流向，又无不受其影响……你对比着想想，其他会与之相比欠缺的因素是不是就太多了？还有一个很重要的时代背景的因素：那是在网络时代到来之前，大家无处释放，有很多情绪、异见都是憋着的，到了现场就全都释放了出来，有点“仇人相见分外眼红”的意思。网络时代要想重现“盘峰论争”，那可太难了，我发现连网络初期那种网上的大规模论争（譬如“沈韩之争”）都已经很少发生了。你说我“始终站在浪尖上”，我想强调的一点是：是我的诗让我站在了浪尖上！整天大睁着眼睛抓机会的机会主义者多了去了，没有机会制造机会也要上，没用！

张后：中国文化从根本上说就是一种政治文化，黄河在中国人的眼里极具象征意义，她是一条母亲河，所以你的《车过黄河》一出来，世人皆为之震惊，啊，黄河还可以这样来写？这不是亵渎我们伟大祖国吗？

其实完全不必如此大惊小怪小题大做，黄河只是一条河流而已，为什么一定要赋予她某种不必要的象征符号呢？问题是我现在要问，截至目前，这首广为流传的诗歌有多少国家级别的刊物进行了刊载？也就是所谓的官方，都有些什么样的评论？为什么我要这样问呢？我想从中是不是可以看出一个开明的国家对文化的一种态度和认可程度？还有的就是一种民族情感的承受力到底有多大？

**伊沙**：先容我感慨一番吧：1988 年 11 月的一天傍晚，当我在北师大中北楼 405 室（我女朋友的宿舍）的桌子上，在自己的诗本上一口气写下此诗的时候，我实在想不到它会令我成名并在日后产生如此之大绵延不绝的影响！它发表得很顺利，第二年（1989 年）初就由中岛（对我来说伟大的编辑）拿到哈尔滨作协内部发行的报纸《文学潮声》上发表了，但迄今为止，尚未有任何一家正式出版的国家级文学报刊、诗刊发表或转载过它，它极高的转载率都是来自民刊、书籍以及后来的网络。我的所谓“三大名作”各有其命：《饿死诗人》曾被《诗刊》发表过，90 年代初《诗刊》发行量还是相当可观的，所以它有点一夜成名天下知的意思。《结结巴巴》也曾被《人民文学》发表过，它是最能引起评论家兴趣的，被评得最多。《车过黄河》则完全不同，像个后娘生的，我曾用崔健上不了中央台也照样成大名来形容它的命运，它真的是很耐磨。不知你注意到了没有？网络时代开始以后，网络阅读对新诗名作来了一次残酷的清牌，多少诗歌史意义上的所谓“经典名作”在网上真是徒有其名，有几个人知道它？我感到特别庆幸的是：我的“三大名作”经受住了考验，此消彼长，它们在网络时代里变得更有名了，三者相较，《车过黄河》后来居上，更为突出。在此我想澄清一个机械解构主义加别有用心者炮制出来的伪问题：《车过黄河》的写作没有受过韩东《有关大雁塔》的一丝一毫的影响，我初读韩东的诗是在1986年《新诗潮诗集》上，我一直不喜欢他的这首《有关大雁塔》，觉得很观念，很图解，是在说明什么，属于解构手法比较笨、不巧妙的，我喜欢的是他的《我们的朋友》《你见过大海》等诗（注意看：我的三大选本都是这么选的，既无“阴谋”且很严肃）。如果要说影响，我在思想意识上受的是当年热播的《河殇》这部电视专题片的影响——但是这种影响决定不了这首诗或者我的诗，它必须有一个真实的灵感——这个灵感发生在这年夏天暑假快要结束的时候，我借返校之机带着两位中学同学去北京玩，上车前在火车站附近的餐厅大吃一顿吃坏了肚子，上车后三人轮番抢厕所，灵感便来了——是大便带来了小便的灵感！那个灵感便种到了我心里，到了冬天破土而出！回答你的问题：一方面官方文学刊物的“保守”令我吃惊，另一方面，大、中学生教材、教辅类读物的“开明”同样超出了我的预料，2008年有几个“改革三十年”的评选或推选，《车过黄河》独揽了几项荣誉，也唤起了作者本人对它的重视——说老实话：我一直对它重视不够——我把它仔细重读了一遍，觉得一切的获得绝非偶然，天上是不会随便掉馅饼的！

张后：近年来你多次远赴国外，参加国际社会的诗歌活动，我想知道为什么是你而不是别人在参加国际诗会活动这件看似稀松平常的事情上竟引起这么大的骚动？我就弄不明白为什么有那么多的人攻击你呢？其实许多人没有看懂一件事情，那就是在攻击你队伍中的人越多，中国写诗的人就越来越多了？这有可能是一件功德无量的事呢？伊沙你成功地使许多本来陷进网络游戏和沉湎于打麻将赌博的人从而丢掉恶习，转而从事诗歌作业？你锻炼了他们明辨是非的能力，也锻炼了他们的口才、想象力，还有打字能力，哈哈，使中国网民以倍数增长？而且增进了社会和谐，终究使中国文化得到根本化的普及？

**伊沙**：在我看来，主客观的因素都有，我每次都高调出征、光荣凯旋，不像别的出国者，跟个灰溜溜的偷渡客似的（他们的诗也出不了风头），在中国如此的高调（我向年轻人学了个新词叫“拉风”）自然遭人妒恨。客观来讲，我又率先打破了一些“貌似正常的次序”，中国诗人在国际上露脸，是有其内在次序的：中国刚开放时在西方社会引发的中国热，让《今天》派诗人（集中在几大代表）获得了机会，这个机会后延至跟《今天》派写得比较像（在诗的写法上）的“知识分子”身上，“口语诗人”不在这个次序之中，在我之前，也就于坚有点机会；另一个因素是年龄与辈分，按照他们“论资排辈”的想法，似乎还不该轮到我，我似乎得到了我不该得到的东西（那就是偷来的！），“貌似正常的次序”被打破了，自会有人要来找你麻烦。还有一点：我得到任何荣誉性的东西（包括国内的）似乎都更有非议的响动，一部分人的逻辑是与诗有关的，他们觉得你那个诗是邪门外路不正派嘛，或者干脆认为不是诗，凭什么获得？我打破的是他们内心的秩序，岂能不恼火？甚至从此开始怀疑诗歌？沈奇说我已经影响了两代诗人（70后、80后），我说不，是三代诗人，还有60后——我同年龄段的那代人。第一拨受我影响地出现在 90 年代初，我发现有些人，原来写的是“海子体”（那个年代诗歌界内部最普及的诗体，外部则是“汪国真体”），怎么忽然就改作“伊沙体”了，其中以 60 后为主，还有个别 50 后和老 70 后——我可以将其戏称为“我的儿子辈”（没有不尊重的意思），这些人有的现在还在，成了“垃圾派”、“垃圾运动”、“低诗歌”里的老前辈，这些人在网上骂我，我这个年富力强的爹的是什么感觉？这些人在年轻人面前装爷，我这个真正的爷是什么感觉？有些人看不明白我为什么在网上对他们这么粗暴，原因就在这里——说起原因，他们也会有自己的逻辑和委屈：你伊沙既然支持过“下半身”，为什么不可以支持我们，我们还是你的“长子”呢！结果是：我不但被“长子”骂，我还被“孙子”、“重孙”骂，有些人说了：我没有受你影响，我受的是“下半身”的影响——那你不就是我的“孙子”嘛！还有：你既没受我影响又没受“下半身”影响，你受到的是整个诗坛“后口语”的风气影响，你不就是我的“重孙”嘛！我明明是子孙满堂、四世同堂，但却落得四面楚歌、骂声不绝的下场——这个现象真是独一无二！真要把我逼成圣人啊！我早已说过：我将一些语文不过关的人带成了诗人——不是我，是“伊沙体”，因为它最成体，最有表现力，最能够表现你的生命所亲历的任何一种真实的诗意。谁都知道捡最顺手的武器来使，哪怕是武功很差甚至于没有武功的人。我有一个“狂想”：用一生的时间，让“伊沙体”具有古诗体“四言”、“五言”、“七言”那样的自足性，叫天下有话要说之人见了此体就想写诗，用了此体就能写出他们心里想说的话。

张后：玩笑话一过，我们重归正传，我知道你是跨文体写作者，小说、诗歌、随笔、评论全来，我想知道你每天在网有多长时间？有没有可能雇枪手助你斡旋和反击那些对你不利的网民，我在这里的说的网民实际是指那些在网上见你名字就攻击你的诗歌习练者，我坚决不称他们为诗人，要不你哪有这么多时间可浪费啊？网上很消耗时间和体力的，那你写作这块是如何分配的？你已经著作等身，前面还有什么目标和方向？

**伊沙**：是的，成为现代汉语文学最伟大的诗人和全天候作家是我矢志不移的理想和目标，为此我会将此一生全都搭进去！我每天上网的时间没有统计过，自己感觉是随时上网，随时下网，譬如：我每天写作前会到网上去溜一圈，借网进入写作氛围，然后下网，开写；中间休息，还会上网，放松一下。写作之外，还有上网时间，纯粹是休息、娱乐。雇什么枪手啊？我自己足以对付，再说对付他们又不是工作，玩玩罢了。我每天的写作安排可以在此公开：在学校无课的日子里，上午十点前起床，专心修改头天写的小说文字；吃午饭、睡午觉，三四点起床，推进1000—1500字的小说，如有时间，就出去散步（不吃晚饭）。晚间，看电视、上网、写诗（有时还有其他文字）、读书交叉进行，凌晨两三点睡觉。学校有课，不写小说。如此日复一日，我这个人定力强得可怕，一旦形成规律，完全雷打不动，并且身在其中很享受。

我喜欢“著作等身”这个词——它在我做文学少年的时代就像种子一样种到我心里去了，但是现在，我还远远没有达到，也就“著作等腰”吧，实现这个词，在我是必需的，但也不会忘记一点：不能一味贪多求全，每本要有很高的质量，并且还要有拳头产品。目前的内在格局是符合我理想的：以长篇小说和诗集为主打。

张后：在中国诗歌界拆台涂污泥的人比比皆是，建树的人却少之又少，我读过《十诗人批判书》，你在其中一篇文中坦言给食指送奖是你炒作史的得意之笔。我看到你写道：坏人们在这件好事面前，有屁只能在裤裆里放。我就乐了，这种话只有你伊沙敢说，太大快人心了，这年头这拨坏人简直像不死的老鼠一批又一批，满网络流窜，我真是深恶痛绝。我窃以为在这战国时代，敢怒敢言的真君子真就是不多，全是化了名穿着马甲的鼠辈，我钦佩你骂人从不化名的勇气，“直发上冲冠，壮气横三秋”，如果我此番访谈你将来会有人骂我拍你马屁奉迎你的话，我会说句小品里面的话来回敬他们：“我八辈祖宗也记得你，我做鬼也不放过你？”

**伊沙：**什么叫炒作？都这年头了，一说炒作像多恶心似的。1998年，我在《文友》兼职，夏天去延安开策划会，给食指送奖的方案已经装在脑子里了，在老板心情好的时候给他那么一提，没想到他很痛快地答应了，还说回西安后，你立刻飞北京。我坚持要让获奖者本人拿到实数的一万元（税款另交），老板也同意了。从延安回到西安后，我在杂志社财务室领了一万元现金和其他的出差费用，乘坐第二天的飞机就去了北京。对于《文友》来说，这样的策划是经常要搞的，能够引发炒作也是其目的。那我干吗不玩得高级一点更有价值一点呢？我创设这个奖，并且将首届奖颁发给食指，没什么评委，就我一人说了算。当时我也有些针对性的：有一项叫作“刘丽安诗歌奖”的民间奖已经颁发了三届了，我记得它头一届颁发的时候，说明是要颁给没有工作生活比较困难的诗人，连颁三届，总共30个人获奖（用我当时的话说“什么阿猫阿狗都获奖了”），每人一万元，其中没有当时长住精神病院的“一代先驱”食指先生。中国的诗歌界已经把这位先驱者忘记了，《文友》的奖是在这个时候颁给他的，我可以肯定地说：他后来得的奖（比如人民文学出版社给的奖），都是受到了《文友》奖提示和启发！后来有一次，我在哪个地方读到食指最新的文学年表，其他奖都列进去了，唯独不列《文友》奖，我心中黯然了一下，心想:老郭呀，你最该列的奖你不列,《文友》奖可比什么“人民文学奖”牛B多了！因为那是伊沙颁给你的。去年，他在夫人的陪同下到西安来参加一项诗歌活动，他向主办方提出想见我，搞得人家比较尴尬，在并未邀请我的情况下又不得不打个电话给我，冲食指我就去了，相聚甚欢，感觉老郭没变。一个月之后，我们又在北师大与美国俄克拉荷马大学联办的一个大型的国际学术研讨会上见了面，特别高兴！到了这时，我可以肯定地说：食指没有忘记《文友》文学奖，是代他写年表的人有意拿掉的——这也证明了我当年的敏感绝不多余：你不是好人吗？我不是坏人吗？我做好事做善事你总不能还要骂我吧？这个堵可添大了！

老实说：我骂人基本不化名，但也不是百分百，偶尔也化名的：那是当我发现对方以化名为乐时，我就跟他玩一玩“游击战”。

张后：说到你的代表作，时下人们都将你的《车过黄河》《结结巴巴》《饿死诗人》当成你的最高成就似的，其实我觉得这是历史的误读，我说一句不恭敬的话，这三首其实是小儿科，你在《杀死三个孩子》这篇文章也坦露了自己的质疑,但在我没读你的《唐》之前，我如上的话我是不敢说出口的，在我认真阅读你的《唐》，说实话，我被震住了，我感叹，伊沙所有的才华全部凝结在这部长诗当中了，五百年也未必有一人超过此作？诚如于坚在《话说伊沙》中说道:“否定伊沙这样的诗人容易，并且可以由此获得‘诗歌正确’和道德的优越感，甚至可以拉近你和‘海子’这样的诗人的距离，但是，要肯定他却需要勇气和创造力，伊沙的诗不仅是对体制化诗歌美学的挑战，也是对正人君子的道德感和意义系统的挑战……”

不说别人超越不了，就伊沙你自己所有的作品都为之黯然失色，你自己如何评价你的《唐》？

**伊沙**：在当代，一个诗人被公认的“名作”肯定不等于他的最高成就，“代表作”也要看由谁来认证。譬如：北岛的《回答》在他的诗作中属于中下的，舒婷的《致橡树》也是，还有顾城的《一代人》。相较而言,我摊上这“老三篇”还算幸运的。你觉得它们“小儿科”吗?那我可有一比了：我不全说，但如果《结结巴巴》属于“小儿科”的话，那不就把整个现代汉诗逼进了“产房”？所谓“名作”就意味着一定范围内的流行，而流行是不由自己掌握的，我只能接受这个事实，不能太当回事：以此作为标准来做自我复制，但也不能不当回事——真有不当回事的人吗？装的吧？我会总结其中的规律，起码做到心中有数。有一次（好像不止一次）在安琪的文章中读到：伊沙的“三板斧”云云，让我很不高兴！我可以接受“老三篇”之说，但我接受不了“三板斧”（除非她不懂“三板斧”的意思而用词不当），想说：你们还是先有了这“三板斧”再来跟我论长道短吧，安琪专注的“中间代”，除了我谁有此“三板斧”？其他人全加起来也凑不出这“三板斧”！说句心里话:我深爱我的“三板斧”，它们四处砍杀，战功赫赫，为我博取俗名。你读到的那篇文章（应该叫作《伊沙：扒了皮你就能认清我》），不要全当真，那是来自张小波为《十诗人批判书》所做的策划：就是定好了要来一个自我批判的，唯一的人选是伊沙。可以这么说：我是不喜名作爱大作。《唐》当然是伟大的，盖因伟大，所以我觉得围绕它的种种评说都显得太过轻巧，包括我本人对它的认识。2007 年写出《灵魂出窍》——那是命运让我占了个小便宜让我啃了啃死亡这块硬骨头！太有难度了！我以为它超过了《唐》，后来我不再这么说了；2008 年写出《蓝灯》，我觉得自己已经站在了世界和人类的高度上来思考问题,我以为自己写出了一部新世纪汉语的《荒原》，但还是没有把握与《唐》相比。我忽然茅塞顿开恍然大悟了：再先进的驱逐舰也是无法与航母相比的,《唐》即航母。在《唐》面前，我没有说话的欲望，从它诞生之日起一直都是如此（请注意：我从未写过关于它的创作谈）——此时此刻，还是让我继续尊重这种神秘的感觉吧，到此打住，不再多提，既然它有五百年的寿命，就由着它慢慢地兀自生长去吧。

张后：不知什么人学问大如牛，竟将诗歌化分成口语诗歌和抒情诗歌两个部分，看来好事与无聊者多矣，你几次参加国际诗会，他们如何化分诗歌？我意思是说，按国际惯例咋个分法？其实我这话问的也有毛病，诗歌就是诗歌，干吗非要化分呢？我被那些伪知道分子搞晕头了，伊沙你就在此给个说法吧？怨不成哪天谁非得整出来个方言诗歌，普通话诗歌不可？另外，马上就到海子辞世二十周年祭了，很多人在为此忙纪念的事情，如果按以上的分法，海子是抒情诗阵营的代表人物，你是口语诗歌阵营的代表人物，你想对他说点什么吗？

**伊沙：**这没办法。从浪漫主义抒情诗到现代主义意象诗再到后现代主义口语诗，西方人走过了几百年的路，台湾人从 20 世纪 50 年代开始走后两个步骤，大陆人从 20 世纪 70 年代才开始走，用几十年的时间走人家上百年甚至几百年的路，所以你会在一个时间段看到这几种诗型并存的“奇观”，没什么可大惊小怪的，这就是我们的现实。从国际上来说，我感觉现代主义意象诗与后现代主义口语诗还是并行存在的，只是写意象诗的一般都是老诗人，写口语诗的一般都是中年以下的，当然还有二者杂糅的风格（“第三条道路”？呵呵！）。浪漫主义抒情诗几乎已经绝迹，我想大家都会觉得：它很老土、已过时，这没什么可论证的——我记得在 2002 年瑞典奈舍国际诗歌节上，有个柬埔寨的老女诗人朗诵的就是这种过时的老土的浪漫主义抒情诗，把大家听得那个烦，我想那个国家的诗歌大概还处于现代主义以前吧——由此我就要说到海子，怎么说他呢？我觉得他是个现代主义意象诗与浪漫主义抒情诗的杂交体，他是法律系毕业的，没有系统学过中外文学史，他对诗歌的发展进程很糊涂，所以，他以为自己可以成为但丁、荷尔德琳那种诗人，最次也能成为拜伦、雪莱那种诗人，而将庞德、艾略特视作小人物——这种狂妄是因为无知。庞德也梦成为但丁，但人家已经知道不能正着来而要反着来不能顺着来而要逆着来。如果我从最终的生命结果来看海子，我就会变得更宽容一点：他只活了 25 岁，写作不可能分阶段了，只能一次性燃烧。他是有才华的，算是一个早熟并且早夭的天才，他对现代汉诗的贡献在于抒情浓度的加大并推向极端——对现代汉诗来说，抒情诗的课也是需要补的，五四那点实践也是很不充分的，我觉得海子的价值主要在这个点上。他最热的那个时候——1990 年代初吧，我一方面也受到他诗的吸引，一方面又对满诗坛都变成了麦子地的现象痛心疾首，我在 1992 年的文章中说他使中国的现代诗倒退了十年——还好，这个局面没有持续多久，我（首先是我最自觉的也是我）和其他一些诗人用富有个性的作品说：“不！”我对海子从始至终都是很公正的——网络时代真好，不信你可以去百度，输入“伊沙、海子”四个字，你会看到我对他种种评价，有赞扬、有批评。我对所有诗人都很公正，只是有些同志只能听进赞扬而听不进批评，你赞扬他十句批评他一句，被他一笔勾销，还把你给恨上了，老死不相往来——这样的同志，我称之为“阴郁的弱 B”，其实是一点自信都没有的。

张后：我看过好些诗歌选本中和相关书中（比如杨黎的《灿烂》）都有你和他们四个人（于坚、何小竹、韩东、杨黎）在一起光着膀子的合影，当我看到你们谈笑风生的样子，心中好生羡慕，五大霸主各执牛角，豪气干云，财大气粗，一时成为江湖美谈，我想知道现在你们几个人的来往情况如何？不知你愿意不愿意率先谈谈这方面的信息？

刚刚在“诗江湖”上看到你2009年的新作，伊沙，你太勤奋了，你写阿翔的最后那句，我差点掉下泪来，“老友，不知你是否听懂了我的这句话——在这老熊掰玉米的时代，什么都在丢，但别把爱人给丢了？”

是啊，爱人不能丢，老友也不能丢的？这世界究竟有多少值得我们相亲相爱的人呢？

**伊沙**：是的，我听了很高兴！我在青海人民出版社2003年出版的《伊沙诗选》上选用的也是那一张“五人照”，看来这一张是这一组“眉山半裸照”中的经典，这是否与当时拍照时的一点功利心有关？拍照者（好像是石光华？）说：“编委来一张，书上要用。”——说的是《1999年中国诗年选》，我们五人是编委，何小竹还是主编。这张照片记录的正是所谓“民间”在“盘峰”之后的正式结盟——这次“眉山会盟”对于后来中国诗坛日后的格局划分乃至现代诗的发展意义重大！现在可以更清楚地看出这一点。但是后来发生的事情太多了，是是非非、分分合合、你你我我。我现在和他们四位的来往情况？你想知道我就愿谈：一、韩东：大使级外交关系。经历过“沈韩论争”后短暂的“断交”，也时有观点上潜在的分歧，平时也不联络，十年再未谋面，但关键时刻老韩总是给我很大的支持和推动。他严肃写作的精神至今对我还有影响，是四人中我最敬重的一位，我用我的长篇小说向其致敬！二、杨黎：大使级外交关系。经历过“橡皮之争”后两年的“断交”，十年以来，见面较多，一见就喝，喝得痛快，聊得高兴！最喜欢其诗歌写作现状最看好的一位！我用我的诗向其致敬！三、何小竹：大使级外交关系。在性格与待人行事的风格上，小竹与我相去甚远，甚至于在外人看来有点天然对立。十年中，虽未断过交，但总感觉有点什么不舒服似的，去年秋天西安见面，相见如故，一喝酒一聊开，也没有什么嘛！我以为：小竹是个有江湖之心的人，这就好交往了。四、于坚：邦交中断已近两载。四人中我最早结识的，我大学时代就将其诗《作品第 39 号》编入《中外现代抒情名诗鉴赏词典》并写了评析文字（同时还有韩东、柯平）。20 世纪 90 年代，他对我偶有提携与关照。“盘峰论争”上在其遭到围攻之时，我拔刀鼎力相助，与之成为并肩作战的盟友。“盘峰论争”后步入两国关系的“蜜月期”（堪比 20 世纪 50 年代的“中苏友谊”和二战中的“英美关系”），但双方在价值观和诗歌上不断拉大的分歧与明显的对立，也被友谊所掩盖，直至 2007 年 5—6 月间，我写诗讥讽于、于上网骂我娘，关系遂告破裂，双方撤回大使，从此不再往来。情况就是这样。再给大家贡献一条好玩的观察线索：这五人的关系是互相牵扯的，有分就有合，有人破裂，就会有人复原，这头热一点，那头就会凉一点，好像热能总量只有那么多，平均分配不过来似的。哈哈哈！

谢谢你在问题中列了我的诗——“老友，不知你是否听懂了我的这句话——在这老熊掰玉米的时代，什么都在丢，但别把爱人给丢了？”——谁说我没有名句？出手就是名句！我有点被自己写下的诗句所感动！对不起！我就是一头掰玉米的老熊，随掰随丢，一路丢来，把“老友”给丢了！不说了，再说我要哭了！

（2009 年）

# 从大问题到小问题

## ——马陌上“十大文化人物”访谈录之伊沙篇

马陌上:作为20世纪90年代诗歌运动(原谅我找不到更好的词)非常重要的当事人，你以及你的同行，写作激情来源于什么？毕竟，这样一个事实已经发生：诗歌，再也不像80年代那样引人注目了。

**伊沙**：对不起，我一上来就想纠正你的说法，关于“90年代诗歌运动”——如果换成“80年代”会比较准确,说“90年代”并不准确，因为“90年代诗歌”最显著的表征不是“运动”，几乎没有一场运动发生，与运动频发的“80年代”形成鲜明对照，从“群体运动”转向了“个人写作”——当年就有论者这么指出过，现在回头看，说的是对的，我也认为“90年代诗歌”最显著的特点是“个人写作”。所以，我在“90年代”不是一场或几场大运动的“当事人”，而是一名比较有代表性的“个人写作者”。

人们对历史的谈论和概括是多么粗暴啊！就像你把这个“事实”看得如此突兀：“诗歌，再也不像80年代那样引人注目了。”——我在此必须指出：这不符合历史现场中的真实。海子死在1989年，但是海子热却是发生在90年代初。回顾80年代，还真没有一个活着的诗人在行业内部像死去的海子这么红火热闹；与此同时，在行业外部，在一般的但却是广大的青年读者中间，不还有个汪国真吗？严格来说，他写的虽然不是诗，但在社会和群众眼里，他肯定属于诗歌现象。他当时出版的十多本诗集加起来可以卖到几百万册，不要说80年代没有一个诗人的个人诗集曾经卖过这么多，听说汪国真当年打破的是艾青保持的纪录。所以，在90年代初期，没有迹象表明："诗歌，再也不像80年代那样引人注目了。"

我不能代表我的同行说话，但对我个人来说，"诗歌，再也不像80年代那样引人注目了。"

即便成立，也和我的写作激情没有关系。至于激情来源于什么？我也不想总结得太清晰和明确，因为在真实的历史现场之中，在你的心里在你的身上，原本是混沌的东西干吗要在事后说清楚，一说清楚就不是那么回事了。有一些人生来就是要干这个的，与这个行业的兴衰没有关系，我现在可以肯定地说：我生到这个世界上来，就是来写诗的，因为不光在80年代、90年代充满激情，到了21世纪，第一个十年快要过去了，我仍然充满激情，并且更加充沛，这就说明了一切。

马陌上：让我们继续讨论这个事实是如何发生的：诗歌，仿佛在一夜之间退出了公众视野——这也许是我的错觉，但截至今日，我仍然深信诗歌是猝死在89年或者90年某个夜晚。太让人措手不及了，因为就在前一日，北岛、顾城、舒婷、海子甚至更加久远的李白，以及更加遥远的里尔克、波德莱尔、叶芝、艾略特甚至泰戈尔还在我们耳边回响——我固执地认为，那一晚之前的人们普遍相信：李白没死，他就在隔壁。

**伊沙：**在历史的现场中，并非是"一夜之间"，也没有"某个夜晚"，人们更没有"措手不及"。一个时代的背影渐渐远去，舞台的大幕徐徐落下，另一个时代的脚步款款而来，每个人都有充分的时间重新选择、重新定位。“北岛、顾城、舒婷、海子甚至更加久远的李白，以及更加遥远的里尔克、波德莱尔、叶芝、艾略特甚至泰戈尔”——你提到的这些名字继续存在，在该在的地方存在，在内部发生着应有的作用。不要夸大这个民族的精神追求，他们真的需要李白不死吗？他们真的需要李白住在隔壁吗？他们连李白是谁都不甚清楚：写《静夜思》的李白和写《将尽酒》的李白绝对是两个李白！大多数的中国人就像小孩似的只认识前者——那个李白并非不可或缺。后一个真正的李白不论从诗歌本身的魅力还是其蕴含的思想，他们又知道多少呢？你想想酒桌上背诵此诗以助酒兴的傻子（诗人中也大有人在）！所以在我看来，根本不是“一夜之间”我们失去了什么（失去的也是十分可怜的一点什么），而是很久以来我们一直亏欠的什么（亏欠的倒是很多很大的什么什么）。

马陌上：其实，这是一个理想主义失效的大事件，它波及方方面面：不光文学、音乐、美术和哲学，在整个价值观层面，变化都在急遽发生。如果“精神”与“物质”这一对范畴仍然没有失去解释力，那我们权且借用一下：是不是可以这样说，20 世纪 90 年代开始，精神已退出了公众生活，人们大梦初醒一般埋头发财？指引人们的不再是鲁迅、萨特，而是比尔·盖茨？人们不再计较黑白，而一门心思做那只“好猫”？

**伊沙**：你站在 80 年代看 90 年代，会是一种感觉；那我站在 21 世纪看 90 年代，又会是另外一种感觉。回想起 90 年代，我的脑中倒会浮现出很多黑暗的夜晚，我在精神的求索中兀自深入，精神非但没有被放逐，反而变得更加实在，触手可及，精神并不意味着 80 年代式的奔走呼号、应者云集。你没有参与过 80 年代，所以容易美化它，失去了具体的现场，历史就会变得不真实，你提到鲁迅、萨特（80

年代最大的文化符号，时髦得不得了），我就想到了一幅绝非完全虚构的场景：一个穿着朴素甚至寒酸的戴着难看眼镜的青年，背着军挎（70 年代装过菜刀），带着军用水壶，在北京图书馆（现在已变成中国图书馆）读了一天的萨特或鲁迅，中午休息时连个盒饭都没有，更别提肯德基和麦当劳，啃着馒头夹咸菜或者一块干面包……这就是十分典型的 80 年代的一幕！我想到一个有意思的问题，他（其实就是我）在读书时的物质条件，肯定远远不如几十年前，萨特或鲁迅写这些书的时候。但是，当网络把成百上千的关于鲁迅研究、萨特研究的论文提供给我的时候，我知道感谢比尔·盖茨——我记得我有好几次在心里说过或脱口而出:你丫造福于全世界的人民，该发大财，该成首富！你提到的“白猫黑猫论”，我觉得在 1975 年说出此话的人堪称伟大，中国人还是尽快逃离这个黑与白吧！我亲历过 80 年代，我深知精神的富有（富有个屁！知识层面上的被启蒙而已）和物质的贫穷所形成的反差,并不美好！大概只有那个年代的既得利益者（所谓“启蒙者”）而又不拥有后来的老同志才愿意将其美化、神话，自欺欺人！

马陌上：抛开我一厢情愿的“认为”，事实上这样的变化不可能一夜发生。在整个 80 年代,在高亢、狂飙的理想主义氛围中,“物质化”这个幽灵有过什么线索吗？我的意思是，五四青年脖子上的红围巾，是如何一步一步变为登喜路或者金利来领带的？

**伊沙**：“物质化”很可怕吗？怎么能以幽灵说它呢？不是有人已将80年代定名为“启蒙时代”了吗？并且似乎成了公论。那我要说的是：在 80 年代，“物质欲”也是启蒙的内容之一。农民想象皇帝的生活就是天天吃饺子，结果李自成住进紫禁城吃了十八天饺子；赫鲁晓夫打了一个比方：共产主义生活等于土豆加牛肉，我们就以为是实指——这都是对物质的想象力极度匮乏所致。1986 年，我的老师在当时堪称是一位中国的思想家，他在多次演讲中都说到一件事：说他有一次去北京的友谊商店，站在一瓶标价 8000 块人民币的路易十三面前，有一种被击溃的感觉，感觉到无法占有它的无能感——我觉得他的这番话就像他的整体言论一样，在当时的中国是具有革命性的，可以起到重新点燃人们物质欲的效果，是对物质的认识的启蒙。1987 年，我读马原的小说，他在其小说中特有的闲笔文字中说他的理想就是早日开上法拉利——当年，我觉得这话说得很帅，在那个物质贫乏、物质欲泯灭、对物质的想象力极度匮乏的时代中，这样的话可以让你的眼前为之一亮，感觉周围的生活都一下子变得亮堂起来了。资产阶级抑或小资产阶级的思想意识是有它革命性的时候和美好的一面的。但是，当我在 21 世纪开始的时候，听到韩寒说他的理想就是开法拉利的时候，我就不觉其帅了，甚至觉得很傻逼，因为时代已经变了，中国人的物质欲已经饱和、膨胀到快要爆炸的程度，再说此话就会显得很俗——因为你顺应了某种大众的价值观。

我怎么来回答你呢？我当然戴过红领巾，偶尔也打过领带，红领巾的系法我现在还记得，领带的系法却始终没有搞懂过，但在我眼中，二者并无高低贵贱之分。那不过是一个男人在不同场合或不同的年龄段佩戴的两种东西罢了。干吗非要厚此薄彼呢？

马陌上：让我们继续停留在美好的过去（原谅我是个厚古薄今的偏左的无政府主义者），我们以回忆来阻击 90 年代以后市场化的汹汹大潮。履历上显示，你很小便开始写诗——那也许是 70 年代某个闹哄哄的下午，请问你对这个“第一次”有明确的记忆吗？你知道，实际我是希望你能谈谈你的小时候——很明显那是一个大时代，但在孩子眼里，它是如何“以小见大”的？据许多当事人回忆，当时读物稀少，这对你也许并不例外，在这种境况下，对诗的感知是如何进行的？在采访当代艺术的重要当事人方力钧时，我们谈到一个有趣的现象：70年代末、80年代初的“文艺复兴”（如果能这样称呼的话），其策源地或者运动中心基本都在某某大院，而重要当事人也基本来自于“文革”中的特权家庭。这容易理解，因为只有特权子弟才能弄到“内部发行”的读物——这些读物一般是作为反面教材限量印行的，我想问的是：你的启蒙教育与这类读物有关吗？

**伊沙：**看起来你的心态比我还老。这么快就亮出了名片。我没有名片，从来不印，我不知道自己属于左的右的，“无政府主义”似乎是个十分诱人的概念，但又无法落到实处。

我17岁写了平生第一首诗，不算很小。那是1983年秋天的一个夜晚，我去父亲所在的研究所的办公室复习功课，看到窗外万家灯火，每一扇窗子里都有一个埋头读书的人（这是典型的80年代的风景），忽然诗兴大发，写了一首名字叫《夜》的13行的小诗，写完之后自己很满意，刚好父亲的办公桌上有一份《陕西日报》，我看到上面有诗发表，就将这首诗工工整整地誊抄了一遍，按照报社的地址投给了这家报纸，结果没过多久便发表了出来。我平生写下的第一首诗，也是发表意义上的“处女作”，这是一种幸运。

我比你说的那代人要小，家也不在北京，什么某某大院，也不是干部子弟。我不是“黄皮书”启蒙的“朦胧诗人”，连“新三届”背景的“第三代”都不是，在我受教育的年代，这个国家已经逐步走向开放了，该看的似乎都能看到，所以我与文学结缘不是出自偶然得到的一本读物。

马陌上：我们不得不提及《今天》，能讲讲你跟它的渊源吗？在我看来，它至少确立了一种民刊样式（尽管崛起于西单民主墙并产生过一定影响的民刊不止《今天》一家）。北岛曾经讲过办《今天》

的经历，当时搞不到纸，就由芒克（好像在北京造纸厂工作）、黄锐每天从单位“顺”回一点，积少成多，而刻蜡版、油印、蹬着自行车满北京四处张贴、售卖，则完全凭着一股蛮劲……除了东四14条76号那个油印作坊式的编辑部外，《今天》还发展了一大批积极分子充当各地的代理人，比如当时念电影学院的陈凯歌……这是诗歌民刊的生存样板，整个80年代似乎都无多大变化，不同之处也许在于《今天》只出了9期就被公安局查封了。能说说你跟一种或者诸多种民刊的事儿吗？

**伊沙：**我与《今天》没什么渊源。记得那是在小学五年级的时候，我在一位同学的家里见过一本《今天》，是他父亲到北京出差在天安门广场上买到的，读了之后对芒克的诗有印象（觉得他写得有点流氓），当期还有北岛的小说《波动》——当年油印时代的《今天》我就读过这一期。90年代初，它在海外复刊了，我在西安岛子家见到了复刊号，当时我的诗在国内的刊物很难发表，我就抄下地址寄了一组诗去，诗没发，但似乎将我列入赠阅名单了，所以有好几年我一直可以读到海外版的《今天》。海外版《今天》的各种文体是分人编的，我在王渝担任散文编辑的时候在上边发过两篇散文，勉强算是它的一个作者。关于《今天》油印时代的那些传奇般的光荣历史，我已经看得听得太多太多了，眼睛耳朵都结老茧了，他们反复讲述嘴巴不会结老茧吗？说句大实话：也许是我看或听烦了，但是，我在第一次读到这些的时候，也不像你这般兴奋。前阵子，我收到《今天》创刊三十周年的纪念专号，又重温了一把传奇，不喜欢！真是不喜欢！我从一开始就是一个文本主义者（所以大学时代连文学社长都不屑于当），我心目中的作家就是作品不断、著作等身那种的——在这一点上我以西方作家为榜样，至少也以五四时代的海归作家为榜样的。当代作家的形象太不纯粹了!

马陌上:"当代作家的形象太不纯粹了!"能不能具体讲讲怎么个不纯粹法?

**伊沙:**譬如诗人,前期像地下工作者,中期像活动家,近期像开会迷;譬如小说家,更像是电影和电视剧的脚本作家;譬如散文家,都有冒充学者的下流癖好……干什么不像干什么的,这就叫不纯粹!

马陌上:你不喜欢文学"地下活动",但广泛存在的民间派与学院派之争,到底是怎么回事?民间派与文学"地下活动"有着怎样的关联?民间派与学院派的分道扬镳是90年代诗歌的基本事实吗?这一事实直至"盘峰论争"才突然变得清晰吗?

**伊沙:**我再说一遍,我不喜欢文学的"地下活动"。所谓"民间派"与《今天》式的"地下活动"也没有关系。你如果多读一些"盘峰论争"的资料,就不难了解到:"知识分子写作"是自称,有理论,属流派;"民间写作"是会议主持人即兴地他指,指的是口语化写作的这拨人("知识分子"从诗上说属于"意象派"),尽管在此之后,有人想把"民间写作"理论化(譬如韩东撰文《论民间》)、流派化(眉山会盟。几方势力结伙。),但并未如愿,反而搞得四分五裂——这拨人活的状态,确实较"民间"。不要一说到"民间"就想到"地下",这拨人的作品官方刊物都发的,反而《今天》倒未必发,受制于"朦胧诗"以及"后朦胧"的编辑思维,再说,《今天》式的"地下"早已不纯粹了,从他们成为汉学家眼中的政治符号开始。至于你说的"分道扬镳",其实本来就是两条道上的车,"盘峰论争"使其公开对立,这又过去了十年,这种对立的姿态有所淡化和缓和,但还是两条道上的车,各开各的。

马陌上:你到底怎样理解"民间"?一种新颖的美学样式?一种亲民立场?一种先锋姿态?一种反抗作协体制的努力?一种意识

形态上的决裂或者撤离？一种对“人”的重新发现？或者别的？

**伊沙**：你此问问得好，肯定的回答便是我之答案。但请别用“亲民”这个词，这个词就很不“民间”，我不是“亲民”，我本即“民”。回到“盘峰诗会”的现场，当这个词被主持人即兴加到我等身上，对会场内外的每个人的意义是非常不同的：对有的人不过是颗“羊头”，挂着它可以把狗肉卖到羊肉的价钱，对有的人则上升为从人生到艺术的全方位的信念……

马陌上：奉行“民间写作”的主要人物都有谁？有无流派或门户之分？你跟他们各有怎样的渊源？

**伊沙**：有一段我很怕开名单，但今天我想开份大名单，因为我刚刚主编完一本名为《从今天开始：现代汉诗三十年》的大书，我从入选作者的名单中列出我认为属于“民间写作”的诗人——自称为“知识分子写作”和“第三条道路”以及相似趣味者当然不在其内，寄生于作协体制的写作或立场暧昧者不在其内，不符合“民间写作”最大的语言表征——口语的不在其内，我可以肯定其本人不认同这个立场的不在其内，已经去世和现在不写的不在其内——那么，我认为现代汉诗“民间写作”主要人物的大名单，如下：

60年代出生的诗人：

韩东、杨黎、李亚伟、吕德安、阿吾、何小竹、小安、马松、吉木狼格、吴元成、伊沙、徐江、侯马、唐欣、贾薇、中岛、宋晓贤、朱文、姚风、小引、李伟、岩鹰、唯色、君儿、韩少君、独化、张玉明、老德、管党生、琳子、黎明鹏、刘君一、图雅、陈衍强、邢昊。

70年代出生的诗人：

马非、沈浩波、朱剑、巫昂、尹丽川、南人、东岳、吕约、乌蒙、康蚂、得儿喝、任意好、唐煜然、梅花驿、王有尾、本少爷、唐突、天狼、三个A、李东泽、芦哲峰、温永琪、唐果。

80年代出生的诗人：

春树、西毒何殇、莫小邪、发小寻、李异、叠水、封原、人面鱼、王彦明、艾蒿、杨叉、崔征、土豆、李勋阳、刀口漫步、刘天雨、嘎代才让、鬼鬼、八零、秦客、李成恩。

理论批评家：

韩东、伊沙、唐欣、沈奇、徐江、沈浩波。

从流派或门户上说：有经营语言的、有强调身体的、有阐释文化的（几无建树）、《他们》《非非》《下半身》、"北帮"、"废话"……

我个人大概是从后现代文化背景下的解构、身体写作出发，力图实现一种以人为本的百科全书式的全面综合的写作。我视以上这份大名单上的诗人为"革命同志"，艺术上的"亲人"，其中不乏我的兄弟、朋友。

马陌上：口语诗是五四以来汉语通俗化趋势的继续吗？

**伊沙**：看来我得对你这个"厚古薄今的偏左的无政府主义者"保持适度的警惕。口语诗肯定是五四以来汉语发展趋势的继续，但你用"通俗化"蔽之，似乎在透露着你的不满？你对五四时期胡适们有意见，你说"通俗化"，我还想说"平民化"、"人性化"、"在场化"呢！在我看来，五四甚至来迟了，来得太迟了！古汉语早就被只消费不创造的懒惰成性的子孙们榨干了，榨成木乃伊了，唐宋以后这个民族在文学上再无群星闪耀的时段，四大小说名著都不是用纯粹的古汉语写出来的，不纯粹才出了点东西。而且古汉语从一开始就有大问题，是一种奇怪的"速记语言"、"电报语言"、"符号语言"，竹片上过于强调"言简意赅"造成的，没有现场言说的真实性与可信度，干巴巴的，一点都不水灵，更缺乏体温和性感，如果地下埋藏着一盘古代的录音带，你一听就明白，古人不是这么说话的，古汉语原来是一种远离言说的书写语言，难怪有个汉学家说“中国人就是手上写的与嘴上说的不一致的一种人”——绝非道德评价，指的就是我们的语言。这种语言发展到后来变成了语言的木乃伊，就是那么一具僵尸罢了！所以说，五四很伟大，五四最伟大的部分就在白话文运动，胡适很伟大，胡适一生最伟大的时刻就是他看起来最肤浅最极端最青春冲动的时刻，绝不是他钻回故纸堆的书斋时光，更不是他与国民党的政客们纠缠不清的名士生涯——这倒是很深刻的。

这一点你的感觉无错，口语诗就是沿着五四指引的方向，是白话文运动在当代的再现、发展与深化，是汉语进一步现代化所取得的伟大成就，它承载着这个时代的文明思想，最终又归于语言和诗。

马陌上：能不能认为口语诗降低了写诗的门槛？德国艺术家波伊斯说“人人都是艺术家”，只有这样，才能摧毁精英把持的艺术生产特权。口语诗之后，是不是“人人都是诗人”？

**伊沙：**也许降低了，那么请进来，把衣服给我统统扒了，让我瞧瞧你的身体：肚脐，还有阳具（也包括阴道），是不是个诗人胚子？一目了然！扒掉的衣服是什么材料做的？词语（连语言都不是）的障眼法！现在你说，可不可能“人人都是诗人”？做“诗人”的难度提高了还是降低了？聪明的伪诗人都不写口语诗的，因为他们至少知道：不好隐藏其伪，不好蒙也不好骗！

马陌上：从生存状态上来说，“民间”不同于“地下”，那能不能具体描述一下90年代以来“民间写作”的生存状态？这也许是一个过于大而无当的问题，但是如果无法清晰勾勒，“民间”一词则太容易被挪用，从而造成种种夹缠不清的误解。

**伊沙：**那我们就先看看90年代以来除了“民间写作”还有什么

写作？“体制”或“泛体制”吗？“体制”我指的是那些寄生在作协、文联体制中的专业诗人，“泛体制”我指的是以体制所制定的评价标准作为自己的价值观的作协理事、会员之类的，他们靠体制豢养或呵护着写诗，但却怎么也写不好，也该他们写不好，中国诗歌界的“去体制化”要比小说界高出太多，中国诗歌近二十年（甚至于近三十年）的发展早和这拨人脱离了关系。据我了解，体制内的诗人在体制内也是压力重重十分窘迫的，因为诗歌在体制内的位置是很边缘化的，有几次我在本地的诗人聚会上发现体制内的诗人们竟也怨气冲天，他们的怨气正是来自于体制内部，本省作协是以农村题材的长篇小说作为重点扶持对象的，将他们挤得没了位置。“学院”或“泛学院”吗？“学院”我指的是那些在高等院校中任教并自觉地认同其标准的诗人，“泛学院”我指的是以学院趣味作为自己的写作追求的高校以外的诗人——所谓“知识分子写作”就是由这两种人构成的，“盘峰论争”中有人指出一个叫人哑然失笑的事实：说“民间写作”代表诗人反倒都是大学毕业生，“知识分子”里不但有高中生还有初中生，这究竟是怎么回事呢？所以我说趣味，别小看人家那高中生、初中生，都是憋着跟教授、博士的同仁赛知识比技艺的劲头在写的，有过之而无不及。在任何一个国家、任何一个文学时段，学院写作都不会成为生力军、主力军，也难堪推动诗歌发展、将诗歌的表达功能最大化（所谓“表现人生”、“反映时代”）的大任，这是文学常识。

现在我们来看看“民间写作”，我再强调一遍：“民间”不是“地下”，而是正常。你再回头看看我列的那份名单，那里面的诗人从职业状况来说，可谓五花八门无奇不有，几乎可以概括目前社会上的主要职业；从经济状况来说，有千万富翁，也有贫困线下的人……但是这些，并不决定什么，可以忽略不计，因为这只是他们的谋生手段，所谓“职业”。

他们真正的事业便是写作，一种富有理想和责任感的写作，一种富有专业精神和专业水准的写作，一种植根于民间敢于直面现实人生表现当前这个时代（也是明天的历史）的独立的写作。这才是中国诗歌近二十年（甚至于近三十年）的中坚力量，也是未来不断发展不断进步的希望之所在。

马陌上：我们知道，在漫长的时期内，中国是一种坚硬的二元结构：国家和个人。作为二者的缓冲地带——社会，则基本被取消，或者污名化。一个微不足道的、但很有说服力的证据是，直至今天，很多人还这样称呼另一些人："那些社会上的人。""社会上的"一语本身就构成一种本不该有的贬义。我要问的是，"民间"与"社会"90年代以来是怎样的关系？"民间"到底是"国家和个人"二元结构松动的结果还是原因？如果是结果，那原因是什么？如果是原因，那它是如何在这个坚硬结构中拓展自己的空间并令其松动的？

**伊沙**：你的问题想得我脑瓜疼。但是答案却是最简单的：通过思考你的问题，我明白了我为什么会选择诗歌，矢志不移，乐此不疲——没有比这更可为之和更有价值的事了！

马陌上：除了对"口语写作"的身体力行外，无疑，民间还奉行一种独立的精神，对诗人而言，这种精神无比可贵。但是，"独立"不应该只表示个体的觉醒、确立以及某种意义上的"独善其身"，它还意味着责任与担当。放弃"启蒙"民众这一近代以来知识分子的基本使命，是不是意味着诗人的"犬儒转向"？作为一个民族最敏感而优秀的头脑，诗人放弃他的人民，这意味着什么？

**伊沙**：因为你提到了"犬儒转向"，我想用一首诗来回答你。它也许没有回答你的全部问题，但我觉得在一个诗人的访谈中，应该有诗——为了这个形式感，我坚持这样做了。

# 一个犬儒主义者的忏悔诗

身份证是真的
你可能认为那是一张良民证
对不起！我还住在自己的祖国
不想叛逃也没有移民倾向
哪儿也不想去（包括天堂）
偶尔逮着个机会
出去那么一下
却又很快回来提前回来
丧魂落魄地回来
回到故土的怀抱
回到妻儿的身边
老婆孩子热炕头
遵纪守法
敬老爱幼
过老百姓的日子
写大白话的诗
我像不关心富人的健康一样
不关心穷人的死活
我像不操心自己的命运一样
不操心国家的未来
我知道：我他妈的有罪
现在就来忏悔

你们这些将我骂作犬儒的人

想骗我可没那么容易

你们就是想喝我的血

爱喝人血的人

就是吃人的人

你们那副烈士的嘴脸

可真是吓着我了

也只是吓着我了

也就吓不着了

谁家的客厅里

没有一把水果刀

有种你们就先放自个儿的血

给我瞧瞧

虽然我不是真的想瞧

我怕血

（2004 年）

马陌上：“口语化”到底是一种美学策略，还是美学追求？它的哲学依据是什么？一种对存在的终极确认？一次对隐喻与镜像世界的揭穿？还是别的什么？

**伊沙：**我看到的情况是：将其理解为策略的诗人，从来就没写好过；将其理解为策略的批评家，谈诗从来都没到位过；至于一般读者，我管不着。它是追求，但并不是目标，更不是“到 XX 为止”（我纳闷中国的诗歌界怎么盛行这种奇怪的思维？）。

哲学依据是什么？不知道。吃鱼要吃活鱼，别吃抹了福尔马林的冷冻鱼——这算不算哲学？要算就是它了。

想要在语言上有所创造的人，你得先意识到自己长了嘴并找到自己的嘴；只想消费它的人，找到书就可以了。前者才是能够进入语言的人，后者只挨到了词语的表面。词语不是语言——这话不是我说的，是瑞典大诗人特朗斯特洛姆诗中写的。

马陌上：你的《车过黄河》我上大学时就能背诵（作为一个理工科学生），它以戏谑与调侃的口气解除了几千年来追加在“黄河”身上的文化、道德、精神甚至更为神圣而隐秘的含义，它的能指大于所指太多，以致人们早已遗忘了它不过是一条河这个事实。我的问题是：一个人，一个民族，往往赖以生存的，就是那些被赋予神圣性的物事——它们承载了一种隐秘的记忆、被公认的价值以及外在于任何个体的力量，要是将这些美丽的外衣（表演为一种“诗意”）尽皆剥去，我们如何承受庸常现实的重压？

**伊沙**：我的大四之作《车过黄河》如此能扛住时间，大有越擦越亮的趋势，让我始料未及。我感觉一般普通读者对它的感受比论者对其的解读更接近于诗本身，他们就是觉得敢在黄河上撒泡尿，这事儿挺酷的，也挺好玩，符合年轻人对“反叛”、“先锋”、“现代派”的理解，因此随着时间的推移，它被越来越广泛的读者群消费着。在新世纪的这十年间，《车过黄河》在声誉上超过了《饿死诗人》跃升为我短诗的头号名作。它是有魅力的，也是有力量的，但也不过就是一首诗，它所反抗的庞然大物依旧庞大，固若金汤。所以，你所说的问题并不存在，而且我认为你的如此表述十分可疑：“一个人，一个民族，往往赖以生存的，就是那些被赋予神圣性的物事”——谁说的？是这么回事吗？你本兰州人，是一个住在黄河边喝着黄河水长大的孩子，对这条河流应该有着更切身的体验。你每天上学或上班的途中看见它的时候，会想到它是“母亲河”吗？会在心里叫它一声“妈”吗？像张承志《北方的河》中的主人公初见黑龙江时，在心里叫了一声“父亲”。不说每天，所有兰州市民每人一生的时光全都加起来会不会有此一瞬间的叫娘？我可以斩钉截铁地回答说：没有。由此看来，“一个人，一个民族”绝不是依赖“被赋予神圣性的物事”而生存的，甚至于这些劳什子与其真实的心境与情感无关。有的话也是被庞然大物强加的，张承志的那声感恩煽情的“父亲”就是被强加的，非但矫情，而且悲哀！中国人承受苦难的能力在全世界所有民族中都是最强的之一，在谢晋一生所拍的最好的一部电影《芙蓉镇》中，姜文扮演的右派秦书田有一句震撼人心的道白：“活下去，像畜生一样活下去！”（古华原小说中有没有这句我忘了）——这才是典型中国式的生存理念！就是用肉体去忍受去死扛！这难道不是更深刻更伟大吗？

马陌上：允许我提一个 SB 问题，当诗人（一个民族最具悲悯情怀的群体）切断自己与土地的联系、并拒绝仰望星空时，一个民族由谁来擎起理想大旗、由谁来支撑理想的天空、又由谁来指明方向？由谁来承担苦难？又由谁来延续精神上的香火？

**伊沙**：读君此问，我忽发灵感：如果将此问逐句分行，就是韩寒这个小垃圾说的“敲回车键”，然后当诗发出去，一定会有不少人认为这是一首好诗，因为姿态如此诱人，充满自我感动。当你将诗人指认为“一个民族最具悲悯情怀的群体”时（包括前问中“一个民族最敏感而优秀的头脑”的指认），就会有一嘟噜没脑子的诗人呼啦啦站到你的一边。这种诗，应该叫“口号诗”，就算在诗界内部，也总有些人写有一种软口号诗——颇有人缘老能得奖的诗基本都属于这一种，其实根本没有抵达诗的形象，光姿态就把人感动了，激起一片浅薄的共鸣。

如果叫我一定要给出这个问题的答案——我的答案是:这个“谁”,是孙悟空!

一个诗人,不要看他喊什么叫什么,要看他写的是什么,如果他写出了好诗,就是对民族乃至人类的真正贡献,诚如胡适所说的“各司其职”。而不是将诗人单另出来,让其担任神甫、巫师、装神弄鬼的一类角色。前几天我还看见一个满嘴胡言的云南诗人说:屈原是民族的巫师——那可真是放屁!

马陌上:我们还需要在一个问题上继续纠缠一下:什么是你心目中的好诗?

**伊沙**:好诗在那儿,在我心中。只不过每过一段,我得用不同的角度和说辞试图将它说出来,最新的说法是“文”与“野”:我这里所说的“文”与“野”都不是古文中的意思,也不是日常口语中对人气质的指认,我之所谓“文”指的是“文本”,我之所谓“野”指的是“生命力”——我用这两大元素的比例构成来探寻一首诗的成败好坏——也就是说我认为诗歌写作正是由这两大元素来决定最后结果的。那么,所谓“好诗”,应当是文野兼具、两相平衡的。

马陌上:离开诗人,诗能单独获得理解吗?我们可以恶作剧地设想一下:假如《饿死诗人》或者《车过黄河》,甚至尹丽川的《再舒服一点》,沈浩波的《一把好乳》是由某位学院派诗人灵感突发(或者发泄了一下郁闷之情)写出来的(除此之外,他写的都是正统的学院诗),那我们能不能因为他属于学院派而判定其“偶发之作”不可理解或没有价值?

**伊沙**:离开诗人,诗当然能单独获得理解——原本就是如此,正是因为有《饿死诗人》或《车过黄河》,伊沙才会成为诗人;正是因为有《再舒服一点》,尹丽川才会成为诗人;正是因为有《一把好乳》,

沈浩波才会成为诗人。如今他们作为诗人的形象很稳固了，你才会有如此疑问。至于你说的“假如”也只能是个“假如”:中国式的学院派，打死他们也写不出这样的诗，这类诗在写作当年在美学、诗学上都是风险极大的，你指望学院派写，那不是要他们的命吗？说明你还不了解这所谓的“学院派”，他们可是躲在美学的象牙塔和诗学的保险柜中照着老掉牙的经典文本小心翼翼地写上一点的人，豁得出来吗？连“灵感突发”和“发泄郁闷之情”也不可能，他们头脑迟钝、身体麻木，不能指望。如果真能写出来，不是简单的样式，而是真有血肉，我会侧目而视，看看是不是来了个巨匠和大师？

马陌上：问题自然过渡到你的《唐》。你是在什么境况下写这部长诗的？看了很多有关这部诗的评论，我今天想听听你的说法。

**伊沙**：我在此供认：《唐》来自于情结、野心、战略、生活、契机、才华、恒心等因素的综合运用。

情结：哪个中国当代诗人写到一定程度会对“唐”没有情结呢？除非他没有心！或在诗中入得不够深！我作为一个西安人，这个情结只会更强烈，因为历史的现场总在提醒你。

野心：人们平时老说“口语诗”、“口语诗”的——什么才是“口语诗”呢？我来告诉你们一个大名：“口语诗”即“活性的现代汉语诗”！我觉得应该让“活性的现代汉语诗”与“经典的古代汉语诗”较量一番了，与其最高水准的“唐代汉语诗”，放在一起（所谓“并置”），较量一番，并且是用“现代汉语诗”去载“唐代汉语诗”，看能否载得动？

战略：要成大诗人，光有常规武器——短诗不成，必须要有核武器——长诗。我从1994年完成的《点射》开始就在研制核武器，经过《史诗2000》（1995年）、《风光无限》（1999年）、《天花乱坠》（2001年），终于抵达了《唐》（2002年—2003年）——相比而言，《唐》是一次更为成功引人瞩目的核爆炸。手中握有《唐》这枚原子弹，我就不怕纸老虎般的“超级大国”动辄搞核讹诈了，将他们逼回常规武器——短诗，比试真本领，他们更不是我的对手。

生活：我两岁前在成都，大学四年在北京，除此之外一直生活在西安，到2002年初开写《唐》时，我已经有了三十年在西安的生活积累，我不写《唐》谁写？《唐》只能是伊沙的作品。

契机：那年前夕，我心有万千风月道不得，亦有罪孽深重之压力，生命中无法承受之轻之重全乎了！此时不写，更待何时？

才华：越写越知道才华出众、潜力无穷。我要对得起这份才华，给它一个更宏大更宽广的施展空间。

恒心：《唐》写了一年，修改了半年。在这个过程中我发现自己恒心了得，是写长篇小说的好材料，此后便动手写了，一连写了五部——从这个结果就可以看出5000行的《唐》没有恒心与恒定的写作状态是完成不了的。

马陌上：除了诗歌，你的杂文也很可观，有人试图拿你与鲁迅作比——你能回应一下这种“对比”吗？其中的不同能代表五四一代与“90年代”在精神气质上的区别吗？

**伊沙：**永远不要拿我跟鲁迅比，我连他的一个脚趾头都比不上！我甚至可以接受在诗歌上去跟李白比，但我不能接受在杂文上去跟鲁迅比。为什么？因为你根本就没有投入！1949年后，哪里有鲁迅式的真正的杂文？谁敢写？不要命了？年代不同了，平台不同了，杂文死去了！“90年代”也没法跟“五四”一代去比，改革开放后文人丢笔下了海，当年的景象却是：第一拨现代精英取经踏海归来，哪一个不是专心笔墨著作等身？怎么比？没得比！我个人现在所做的：不过是在向那一代精英看齐罢了——放眼当下，文坛之上，有几人有此意识和作为？再说鲁迅，我以为在当代写作，只有学习鲁迅然后避开鲁迅，方可有所作为，我庆幸我的主攻方向是诗歌和长篇小说——这是先生留给后来者的仅有的两条活路！其他路皆被其盖上盖子封了顶！

马陌上：在你的诗歌中，“身体”是完全在场的——对一个人而言，身体，到底是最先的，还是最后的？除了身体，我们能够拥有的，还有什么？我们讲“个人”,讲“独立”,讲“自由”——只能通过“身体”吗？

**伊沙**：关于“身体”，你问我真是问对了人，在中国文坛，就我目力所及，我是最早提出它的一个，是在1996年，写作中的实践当然更早。到了1999年，棉棉、卫慧畅销时，我看到有人说起这个词，心里还窃笑了一下。“下半身”则更晚，到“下半身”兴起的时候，我已经在谈警惕“身体神话”、“唯身体论”、“身体写作时尚化”了——什么叫先锋？这就叫先锋！在继续向“下”的道路上滋生出的是垃圾派、垃圾运动、低诗歌（鼓吹“贱人写作”），实际上是投机主义者的媚时尚写作翻到沟里去了。也是在这个时候，我开始重提“灵魂”，现如今都在说了。

我注意到一个细节:近几年来，我在谈论问题的时候，在使用“身体”时变得很谨慎了,在以前都用作“身体”的地方很多已经改用了“生命”,也许我们只能比前人前进一小步，跨一大步出去还得退回半步去。

我没有按照你的思路来，但也回答了你的提问。

马陌上：一个题外话，“民主”与你有关吗？

**伊沙**：不算题外话，但像在问奴隶！

马陌上:艾伦·金斯堡显然与中国民间派诗人有着某种血亲联系，能具体谈谈这种联系吗？与安迪·沃霍尔（在《唐》中，我们能够看到“基于现成品创作”“拼贴”“戏仿”等波普精神）呢？

**伊沙**:其实关系不大。我觉得从诗上看,早期的"莽汉"诗有点形似,但是人家自己否定了——李亚伟还是万夏曾经说过:他们是先写了"莽汉"诗,才读到金斯堡,他们说:咦!原来在美国有个老"莽汉"!——尽管这个段子有点矫情，有点此地无银三百两，但是我们还是相信他们的话吧。我自己则更是浪得"中国金斯堡"的虚名,其实一点不像的,他的句子那么长,我的句子这么短,我也很警惕他那种嚎叫:大喊大叫、喋喋不休，代言者的角色意识非常明显，其实金斯堡的诗是西方精英知识分子的诗，是在全球主流意识形态中比较正确的诗，我人到中年，他的魅力与日俱减。

当中国人还不知道安迪·沃霍尔是哪家鬼的时候，我已经在诗中将"基于现成品创作""拼贴""戏仿"等波普艺术玩成了小百科，我对此人毫无兴趣。后现代艺术中有其很俗很商业的一面，我在当年对其着一面就抱有警惕。

马陌上：2006年在西安拜访你的时候，我们相当有兴致并且调侃地谈到过诺贝尔奖的问题，这个话题如果稍微严肃地对待它，则会面临诸多尴尬——我们都热爱汉语，并对其抱有某种野心，可截至今天，仍没有中国作家获得这一奖项（高行健需要另说），针对这一事实，我有两个问题：1.中国当代文学如何回应德国汉学家顾彬的"垃圾说"？2.能否分析一下中国当代作家中，谁离"诺贝尔"最近?

**伊沙**：我必须告诉你，我当时散布给你的关于诺贝尔文学奖的许多内幕消息有大部分都是假的——这在不久前在某位知情者哪里被证实了。由此可见，在中国大地上的各种文化圈子里有多少关于诺奖的不实传言被好事者津津乐道地消费着。你为什么要将高行健"另说"呢？别有用心的官方和没有脑子的大众将其"另说",你怎么也跟着"另说”呢？如果说起布罗茨基与苏俄诗歌，你会用“另说”来待之吗？你会把他推给美国诗歌吗？美国诗歌会接受他吗？显然你不会，那为什么对待高行健，你就要“另说”呢？所以，你说的事实不存在，已经有位汉语作家获了奖，他的名字叫高行健，他的“法籍华裔”身份不会影响我的视线。

回答你的两问：1. 用坚实有力的作品。回应他不重要。2. 看英国博彩公司的赔率表，近两年汉语作家也只有北岛进过前50。“美籍华裔”的北岛需要“另说”吗？

马陌上：提到“奖”，我还想听听你对国内几项文学奖的看法？也许可以跟你10年前“解散中国作协”的呼吁放在一起谈谈。

**伊沙：**如果是十年前，我会专门写篇文章来骂骂这些狗屎奖。现在不了，我不会让这些狗屎占据我的脑瓜，我的看法概括起来就这俩字：狗屎！

十年前的呼吁简直就是时代的先声，但这个时代太可悲了！我一方面看到的是被遗忘在地方作协捞不到利益的某些人撒娇般的退出声明，一方面看到的是80后作家们的集体入会，也好，今日之现实后证我昨日之呼吁的价值。

马陌上：“第三代诗歌”是90年代民间写作的前身吗？你在民间写作的大名单中没有说到于坚，是疏忽吗？我看到在“盘峰论争”时，于坚可是民间派的焦点人物……

**伊沙：**不是。反而是某些缺席多时的“第三代诗人”借助与“盘峰论争”一起炒热的“民间写作”回到了诗坛前沿。“盘峰论争”中，“民间”有人爱说“遮蔽”这个词——我挺烦这个鸟词，这是一个弱者诉苦的词，与我之个性格格不入。当然很快我就明白了，有人借助这个词要回来，有人借助这个词要出来，有人借助这个词要上来，这个词跟我一点关系都没有，我在20世纪90年代可没有被“遮蔽”，那么火爆，被谁“遮蔽”？在“盘峰诗会”的饭桌上，某“知识分子”还说呢：伊沙是时代的宠儿云云。

噢，你说的这人不是已经“仰天大笑出门去”了吗？你不知道吗？那是整整两年前的事。在一千多年以前，原诗作者写下此诗句时是“奉旨入宫”的背景，在一千多年以后，这个网上的吟诵者出于什么背景我不清楚，但以我对此人的了解，绝不是一时冲动，性情中人，一定是辗转反侧深思熟虑的抉择，果然此门一出就直扑自己当年声称拒绝报名过的鲁迅文学奖了。得了就得了吧，谁还能拦着你不让得？但在领奖会上还要大骂“先锋派”（以向发奖机构表明什么）就让人大跌眼镜了——他口中“先锋派”的实体就是他当年领衔的“民间写作”！从此以后，见记者就骂“先锋派”，屡屡不点名地骂我和沈浩波，不骂他憋屈！这样的人，就算我把他列进去，人家愿意吗？我不是在生拉硬拽地延误别人的大好前程嘛！而且你能想象吗？这个人在骂“口语诗”！一位比其更早的口语诗的源头人物对我说：看见他骂“口语诗”，我知道他想干什么，他想出卖！我认为“口语诗”是“民间写作”最大的形式表征，如此说来此人真是全方位地反民间反先锋了。

马陌上：尽管经历了“盘峰论争”，但学院派依然没有倒掉，你认为他们在今天生存的土壤是什么？他们所奉行的“欧化”“诗艺”等价值取向仍然能获得哪些人的呼应？而民间派确立的几项核心价值，是不是已得到了广泛的认可？双方各自都有诗歌圈之外的认同者吗？

**伊沙**：你这词用得怪：“倒掉”。我们可没喊口号：打倒学院派！事实上经过“盘峰论争”的媒体炒作，“民间”与“知识分子”同时被炒热了，成为诗坛的两大热词，诗评家眼中的两大显学。但概念炒得再热也是虚的，关键要看双方这十年来的创作，那边除了臧棣、孙文波等个别人保持状态外，其他人都有点气喘吁吁难以为继；而这边保持状态者，组建两三支足球队应该没问题——这就是结果：我知道不少研究者已经看到了这个结果，希望他们将此当作一大课题来研究，回溯"盘峰论争"，必会有更大的诗学价值。

学院派生存的土壤自然是学院，我不知道他们所奉行的"欧化""诗艺"等价值取向会获得哪些人的呼应，一些不自信的大学生吧，先要把自己的身份优越感确定下来，没有才气，只好把写诗当成学问和功课来做。

我以为民间派确立的几项核心价值，也不可能得到广泛的认可——这才是其价值所在，要不怎么被称作"先锋派"呢！

双方肯定都有诗歌圈之外的认同者，即便不是太了解双方的主张，也可以凭着对文本的好恶来做选择。

马陌上："中国人比猴都灵，诗人们多少也能比半个孙猴，轰轰烈烈来一场论战，炒热诗歌，炒热自己，尔后堂而皇之地步入当代诗坛的名流俱乐部，发发作品、出出集子，不再得罪人、不再逞口舌之利，动这样念头的未尝没有。那么这之后呢？这一代的诗歌，我们下一代诗歌，会不会照旧空洞乏味，会不会照旧迎来新的不知所云？一想至此，便不觉战战兢兢。我甚至可以预想那不远的将来，名流们纷纷从双方的行列中退出，带着一种市侩的豁达和微笑，来眺望诗歌疆场上的角力。那也恐怕将是比今天'知识分子诗歌'弥漫诗坛更为可怕的景观吧。"这段话是徐江在"盘峰论争"刚结束时说的，10年过去了，情况是像他说的这样吗？

**伊沙**：我去年十月份回北师大参加了个"当代世界文学与中国"的国际学术研讨会——这次会议是"盘峰会议"十年来，我见到"知识分子”最全乎的一次，其中多人都是九年以后首次见面。在诗歌论坛上出现了很有意思的现象：“知识分子”X说着说着自己火了，“知识分子”W一直推迟发言，主持人最后一次点到他名字时，他说了一句叫我哑然失笑的话：“不说了，说了生气！”我不生气，并且这次一反常态，做了一个念发言稿的发言，主要是我很少接到这种比较大型和正规的学术会议的邀请，便老老实实按照会议的要求写了一篇论文，每个人只有九分钟的发言时间，我就选择了文章中论及“翻译”问题的一段文字，时间紧迫，念得很快，像RAP一样，逗得与会者前仰后合，笑作一片。我在会后过了多时，听到一位未到会的朋友转述一位与会者的观感：说我“舌战群儒”什么的，我还大吃一惊：战什么战，哪里有战？但仔细想想，人家说的反而更加真实：即便你不是伸着脑袋对着吵，即便你是各说各的，也像是在吵，因为分歧实在太大了，即便你啥都不说，还有一股火气在，那火当然不是无名火，恐怕也不仅仅来自于“盘峰会议”的宿怨吧？我以为这股火来自于后来的形势变化与今天的现状——大概无法令某些人满意吧？所以，现实中的情况比徐江当年预言还要复杂还要微妙。

马陌上：身为大学老师，你批驳“学院派”时，总是那么理直气壮吗？我的意思是，这中间有没有令你觉得别扭的地方？

**伊沙**：更加理直气壮！没有别扭的地方——除非你觉得自我批判是别扭的。我还是用一首新诗来回答你个中的道理——

无题105

从家谱中读到
自我的曾重祖父

内阁中书吴传灏起

俺老吴家

书香不绝

已历五世

靠！我总算找到了

我对知识分子

天生反感

一见就烦

骂不绝口

深谙其丑陋

打蛇专打其七寸

一打一个准

的根源所在

并且发现自己

尚且有救

马陌上：能否回应一下周伦佑对你参加鹿特丹诗歌节的发难？“寻求西方认可”似乎成为中国当代文学的某种符咒？

**伊沙：**你既然提到此事，我这儿刚好还有后话可述：在一年前那次新闻事件中，我提到鹿特丹诗歌节对我的英文简介并非我所提供（没有要求提供），那是谁提供的呢？荷兰著名汉学家、莱顿大学教授柯雷先生在后来一次电话中告诉我：是我作品的荷兰语翻译、他的博士生马苏菲女士提供给诗歌节的（她是诗歌节聘请的翻译），但也不是她自拟的，她是从这本书里取用的：*New Generation：Poems From China Today*——该书是由美国纽约的 Hanging Loose Press 在 1999

年出版的，其中收有24位中国诗人的作品，我的诗被收进了6首，作者简介是通过我提供的中文翻译的：我说我是《非非》编委（两期《非非》杂志编委名单中印有我的名字），译过去就是editor这个词。我想到此为止，正派的人已经了解了这个事件的全部真相（包括所谓的“问题”出在哪里）。

至于周伦佑，我认为他也不是这次新闻事件的肇事者，抢发假新闻的肇事者是他的一个诗歌马仔，周真的以为我冒名顶替了他吗？我想他不至于这么幼稚，他不过是一时动了邪念罢了：炒出来再说！网上最先提出这个问题的是杨黎的一个诗歌马仔，杨黎自然不会这么幼稚，他在这次事件中的表现是一个真正的诗人所为（说“朋友”好像有点混淆是非）。

一句话：该是你的机会，跑也跑不了；不是你的机会，抢也抢不来——一切随缘为好，这是我一贯的态度。

马陌上：尽管诗歌仍旧呈现某种繁荣（比如作品数量、相关刊物数量、相关网站以及论坛数量以及它们的活跃程度），但我已经许多年不曾碰到在公交车、地铁里手拿一本诗集的人了——更多情况下是拿着MBA或者托福的教材，到底是时代不需要诗歌，还是诗歌脱离了时代？之所以在这个问题上纠缠，是因为它关涉到“理想主义是不是在逐步陷落”“中国人精神是不是在持续走向萎缩”等更为老生常谈的问题。也许这更有助于我们掂量清楚“现代化的代价”。

**伊沙**：呵呵，朋友，在此问的尾巴上，你“新左派”的马脚又露出来了，将此归咎为“现代化的代价”——我忽然想到：你该和于坚有的聊，人家现在可是新左派的准思想家，你们俩可以坐在一起同声声讨“现代化”。

我认为不是这个问题。

我们这些书生，不要坐而论道，我想这是一个什么问题呢？教育部一声令下：高考作文要考写诗！你再看看会是什么局面——唐朝无非就是如此。在一个大一统的国民文化程度并不高的古老国家里，自上而下的制度应该是唯一行之有效的办法。

（2009 年）

# 写作对教学有帮助

## ——《新商报》访谈录

1. 作为一名大学老师，您是如何走出象牙塔成为不断有新书问世的公共知识分子的？您觉得这两种身份之间的距离大吗？

**伊沙**：对不起，我不大喜欢“公共知识分子”这个词儿，甚至于不喜欢“知识分子”。我觉得在中国的语境中，“知识分子”这个词儿充满了异味，与世界（别说是“西方”）通行的意义是不同的，它更像是古代士大夫在现代等而下之的变种。至于说到“公共”，中国式“知识分子”的“公共”性难道不是世界通行之“知识分子”的题中应有之义吗？于是，“公共”变成了现代士大夫的“秀场”，那些整天在电视上“公共”在新浪、热点、博客中“走秀”的“知识分子”真让我觉得恶心！

作为一名大学教师，我之写书可不是为了成为这样的“知识分子”，并且“公共”一把。看看我出的都是什么书？诗集、散文随笔集、中短篇小说集、长篇小说。连一本可以用来评职称的八股论文集或东拼西凑的所谓“学术专著”都没出过，所以我的写作与我的教师身份毫无关系，我更不会写那些面向大众浅薄注经的学术垃圾书，所以我的写作与“公共知识分子”也是毫无关系。

这么说吧：我是作为一名诗人出诗集的，我是作为一名散文家出散文随笔集的，我是作为一名小说家出小说集和长篇小说的，我是以一名全天候作家的身份来写作和出版这些书的，我的写作是文学专业意义上的写作，就文学来说，我是个专业作家——这里的“专业作家”不等于作协旧体制内的那个职位，是从纯粹的文学性上来讲的，是以你最终所达到的水准来衡量和评定的。

教师不过是我的职业（文学写作才是我的事业）。教师与作家这两种身份在我这里不可以放在同一个层面来进行比较。只是大学教师的职业特点：譬如每周几节课，上完课不用坐班，让我有较多精力和时间来写作。也许大学教师是最有利于写作的职业？

2. 您为什么要从事公共写作？在公共写作方面您有何规划或理想？

**伊沙：**不是公共写作，而是文学创作——文学创作，公开出版，罢了。

我的理想就是成为一名优秀的全天候作家，在我同时代的母语写作中甚至是最优秀的。

我的规划是一年写出一到两本高质量的书。

3. 像鲁迅、胡适、陈寅恪、冯友兰等人都是既当老师又从事写作，并最终成为一代宗师，现在这样的知识分子似乎少了，您认同这种说法吗？如果认同，您觉得其中的原因是什么？

**伊沙：**不是少了，是绝迹了。我们已经失去了产生这等人物的土壤和空气，客观因素在于体制，主观因素在于灵魂上的自轻自贱，能够踏实坐下来，埋头于创作和学问的人几乎已经绝迹了，大学里到处都是体制的爬虫，为了体制的小恩小惠蝇营狗苟，耗尽心力。但是，我们也不要因此而失去希望，中国出人似乎从来都只能拜托天才的个体，明知不可为而为之，将不可能变为可能！

4. 从事公共写作对您教学有没有帮助？这种帮助主要体现在哪些方面？

**伊沙：**当然有帮助。譬如，我带的主要课程是“基础写作”，讲授的是“基础写作学”这门理论。因为我有写作的经验可以传授给学生，所以就不会上成一门空洞的理论课，纸上谈兵。我觉得大学的写作课都应该由作家、诗人来上，但在目前的中国似乎存在着两难：一方面，体制上缺乏灵活性，大学进人宁要博士不要作家；另一方面，中国作家、诗人普遍不学无术、自身缺乏理论素养，偶尔到大学搞场文学讲座还可以对付，但让他们长期上一门理论课，可以胜任的人并不多。

5. 教学对您从事公共写作有没有帮助？您是否经常与学生交流书本以外的话题，这种交流对您的写作有没有帮助？

**伊沙：**有帮助。长期的教学工作使我对理论保持着敏感度，能够经常思考本质规律的问题，这对我的写作是有好处的——当然，这其中还包含着一个理论与创作之间的转化问题。

我与学生的交流仅限于每堂课的课间，我站在教室门外抽烟的时候，有些学生会到我面前来提些书本以外的问题，我会认真解答——这个过程也会让我对他们有所了解，也许对我的写作有帮助。有人说，在学校里教书不容易变老——这话有一定道理，因为你的学生永远是年轻的。

6. 您在学校教什么课？您喜欢自己教的课吗？学生们对您的课反响如何？

**伊沙：**近年教授的课程有：基础写作、中国现代文学、文学创作与批评。

我喜欢自己教的课。不喜欢的不教便是，譬如我曾经教过的中国当代文学、新闻写作、实用写作等。

学生们对我的课反响良好。我有一个观点：你是不是一个好老师，学生说了算；你是不是一个更好的老师，学生长大以后说了算。

7. 有人说改革开放以来中国最大的失误是教育，中国教育不但与欧美差距很大，即使与民国期间相比也有距离，您认同这种说法吗？为什么？您觉得当前中国教育存在的主要问题是什么？

**伊沙：**我愿以一名具有二十年教龄的教育工作者的身份来证明这种说法的正确性。甚至可以这样说，就其自身的发展而言，也是处在一种退步之中，现在的教育质量与 20 世纪 80 年代都不可同日而语。我刚回母校北师大参加了我所在的中文系 85 级毕业二十年返校重聚活动，我们请回当年的老师为我们重新上课（其中有著名诗人、诗学家任洪渊教授），还有每位与会同学都发表了极其精彩的感言——我为我的同学而感到震撼！深受撞击！他们来自于祖国各地，甚至于远在海外，从事的工作五花八门，但是他们身上鲜明的理想主义色彩、高贵的精神追求、浓重的文化情结、在对老师对知识的尊重中所体现出的超凡脱俗的价值观、因专业（文学）特点而带来的对诗意人生的追寻以及因情感的细腻、敏锐而对世界的深刻体悟，无不令我这个整天泡在诗里的人大吃一惊！我为我们这代人而感到自豪和骄傲！回想当年，“天之骄子”真不是白叫的。在那个特殊的年代里，那样的老师教出了那样的学生，我们所受的教育是携带终身的。作为昨日学生和今日教师，我当然知道我们的教育倒退在何处，文化知识的神圣性已经消失殆尽了，这与社会的大环境有关，靠教师的一己之力无法扭转，一切都变得那么急功近利。拿我来说，开一门“实用写作”的选修课肯定会比学“文学创作与批评”的人多，但我也深知：你给学生整天教合同书的写作格式，与跟他们讲讲李白、鲁迅相比，肯定会影响他们的身心发育——但是，这个急功近利的时代就像一个不知好歹的傻孩子，更感兴趣的是前者而非后者。俗话说，你给人一杯水就需要准备一条河，当接受者永远需要同一杯水的时候，那条河就不必准备了——这就是现在的大学教师。

8. 对于读者阅读您有何建议？您有什么可以与读者分享的阅读经验？

**伊沙：**请看这组可怕的数据统计：中国有读书习惯的人从几年前的 7% 下降到 2004 年的 5%，而英国有读书习惯的人，从 1977 年的 54% 上升到了 2002 年的 65%。

因此我的建议是：不论读什么，还是先读吧。

（2009 年）

# 我心中永远的长安

## ——“我爱我的城市”专题访谈录

1. 您在西安生活了多少年？西安这些年最大的变迁是什么？

**伊沙：**除了出生后在成都的两年，大学四年去北京，其他时间：43-6=37——我在西安已经生活了37年了，这可真不算短！应该可以算作“老西安”了。也许是“只缘身在此山中”之故，你说它最大的变迁是什么，我还真不敏感。一般情况下，是外地的朋友来了，对其外在“变”的部分比较敏感，我总是听到N年不来的人来了之后说：西安变化太大了，变得叫人认不出来了云云——那“变化太大”的部分又是什么呢？无非是盖了很多高楼，马路拓宽了，城市设施现代化了——是时下中国大地上任何一座城市都正在发生着的那些“变迁”，也没什么特别的——要说有一点点不同，那就是西安有一个古老的背景在那儿比照着，譬如大小雁塔、明代城墙摆放在那里，所有现代的高楼大厦似乎都会显得更加现代一些，古今对比比较扎眼一些罢了。

2. 中国的城市这些年经历了巨大的变化，这些变化有积极的一面，也有被人诟病的一面，你是怎么看待这些问题的？

**伊沙：**可以顺着第一个问题往下说，所有“巨大的变化”都有一个共同的方向——现代化！这个方向大概是没有问题的吧？如果有人认为这个大方向有问题——那么跟这路人我无话可说。我有一个北京朋友，2002 年他来西安的时候，我陪他打车去一个地方，沿路走的是东郊破旧的大厂区，他以北京人那种与城俱来的优越感说：西安比北京落后了 20 年！ 2007 年他又来，我们一起去赴一个饭局，沿路走的是西高新开发区，我好心好意地说：可以刚好让他见识一下西安现代的一面，没想到他看着看着竟然生了气，骂不绝口：说这是瞎搞，西安不应该建得这么现代，应该保持其古城的风貌云云。我一边听一边偷着乐：西安不现代的部分可以满足你北京人的优越感，西安现代的部分又满足不了你操蛋的文化情怀——这种心态很有代表性，都希望自己住在现代化的城市里，越现代化越好，希望别人永葆原生态，成为自己的旅游地……这种心态里有种非人性的东西，比当年到非洲去开发殖民地的欧洲殖民者还要坏。所以，我从不以现代化带来的种种弊端来怀疑现代化的道路。

3. 这些变化对你的生活产生了些什么样的影响呢？

**伊沙**：那还用说吗？我住得更好了呀，生活更方便更文明了呀。包括我工作的环境，西安长安区大学新城的建立是近几年的事，路途遥远，虽说我去上一堂课的成本增加了些，但那是开窗即见终南山的环境，是一个明显更适宜授课与读书的环境，是一个更像一所现代化大学的环境。过去我们那个在城边上的老校区,更像一所中专，学生一出校门就走进了菜市场，从校门口进出的学生嘴里啃着肉夹馍，一身的烟火气，口喷肉味向你打招呼，这样好吗？所以，我宁愿克服给自己带来的不便去一所真正现代化的大学授课——西安外国语大学的校长是留法回来的，把校园设计得很西化，很洋气，瞧着特好。

4. 请您谈一谈你理解的这个城市的生活细节？

**伊沙**：什么细节？叫人从何说起？我首先想起的是一个典型的西安细节，说明的是本地的地貌与气候，在这里皮鞋很容易蒙尘，出趟门上面就是一层灰，由于这里气候比较干燥，西安的北面是世界上最大的也是唯一的黄土高原——它后来崛起为中国的新火炉城市也是由于这个原因，北面是陕北高原，南面是秦岭，使其处在一个狭长的"盆地"之中。前些年有人说，在西安擦皮鞋应该生意好，话音未落，遍地都是擦皮鞋的，生意果然不错。

5. 你认为最能代表西安城市生活的几个关键词是什么？为什么？（比如北京的烤鸭和胡同，上海的生煎包和弄堂，广州的外贸批发和干炒牛河，成都的麻辣烫和变脸。）

**伊沙**：首先我想说：这种思维方式太简单，太粗暴，也很落伍：烤鸭和胡同怎么能代表得了北京呢？生煎包和弄堂怎么能代表得了上海呢？——也许多列几个是明智的，我想列如下几个关键词来代表西安：大小雁塔、秦兵马俑、明代城墙、碑林、茂陵石刻、卫星探测中心、大学新城、飞机制造业、高新开发区、秦腔、西部电影、摇滚歌手、当代小说、先锋诗歌、考古学、书法艺术、羊肉泡馍、葫芦头、各色面食……原因不言自明。

6. 你认为西安城市生活的黄金时间是哪一时刻？您个人的城市生活大概是什么样子的呢？

**伊沙**：黄金时刻？在我看来的"黄金时刻"是在上班族都去上班的非节假日，你到西安的各处去走走，黄金含量真是高，我作为一名不用坐班的高校教师，有这样的机会。至于我个人的城市生活，我因为并非一个"闲人"，日常要写东西，所以我不是为生活而生活的那种人，一切以写作为中心：平时因为老是一个人在家，所以午饭需要自己解决，除了热热剩饭、泡方便面或到妻子单位的公共食堂用餐外，就是到街上的小饭馆去解决；节假日，会陪家人出去玩玩，或看场电影，还有就是外地有朋友来的时候，陪他们到各处名胜去走走。本地朋友（大多是诗友），不定期会聚聚，吃吃饭，喝喝茶，聊聊天。我的生活非常简单，也很自然。

7. 西安是一座文化古城，能谈谈你所理解西安这座城市的文化吗？

**伊沙：**不要一味强调其“古”，它是一个多元化的文化构成：古老的传统文化只是其中的一元（就像古老的建筑也就留下来那么几个），它还有其他元：譬如开国之初的20世纪50年代，这里建了很多大型的工厂，很多厂包括人都是从全国各地迁来的，东北、四川、上海……所以现在的很多西安人其实是这些移民的后裔，我记得曾在陕西财经学院教过两年书的诗人韩东曾在一篇散文中写过：这是一座讲普通话的城市，连公车售票员都讲普通话，他其实触及的就是西安文化的这个元，就是移民文化的特征，西安出去的那几个摇滚歌手张楚、许巍、郑钧基本上都是这种大厂子弟；譬如通过高考或其他手段，由陕西其他地方（陕北、陕南、关中）的农村迁入城市的人群，代表着乡土文化的一元，西安那几个著名的小说家路遥、贾平凹、陈忠实正是这一元文化的代表；还有大学城的文化，不要忘了，这里的大学曾经是全国第二多的，科研单位之多也位居全国前茅，形成了又一元，以我、秦巴子、沈奇、朱剑、西毒何殇、艾蒿等诗人为代表的先锋诗歌就与这一元的文化有关……我所理解的西安文化正是如上这些元（还有更多的元）共同构成的。

8. 你心目中西安的城市地标是什么？为什么？

**伊沙：**大雁塔——谁都愿把雄起时的阳具作为象征。

9. 中国在城市上喜欢按一、二、三线来划分，如果非要来划分你认为标准是什么？

**伊沙**：我对这样的划分很反感，既不想了解它的标准，也不想制定标准。

10. 你去过二线以下的城市吗？对这些城市有些什么样的印象？

**伊沙**：我搞不懂什么叫“二线以下的城市”，山西的晋城算不算这种城市？5月下旬，我和几个朋友到那里去参加第二届太行诗歌节，我发现那是一座非常适合人居的小城，我的朋友诗人邢昊就住在那里，我为他住在这么宁静舒适的环境中而感到高兴。我在此必须指出（也顺便打击一下人心不是肉长的“新左派”），正是大张旗鼓地现代化建设才使得中小城市变得舒适起来，当它们在城市基础设施方面与大城市区别不大的时候，小的优势就发挥出来了。当整个现代化的进程完成之后，会是什么样子？你看在西方，“小镇”简直成了“天堂”在人间的代称，只有条件住在大城市的人反而会吸引别人同情的目光。

11. 请列出你经常活动的地点及名称（吃喝玩乐、购物和休闲活动等等）

**伊沙**：请参看我的如下推荐：

一、半坡：每一个土块都价值连城，值得触摸（尽管严禁你摸）。

二、兵马俑：壮观美妙，气势如虹！“世界第八奇迹”可不是白叫的。

三、乾陵：世上最性感的陵墓，形似女人平躺的身体，大女人的墓碑是无字的。

四、茂陵石刻：朴素、简洁、苍劲，既具象又抽象的艺术，严重启发过我的诗。

五、大雁塔：盛唐，它在那儿！

六、西安城墙：上去走走，恍若隔世，迷失古代，永不回来。

七、鼓楼一条街：各色小吃香气扑鼻，你需要一个硕大的胃！

八、德福巷（咖啡一条街）：有欧式风格的咖啡馆和美式风格的酒吧，老外、小资的家。

九、大清真寺旁老米家羊肉泡馍馆：羊肉泡馍乃西安第一名吃，在此行业出人头地难乎其难，本城食客吃家推选的“第一”。

十、小南门天发芽葫芦头馆：葫芦头是仅次于羊肉泡馍的西安名吃。又是“第一”，甚至没有第二。

十一、2068 香辣虾北关店：排队、叫号，等一小时才有座位，门前停满了车。

十二、草场坡老阎家面馆：西安人擅长于面食，我口中的“众面之王”。

十三、大唐芙蓉园：有“国会山”一般的“诗人山”则灵。

十四、杜公祠:成都的杜甫草堂又算得了什么呢？大诗人出长安。

十五、长安区大学新城：各个城市的大学新城大概都是一样的，但此处的背景是终南山。

12. 你去过很多地方。请对比其他地方，谈谈你心里西安的风土人情和本土美食。西安的美食有些什么特点呢？

**伊沙：**我认为美食发达的城市或地区的成因：一、古来富庶之地。二、历史不能太过短浅。三、文化形态不能太粗糙，也不能太单一。这三点西安正好都具备，所以它成了“美食之城”——在我看来，它是中国北方头一号的“美食之城”。西安在历史上就是回民的形成地之一，回民擅长的牛羊肉食品是西安美食的一大支柱，关中平原盛产天下最好的小麦，所以它的面食极为发达和丰富。历史的长远，使很多食品处在一种反复验证和不断修正之中，也就是说西安的很多美食是经过更多代的人之口挑剔过的，另外它的包容性也很强，有人说成都出了什么“新派川菜”，真好吃的话三天后西安就有了，我去过乌鲁木齐，也吃过那最著名的烤羊肉，但我认为不及西安，西安人的烤羊肉有个去膻化精致化的工序，更符合汉人的胃口。从食品风格上说，这里不像西北，更像中原，它是从内部趋于精致的，十分讲究的——文化上也是如此。

13. 在你看来，西安人有些什么样的特征，又是些什么客观原因造就了这些特征？

**伊沙**：说到人就是一个复杂的问题。很难一言以蔽之。我想这么来总结：

一、雍容与懒散兼具

二、自信与自负并存

三、大度与小气兼具

四、朴实与狡黠并存

五、开放与保守兼具

六、深沉与固执并存

七、精神与物化兼具

八、短视与永恒并存

……

这些自然是历史与现实的原因造就的，还有我前面列举的“新西安人”的汇聚所形成的，就不一一细说了。

14. 西安这座文化古城对你的写作产生过影响吗？如果有，那是些什么样的影响？在你的笔下，又是怎样描述这个城市的呢？

**伊沙**：当然，这毫无疑问。这个影响说有多大就有多大，因为它首先影响了我这个人，决定了我这个人。我父亲是重庆人、母亲是上海人，但我是西安人，祖籍毫无意义。这座城市对我的文学风格有着这几个方面的提示：开放、先锋、强悍、厚重、结实、从容、幽默——有几点是朝着相反方向上的提示，就是这里欠缺的我要拥有。包括脚踏实地、埋头苦干、靠作品说话的写作态度。我曾经在别处说过：在文学越发轻巧化的时代里，陕西的小说家所写的长篇为什么都是一块板砖——我以为这是不朽的城砖的暗示！就像你拦不住江南的作家小巧细腻一样。我的几个长篇，《中国往事》是以20世纪70年代的西安为背景，《迷乱》写的是20世纪90年代前期后又跳到了新世纪的西安，《狂欢》写的也是20世纪90年代后期到20世纪末的西安，《黄金在天上》下半部写的是20世纪90年代到21世纪的西安。我不会像有些传统作家似的，将“城文化”当成课题写，我写我的现实环境，自然就写出了一个更真实更有时间性和历史感的城。至于我的诗歌，大部分所涉及的生活现场就是西安，特别是长诗《唐》，可以这么说：没有西安就没有《唐》，那么刚好，我引用一段自爱的《唐》的片段以飨大家，并就此结束这次访谈——

名花美女
两相看
两相欢
没那君王什么事儿

春风里有无限恨
吹拂着千年后的
那个黄昏

那个少年
沉香亭北倚阑干
等待着他的小美女
在花丛中出现

那次终无结果的等待
不过是为了这首长诗

（2010年）

# 话说新世纪诗歌

## ——《诗探索》访谈录

**提问者：王士强**

1. 你对20世纪以来的诗歌生态满意吗？你同意有学者所认为的这一时期是中国诗歌生态最好阶段的说法吗？

**伊沙：**无所谓满意不满意，没有绝对的满意，也没有绝对的不满，任何生态环境都是我无法选择的——所以只能被动接受。

至于第二个问题，我想指的是新诗以来吧，经过一番回溯我选择同意。还有没有更好的一个阶段呢？看似热闹的20世纪20—30年代，就诗歌生态来说，也好不到哪儿去，有一种新诗发轫期的贫瘠与寒碜。貌似辉煌的20世纪80年代，也挣不脱国门重开时西方文化补习班的实质。相较而言，还是现在最好。

2.21世纪初的诗歌在艺术方式、美学取向等方面发生了哪些明显的变化，请予以简单归纳。

**伊沙：**更加口语、贴身、性感、人味——这些特征早在20世纪90年代便出现在个别诗人率先开始的写作实践中，并且留下了一批有影响的代表作，到了21世纪初开始波及流派、群体，被总结成宣言、口号，借助时代的大气候，一时之间，蔚然成风，风靡一时，但又迅速沦为变味的时尚与下作的恶俗。

3. 网络作为新生事物对于21世纪诗歌有怎样正面和负面的影响？它是否可能改变中国诗歌发展的某些基本格局？

**伊沙：**最大的正面影响：自由发表！最大的负面影响：贴大字报、小字报，释放人性恶！

它已经改变了中国诗歌发展的基本格局：网络成为第一现场——几乎所有新起的优秀诗人都出自于这个现场——我刚编完《被一代——中国诗歌十年档案（2000-2010）》一书，对此深有体会，感慨万千。不了解这个现场的人就等于不在一线，发言无效、沦为外行。

4. 你对现在诗歌刊物的状况满意吗？现在的民间诗刊发挥着怎样的作用和八九十年代相比有无变化？

**伊沙：**还是那句话：无所谓满意不满意。不好好编或编不好的人，我又不能代他们编。

好的民间诗刊起到了将第一现场——网络上的诗去粗取精去伪存真保存下来的作用。民刊的作用与20世纪八九十年代相比已经大为降低，这个趋势无可挽回。

5. 在“娱乐至死”的时代氛围中，诗歌与娱乐文化、流行文化之间是怎样的关系？如何看待某些诗人的炒作行为？

**伊沙：**真正的好诗与之水火不容。真正的诗人对其不屑一顾。炒作有度，空炒不灵。

6. 当今口语诗歌有着怎样的成就和误区，如何看待它未来的发展？

**伊沙：**将当今口语诗歌所取得的成就说得再大都不为过——从你只问口语诗而不问意象诗、抒情诗就可看出它在21世纪初这十年的鹤立鸡群独树一帜。它将在未来处于绝对的统治地位，甚至是唯一有效的品种——全球如此，不单中国。误区？我从不会在写得差甚至连诗人都不是的作者身上寻找“误区”——在此一点上，应该有大量的人站出来向口语诗歌道歉。我在后两问中告诉你口语诗真正的“误区”何在。

7. 应该如何定位诗歌写作与现实生活的关系？在艺术的自主性、独立性与艺术反映现实、干预现实之间，当下的诗歌是否存在偏差？

**伊沙：**好问题！

我的界定是：诗歌写作是对现实生活艺术地再现。

我的回答是：存在。当下诗歌，主要是在某些口语诗人或其变种那里：诗歌沦为现实的奴隶，表现现实的工具，简单粗浅地介入现实，毫无艺术想象力，题材优胜论的投机分子（这与主旋律诗歌的玩法别无二致）……这是口语诗歌存在的一大误区。近期以来，我在同道中提倡“纯诗写作”、“与现实保持一定距离”针对的就是这一局面。

8. 您认为当前诗歌创作存在着怎样值得注意的问题？

**伊沙：**如前所说，你们诗评家有一个极其错误的思维方式：将不入流的诗人写作存在的问题当作当前诗歌存在的问题——如此，文章好做，愤青檄文或道德文章，学术含量几近于无，什么问题都解决不了。这种思维还很大众化，譬如网虫们每次恶搞诗歌，譬如“梨花体”、“羊羔体”，体现的都是这种思维。如此恶心中国诗歌，你恶心得着吗？那是他们自身写作中存在的低幼问题，不是中国诗歌的，以他们的水准，尚无资格代表中国诗歌。

鉴于此，我换一个角度来回答你的问题，我想我在写作中解决了或正在解决的问题，就是中国诗歌曾经或依然存在的问题：譬如我写《唐》的针对性就是口语诗歌对日常现实生活的过度依赖，通过重返历史语境的方式重新找回诗歌应有的艺术想象力；譬如我写《无题诗集》的针对性就是口语诗歌庸俗意义化、所指过于明确所带来的对诗意和艺术性的伤害；譬如我正在写作中的《梦》就是对貌似强大的现实逻辑的质疑、反拨和颠覆，以梦这种超现实的方式进行重组，而梦本身就是人与生俱来的诗意行为……这些都是问题，好在我已经意识到了并在写作实践中加以纠偏和修正——由此你也可以看出：为什么口语诗歌纵横驰骋这十年渐成主潮的原因。我等老处于被误读和谩骂之中，便有了自我修正的能力和不断造血的机能。被当作传统诗歌正宫娘娘的意象诗、抒情诗，无人责骂，孤芳自赏，便死掉了。

（2010 年）

# “有多大的责难您都能面对”

## ——《现代生活报》访谈录

**采访人：王西平**

**受访人：伊沙**

1. 据说您很有本事，能在看电视、看足球、带儿子玩儿的时候，灵感的火花闪现，等电视看完、足球赛看完、儿子回家，你的诗歌或酷评也已经构思完成。是这样吗？

**伊沙：**没错！比较典型的一个场面是1995年冬天，儿子刚生下来，每天晚上我要给他洗尿布，给妻子准备夜宵——做完这些之后，伏在餐桌上写酷评——那时候，这些文章是必须写的，儿子的进口奶粉钱得靠我写出来。如果这叫“本事”，我过硬的“本事”是几乎不靠笔记灵感，就靠脑子记，一方面我的记忆力足够好；另一方面，我有一条经验：被事后忘记的灵感不值得写，所以我不怕忘记，很多灵感当时忘了，日后还会再度光顾你，甚至是在过了很多年之后——这些得自写作内部的经验，我善于及时总结，所以储藏量非常丰富，很有自己的一套，所以写起来比较从容，成功率高。

2. 您的中小学时代在西安度过，能谈谈小时候的情景吗？您吵架的本领是不是从小练就的？打过架吗？

**伊沙：**我已经谈了，谈得太多了，厚厚一大本，31万字——那便是长篇小说《中国往事》，有兴趣的读者可以去看：我的童年过得多么精彩！多么有趣！在此我就不谈了，再谈要吐了，所谓“写伤了”。

我在日常生活中极少跟人吵架，你说的“吵架的本领”大概指的是在网上，在论坛中，也许还有一点诗歌学术会议上的争论（像“盘峰论争”那样针锋相对、唇枪舌剑的场面其实是少之又少的），这种“本领”其实不是什么“吵架的本领”，而是即兴运用专业知识和语言的本领——这自然是我这样的诗人、作家的强项了。

“打过架吗？”——这种问题问到我们这些那个时代成长起来的“红小兵”头上，对男孩子可就是一种侮辱了。当然，也要看每个人生活的环境，就像我在《中国往事》中所描写的：我虽然生在一个知识分子家庭，但是我从小生活的环境却是在市民聚居区，相当一部分都是社会底层的贫民，与那些孩子一起长大，拳头是唯一的发言权，我可以说是打架打大的——这很好，我遇事不怵也许正与此有关。

3. 能谈谈您的初恋吗？

**伊沙：**那又是一个精彩的故事，可以直接写成小说（连编都不用编），我计划将它放在《中国往事》的续集中去写，在此不谈，一言难尽，还不如保住这口真气留给日后的小说。我在诗里写到过，譬如第一本诗集《饿死诗人》中的一首《升华的过程》：

初恋的情人
忧郁了我整个高三的
我的第一首臭诗的

拒绝者

远在异国他乡

她不是离我而去

她是嫌弃塑我的泥

也是在高三那年

宝玉说过：女人是水

多年之后的一个下午

她从远方寄来相片

美丽的女人

在我象征主义的目光里

整个东方大陆金碧辉煌

缠绕在她脖颈之间的

项链和一条多毛的手臂

身边一张富裕的肚皮

令我当初初恋的情感

骤然升华

朋友们：此刻

爱国主义在我心头

油然而生！

（1990年）

4. 你在不少诗中写到了妻子和儿子，能谈谈他们吗？

**伊沙：**我有一个心愿，这一生给妻子的诗能出一本诗集，给儿子能再出一本，现在看来我将出厚厚的两大本。怎么可能写得少呢？他们是与我朝夕共处的最亲近的人，是最容易激发起我内心诗意和诗情的人——如果不是如此，要么我的生活出了问题，要么我的写作出了问题。如果我在一个诗人的作品中看不到他（她）的亲人、爱人，那么他（她）对人类的所有思考都将是可疑的。感谢上苍，赐予我美好的妻儿！

5. 除此之外，能谈谈您的父母吗，以及其他的有血缘关系的值得您谈的人。

**伊沙**：若干年前，一位重庆籍的男生与一位上海籍的女生在西北大学生物系成为不同届的同学，男生比女生大一岁，但却比女生低两届，因为男生在初中毕业后有过参军的经历，然后才回来上高中。两人毕业后分在同一个单位（陕西动物研究所）做同事，恋爱、结婚、生儿、育女——这就是我的父母的故事，母亲于 1997 年因患尿毒症去世，父亲仍然健在，和我们幸福地生活在一起。我还有个亲妹妹，十年前移民去了加拿大，现居美国。

6. 在您的博客里，我看到了您 14 岁的儿子写的第一首诗《虎之梦》，有点像讲故事，真是虎父虎子。那么您如何评价呢？您希望他成为您这样战斗力超强的诗人吗？

**伊沙**：他先写了一篇作文，得到老师、家长的称赞，然后他很激动地说：他要把它改写成一首诗，于是便有了这首《虎之梦》——我觉得他写得不错，比我当年写第一首诗的岁数小了三岁，也比我的第一首诗写得好，以我这个职业的大学写作老师的眼光看来，他在写作上是有天分的，应该是来自遗传？至于他将来做什么，成为怎样的人，我的希望估计不会产生任何作用，所以我也就不希望，看着他一天天健康快乐地成长，就足以令我幸福！

7.《文友》曾经以紧跟文化时尚的“酷评”文章，以摧枯拉朽之势征服了无数懵懂无知的傻冒青年，您作为《文友》杂志策划、主编与徐江等人在当时挑起“民间写作”的大旗，与“知识分子写作”分庭抗礼，血战到底。可是后来，《文友》停刊了，您丢了饭碗，那么现在来看，那场“血战”对你来说是赢了还是输了？

**伊沙：**这倒让我真的想起了里尔克的那句俗话：“有何胜利可言？”——我真诚地说一句：在世纪之交的那个特殊时段里，我们通过《文友》杂志参与了中国文化的现代化进程和面向大众的普及工作，这就够了，还要什么？《文友》是空前绝后的！

8.《文友》后来改版成了《男友》，成为纯粹和《女友》“妇唱夫随”的时尚杂志，对于这份杂志您如何评价？

**伊沙：**《男友》——还不如直接叫《鸭子》呢！——这是一本从自身到销路都完全失败的杂志，亏本多年，成了《女友》的一大负担，现在已经转刊为《女友》的什么版。真可谓“早知今日，何必当初”！

当年改版前，我不知苦口婆心地向老板力谏过多少次，我讲的是生理知识：男人爱看女人，女人不一定爱看男人，男人更不爱看男人。把老板也说烦了，最后回我：“不要做杨修。”——我在两月前的诗中刚写过。于是，我坚持主编完《文友》的最后一期，然后辞职而去了。

9. 能记得您人生中的第一首诗吗？成名以后，遭遇过退稿吗？详细说说看。

**伊沙：**当然记得，我在《十诗人批判书》中披露过一次，在此可以再献一次丑。我很幸运，我平生所写下的第一首诗就公开发表了，发表在1983年9月25日的《陕西日报》上，全文如下：

夜……

交相辉映，

像天上的星星；

又像一双双

探索的眼睛……

（1983 年）

我所谓“成名”以后，遭遇的拒绝反而有增无减，现在早已经没有“退稿”这回事了，应该叫“泥牛入海”，也有“婉言谢绝”。前阵子，我看到某诗歌大刊的主编退休了，写了一篇工作总结性的文章，其中提到他在任上的政绩，培养了什么诗人等等，我的名字赫然出现在 90 年代的三大代表人物中（还排在第一位），我看了还是很高兴的，觉得自己的名字有人爱提。但掐指一算，近二十年来，我总共在该刊上下月刊加起来也就发过五、六次稿子，参加过一次该刊举办的传统诗会，从未染指过该刊所颁发的众多奖项中的任何一项，近七年已经没有在上边发过一个字了，怎么算是他们培养出来的呢？他们的那些精心培养抱着哄着的“嫡系部队”呢？怎么不提？是不是名字说出来没人知道啊？

10. 生活中对您影响重大的是什么人？（别提诗人）

**伊沙：**父母——岁数越大越发现这一点，你身上所有的东西都是有出处有来历的。

11. 您为什么热衷于“鬼”呢，它在你的生命中意味着什么？

**伊沙：**我所热衷的“鬼”是一种鬼聪明——一种狐狸般狡猾的智慧——这种东西属于天分，有则有，没有后天也学不会。实话说吧，这才是我写诗最大的“秘密武器”！

12. 我别喜欢的诗人还就是一见如故、一拍即合、成为朋友……

**伊沙**：对不起，没看明白……

13. 我记得有一本名为《青楼》的小说，书里的内容和您的新作《狂欢》一模一样，可封面上却打上了几个大字“陈忠实新著”。盗版盗到这个程度上，真是绝了。但您怎么又认为这“对自己也是种肯定”？这种牛头不对马嘴的事，陈忠实知道吗？他没觉得苦恼吗？

**伊沙**：在长篇小说写得日益轻薄（轻型纸可以假冒其厚，但重不了）的当代文坛上，只有“陕军”还在烧制“秦砖”，《白鹿原》49 万字，不法书商要在网上盗用可以冒充“陈忠实新著”的书稿，字数太少是不行的，我的《狂欢》42 万字，比较符合厚度上的要求；另外是题材，老陈的“新著”怎么也该“进城”了吧？ 2001 年夏天，我和老陈作为受邀嘉宾同机赴辽宁出席“球迷论坛”活动，我当面请教过他“下一部”的问题，他也说到“要进城”，还说他的顾虑：写出来怕出不了，刚好我的《狂欢》写的是以我生活的西安为原型的城市生活。在外界看来，我是一名诗人，小说是我的“诗余”创作（副项？），写出的长篇能够被拿去冒充“陈忠实新著”，对我当然是种不小的肯定，不管怎么说，在中国当代文坛上，陈都算是一位实力派的小说家吧。对于此事，他知不知道我不知道，因为平时我与之没有联系。他被我所在的学校聘为客座教授，当时他还在作协主席的职位上，对我的校长说：伊沙是个好作家，就是不入作协，“不是我们不推他，他跟我们没有联系呀”云云。

14. 除此之外，还有什么最让您哭笑不得的事发生？

**伊沙**：“鹿特丹事件”啊！还有“庸诗榜冠军”。

15. 听说您在西安一直“很低调”，这种低调是被动的还是主动的？为什么在全国大红大紫的伊沙在陕西文坛是“编外人员”呢？

**伊沙：**你用“很低调”来说我，一些二百五听了会很不高兴的，我认为主要是被动的。我本来就是“编外人员”：我迄今从未加入过各级作家协会，也不屑于混进本省官方作家组成的各种圈子，自然人家搞活动、搞评奖就将你理所当然地排除在外了。去年春夏之交，中国作协派人来做调查，我作为“非会员作家”的代表被邀去座谈，那位很有权威的调查者说，在全国的“非会员作家”中我的名气和影响名列前茅，然后好言相劝我加入，被我婉言谢绝了——我可以在此公然宣布：我终生不会加入中国的各级作家协会，这是一项我个人早就做出的成熟的决定。与此同理，我也拒绝加入海外成立的那些可疑的作家组织（什么“笔会”、“联盟”等等）。

16. 我知道，有多大的责难您都能面对。2007 年您应邀参加国际上影响很大的鹿特丹诗歌节，有人认为您可能伪造了身份，冒充国内著名诗歌流派“非非”的同名杂志的主编，并冒领了以废话写作等写作主张而成为潮流人物的诗人杨黎的荣誉。对于这事，您已经表过态了，我要问的是，这事发生之前您跟周佑伦关系如何？现在呢？

**伊沙：**谢谢你这么看：“有多大的责难您都能面对。”正好有新料报给你——两个月前，我在杨黎的新浪博客中读到张羞的一篇文章，其中两段文字如下：

张军有一次也问我，我为何上了伊副教授的黑名单时，我是这样说的：这有可能是因为鹿特丹诗歌节“冒名”之事。我看了那篇英文邀请函，还是对邀请人的简介？忘了。在没有求证的情况下，我当时主观上判断，认为此人不会是伊沙，它更符合对杨黎的描述。

然后就把它转贴在当时还没关的废话论坛，用了一句风凉话作为标题。大概是说诗人要多学习英文之类的。结果被伊(我想就是他本人)转帖到“诗江湖”，也许就是这原因，让我荣幸地上了他的黑名单。不过这事，我承认，的确小人了一把。没说的。也许伊本人早就忘了。至于伊是不是冒名，已无所谓了。后来我也没怎么关注这事。说是伊出具了邀请函原件证明之类，如果确实，那自然就无异议了。无非是我个人以为，在诗歌上，伊沙在此前还没有杨黎牛逼。仅此而已。

那事杨黎始终没有出来说话，老实说，我有点伤心。但杨黎又能说什么呢？他什么都不能说。他只是在一次南锣鼓巷喝高时，把我和三儿痛骂了一顿：伊沙比你们牛逼100倍，你们有他写得勤奋吗。老大的话，至今余音绕梁。仅以此小记作为对只属于我私人的小人之心的解释和自省。

我对张其文其人无话可说，只想指出一点，他写的这个不是事实：杨黎当时就出来说话了（有据可查）。

现在我回答你问的问题：这事发生之前我跟周伦佑关系不怎么样。近十年来，我看他在多处文字或访谈中不点名地批判我，我都未予回击，也有其因：1999年6月，何小竹、杨黎请我去成都出席一次“电影与文学”的研讨会，其间周与我通过一次电话：说找个茶馆见见面，聊一聊。结果我爽约了，做得很不对。主要是何、杨这边与周不睦，没法坐在一起，而这边的活动安排得很满，我又是他俩请来的，比较难做。再往前说，周对我有知遇之恩，他当年出狱之后复刊《非非》，写信邀请我做编委，并连续两期力推我的重要作品，还在编后记中将我和叶舟并列为90年代以来最出色的两个青年诗人，对我当时在业界的影响起到了不小的推动作用。现在的关系嘛，去年8月，我应邀赴西宁参加青海湖国际诗歌节，第一顿早饭我便一头撞见了我冒充的人，我们都很主动地向对方打了招呼，周说对我的意见主要是我写的那首《法拉奇如是说》，因为当年复刊号的《非非》是将法拉奇的名言当作扉页题字而又被我如此戏仿，我说“戏仿”不是你们那代人理解的反对、打倒……就交谈了几句，后来也没碰上合适的机会再聊。

17. 据说您要起诉《新文化报》及相关人士？

**伊沙**：当时我已经委托本城一位著名的律师，准备来打这场官司，律师先向《新文化报》发了一封律师函，很快便得到该报聘请的法律顾问的回函，态度特别好，我看罢心软了。我的律师很想打这场官司，但是我一句“别敲掉那个记者的饭碗！”让他没了脾气，我兄弟徐江称我为“大善人”——我理解这绝非“戏称”，我是当得起的，我这个人，害人没激情，从未害过人，最多也就是自我保护罢了。

18. 有评论家曾说您和骨子里全面深刻地继承了摇滚精神，您觉得呢？您对音乐的敏感有多深呢？

**伊沙**：崔健说我对摇滚“算懂”，那我就是“算懂”了，我的诗里有摇滚，但是中国的摇滚已经挂了！跟足球一样挂了！我对音乐比较敏感，别看我不专门听。

19. 有人说您“一天不骂人就难过就空虚，一天不被人骂就更平庸更无聊”，是这样吗？您认为骂人是不是需要艺术和技巧？

**伊沙**：说这话的人不是人！我要是这样的人，我的等腰之著从何而来？骂人的艺术和技巧就是语言的艺术和技巧。

20. 您真名叫吴文健，是父亲给起的吗？为什么要给自己起“伊沙”这么个笔名呢？

**伊沙**：“吴文健”是我上小学前父亲给我起的学名，他的本意是：在无产阶级“文化大革命”中健康成长——那时候，他把“文革”当成新生事物，当成好东西，意思是我要借“文革”的东风健康成长——后来，“文革”结束了，被定性为“十年浩劫”，他的解释就变了，说他早看出“文革”不好，起这个名字是希望我在特殊的时代环境中健康成长——他在撒谎。我的原名叫吴一砂，是我祖父给起的，父亲转述的意思是：雷锋是颗平凡的永不生锈的螺丝钉，爷爷希望你像一颗沙粒那样平凡，在平凡中见伟大——他可能说得不全面，以我后来在一些保存下来的书信中了解到的我的祖父和祖母的文化修养，他们肯定知道“一沙一世界，一树一菩提”的佛语。显然，我更喜欢祖父为我取的名字，就用其谐音字组成了我的笔名：伊沙。第一次正式启用是在大一刚进校时参加全校征文比赛的时候，那一次我是一年级新生中唯一的获奖者，这个笔名便公开了，一直用到现在。

21.您以“民间”颠覆“体制”，以“俗身”击溃“大师”，那么您认为自己是大师吗？如果给您颁发一个“板砖大师”的荣誉，您能接受吗？

**伊沙**：我对自己说的是：既然你想，那就去写，像个真正的大师（世界标准）那样去打造自己的文学格局，创造自己的文学气象，而不是在一种很低幼的文学生态中靠蒙、靠骗、靠投其所好的文化策略。

如果有人给我颁发“板砖大师”，我就拎块板砖去接受。我人生最大的遗憾之一就是在获得南京某小组颁发的“庸诗榜冠军”之后，未得机会去把他们的场子给砸了。山不转水转，没准儿哪天机会就来了，我会给丫补上！去年年末，我应诗人潘洗尘之邀飞赴哈尔滨去出席“天问·中国新诗新年峰会”，我是怀揣着我那首“荣膺冠军”的庸诗《崆峒山小记》去的，我准备在朗诵会上朗诵这首诗，因为有个“庸诗榜”评委也会到场，可惜他最终没来，让我留下了不小的遗憾。

22. 我看您得了很多奖，请问那些奖都能拿到奖金吗？有没有只有虚名，而没有奖金的？您对名和利看得很重吗？

**伊沙**：前几天我在编我的最新诗集《无题诗集》，在附录部分收进了一份我的新世纪十年（2000 年—2010 年）资料统计，其中获奖情况如下：

2000 年，《诗参考》“十年成就奖”（1990 年—1999 年），《结结巴巴》获“十年诗典奖”。

2001 年，《山花》2000 年度诗歌奖。

2004 年，《青年时报》2003 年度“华语文学传媒大奖”年度诗人奖。

2004 年，首届“明天·额尔古纳”中国诗歌双年展“双年诗人奖”（2003—2004）。

2007 年，乐趣园“2006 年十大风云诗人”。

2007 年，《诗歌月刊》《羊城晚报》等媒体“1986-2006 中国当代十大新锐诗人”。

2008 年，首届光成诗歌奖。

2008 年，第二届新死亡年度诗歌奖暨免费出版个人诗集奖。

2008 年，《车过黄河》当选新浪网“改革三十年十大流行诗歌”、《晶报》“30 年 30 首”。《读诗 · 1949—2009：中国当代诗 100 首》。

2009 年，“突围”诗社、华语文学网站等诗歌民刊、论坛“1999—2008 十大影响力诗人”。

2009 年，搜狐网、新华网等百家网站“2009 中国年度诗人”。

2010 年，“御鼎诗歌奖”21 世纪中国诗歌“十年成就奖”（2000

年—2009 年)。

在以上奖项中，没有奖金的占了一半。但有的“虚名”很重要：譬如《诗参考》“十年成就奖”(1990 年—1999 年);譬如新浪网“改革三十年十大流行诗歌”。最完满的奖项是我刚刚获得的“御鼎诗歌奖”21 世纪中国诗歌“十年成就奖”(2000 年—2009 年)，既有奖杯、奖金，还得资助出版一本新诗集。

与对写作与作品的看重相比，我对名和利看得并不重，尤其是利。

23. 您的新作《迷乱》是连续四年中出版的第四部“大长篇小说”，加之您不断有诗集、随笔集出版，因此《迷乱》的写作堪称这个文学式微时代的一个奇迹。请谈谈这本书创作以及出版过程中的种种情景?

**伊沙**：这其实是我的第一部“大长篇”，2003 年，我潜心写作了一年，三十万言，呕心沥血，五易其稿，方才完成。其后，此书稿便开始了它到处流浪、饱受磨难、命运多舛的历程，先后被数十家出版机构拒绝——多为肯定其文学甚至商业价值后的拒绝(我感觉它比阿来的《尘埃落定》遭拒的次数更多)，在我此后创作的《狂欢》《中国往事》《黄金在天上》三部大长篇顺利出版后也是如此，直至苦尽甘来终获出版，将其推出的是磨铁动漫传媒有限公司和云南人民出版社。在此我要特别鸣谢一个人：优秀的诗人也是优秀的出版人沈浩波。2003 年 12 月，我快写脱稿时，他得知情况便说想看，我发给他稿子后的第三天，他便在“诗江湖”论坛上公开表达他阅读后的激动和首肯，后因拿不到书号便作罢了，小说在外头转了几年一大圈，于去年又转回到他的手中，又经历了一些波折，六年的铁树终于开花！我想：如果没有沈浩波的努力、耐心和坚持，这部长篇（甚至包括我的另两个由磨铁推出的长篇）是出不来的，在此我感谢他！

24. 您认为长篇小说类似于田径比赛中的“十项全能”，这话怎么讲？

**伊沙：**全面。它展示的是一个作家写作的综合技能和全部的审美经验、人生经验。

25. 如果人有野心的话，那么您应该也有野心，请问如果把您的野心无极限地放大，那么最终的情况是什么样的？

**伊沙：**不放大就够大，我的野心是想成为现代汉语的李白和中国的布考斯基——这难道不是路人皆知的事吗？

26. 您是如何理解美的，比如美文、美图，甚至美人？如果有人骂您“太色”，您怎么回击？

**伊沙：**不色不男人，色是诗媒人。

27. 您曾经大骂张艺谋缺钙，那么对他的新作《三枪拍案惊奇》怎么评价？如果要您去挑里头的角色去演，您会挑哪个？

**伊沙：**没看，不看！因为他刚说过一句寡廉鲜耻的话：找思想，别找我。现在看来，他不是缺钙补钙的问题，他是没长骨头！

28. 您好像是球迷？铁杆不铁杆？除了舞文弄墨外，还有其他兴趣爱好吗？

**伊沙：**我算球迷，不算铁杆。为了专注于文学，我主动放弃我几乎所有的兴趣爱好，如果没有文学，我的另外一生应该是个精神贵族大玩家，我玩什么都比较到位，下辈子吧！

29. 最后请谈谈对宁夏诗歌的印象。

**伊沙：**我说一件事：大概是十年前，深圳有人要建一座诗碑（听说后来建成了），上面有个中国诗歌版图，每个省、市、自治区，要选出一个诗人代表，写一首以大海为主题的诗，陕西选定了我，组织者还请我推荐其他地方的，说到宁夏，竟然想不起人选——这是宁夏诗歌留给我最深的一个刺激性的印象。如果是小说，那就好办了，张贤亮！但是在诗歌方面，明显缺少这么一位爷。一个地方的诗歌要给人留下深刻的印象，一定要有重量级的诗人，否则，再人多势众也无济于事——以此快人快语，与宁夏的同行共勉！

（2010 年）

# 南岳话诗

## ——《湘潭报》访谈录

**采访人：吴投文**

1. 我读你的诗很多年了，在这次 2010 年衡山诗会上第一次见到你，尤其是听了你在会上的几次发言，可以说是在文本之外，加深了对一个诗人的认识。这次诗会来的诗人有 60 多位，作为一项民间诗歌活动，规模应该算是比较大的了，吕叶先生为这次诗会的筹划和举办付出了一个诗人的真诚。你这是第二次参加衡山诗会了，这次衡山诗会带给你最大的收获是什么？

**伊沙：**最大的收获……我用自己的双腿登上了衡山之巅祝融峰，了却了十年以来耿耿于怀的一大遗憾！为什么这样说呢？因为在 2000 年第一次衡山诗会上，我、徐江、孙磊是全体与会者中仅有的三名乘坐缆车上去的：徐江是因为天生恐高、孙磊是因为当时发着高烧、我则完全是因为体重过大自知不行。十年以后，情况已经有所不同：身患感冒我也成功登顶，并且名列前茅，第二个回到出发地！衡山检验出了我 44 岁时的身体状况，比 34 岁时好多了——在我这个诗歌"身体写作"的始作俑者看来：写作状态源于身体状态，没有好的身体状态、生命状态是怎么也写不好的——所以，旁观者更注意我在会场内的表现，而我自己更在意的是爬山的过程和结果并视之为此行最大的收获。

2. 在这次诗会上对中国现代新诗的评价有两种截然不同的声音，如诗人世宾认为中国新诗的思想和方法都来源于西方，可以说是一种“仿真性”写作，对世界诗歌几无贡献，价值可以说是等于零，需要重新开始（大意）。诗人金汝平强调中国经验的重要性，认为缺乏中国经验是中国现代新诗的最大弱点。你则对中国新诗进行纵向和横上的比较，在纵向比较上，你认为新诗已达到初唐水平；在横向比较上，你认为中国新诗已经达到国际一般水平或国际中上水平，这引起一些诗人的质疑。我想，你对中国新诗肯定是充满信心的，不过这种信心是从何而来呢？请你具体谈谈。

**伊沙**：请允许我继续“打击”一下“对方辩友”：世宾的说法庸俗得很正确、正确得很庸俗，置大的历史背景于全然不顾，典型的书生意见（并且是平庸的书生），能否将他所说的“西方”置换成“世界”（凭他的脑子有些难），如此一来恐怕气儿就顺了，“五四”完全是以“拿来主义”为主导思想的一场新文学运动，但是你从结果看：鲁迅小说、艾青诗歌却有着显而易见的中国风，甚至可以嗅到中国的泥土气，绝不是什么“仿真性”写作，艾青诗歌的价值等于零吗？世宾同学回去之后应该好好思考一下我向其面对面提出的问题：“你是中国人这没问题，但你是地球人吗？”金汝平的意见我理论上可以接受，但已经明显过时，十年前特指“知识分子写作”还可以，现在谈新世纪十年的写作已经不行了，譬如这十年最大的一支生力军——“后口语”写作中的中国经验就相当充沛甚至于过于泛滥了，有的已将中国经验具体为地方经验，这便引发出了另外一个更新的问题：即如何将地方经验提炼成中国经验，将中国经验提炼成世界经验。我再次重申我在会上的发言：“目前正在走向百年的现代汉诗，从纵向上比较至少达到了初唐般的成就，我相信在我的有生之年会看到它将迈向盛唐的高度，从横向上比较它目前已经达到一般国际水平或世界中上水平，我相信在我的有生之年会看到它会达到世界最高水平。”——也没有太多的人质疑吧？我站在台上说出这些话时我注意到很多朋友的表情跟打了鸡血似的泛着红光，呵呵！我对中国诗歌的信心来自于我对一个“诗歌大国”构成要素的全面考察，关涉历史、文化、传统、人种、血统、语言、社会、现实、地理、从业人口等等，既考察了正面的作用力还考察了反作用力（譬如“江山不幸诗人幸”的现象）——在中国当代，这个大学问没有人比我做得更好，还有很重要的一点：我对自己有信心！我自己有实力！盛唐也就四大师：李杜白王。我给咱包一个，如何？其他三个名额看谁敢包？在此立下军令状，历届奥运代表团团长就是这么做的，我们诗人不敢吗？中国人最不擅长的足球还定下过世界杯 16 强的目标呢！何况短小的诗歌是中国人应该擅长的，接近于乒乓球、羽毛球。

3. 口语诗是这次衡山诗会论争的一个焦点，很多诗人在发言中都涉及这个问题，相互之间分歧很大。梦亦非等诗人对口语诗流于口水诗的倾向进行了较为激烈的批评，刘洁岷等批评家对这一现象进行了较为冷静的学理分析，诗会上对口语诗的辩护同样有相当强烈的声音。一般认为，你是口语诗写作最重要的推动者和实践者之一，你怎样看待这种现象？另外，口语诗写作者似乎不喜欢谈创作的难度，认为讨论诗的难度是一个伪问题，我倒以为难度是艺术本身的任务，你是否认同？

**伊沙：**我在会上的发言中已经讲了：口语诗成为此次衡山论剑

中最大的也是唯一的焦点，“我有一丝窃喜”——为什么这样讲呢？我是十年前那次诗会的参加者，那次诗会最大的也是唯一的焦点是头一年“盘峰论争”所形成的“民间写作”与“知识分子写作”之间的争论，那次诗会“知识分子”主要代表缺席了，但与会者中有人挺身而出代表了他们，此次会上后一支不再被人提起，而被围攻的“口语诗”正是经过这十年发展的“民间写作”，你说我能不偷着乐吗？所以呀，有时候貌似的集体无意识也能够客观反映出某种真实性：新世纪十年，口语诗是最大的一块蛋糕，比其他小蛋糕大过不知多少倍，所以惹人嫉妒惹人唾骂是正常的。我还想继续“打击”一下“对方辩友”：梦亦非在发言中狂妄地声称：他对口语诗：没道理，就是不喜欢——这种“没道理”在学术研讨的主题发言中恐怕是极其罕见的吧？此次在衡山，我们都在广济禅寺修炼了 24 小时，我以菩萨之心为之找到了一个理由：小梦同学是少数民族，汉语不是其与生俱来的母语，而是通过后天上学学来的，所以他在“说”上先天不足起步太晚领悟不够，进入不了汉语的至高境界，所以他恨口语，装作瞧不起以为显得有文化。另外，我听发言很认真，怎么没有听到“刘洁岷等批评家对这一现象进行了较为冷静的学理分析”？至于创作的难度，要看它指的是什么，大部分人明明指的是语言层面的字词之难嘛！要我怎么喜欢？并且此次论剑中明明是针对口语诗的嘛！金汝平说的吧？而且说了两遍：口语诗最难！——我深信哉！因为意象诗有一整套完整的修辞法，口语诗虽然也积累了一些技巧、技术，但写起来还是“摸着石头过河”的比例要高出很多，“无法之法”最难！我当然不惧难度，但也讨厌将其挂在嘴边，像是在要挟别人，《结结巴巴》难不难？《唐》难不难？难度并没有什么好炫耀的，关键在于你能否做到：难入易出！为难自己，而非折磨读者！

4. 有的诗人在这次衡山诗会的发言中，对学院派诗歌研究者有较多的否定，觉得他们对诗歌的发展无关紧要，我感到他们的发言可能包含某种偏见，我似乎还不太适应这种诗人的武断。我觉得对学院派诗歌批评要做实事求是的分析，不可一概而论。事实上，有的诗人一方面对学院派批评家的工作缺乏最起码的尊敬，一方面又希望进入他们的研究视野，我觉得这种矛盾对诗人是一种很大的困扰，并不符合一个诗人内心的真诚。你认为这种现象正常吗？你怎样看待学院派批评家的作用？

**伊沙：**在会上我也属于否定派。恕我直言：中国当代诗歌研究严重地跟不上诗人的创作，它的主体——学院派诗歌研究者更是被装在一个套子里，写八股论文是为稻粱谋，我在会上讲了：这使得中国当代诗人的写作，既在大众读者那里得不到自足感，又在评论界这边得不到自足感——事实上，我们根本没有一个专业成熟的评价体系。你所说的诗人的矛盾心理正是由此而生，无涉真诚。我不期待评论家，正如我从不期待大众读者，写我自己的，并坚定不移的自我肯定——这是我二十年来所磨砺出的强力意志！

5. 我注意到，你的诗歌创作量很大，连续 10 年每月在“诗江湖”论坛上贴出一定量的新作，你还一再声称自己是有创作计划的。说实在的，我对诗人有创作计划充满好奇。因为我个人也写作，以为写作不过是诗人内心的召唤而已，似乎很难按照一个既定的计划去写作。你有过因完不成创作计划而焦虑的情况吗？

**伊沙：**职业化、专业化程度越高的写作越有计划，但写作计划不是僵死的，要有随时调整的灵活性：譬如我在写《无题诗集》的第二年想到了《无题》后要写《对话》系列，但事到临头却并无更多小灵感的支持，《梦（1）》作为一个单首诗的成功却一下子打开了

《梦》系列的大门,我本来计划写三年,刚刚做了调整准备写五年,《梦》之后的大诗计划也已经有了:那是一首《唐》的延伸,是一首对汉语极限的巅峰挑战。我在短诗写作方面比较随意一些,但也很注意保持写作状态的饱满性和持续性。坦白说吧,我虽有计划却从不为之而焦虑。当自我苛求出现时,我就会告诉自己:你已经做得很好了,就此封笔都可以,难道不是吗?

6. 如果诗人吕叶在10年后再筹办一次衡山诗会,你还会来吗?你可以预测一下10年后的中国新诗会是一个什么样的状况吗?

**伊沙**:只要请我,我还会来。闭幕晚会前,十年前来过的“老人儿”站在一起照了一张合影,只有十个人。十年后,参加过三次的人可能更少了吧?我希望成为这极少数的人中的一个。照相时我对吕叶说,不要十年一次,这未免太残酷了吧?他说就要这么残酷!我心想:我的写作可不怕这份残酷——好,今后十年,我要每天踢球、锻炼身体;从容写作,不断突破,争取十年后能够再次登上衡山之巅,在会场上聆听90后的诗人对我展开的新一轮围攻有无新意(而不是被赞美或被无视和遗忘)。至于10年后中国新诗的状况嘛,我只想说一句:苍松翠柏、群山依旧,主峰更高,耸入云霄。

(2010年)

# 《蓝灯》之光

## ——2010：冬天的对话

陈超：《红岩》的编辑邀我们就《蓝灯》来一场“对话”，我很愉快。我以为，《蓝灯》不仅是你个人，也是近年汉语诗界的一部重要作品，它在意蕴和技艺上的表现均令我满意。毕竟折腾诗歌30多年了，虽然对不同类型的诗我趣味广泛，但前提是它必须是某种类型中的上品。“多元化”不应是平庸者的遁词，关键是诗人据何自诩构成了艺术意义上的一“元”？这么说我的眼光其实很挑剔，能满意的诗作不多。这部长诗有着恰当的丰富性，它可以牵连出某些我们感兴趣的诗学问题。我们主要围绕这部长诗谈，但也不必拘泥于它，而是由此随兴而发？

先说说我的基本想法。现代诗可以有不同的类型，相应也有不同说法。但对我来说，有个朴素但最主要的尺度，说起来简单，真正做到很难——诗，一定要让人读得下去！要有趣味，要有活力，无论你是亲乎情、切于事，是智性，是抒情，还是另类式的锋利诙谐，还是所谓奇境式的隐喻等等，前提是都要有诗特殊的劲道或魔力。为什么读诗？因为它有让我们愉快的、吸引我们本能地趋近的语言磁力。

诗歌是文学中最精短的文体，如果它让人读不下去，说到哪儿都是有问题的。现在我整天就面对不少诗，收到刊物也好诗集也好，想看看，但完全读不下去，不是不读，而是一首诗三五行就看个意兴索然。没意思，没趣味，既无真情实感，真知灼见，又无奇思异想，“说什么、怎么说”，一切都像是死面馒头，难以下咽。要么就是莫名其糊涂地感伤，矫揉造作地表演日常生活零度叙述，完全抡哪是哪的能指游走，如此等等。没有耐心和能力真正说出点值得说出的什么。

新世纪以来，你的诗对我有吸引力，最先是芒刺式角度刁辣的反讽，近年又有对波澜不惊的日常生活褶皱中秘密的揭示，包括《梦》系列对晦暝的潜意识或荒诞中可能的真义的探询……确实有快感，有意味，值得享用，凡遇到就会读的。诗集《我的英雄》《伊沙诗选》《无题诗集》，还有几部长诗大部分我都看了。你写作量奇大，但基本保持了越走越高的水准，作品当然也成色不均，对不同读者的触动点各有不同，但它们大都做到了能吸引人去看，这很不容易。上了点年纪的我，已没什么使命感，近年已经不为“诗论”事业、为对诗歌场域的把握而阅读、写作了，我依然读诗的原因基本只剩下享受诗歌的快感。近几年来诗歌界让我产生稳定的阅读欲望的诗人已剩不多，当然包括你。我想，你的特殊性在于，即使那些“敌人”也是真看你的作品的，不仅为了攻击。对中国诗歌而言，有内在质地的幽默和贴心贴意的快感，至今还是一种稀缺的品格。不知你怎么想，有趣，有活力，坦率，对诗来说是必不可少的？

**伊沙：**陈超兄好！首先请允许我感谢《红岩》的编辑：他们非常严肃地请出您来和我做一场关于拙作《蓝灯》的对话，完全是出于对这场对话真实性与质量的考虑，完全是出于诗的考虑。如此安排，恐怕会令不少业内同行大跌眼镜吧？认为不合诗坛逻辑、江湖规矩，其根源恐怕还是与十多年前由您会上戏言而最终得名之“盘峰论剑”有关。假如由于这个因素，我们的对话在未开始之前就注定要被人关注倒也不错，毕竟在今天愿意静下来听两位诗界人士对话的朋友太少了，即便是业内人士恐怕也未必有足够的耐心。

在日常生活中我喜欢一坐下来就谈诗的诗人，甚至于喜欢见面之后只谈诗的诗人，我最讨厌什么都谈唯独不谈诗的诗人，对以不谈诗为“风度”者则厌恶之至。您一开谈就讲到了一个在我看来至关重要的问题：“趣味”、“有趣”。古人云：“诗言志”、“诗言情”——其实，后一句不必说，因为“诗言志”的“志”字就包含了情、志、理、趣——纵观汉诗传统，强在前三，弱在最末，这是否与我们汉人自身无趣不甚好玩有关（我一直做此怀疑）？在我良好的记忆中，您很早就涉及过这个问题：那是 1991 年初，寒假之中，我去当时的诗友仝晓锋在西安交大的家中做客，在其家中的书架上翻到您的大著《20 世纪中国探索诗鉴赏》，在场的其他朋友聊天之时，我就一直在读那部词典般的厚书，我记得您在评析丁当的一首诗（原诗我忘记了）时提出了一个很有意思的问题，好像是（原话我忘记了）：单纯的幽默（或玩笑）能否构成一首诗？丁当的诗回答了：可以！我后来再无机缘接触到这本书，但是您提出并回答的这个问题我却记得如此清楚，当时我在内心深处也回答了这个问题：当然可以！个中原理早在古人那里就解决了，但在写作上却收效甚微，所以我一直怀疑是民族性格上的原因。再看外国诗，当然主要指的西方诗，在现代主义尤其是后现代主义之前还不明显，但是在此之后，趣味大增趋于饱和，与我们形成太大的反差。所以，这里恐怕不光有传统的差异，还包含了诗歌现代化的问题。我去《蓝灯》——主要是其姊妹篇《诗之堡》中写到的英国奥尔德堡国际诗歌节，包括我更早时候去大名鼎鼎的荷兰鹿特丹国际诗歌节，我感觉那里诗歌朗诵时观众的笑声太多了，欧美诗人诗中的趣味太多了，诗人站在台上有点像马戏团小丑，唯恐不能将观众逗笑，我在文章中是这样记录的："米彻又在搞笑，观众前仰后合，西方人的笑神经过于发达了，在这里笑声显得很廉价（与诗无关），我忽然想到北岛那种诗人为什么更受尊重，因为严肃——唯有骨子里严肃的诗人方才是大诗人！这是五年前我去瑞典时未能领悟到的东西，但有一点在那时便发现了：跟他们相比，我的诗是深沉的，尽管他们听了也会笑，但那种笑里带着陌生、惊诧、沉重。生活与生命之重，是上天赐予中国诗人的财富——领悟到这一点的人方才会有大作为！跟着中产阶级一块笑一起轻，只能是死路一条！"（《鹿特丹日志》）、"与昨晚所见迥异：出现在台上的老先生一下子变得话多而幽默，还是西方诗人的老一套玩法，在读每首诗之前都要插科打诨地说上很多话，都是一些故作幽默取悦观众的废话，诗倒未必是幽默的……由于全能听懂，西敏的反感比我更甚，他质疑道：难道观众真的喜欢这种诗吗？一个老男人喜欢上了一个小女人，诸如此类的人生烦恼……"（《英伦诗旅》）——在此我先不说别人的问题，先说人家过多的正是我们所缺少的：趣味！与此相反，我们的朗诵会上是缺乏笑声的，我们一上台朗诵就一副正经八百的样子，但又不是真正的严肃，泛起酸来比谁都轻浮，甚至于有的诗人将诗歌朗诵的神圣权利拱手交给了演员们矫揉造作的话剧腔，归根结底还是一种"土"。

除去有趣，或许还有好看，韩东在对我的长篇小说《狂欢》的评论中是这样说的："伊沙不仅只写自己能写的东西，同时也不写自己读不下去的东西。作者与读者双重身份的兼顾、平衡使得他的写作极富'人性'。有评论说《狂欢》是一部好看的小说，只是强调了其中的一个方面。在我看来，伊沙并不以现实的读者为向导（那是商业文学的必然），而是以专业的严肃探寻了读与写的互动。简单的迎合和简单的固执一样，对小说的实现、功能的释放都是有害的。对小说的诚实就是承认其方式的有效性，并付之果敢的实践，伊沙做到了这一点。”(《跌到高处——谈 < 狂欢 > 及伊沙的写作》)——尽管谈的是小说，但我的诗歌写作也是强调“好看”二字的，甚至更加强调，因为既有的诗歌比既有的小说要“难看”。当然，诚如老韩所说：这个“好看”的标准来自我自己——来自我对“好看”的专业理解。我首先要让自己读得下去，读得快乐，而不是金庸迷、韩寒和郭敬明的粉丝。在我看来，“好看”是“好”的一部分，也许在未来（已经很迫切了）会成为“好”的先决条件。我不知道这是否与我在学校长年教授“基础写作”课有关，那便是：我总是特别关心写作的效果，您提到“说什么、怎么说”——也就是“写什么，怎么写”，我想说的是：别只满足于向同行演示“怎么写”（炫技？），而是向有智慧的读者施展你的艺术效果吧。总之，“好看”可不是蒙着的，它需要自觉的努力，需要在各方面下足功夫。

陈超：你的诗能让人读下去，除去有趣外，还有个明显的特点，简单说就是确系有惊动了自己的什么东西要表达出来。记得那时我读了你写给父母家人的那些诗后，挺感动，与你谈到“充实之为美”。说起来这也是常识，可我是有特定语境的，我感到诗坛没话找话，或把有话故意说没了的人越来越多。我认可老朋友杨黎的一些诗，但对说“诗歌就是废话”，肯定是不能接受。杨黎带着几个小“橡皮”来石家庄时，我还和他明白说过。“废话”在这里变成一个全能的参照术语，不同的人理解是不同的，怎么解释都可以，说诗以诗为目的是一种，说诗不用与深层的生命、生存的情感经验密切相连也是一种理解。但正是后一种理解及实施才普遍，带来流弊，不少人在勉力表演废话，这是另一种非常不自然的概念化的写作，诗人得时时记牢不要偏离“废话”这个概念。另外还有一些在表演能指没边没沿游走。

充实，在你大量的诗里体现在程度不同的“事实性”，不是蒸汽，是固体，让人看得见，摸得着。有些是你对本事的提炼、揭示，有些是虚构的带有熔点性的真切的生存情境。你那些写好了的诗歌，都是经由纤敏、尖厉而几乎无所顾忌的诗的眼睛发现和想象出的，它们本身就含有货真价实的诗歌难度和趣味。“难度”不在表面的修辞效果，而在陡峭的角度和精审地删繁就简，表现出的貌似随兴般的风度。新鲜、坦率、诙谐、角度刁，立马会激发经验读者的兴趣。“舞蹈和舞者怎么分开”，“写什么和怎么写”不能简单二分。现在的阅读环境与20世纪八九十年代不同，经验读者的趣味变化不小。那种直奔形而上的玄学写作、奇境写作逊位了，与生存发生真切摩擦，带着生活质感和鼻息的诗恰逢其时成为显豁潮流。

我觉得，说诗歌要充实，还难以完全尽意，关键是充实本身的质量如何。生活细节，体验，感悟，思考，不仅要诚实，还得真正有新意有新鲜清冽味道，像早晨猛然打开窗子一样。所以，诗歌既可能被过度修辞吞噬，也可能被鸡零狗碎的无聊事实吞噬，把真话说成真诗，难度很大。——我知道，若干年来，确实有不少人“骂”你，当然你也没少“骂”人，或是“以骂制骂”；这里咱们松快点，具体交流一下关于写作的某些想法吧。

**伊沙：**“简单说就是确系有惊动了自己的什么东西要表达出来”——感谢您的发现！这种发现会让我对不被人理解的恐惧有所克服，更加无惧地去做自己该做的。关于这一点，用我自己的话叫作：我有真心，有话要说！——我自 1999 年开始集录的长篇语录体诗论的题目就叫《有话要说》，最初取名时只是一个朴素的念头，但很快我就意识到它说出了我的诗，不光我自己有此敏感，您上面提及的也是我的老朋友杨黎就曾公开在网上讲过：我是有话要说的写作，他是无话可说的写作，还说：无话可说才写诗，有话要说你说话好了——嘿嘿！有点小孩抬杠的意思，也有点暗中偷换概念的小狡黠，是不是？说句老实话，我至今不懂什么叫“废话”，也曾试图弄懂过。我搞不清这个“废”字究竟是由谁来界定的？如果是由“庞然大物”所界定的“主流话语”之外的话谓之“废话”，那诗人成了什么？捡垃圾的？捡破烂的？但却捡到了金子？就算你能捡到金子，那诗人一辈子都在看这“庞然大物”的脸色，听其指令行事——作诗。这不是与主旋律写作者的写作方式一样了吗？如果不是如此，这个“废”字是出自诗人自己的界定，好像又不符合人性与诗性的正常逻辑：我就是要专门挑拣我所认定的真正的废话来写诗——这是不是有点自残自虐的嫌疑？又一起“戴着镣铐跳舞”（为这句话我很不喜欢闻一多）？也许，只有跳出来看方才能够触及事物的本质，那也不过是一旗号罢了：老旗号“非非”的所有权不独属不专有，又被周伦佑紧抓在手死活不放，那就炮制一个新的来，借此重拉杆子再起事，至于它叫猫或者咪，本来就无关紧要。这人啊，很难背离自己的出身，如果你是靠打群架打出来的，一辈子就会迷恋打群架，一辈子爱当孩子王。但是，这都啥年代了？一招鲜是吃不遍天的，一首诗不能总是携带着概念的脚注方才能够抵达读者，一个真正的诗人不能总是仰仗语言的歧义过活……话说回来，杨黎本人还是有才能的，说成是“天才”也不为过，他的诗不需要“废话”这个番号，但是他的江湖地位需要——真正需要的是他身后那些毫无诗才的喽啰们，不加上“废话”这个脚注，诗不成诗。在这个问题上，老杨也是有得有失、得失自知。

至于我，自然无关“废话”，甚至恰好与此相反、对立，早在20世纪90年代初，我就主张“说人话”——是自我所创造的对于人生、生命、智慧、性灵而言的要紧话，“说人话，写人事”。作为诗人，我当然注重语言，但是我发现：孤立而封闭的经营语言，建一座语言实验室，自己穿上白大褂，自封为实验员，不论你在里头“做加法”——堆砌各种修辞术，还有什么“混杂文体”；还是“做减法”——所谓“零度写作”、“语言还原”，都难以取得真正的成果，因为语言的问题靠语言解决不了，语言的创造靠语言实现不了。作为与中国现代诗一同走过这三十年的资深评论家，您一定注意到了：在离开 20 世纪 80 年代以后，尤其是在 21 世纪这十年，单纯强调某一元的流派写作、策略性写作，基本上已经无法生效，无法给出 20 世纪 80 年代式的真正的贡献了，这说明什么呢？中国现代诗已经度过了它流派林立旗号翻飞的青春期，从面向西方的文化补习班中毕业了。

谢谢你的这些话：“充实，在你大量的诗里体现在程度不同的‘事实性’，不是蒸汽，是固体，让人看得见，摸得着。”——确实，我早就在强调“事实的诗意”：“语言的似是而非和感觉的移位（或错位）会造成一种发飘的诗意，我要求（要求自己的每首诗）的是完全事实的诗意。在这一点上，我一点都不像个诗人，而像一名工程师。”（《有话要说》）——只有这么做，我才心中踏实，用今天的话叫作：“靠谱”！这是写诗的“硬功”，“轻功”固有其所长，但永远都不可能取代“硬功”。

陈超：我从 20 世纪 90 年代初注意到你的作品，有些很幽默、尖锐，有揭示力，我喜欢；也有些觉得像是刻意越过“底线”发坏，又心生厌烦。其实就我所知，这也是诸多诗人对你的观感。有些人认为，你“发坏”的作品是策略，为了让大家注意到你；我倒不这么简单认为，我想可能是你要与另一种写作进行“抗辩”，青春期一根筋的结果，包括语言方式似乎也固持一种比较犀利而干燥的口语。

我注意到与那些年相比，你近些年来的作品体现出某种综合创造力。从题材上，视野更宽大，不是特别刻意地强调亚文化青年的“另类”视角；从诗歌的基本情绪上，也更为丰富幽微；从语言形式上，基本立足口语，但明显融入了其他语型，以求对口语肌质的增补。这里的《蓝灯》便是一个综合创造力的先例，当然还有更多其他作品。

值得注意的是，综合创造力的开掘，并没有冲淡你诗歌的“伊式风格”，在我看来，反而使你的诗更成熟更大方，口感更舒服，更入味了。我随手举例，比如“蓝灯”这个命名，虽然是你对“伦敦”标准的“音译”的巧思，但这个纯诗式的命名，却像是一个神秘而优雅的，前来投胎的陌生者，不期然中恰当地把奇妙的语晕投射到了整个诗歌语境中。这首诗，在我的感觉里也像一块蓝水晶，透明，温润，又不乏坚实和锋利的质地，体现出一种当代意义上的高贵、飒利。《蓝灯》中有些随时融入的超现实隐喻，就很好地激活了那些叙述，使之更往里走。像这样的句群，“大师就是从一群羊中（上帝的羔羊）/ 擅自走失的那一两只（不是领头羊）/ 站在无垠的荒原辽阔的旷野上 / 从喵喵转为嗷嗷 / 一声嗥叫 / 划破天空 / 前蹄腾空 / 站立成狼”，在一通有点气促的评议性的语言之后，有把握地突然纵身跃起，深化拓展了诗与思的空间，像是灵魂和想象力摩擦的电光石火，及时发生，光芒炫目，令人低回徜徉，令人回味沉思，可谓痛快淋漓。

我以前多次说过，诗歌源于个体生命的经验，经验具有一定的叙述成分，它是具体的。但是，仅仅意识到具体还是不够使唤的，没有真切的经验不行，但再好的经验细节也不会自动等于艺术的诗歌。一旦进入写作，我们的心智和感官应马上醒来，审视这经验，将之置于想象力的智慧和自足的话语形式的光照之下，我命名为“用具体超越具体”。有魅力的诗歌既需要准确，但也需要精敏的想象力；语言的箭矢在触及靶心之后，应能有进一步延伸的能力。所谓的诗性，就存在于这种高电荷的想象力的双重延伸之中。

由此我联想到诗歌界，我们的写作办法（不完全同于“手法”一词）其实还不是太多，似乎不必过度人为地在话语形式意义上老死不相往来地“站队”。综合，当然不是抹平个体艺术创造上的基本姿势基本旨趣，而是在此基础上深思熟虑的增补。至于如何有个分寸？可能言人人殊。如果综合创造力最后变成没有个性的亦此亦彼的“平不塌”，那就是令人厌倦的坏诗。这个挺难，属于经验，难以明确“量化”。我其实也一直想找到对自己有效的恰当的“配比”。对此你是怎么想的？

**伊沙**：我是“不悔少作”的，并且执意如此。体现在编诗集、文集时，绝不做任何的修改，哪怕是我已经明确意识到某些不好或不妥之处，也不做最小的修改。首先你必须面对的现实是：悔也没用，当年的初版早已公开了，并且已经让有心人留下了印象（就像老兄上面所谈的印象）；另一方面，当你更长远地考虑一生的写作时（我确实准备写一生），少作尤其珍贵，每个阶段作品的差异尤其珍贵，甚至于失误和不完美都会显得十分珍贵。当然，这种大体上的态度和具体的做法并不影响我对自己的写作做出反思和展开批评：我看到燎原评论我说：“伊沙的诗具有上述后现代主义的典型特征，他诗歌中对诸如艾滋病、少年犯、弃婴、监牢、足球流氓、同性恋者、吸毒犯、丐帮等恶俗形态的取材……我的脸红了！为了用‘后’的样子‘媚’一下，我动用了多少乱七八糟的小零碎啊！这种‘扮酷’、‘装屎’的矫作对我诗歌的负面作用及其伤害，只有我自己心里最清楚……”（《扒了皮你就能认清我》）——我承认：您在此指出的问题多少都有存在，总而言之那个时候我是一心扑向后现代，妄图抢占后现代在中国的高地，想做后现代主义在中国诗歌上的第一人，中国现代诗的“后主”，呵呵！这种状况在20世纪80年代末至90年代中期以前在我的写作中比较严重，也与那个阶段比较特殊的时代背景与文化氛围有关，到20世纪90年代中后期有所缓解，到21世纪以后，明显进入另一个写作阶段。如果一定要用几句话总结一下，我愿意这样来说：毫无疑问，诗歌肯定属于观念艺术——我虽然也写小说，但是我不大愿意跟人谈小说，我觉得小说更像一门活计，一项工程，你去干好了，有啥可谈的？但是我愿意跟人谈诗，密集地谈，甚至于疯狂地谈，在谈话中会出灵感——所以，写诗，没有先进的文化、艺术观念是不行的。但是，当你在比较年轻的时候，由于生活阅历的匮乏，会在作品中留下观念大于生活的毛病和缺憾，越是有野心的诗人越会如此。随着年龄的增长，生活阅历的增厚，人生与诗歌悟性的提高，观念与生活之间会渐趋平衡，反映在作品中会变得自然，作者的写作姿态会变得自如，作者本人更具有平常心。当然，这是一个相对漫长的过程，绝不可能在一夜之间（我特别不相信“一夜之间”的事）改变，你只有活到了，你才能写得到，像我这样的多产者更是用一首一首的诗堆出了每一点微小的进步。

回溯起来，2001年写的《燥》是我进入21世纪后求变拓宽的一个“先声”，人们印象中一贯写“瘦体”的我突然写了一首长句子，那首诗并不长，但有长诗的架构、容量和浓度，每一个长句相当于一首短诗，尽管那首诗留下了一点仿金斯堡的痕迹，但它更重要的意义在于自我发现：哦，原来我可以做得更多！我读书的方法是：在你正读的这本书里藏着你要读的下一本——后来这成了我长诗写作得以持续下去的一个重要方法，我是在写《燥》的过程中得到了写《唐》的灵感：我不但能写长句子，我还能写更丰富的句型，于是从2002年1月开始用了一年多一点的时间完成了5500行的巨型长诗《唐》，

2003 年又用了半年做修改，2004 年出了一册单行本。纵观这十年的写作，我自认为《唐》是最重要的，先不论它本身写得如何，通过对它的写作我被彻底打开了，以《唐》为镜，照出了另一个我，或许是本来的我,以及更多的我。在我心目中,《燥》是我最后的“青春写作”，是我“青春写作”的一次集中喷射,而《唐》是我“中年写作”的开端，以 35 至 36 岁为线。《唐》点燃了 21 世纪以来的长诗写作热（至少在“民间”这一大块，在我的同代人或更年轻的诗人中是如此），我却并未马上沿着这条“诗集型”、“航母式”的路子写下去，而是去写长篇小说了，将大块时间交给了小说，一年一部，一口气写了五部——我自认为这样做是对的，毕竟我写的是诗，再长也是诗，不能把什么都压给诗（它会不堪其杂其重），要有一种对写作内部自我膨胀、自我爆炸的自省、自抑。直到 2008—2009 年，我用两年时间完成了《无题诗集》，这条“诗集型”、“航母式”的路子才算续上了；之后是更有意思的《梦》,今年写了一年,已过一百首了,我计划再用四年时间（一届奥运会或世界杯的周期），写满 500 首，结成一巨册——直觉和预感告诉我：这很可能是我此生最重要的一部长诗大作，要舍得时间，舍得精力，舍得自己，舍得一切。在此两三部“诗集型”、“航母式”的超级长诗之间,还有一组“巡洋舰”——即中篇长诗,像《天花乱坠》（2001 年）、《晨钟暮鼓》（散文诗 2006 年）、《灵魂出窍》（2007 年）、《有朋到长安来》（2007 年）、《网语真言》（散文诗 2007 年）、《铀》（2008 年）、《凶手大地》（组诗 2008 年）、《诗之堡》（2008 年）、《蓝灯》（2008 年）、《马拉钻石的夜》（组诗 2010 年）等——这是《蓝灯》以篇幅而分的序列，在内容上它属于《行》（我有始无终的超级大组诗），属于“异域行”。这是我迄今为止第三次出国，此前的两次出国已经各留下一组《瑞典行》和一组《荷兰行》，已经积累下一些自认为比较成功的写作经验，我想我是从《瑞典行》之《思念或质疑》中开始找到感觉的："在异国他乡旅行 / 最先思念祖国的 / 是肠胃 / 那是从涂满黄油的 / 第一片面包开始的 / 明摆的事 / 如此简单的经验 / 怎么此前 / 来过的家伙 / 就没一个告诉过我"——当这种发自身体的感觉找到以后，你想写得太平庸反倒变得不容易了。我生性比别的诗人似乎更诚实一点，更勇于承认一些事实：出国旅行更兴奋，甚至于会达到亢奋状态，身上每个毛孔都张开了，流出的每一滴汗都是灵感，能否写好当然还要看别的因素——我掌握了这个规律，就会提前做好准备，并在现场调整自己的写作计划，我本打算就像前两次那样来一组《英伦行》，先去奥尔德堡参加了诗歌节，到伦敦游历时发现此次的感觉比前两次还要多，并且更有整体性，就决定写两首长诗——这在伦敦的旅馆里就已经想好了。

先放下《蓝灯》，说一说您前面提及的两个非常重要的问题：一是"经验"、二是"综合"。关于"经验"，你表述得多好："诗歌源于个体生命的经验"、"没有真切的经验不行，但再好的经验细节也不会自动等于艺术的诗歌"。我换一种表述形式：作为诗人，我爱说"感觉好"，所谓"感觉好"又如何验证的呢？它当然不是在孤立中兀自得出的结论，也就是说感觉不能止于感觉，还是要看它感觉出了什么——经验是否通达了智慧？关于"综合"，我已经在两个会上公然大讲"综合性大师写作"了，一次在佛山、一次在衡山，讲的时候还有点不好意思，我怕别人误以为我是在暗示什么，在衡山诗会上，我的发言貌似得到了呼应：一个诗人在谈"杂糅"——我觉得这跟我说的"综合"是差了境界的两码事。放眼诗坛这十年，其中有一种广义的"第三条道路"（我不是指的那个具体的流派）一直在做着文本和语言层面上"杂糅"的写作，我不好说他们是中庸的诗人，但明摆着这路人从未极端过，我所谓“综合”一定是来自极端立场的诗人所做的“打通”、“融合”、“升华”、“涵盖”，而不是书桌上平面的“杂糅”（这个词听起来就不对）。所以，它跟“量化”、“配比”无关。这是化学，不是数学。

陈超：说得对，确实“打通”、“融合”、“升华”、“涵盖”，与书桌上平面的“杂糅”不是一回事。前者属于修炼到一定段位后自然产生的写作自觉。说到“配比”，我的用词太硬，其实我想说的倒不是一个自然科学概念。而是一个诗论家在谈到菲立浦·拉金时说过的一句比喻式的话，大意是拉金那些最成功的表达日常经验的诗歌，有百分之八十的可目击性，其余还有我们的目光和语义不能透入，但可以更深打动我们的幽暗成分。我这种所谓“配比”，是谈一种诗人写作时潜意识中约略的自我提醒。在我看来，无论什么类型的诗歌，不仅要呈于象、感于目、达于情，最好还能会于灵（境），这可能需要诗人自我提醒，为写作中自然而然地出现的那些“陌生的投胎者”留出一定的空间。我读《蓝灯》，当快意地撞到“喷诗筒”，“酒鬼的鬼魂”，“全世界无产者的长相”，“三位汉学家”的辛劳浇铸的异秉，当“世界浓缩成风景画”，“两只落汤鸡”，“当成鸟、当成饭”，“辣与甜”，“足球流氓和摇滚”之错失，“外星人”……就会感到在充实有趣的语境里，又有什么暗钮被碰了一下，打开了新空间。它们与那些本真的叙述、感觉合作，使全诗扎实而又轻逸，透气性也叫人舒服。口语诗的上品，除必须直接、鲜活外，最好同时能做到浑然“不封”，以求秘响旁通，更好地保存天机。

另外，我觉得《蓝灯》中诗人的写作姿态，也颇有新意。你的诗有很多具有较强的“本事”性，《蓝灯》大体属于此类。我知道它的产生，来自你 2008 年应邀赴英国出席奥尔德堡国际诗歌节及英译本诗集《饿死诗人》首发式的身体和精神行履。但我认同的是，你没有像诸多同类诗歌那般以自以为曲折的方式，来急切地炫耀纯粹的世俗意义上的荣誉感，这已经成为汉语诗歌“走向世界”的固定反映了。而是保持着一个诗人大大方方的定力，精神独立的感受，恰如其分的诗与思的高傲。这不只是个写作技术问题，更涉及写作主体的精神质地。

此诗选择与异邦友人对话、倾诉衷肠的口吻，亲切率真，时而欢愉时而深沉，时而天真时而狡黠，有写实有写意，有时越写实就越写意，有时反过来，很舒服地调整着诗歌的运势。我感到满意的是，它不是琐碎地浮光掠影式地记录自己的行踪，用美文来加工文化导游手册上的异域文化奇观，或是表达所发之地的愁云惨雾……而是以自己的文化胸襟和生命体验去凝神观照，在开旷的身体和心智游走中，完成对自己生存和生命状态的揭示，同时唤醒人们对当下生存的深层感受。读这首诗，使人们面对着一个坦诚相见、见多识广，心态健康，诙谐锐利而又多思的当代中国诗人。他是去平等地交流、感受，并表达自己。这首有所谓“国际语境”的诗不是西方诗的东方亚种，也不是被西方眼光强行发明出来的“第三世界诗歌”。它是一个诗人个体元气淋漓的吟述，同时也自然携带出他置身其中的时代，他对历史文化语境的自觉，对波澜不惊其实褶皱深藏的日常生活的所思所感。具体谈谈你的想法吧。

**伊沙：**两年前的这次英伦之旅结束后，我除了写作《蓝灯》《诗之堡》这两首长诗，还写了一篇题为《英伦诗旅》的散文，而且都集中在从英国回来到当年年底的一个半月里，当时有位年轻的诗友读罢之后说：“你给大家演示了一下：该把什么样的材料写成散文，而将什么样的材料写成诗。”——在这篇不短的散文里，我记录了您所说的“本事”——即“事件原型”吧？以我习惯的写法，既然亲历了就肯定不会私自抽离“事件原型”，作为一个口语写实为主要风格的诗人和一个写过六部长篇小说的作家，我深知“本事”蕴藏的力量和必然会带给你的巨大帮助和支持，在这方面，我从来不会自造“难度”——而且我也不认为凭空写来会有多难。在异域题材的写作上，当年“第三代”里谁写得最好？您肯定比我还要清楚：王寅！他甚至发明了一种将臆想当作现实来表现的写法：《想起一部捷克电影想不起片名》《罗伯特·卡巴》《英国人》《非洲》《华尔特·惠特曼》……这些诗多可爱呀！不但好而且可爱！当年他写作这些诗篇的时候连国门都没迈出过一步吧？如今他作为《南方周末》的摄影记者，他当年靠臆想写过的国家差不多都去过了吧？但却没有留下动人的诗篇（只留下谁都可拍的照片），关键是在我这种浸淫写作甚深当年热爱过他的人已经无所期待：我知道即便写他也写不好了，当年写的青春期的臆想、小资加小知的情调，真要到了那个地方真要写实的话，那得靠“硬功”和渊博厚重的文化。同样的写作现象更早地发生在台湾天才诗人一部诗集吃了一辈子的痖弦身上，在他那部杰出的唯一的诗集《深渊》中，也有一系列异域题材的：芝加哥、巴黎……我在一篇评论中读到：痖弦在 20 世纪 50 年代写作这些诗篇时，尚未出过国，等到后来真出去了，哪都有条件去了，反倒没了诗，不过他是整个写作全都没有了。

随着国门开得越来越大，各式各样出国的机会日益增多渐趋普遍，在诗人笔下，异域题材确实构成了一大景观一个现象，也形成了我眼中的如下“四俗”：一、文化情结过重导致的“写得不像”、“写哪儿都一样”、“写哪儿都不出所料的正确”：见一景就想起一典、见一人就想起一大师，伴随着一种深度的文化自卑心理……此“俗”一般会出在“知识分子诗人”或有着相似趣味的诗人笔下；二、简单机械的解构思维：“不是你们写的那样……而是这样……”、“没有形而上……

只有形而下……”、“没有本质……只有表象……”，那究竟是怎样呢？是你故作没心没肺实则大脑空空所写出的那样吗？——此“俗”一般会出在“民间诗人”或“口语诗人”笔下；三、主题先行写作：“两国人民友谊万岁”、“各国人民大团结万岁”，定制西装般的外交辞令，友好使者的标准微笑……此“俗”一般会出在随作协代表团出访的“官方诗人”笔下；四、纯游客式写作：将诗写成琐里琐碎一地鸡毛的分行游记，与泰国人妖亲密合影的庸俗趣味，作为主体的诗人的自动缺席……此“俗”一般会出普遍无特点无追求的更为广泛的诗人笔下。

我意识到了如上问题，就会避免这些陷阱。不过更为关键的是：你原本是怎样一个人？怎样一个诗人？不敢于将自己搁进去的写作，层次与境界都太低了；敢于将自己搁进去的写作，就要经得起暴露自己的考验：你这个人，这个诗人有多少东西可以经得起暴露的？以我之年龄，以我对写作的悟性，已经进入到了一种“裸写”状态（这比青春期裸体的疯狂更加疯狂）——灵魂彻底大暴露！想藏都藏不住了！想伪装别人看得见！像兄这样的高人一定看得见！我目前的写作能够让我自己在回看时有心惊肉跳之感的就是这种大暴露，有后怕，但你只能向前，没有退路。

出国是偶得，是幸运，是契机，但是《蓝灯》却是我蓄积半生在幽暗的灵魂深处点亮的那一盏！

陈超：《蓝灯》让我想到今天我们如何考虑现代诗中的“长诗”。近年有不少诗人在写长诗，有个别写得不错的。但大部分是陈旧的拟20世纪80年代式的抒情叙事相结合的“大诗”，另外还有一些所谓长诗，我感觉更像是题材、感觉相近的组诗。还有一类就是依赖美文抒情，诗人硬在一个所谓“严重的”情感氛围里赖着不走，拖泥带水反复抒情，写不长不算完，其实那口气已经稀释甚至散掉了。

我觉得，这些写作除去具体原因外，从大的方面说，可能与中国诗人对长诗的理解停留在前现代的乡土时代有关？乡土意义上的长诗，会有一个朦胧的“远方”，也可以说是“后方”，诗人向一个旧的乡土的“心灵家园”沿一条线退守，既是其精神完型，也影响到诗歌结构。其实这是虚假的，诗人把自己安放在了一个不存在的地方，享受美文的快感和“浪迹感”带来的骄傲。我觉得在今天，长诗的标准最好是在都市文化的背景下被重估，不仅对诗歌，它几乎是决定性的文化衡估力量。今天的长诗,也必须让人“看得下去”,甚至兴味盎然，它不是有“终极目标”的沉闷的一条线，而是散点的活泼的，同时又有语境的浑整感。

当然单纯计量意义上的“长”和“短”，与诗无关。倒是某类诗与长有关,这类诗需要长,就像另外的诗需要短。《蓝灯》是需要长的。因为它写的不单是这次英国之行，而是时空转换、文化语境碰撞后使你产生的丰富的感悟。《蓝灯》真正打开了，它的素材和气场都在召唤写“长”。

这首长诗突出的不是简单的旅行，不是写那种到此一游的类聚化的“文化旅游诗”，而是写具体历史时代处境中的人，活生生的感受，你突出的是身体和精神的“这一个人”在旅行,他不是要通向某个“终极目标”，而是他当下的状态。“人”之诗，而不是时事诗，不是文化诗。这样，它既恰当地容纳了在全球化的语境下，你对人的生存状态、情感经验的体验、命名，对全球化语境里诗歌写作现状的思考，同时还能毫不做作地表现出个人的性情，甚至某些意外的想象，细节，令人捧腹的自嘲，快意的“迷失”等等变数。而后面这些东西，是时事诗，文化旅游诗所无法容纳的。

《蓝灯》提供了有创造力的长诗结构方式。它既是自由的，又有自觉的组织力。我的观感是，虽然它写了这次英伦之“旅”，但不是由此到彼的线性的结构，而是诗人各个不同的精神角隅，在发生共振时所形成的“磁场”。全诗57节，各节都像是一个心灵角隅，看得出你尽心尽意要让每一节都写得简劲透彻而有趣味，使它们一定保持住局部自身的“诗与思”的高强度；而全诗则是磁场式结构，这些各小节像是不同的振点互动，有时还互破，磁力线交叉折射、彼此激发，当读者在读其中某一节时，不但前面的内容在起作用，前后左右的都在起作用，由此诗人的精神空间得以整体性显现，使得全诗宏细有致，神完气足。

我想，在当代的诗歌阅读趣味条件下，一部长诗的局部强度首先要做到位，同时各节还要做到彼此激发，甚至“彼此发现”。局部、整体，缺一不可。我看到，有很多长诗，一带上叙述成分，诗人其实还是模仿了一篇潜在的散文的结构，“起承转合”，或机械因果律，像是火苗摇摇晃晃临近熄灭时，诗人勉为其难地又挑一挑，吹口气，再烧会儿。诗歌创造力的强度、浓度没有了，只剩下“长”。我以为，允许人们说一首长诗主旨构架“深刻、重大”，而局部成色却深一脚浅一脚依然不失为好诗的时代，已经过去了，甚至永远过去了。

**伊沙：**与真正的专家对话的愉快在于：背景、环境等东西无须赘述，彼此的把握基本一致。所不同的只是表述方式，陈超兄更多些诗评家的理性与概括，我大概更多些诗人的感性与具体：在我看来，中国当代诗坛的第一波“长诗热”还是来自海子之死以及他所留下的“《太阳》七部书”，那时已经到了1990年代初期了。在此之前，譬如20世纪80年代，大家更关心的是诗的形态而非长短，即使有较为出色的长诗（包括组诗）文本轰动诗坛引人瞩目，譬如江河《太阳和它的反光》、杨炼《诺日朗》等，大家的兴趣点还是在其形态而非长短上——就是这种诗跟过去有何不同、提供了多少新的东西。我个人认为海子的长诗写作是失败的，在与诗人同行的私下交流中发现相当多的人也是持这个看法,但公开的文字中却很难见到,是“替死者讳”吗？有此原因，但肯定不全是，中国当代的诗歌舆论（不局限于诗评文本）永远陷于这样一个怪圈：一个话题热起来，火速被造成神话，诗学上的探讨尚未开始，便不了了之。海子长诗（据说是他的主要成就）究竟写得怎样啊？就不见有人严肃地来探讨了。后来，海子诗的形态也遭到了一些质疑和冲击（我也算是以诗文参与其中了吧），其诗的长短问题就此更被高高挂起，再往后是他通过中学生课本“面朝大海、春暖花开”地流行。所以，20 世纪 90 年代这一波“长诗热”没有留下有价值的经验总结，更无结论。转眼到了 20 世纪末，正像你我亲历的那般：大家的关注点放到了如何在世纪总结中“占座”，你我也不同程度地被卷入其中（我比兄疯狂多了），就是由您命名的“盘峰论剑”——从严肃的诗学角度谈：对立往往意味着诗的不同形态的博弈——这个状态后延到了 21 世纪初——甚至也可以作此理解：中国现代诗就是在这种局面下完成了它的世纪跨越的。然后大家各自写去，一口气还没喘过来,“盘峰”后方才结盟的“民间”内部又四分五裂、几分几合、你分他合、他分你合，恍如洗牌，甚至有人发出如此一声怪叫：“不团结就是力量！”我听说“知识分子”那边也不消停只不过更喜暗战罢了。如果每一次分裂造成的结果是“各自写去”倒也不错，至少我的写作在这一次次争执、分裂、对峙中得大于失，所以爱谁谁，我不怕“诗坛政治家”们的阴谋与阳谋。

请允许我再度回溯一下自己的长诗写作历程,然后再来谈《蓝灯》。这一次从头说起：20 世纪 90 年代之初正是我以短诗所谓“崛起”之时，我上面提及的第一波“长诗热”多少也影响到我，至少让我开始考虑“现代长诗”这个课题。但海子的“《太阳》七部书”不可能影响我，在文本上对我产生直接影响的是当时旅居纽约的严力随写随发的《诗句系列》(结集时更名为《多面镜旋转体》)，老严力的东西中有您所说的“都市文化的背景”，以及现代人生存的状况——我始终认为严力是中国城市诗的一个真正的源头，并且不止于此，但被诗坛舆论忽略甚深，在诗的现代性上，严力一直比较超前，穿着黄色领骑衫，骑行在大部队的最前面，是员“老先锋”。我受严力影响，在 20 世纪 90 年代写下了《点射》《史诗 2000》《风光无限》三个长诗。但“诗句系列”、“断章集录”式的长诗只能作为现代长诗非典型的案例，因为它没有解决结构的问题(强行绕过)。到了 21 世纪，我又在同一种形态下写了《天花乱坠》，然后就来到《唐》——《唐》的写作才大大缓解了我长期以来的长诗焦虑，此前一直令我头疼的结构问题，似乎也在不经意间解决了，那是《唐诗三百首》帮了我。《唐》之后，我的长诗写作是另一种状态，有点像驾轻就熟灵感迭出的短诗常态，有点写通了、写舒服了、写自在了。我的经验是：写好眼下的一首，你就可能写出更好的下一首。在《蓝灯》写作的前一年，《灵魂出窍》的写作非常重要，那首诗写完之后的感觉是：我已经超越了《唐》，攀上了个人的巅峰！所以，在此之后的一段时间，我在精神上是松弛的——这种松弛很重要，紧绷绷是不行的，老要跟谁较劲也是不行的，诗这东西最不吃乱发蛮力这一套。然后就得到了那次去英国的机会，现在回头看来，《诗之堡》这个“姊妹篇”的写作也很重要，它像是一场正式比赛开始前的热身赛、垫场赛，写完它我已经活动开了，全身心都到达了一个最好的状态，于是怎么写怎么有，2008 年 12 月，真是幸福的一个月！那么，《蓝灯》是不是我迄今为止最好的一首长诗呢？我不好说，我自己说了也不算数。我好说的是：至少就写作而言，它完成得最完美，最无憾。那一个月里，我每天写作三节，不多也不少，每日持续挺进（这个能力我很强，在长篇小说写作中表现得尤为显著），要求自己每节必有亮点，一定要写 high，但又不要过 high 而造成整体上失控。不光长诗，我的整体写作都是讲究冷热平衡，理性与非理性结合的。在长诗最重要的结构一环上，这次我也是下足了功夫：如果有一天，哪位还没去过伦敦的朋友要去那里玩，请带上我的《蓝灯》，你会发现它以伦敦地图的顺时针方向为你做最好的导游，走的是一条绝不饶路绝无重复的最佳线路——坦白说，我在写《蓝灯》时，书桌上就摊开着一张从英国带回来的伦敦地图，在您说的“实事”中，我们其实走得即兴、随意而零乱，我在写作中重新做了调整，将之完全理顺了。谢谢您用“磁场式结构”来说它——这很好地说出各节之间的关系和艺术表现力，我自己则想用“大树式结构”来命名它：有主干、有树枝、有分枝、有枝叶、枝上开花、深入云天；还有树根，向地下伸展……还有大地！

在写作上的功课做足之后，下面就要看你这个人肚子里有多少干货了，或者干脆就是：你究竟是个什么货色！这时候临时抱佛脚已经来不及了，一切早已命中注定，没有人能在一次写作中变身，你是个什么东西将会一览无余地毕露于文本之中。您说得很对：“《蓝灯》是需要长的”，刚好我这个人也是不怕长的，因为我有充足的干货。我喜欢鲜明和极端的写作，即使在长短上，短则短、长则长，我不喜欢短诗写开了甚至失控了而误成的“长诗”（当代诗坛的“名篇”里就有不少），我也不喜欢为了显示所谓“难度”和“密度”而搞得毫无内在空间读来干涩难受的“句群”（连“篇章”都够不上），长诗有别裁，必有其独特的灵魂、气象、血肉、脉搏、肌理，并且要有其能够容身的生态系统，就是您说的：“缺一不可”。这些天在看亚运会，我想说：短诗是百米，长诗既是马拉松，又是十项全能。

陈超：读《蓝灯》还使我想到一个虽不新鲜、但一直未被在更深层次做好的问题。即直到今天现代诗还纠缠于“个人还是社会？”的争执中，其实二者不是简单的对立关系，将之对立，是诗人自身能力和视野的问题。过去，我们的诗歌过度强调社会性、历史性，最后压垮了个人空间，这肯定不好。但后来又一味自恋于私人化叙述中的“我”，同样减缩了诗歌的能量，使诗歌没有了视野，没有文化创造力，甚至还影响到它语言的摩擦力、推进力的强度。个人经验不是封闭的、现成的、自明的东西，不少诗人想标榜个我，其实他这个我，写来写去我看还是公共的类型化的平均数，鸡零狗碎却十分雷同的“私人化”，很讽刺。我近年来一直呼吁一种“个人化历史想象力”，就是想消解这个二元对立，综合处理个人和时代生存的关系。

《蓝灯》是个成功的例子，它在公共生活和个人生活间机智地穿逐。它充满个人性，但绝不是那种狭隘的个人性。它是一个诗人站在当下世界人类处境的高度，来表达个人体验、思考的。比如诗里有些地方写到的全球金融风暴、经济危机，写到语言翻译带来的文化减缩、文化过滤，写到今天中西诗歌状态的差异，写到第三世界和前铁幕国家的后遗症，写到如何对待人的基本权利，写到对母语诗歌（“我诗的护照”）的博大抱负，写到对民族近代史的复杂纠葛的情感经验，写到贫富加剧，写到幸灾乐祸等着资本主义“崩盘”的可笑左爷，写到人类在利义之辨中的某些尴尬，写到世界中文热的原因……都不可谓不大。但此诗不是宏观笼统地处理它们，而是紧紧抓住你个人生活观感的某些瞬间进入历史，以一个个小叙述点，自如地拎出更博大的人类生存图式。这样使诗在处理社会历史“公共空间”时，才能真正有所触及，让读者享受到生存语境和个人感受的双重真实，又享受到亲切诙谐的有质感的诗意。可谓举重若轻，是深思熟虑之轻，不是轻浅轻佻之轻。

其实，对诗歌而言，所谓“公共空间”绝不应是以前灌输的远离我们的想象性概念，而是我们个人就在其中。如何在所谓“个人”和“公共”间找到平衡，使诗饱含具体历史语境和个体经验的张力，构筑宽大而又具体真切的视野，对现代诗还是一个考验。如果诗人们脑子一热又回到“宏大抒情”肯定不是我愿意看到的，正像我同样不愿意看到现在诗人们脑子一热结伙“私人写作”。后现代诗人博斯凯说的特别对我胃口，诗人要追求有分量的“一”，“成为一，是自知责任重大。”

**伊沙**：陈超兄，由于此前我们仅有的两次见面的私下交谈实在太过有限，所以此次对话你我完全是“遭遇战”，最终对成什么样子事先完全无法设计。如果有人问我：此番与您对话最大的收获是什么？我会回答说：放心去写！你所做出的努力和成绩别人看得见！如果你境界够高抱负够大的话，今后反倒要向别人看不见的佳处去努力——但是这非常之难！别以为你高出了所有人的眼光！在今天以前，我已经意识到了，并告诉过身边的诗友：千万不要低估同行！我确实有几个真正的知音（这是人生莫大的幸运），他们都很懂我的写作，但是他们又老以为别人不懂、无人能懂——我觉得这就叫低估同行，低估同行容易放松自我要求，对自己的写作一点好处都没有。我不介意（望兄也别介意）重提“盘峰论争”中的文章和言论，因为其中有意气用事打群架的部分，当然也真有诗学含量的部分（这一部分我们可以“复盘”），在您这个话题下我想起了您的朋友唐晓渡兄当年说我的一番话，大意是我诗中的一些元素，“第三代”诗人早就触及过云云，而我不过是更“硬努”一些罢了——好一个“硬努”！其实一点都没看错。他视之为“硬努”者在我这儿叫“自觉”。（陈超：呵呵，伊沙，容我插一句话。唐晓渡说你“硬努”，可能你的理解有点扩大，据我所知，他主要是说你那时给人印象深的某些诗太迷恋一正一反的观念颠覆力，不是说你全部诗都如此。）自 1988 年以后（在此之前有五年的“预备役”），我始终是一个自觉的诗人、一个专业的诗人，不论是 20 世纪八九十年代对后现代主义文化的探索，还是 21 世纪以后对后现代之后“综合性大师写作”的追求，包括您上面提及的这些非常具体的问题，我平时都有过思考，思考过然后写成作品，然后被您读出来，作为一种印证，这让我心中有满足感。您既是亲历者又是见证人，可太知道当年蔚为壮观的“第三代”里有多少“天才”、“准天才”、“才子”什么的……到今天，掰着指头算，能够保持住写作状态的还剩几个？就算他们将当年之勇找回来，您会期待他们再创灿烂与辉煌吗？我想不会的，因为我们已经摸清了这些人的底细，面对眼前这个纷繁复杂的时代和光怪陆离的现实，他们尚未建立起思考力，却已丧失了表现力，所以，“自发”是不靠谱的，青春期的那点冲动和才气是不靠谱的，集体氛围下的性情写作是不靠谱的，灌再多酒扮一把“老顽童”是不靠谱的。还是得“自觉”，还是得“硬努”——中国现代诗人不“硬努”，怎么爬得上去？现代文化的平台多低啊！

唐欣在很早的一篇文章中说我：身体好，管得宽！杨然在更早的一篇文章说我：活得很渊博。他们到底都是我的老朋友，把我看得挺透的。我在今夏“2010 衡山诗会”上做主题发言时曾经讲到过同样的问题：“上午有人说 70 后爱写长诗，现在回想这十年，恐怕不仅仅是 70 后吧，我在佛山也讲到这个问题，很多的 60 后都在写长诗，而且这个长诗的概念不一样，过去什么叫长诗？《诺日朗》叫长诗，还有《女人》，算是一个组诗。”现在的长诗是一个诗集的概念，是一个大系列。所以过去我说长诗是“巡洋舰”，现在是“航母”，上面全是“战斗机”，不是70后的专利，不是这样的。至于说70后有它的优势，每一代都有其优势。我很注重我自己所在的这一代人的优势，有一些朋友可能很不喜欢我的话：最近我发现经历过毛泽东时代对于我诗歌创作的好处，不仅仅是对于诗歌创作的好处，对于我整个文学创作的好处，尤其是在长篇小说里面，体现得更为明显。哪怕那个时代是不好的，或者怎么样。我想起来一件事情，在英国参加一个诗歌节，在北海边上的一个旅馆里头，我们住在那个地方，有一天中午就和大家今天一样，晚上我要朗诵，我要和我的翻译，他朗诵英文，我朗诵中文。那天下午我们在选诗，在选诗的过程中，他有一个感叹，他说你怎么关心了这么多的问题，我一看他选出来的我的诗，我就知道他注意到了这一点，他把每一首诗选得都不带有重复性，最后他一声感叹。我说了一句实话，我说我是毛泽东时代的孩子，毛泽东教会我们从小关心世界大事。而我们对“文革”时代的感觉是一派愚昧。到了晚上这个翻译更受刺激了，我们成了诗歌节最受欢迎的节目。然后他下来就说，他分析这个原因，他说你看那些英国诗人为主的，英语诗人为主的，爱尔兰啊，澳大利亚，加拿大，美国等等——那些诗歌节每年只请两个非英语的，这一届除我之外，另外一个就是南非荷兰语的一个诗人，除此之外全部都是英语诗人——他说他们写的东西怎么都一样呢？一般国外的诗歌节，我去了算是年轻人。老女人在撒娇，老男人在写一个共同忧虑的问题：老在写一个老男人面对年轻女人时的焦虑，这个东西也朴素，但是假如里面的好诗人——那里面都是英国最有名的诗歌奖得主，有一个当年的双奖得主，记者全都跟着他跑——如果这样的诗人，他只关心这个问题，那就是令人遗憾的，我的翻译也是同样认为。我就是四个字，实事求是！我所有的出发点就是怎么样把这个诗写好。动用我所有的，哪怕是荒谬年代带给我的，哪怕是一个什么什么带给我的，都可以，我就把所有的优势都发挥出来，最后集成我自己的力量，这就是我想说的。”（会议录音整理版）——我在这里想说的都已经包含在这段话中了，对于上一个时代，长我八岁的陈超兄比我拥有更多的阅历和记忆，一定不会误解我这番话的意思。我从自身感到中国确实有儒教的传统存在，儒家的精神流淌在自己的血液里，只是在写诗中角度和味道已和前人有所不同，作为诗人，我是多么讲究味道啊！味道里包含着一个人的所有：有的诗貌似有多大存在的理由，貌似具备一首好诗的所有条件，但是那个味道却让人难以下咽，在我看来就是坏诗。

总而言之，中年以后的写作——或者我们干脆称之为“成人写作”——即“综合性大师写作”，拼的是人！这才到了赤膊上阵的时刻！赤条条一丝不挂！但是当有人意识到这个致命问题时已经晚了，他们前半生没有好好做人（可不是那个世俗的“做人”二字），没有把自己当个人来建设，以为写诗不过就是把面前这个文本做好……也许能够意识到就还不算晚，更大的真实是没有做到的人恐怕也意识不到。总之，只有极少数人能够闯进最后的决赛圈，而正在大步走来的新诗百年的大决赛还是会有一点精彩！

陈超：是啊，当下中国既生气勃勃又饱尝困惑，其写作资源极为丰富，具有无与伦比的“可写性”，它呼唤那些诚实而成熟的持之以恒的劳动者，发现那些只能经由诗歌所发现的东西，可不要辜负这个博大的“赛场”！

（2010 年）

# “我的血管里流淌着祖先的血液”

## ——《当代诗人》访谈录

樊樊：伊沙您好。我们就直接进入主题吧。这是一个诗歌边缘化的时代，许多诗人为自己的诗人身份感到尴尬。著名如您者，是否有生不逢时之感？在您所处的现实中，你对诗人的命名和角色定位是怎样完成的？

**伊沙：**我从未有过生不逢时之感，而且正好相反，我常常觉得自己生逢其时，不早不晚，来得正是时候。何况我今年已经 45 岁，人生刚好过半，这时候谈论这个问题，不是太晚就是太早。第二个问题：不断地写，好诗迭出，自然而然，就完成了。

樊樊：作为口语诗的代表诗人，您认为口语诗与意象诗的分歧在哪里？口语诗和意象诗在诗的终极指向上会殊途同归吗？

**伊沙：**这两种诗本来是诗歌发展不同时期的产物：先意象，后口语。但在十年追赶完别人一百年发展道路的中国，让二者在同一时态下存在了，而且时间不算短，二者分歧一言难尽，但肯定不仅仅停留在形式上，关乎诗人的世界观、人生哲学。你的问题已经是答案了：不论口语诗，还是意象诗，在诗的终极指向上殊途同归。我目前的写作，在坚持口语大风格的同时，很注意吸纳并再造意象诗的技巧和跳跃性，这在我自《唐》（2002年—2003年）已降的作品中，是不难看出的。

樊樊：哈，为了让读者更好地了解你，您可否用一两句话为您的诗歌贴了一个独特的标签？

**伊沙：**我们这一代从20世纪过来的人，很警惕“标签”这个词；你们年轻人反倒失去了对这个词的警惕，在商品时代是否还爱上了这个词？如果一定要用，我用“饿死诗人”或“车过黄河”——我觉得它们已经可以编入《当代成语小辞典》了。

樊樊：中国当代诗人中，你最推崇谁呢？

**伊沙：**我通过两个途径来回答你。

一个是今年以来的“投票热”：我先在长安诗歌节首届“现代诗成就大奖”的投票中将严力列为选票中的第一名；后又在微博“神马诗歌”首轮票选中投了严力一票，今年以来我投了不少票，但在两个月里得了伊沙两票的诗人唯有严力一人。

另一个是今年1月份写的一首诗：

梦117

我正在填写一张
某诗歌奖的选票
在“最佳诗人”一栏
写上了“徐江”
在“代表作”栏里
填写上“《杂事诗》”
又划掉

改填为“《猪泪》《科索》”
在“最佳诗评家”一栏
写上了“沈浩波”
在“代表作”栏里
填写上
“《中国诗歌的残忍与光荣》”
填完了
一抬头
见浩波光着头
正站在我面前
嘎嘎嘎地笑着
在稍远处
徐江也在
斜坐在地上
抽他的烟斗
还有很多诗人
和诗评家都在
有的作为评委
有的作为候选人
大伙都立在原地
彼此之间
保持一定距离
很快变成国际象棋
大棋盘上的大棋子
接着又变成英格兰

4300年前垒成的

巨石阵

我想投票代表的是意识，那么一首记录梦的诗，记录下的是潜意识——我想我已经很好地回答了你。

樊樊：读过您的《车过黄河》《饿死诗人》《生逢毛时代》等诗歌，我不能简单地说这些诗歌只是对中心话语权的解构，或者是对某种神圣与崇高的消解。您的反叛，独立，自省和口语化的表达，无疑在诗歌史上形成了一个断裂代。我想知道，你是否感到你的分行语言已自成传统？如果不完全是，你在诗歌中是怎样完成和几千年的汉语传统的衔接的？

**伊沙：**毫无疑问，对很多后辈诗人来说，我就是传统。最早公开讲出来的是马非，1999年在北京的一个饭局上，马非对在座的不少70后诗人说："你们的传统是屈原，我的传统就是伊沙。"——说得语惊四座、掷地有声！

与几千年汉语传统衔接，表面上的一个例子是《唐》，其实还有一条早已有之的暗道：首先我是一个纯种的中国人，我的血管里流淌着祖先的血液；其次我的写作是一种非常强调当下性在场感的纯粹的本土写作，第三所谓"口语"就是非常注重正在发生的"活汉语"的滋味和魅力，于是这样的衔接便自然而然地完成了，是一种真正的衔接，接得严丝合缝！

樊樊：你信任这个时代的读者吗？他们符合你的期望吗？

**伊沙：**我不把"读者"抽象为一个概念，他们是一个又一个具体的活生生的人，我遇到过最差的读者，我也遇到过最好的读者，举个例子：最近，我在微博中碰到不少我的老读者，他们到现在还能够详述我十年前的诗歌、小说、随笔,《结结巴巴》《车过黄河》也刚在微博里完成新一轮的流行;与此同时,天涯社区的天涯诗会里正在展开对我的新一轮批判,其批判言辞的愚昧无知在我这项记忆里是空前绝后的。

樊樊:呵,据我所知,你的一些诗歌在国外广受青睐,比如《生逢毛时代》。不过,也有人认为这首诗受到青睐的原因,是露了自家的丑。在我们的国度上,是比较适合赞美词和颂歌的,而且历来唱得云遮雾绕,唱得众人身在此山中,也全然不识得庐山真面目。您对此可能感受极为深刻,能谈谈您写这首诗时的感受吗?

**伊沙:**还是把这首诗再读一遍来看看他们说的对不对?是不是说反了?

生逢毛时代

我无法选择自己
肚脐眼的模样
并要求它
不要生得这么丑

我也不想老是
把肚脐眼里的
藏污纳垢翻出来
展览给人看

这首诗是我在2006年6月去湖南长沙参加一个诗会,然后去韶山看了看，回来之后写的，我所有的感受都写到这首诗里去了。

樊樊：诗歌内部的坛和圈现象，似乎把诗写给行为艺术化了。你怎么看待这种现象？

**伊沙：**还是宽容点吧，别人也得活，你相信文本，就有人相信行为，各显其能，各得其所。再说，他们可以让这个坛子显得热闹一些。

樊樊：问您一个敏感的话题，一些诗人把沈浩波获了人民文学奖和你给省长写评论称之为招安，因此认为你的中心权力话语意识解构最终走向了功利化和伪民间。请问您是怎么看待官方和民间，民间和招安这些对立的概念？

**伊沙：**没有起义，何谈招安？你说的这些诗人是把我和沈浩波当成了梁山贼寇了么？他们自己怎么不当？可别真把诗坛当水浒当江湖了。

人民文学年度奖，每年颁发给两位诗人，此前所有的获奖者都没有沈浩波著名，此前所有的诗篇都没有《蝴蝶》优秀，沈为什么不可以得？

他们说的省长不就是指吉狄马加么？我不是给青海省副省长（现在又升了，已经是省委常委）写评论，我是给优秀诗人，在国际诗坛最有影响的中国诗人之一吉狄马加写评论，更何况他还是公开赞誉我为“中国最好的诗人”的我的一大知音，给过我多次帮助的我的真正的朋友，有什么不可以的吗？

民间是我的生存状态和艺术立场，它的尊严体现在：它不以与其他任何概念的对立而存在。

樊樊：呵，写诗这么多年，声名和荣耀之外，诗歌一定让您有更深的受益吧？

**伊沙：**当然，它让我找到了理想、事业、信仰和灵魂，让我有了一颗还算坚强的心！

樊樊：诗歌的内部一直纷争不断，您似乎也一直在风口浪尖上，一个著名诗人似乎也成了一个问题诗人（请恕我的冒昧）。您以为这是您的性情所致，还是时事所致？能客观评价一下自己的优点和缺点吗？

**伊沙：**这个问题我私自想透了，一切源自于我更富于先锋性——扩而大之是更富于创造性的诗歌所引起的永恒的争议性，以及我对自己诗歌的坚决捍卫，它们是我生的宝贝，我有责任保护它们。我在单位里低调得要死，一个我教过的女生说我是“西外溜着墙根走路的人”，为什么？在那里，没有诗需要我保护，至于人，又没人吃我，吃点小亏算什么。

首先我不是一个坏人，而且还是一个好人，在此前提下的优点和缺点都不过是我的特点的两面，恕不一一道来。

樊樊：这些年来，诗人的非正常死亡和诗歌界的各种丑闻层出不穷。我越来越感到诗人的名号下需要一个底线。基于爱、平等，尊严和人道主义的立场，如果请您起草一份类似于南丁·格尔誓言或者日内瓦宣言的诗歌宣言，您会怎样写？您认为有必要这样做吗？

**伊沙：**与这个时代社会上层出不穷的种种丑恶现象相比，诗人制造的所谓“丑闻”都严重得等而下之，诗人的自杀率、非正常死亡率肯定低于全国平均值。

你说的基于爱、平等，尊严和人道主义的立场，我当然觉得很好，但我不喜欢宣言这种形式，总觉得宣言、宪章一类的东西，与真正的诗人和艺术家是天然抵触的。

樊樊：我们聊点轻松的话题吧，您平常是用电脑写作，还是在纸上写作？

**伊沙：**诗歌待遇高点，先写在本子上，然后用电脑修改，其他文字直接用电脑。

樊樊：你的休闲时间喜欢做运动吗？喜欢踢足球吗？

**伊沙：**喜欢，在踢。

樊樊：哈哈，聊聊女诗人吧。您觉得女诗人与普通女人有什么不同之处？您喜欢和女诗人们交往吗？

**伊沙：**对于“女诗人”，我也拒绝将此抽象为一个概念，她们是一个一个具体的人，女人有一千种，女诗人就有一百种。她们除了会写诗，具备诗歌写作的知识和技能，或许还有才华，本身就是普通女人吧，无此普通的一面我想可能写不好。我喜欢跟美好的女人交往，女诗人是她们中的一部分。

樊樊：如果在爱和艳遇之间，只能选一个词，你想选什么？哈哈，这个问题也可以不回答。

**伊沙：**当然是：爱。

（2011 年）

# 冠军伊沙

## ——《贵州民族报》访谈录

**采访者：南往耶（《贵州民族报》记者）**

**受访者：伊沙**

**时间：2011.3.28**

南往耶：伊沙老师，您好！今天刚刚看见中国当代诗歌奖（2000—2010）已经揭晓。在这次的四个奖项中，一共有六十位候选人，您是中国当代诗歌创作奖的夺冠诗人，祝贺您。为此我们想知道，您是如何看待这个没有奖金的奖项的？

**伊沙：**谢谢你的祝贺！在此高兴、亢奋、幸福的夜晚！老实说，我想到过获奖，因为读者的票数在那儿明摆着呢，但是没有想到会夺冠，因为评委会的名单也在那儿明摆着呢，仔细分析，这不是一个对我有利的评委会，所以压根儿没想夺冠。结果出来了，获奖尚在预料之中，夺冠则让我喜出望外！这确实是一个没有奖金的奖项，评奖启事中写得很清楚，但我预感到它会是一个受到诗坛内外广泛关注的“大奖”。第一，它的名字叫得够大：中国当代诗歌奖！第二，它评选的年限是 11 年，够长！第三，21 世纪第一个十年的总结热尚未过去，大家的兴趣还高！第四，它有一半评奖是读者可以在网上参与的，这大大调动了大家的积极性和关注度！第五，办奖人以往做事留下的口碑较好，有信誉！基于以上五点因素，我认为这是一个可以信任值得争取的大奖，就以积极的态度对待了。

南往耶：这次评奖没有奖金，但是几乎诗坛上所有的著名诗人和诗评家都上阵了，为什么会这样？它的意义在哪里？由唐诗先生发起的中国当代诗歌奖会不会成为中国当代诗歌在民间环境里最权威的奖项（为什么）？

**伊沙**：你说的是事实，这次评奖在诗坛之内诗人中间引起的关注度可能比你估计的还要高还要广，不光是著名的，还有非著名的，还有一般诗爱者。为什么会这样？除了我在上面已经讲到的五点因素之外，还有环境因素，针对新世纪这十年诗歌成就的评奖，此为第二例。第一例是《赶路诗刊》、“赶路”论坛和佛山御鼎酒业评选的“御鼎诗歌奖”，中国诗歌新世纪“十年成就奖”——很荣幸！在去年举行的那次评选中，我也夺冠了，成了唯一一名获奖者，因为面向十年的奖极少，不像各种各样的年度奖已经太多、太滥，所以就凸现出来了。迄今为止，中国诗坛没有具有公信力和专业权威性的诗歌奖（像美国的三大奖和英国的两大奖那样的），主要原因在于缺乏专业性、严肃性、科学性。“御鼎诗歌奖”、此次“中国当代诗歌奖”，让我看到了这种可能，看到好诗在民间、好奖也必然在民间的必然趋势，我们长安诗歌节也设立了“现代诗成就大奖”，也是想通过几年的努力和坚持，将它办成一项具有专业性和权威性的大奖，让我们一起努力吧，我相信事在人为。唐诗先生发起的这项“中国当代诗歌奖”的优点在于设奖较全，获奖人员相对较多，诗人和读者可以通过投票参与评奖，可以吸引更多人士参与的热情。

南往耶：您觉得自己的诗歌在这十一年（2000—2010）里是一

个什么样的状态？中国诗坛又是一个什么样的状态？

**伊沙：**回首21世纪这十一年，我们必须承认：网络改变了我们的生活，也改变了诗人的存在状态，中国当代的诗歌的原生现场就在网上。我大概由于自己的先天性格、思想观念、写作状态等多方面的因素，比较适应这种转变，所以深得其益，甚至如鱼得水，此次评奖的结果就能够体现出这种并不简单的内涵。当然，如果离开了过硬的文本以及文本造成的影响力，人在网上再活跃都是白搭。中国诗坛是一个什么样的状态？怎么说呢？我觉得相较于不含诗歌（常常忽略）的文坛，它在去体制化和去商业化这两大方面具有天然的优势（在俗人和庸众那里被看作是劣势），距世界最高水平的差距也相对较小，所以，中国的诗人比小说家或别的作家们玩得更自在、更自足，玩得更有名堂、更有价值。

南往耶：唐诗先生说“所有候选人都像诗歌一样高贵”。按照您自己的理解，您如何来定义诗人？诗人要做的事情是什么？

**伊沙：**人类中的精神贵族——如果没有诗人这个高贵的族群，全人类都像行尸走肉，甚至于会成为叫声难听的哑巴。诗人是为人类创造美的语言、美的感觉、美的意识、美的思想、身心之美和灵魂之美的圣徒——当然，我说的是真正的诗人。

南往耶：有人说“诗是病人写的”，您如何理解这句话？

**伊沙：**问得好不如问得巧！因为这句“名言”诞生的原生现场我刚好在，那是在上周举行的长安诗歌节第50场，喝了一斤五粮液的青年诗人王有尾出语惊人，喷着酒气说出了如下这段高话：“写诗要作为一个病人来写,不要作为一个医生来说。好诗不仅仅是手术刀，一刀一刀解剖出来的，甚至不是手术刀后面的医生写出来的，而是病人写的。”在同一个现场，我也说了一段话：“诗人要有暴露个人的勇气，要诚实，当个医生可以，但不能光解剖别人，要勇于解剖自己，敢对自己下黑手，那就是好诗人了。”——我的这一段话也可以视之为对王有尾那段话的理解。

南往耶：现在好像写诗的都比读诗的多，所以似乎有人认为现在的诗歌只有作者没有读者,您也是这样认为的吗（为什么）？当然，现在诗歌根本不能赚钱，但写诗的人越来越多，是不是诗歌给人的心灵带来了什么或者在拯救着什么？

**伊沙：**这是个老问题了。这能说明什么？说明读诗的人都是写作的实践经验，这难道不是好事吗？所以，诗歌外的人替诗歌操的那个心都是瞎操，操不到点儿上，更也许他们原本就不希望诗歌好，因为跟他们没关系，有些人年轻时还动过此念，后来被诗抛弃了或淘汰了，更不希望诗歌好。这个民族中相当一批人对待诗人的态度是一个自负与自卑的矛盾体，在诗人面前能做到无视而自信的人，我就没有亲眼见过一个。当诗歌不能赚钱成为一个普遍的常识，在此前提下，写诗的人还在增多——如果这是眼下的事实，我真的看到了一个民族的希望！总览古今中外，诗不兴、民不雅，国不强。

南往耶：您到过贵州吗？这次评奖，贵州的南鸥先生也荣获了创作奖，那么，您印象中的贵州诗歌是一个什么样的状态？

**伊沙：**很遗憾,还没有到过贵州。祝贺贵州诗人南鸥先生获奖——这是贵省的光荣，说明在21世纪这11年中国诗歌的最高成就中也有贵州诗人的贡献。贵州出过中国第一流的好诗人，譬如黄翔、譬如唐亚平，给我留下良好的印象。我想他们构成了贵州现代诗的一个很好的传统，今天和今后还会出人，对于诗，我寄希望于天才的个体，而非整体。

南往耶：最后，顺便问一下，《贵州民族报》和《雷公山诗刊》

今年要举办一个诗歌笔会，将邀请全国各地的著名诗人光临，如果您在邀请之列，您会来吗？为什么？

**伊沙：**如果时间允许，我会去。贵州是我尚未到达过的内地八省之一，心向往之，我也期待着与贵州诗人当面交流。

（2011 年）

# 回答学生

## ——西外《文苑》访谈录

### 他是大学老师吴文建

1. 这学期您来给我们上课的时候，我发现您瘦了一些，而且左手上还缠着很厚的纱布。能告诉我们发生了什么吗？

**伊沙：** 一个小意外，在正月十五的饭局上，被一个热情洋溢的酒徒硬生生拉倒在地，手一扶墙，划了一个口子，缝了8针，其状可以参阅我上月新作《创口吟》。谢谢同学们的关心！

2. 您每次课间都会在走廊里抽烟，喝着可乐，自顾自地想着什么。为什么你从不坐在教室里和你的学生交流？身兼老师和诗人，您会有意识地挖掘、培养有写诗天赋的学生，给喜欢写诗的学生予以更多的指导吗？

**伊沙：** 你们知道，我上课时讲得很满，属于满堂灌型的老师，课间必须喘口气。坐在教室里跟同学交流，首先我没有这个意识，总觉得这是中学老师的习惯，其次也没有这个精力了。那个时候，我其实没想什么，就是休息。根据我的经验，作文讲评课很重要，如果同学中能够走出来作家、诗人，出自作文尖子的概率更高一些，像已经成长为80后优秀诗人的你们的师兄李勋阳（汉语言文学2000级）、李异、叠水（汉语言文学2001级），都是班里的作文尖子，在作文讲评课上冒出来的。张紧上房是法语专业的，是我选修课的学生。就像他们四个一样，如果哪个同学需要，我当然会给予他们更多的指导和帮助：当年我们是每个月吃一次饭，聊几个小时的诗。

3. 您是怀着怎样的理想进入大学教师行业的？为什么选择西安？为什么选择外国语大学？坦白地说，我们学院里的学生鲜有心怀文学梦的，甚至连创作热情都谈不上，跟您大学时代的北师大根本不能相提并论。您有没有觉得失望？您怎么能够容忍如此的淡漠、庸俗和不争气？

**伊沙**：我必须承认：我没有怀着教育方面的伟大理想进入这个行业，我的理想全在文学上。不是我选择了西安，是按照当年哪儿来哪儿去的毕业分配原则回到了西安，我的父母、我的家、我的原籍都在这里。当时西外的人事处长亲自到北师大要人，要两名陕西籍的男生，我和另外一名同学跟他见了面，然后回西安到西外签了协议书，就这么来了。对你说的情况我没有太失望，因为我是跟着这个时代一步步走过来的，我很了解大背景和大环境已经与我们那时候大不一样了，如果说是失望，我对那些对自己毫无要求的学生比较失望，上课时在宿舍睡大觉的那一种，就是那句话：你现在睡四年，将来后悔四十年。

4. 如果有的话，请谈一谈从教多年来最令你印象深刻的一名学生。

**伊沙**：这样吧，我留一个悬念在此，从4月5日开始，我应网易之邀，通过网易微博重开诗歌点评专栏，名叫《新世纪诗典》，网址在此 http://t.163.com/1339279689 我很快会推荐我的四大门生中的一位，他一定是令我印象最为深刻的学生，我对他的点评正好可以回答此问。与此同时，我希望爱好诗歌的同学常来这里、盯住这里，很快你就会发现：每天读一首好诗，并且是在有很多诗人在的专业气氛中读，比课堂上空听理论收获大多了。就把这里当作我对你们的课外辅导吧。

5. 这个问题似乎有点老生常谈了。您是诗人，也是一个大学教师。这两种身份之间有联系吗？您觉得大学老师的身份对于您的意义是什么？生活中您还有更多的身份，比如丈夫、父亲、朋友、同事，作为大学生，将来也要承担起这些角色，您能否从一个师长的角度，在未来这些方面给我们一些经验的指导？

**伊沙：**具体来说，我是一个在大学里教授写作课或文学专业课的老师，这与诗人、作家的关系可就近到 0 距离了，所以我感觉我才是中国最专业最职业的诗人、作家。所以，这个职业令我深受其益。至于大学教师的身份，我没有太想过其中的意义，好像我作为诗人的身份感更强一些，压倒了前者。对于你提及的那么多的身份，我对同学们要说的是：不要逃避其中任何一种，你才能够拥有一个丰富而完满的人生，不论你将来的事业是什么。

## 他是中国当代诗人伊沙

6. 首先祝贺您获得了“中国当代诗歌创作奖”（这里面也有我一票）。看了您的获奖感言之后，对最后两句话还有一些疑问，对此您能否做一些阐释——“生逢和平年代是不利的”、“‘诗人’是一个课题，‘大诗人’是另外一个课题。”

**伊沙：**谢谢你的一票！每一票都很重要！因为是大家的投票，让我在此次评选中拔得头筹的——正因如此，这是我非常诊视的一项荣誉！我说的第一句话，恐怕得用一篇论文才能讲清楚的；我说的第二句话，则需要一本书。大家可以慢慢体悟，一时半会儿理解不了也不打紧。不要说你们，我的绝大部分同行对这两句话都不会太有感觉，我的有些话只是对我自己说的，不需要阐释。

7. 请问您第一次写诗受到肯定是在什么时候？能谈谈对您影响深远的师长或伯乐吗？

**伊沙：**1983 年，我 17 岁写的第一首诗就发表了。这需要拉出一份长长的名单，我在以往的文章和访谈中也没少谈及。此次就不重复了。

8. 赢得读者是诗人成功的重要标志。您已赢得读者的尊重，但主流评论家却相对滞后，您如何看待这种现象？这种现象背后隐藏着中国诗坛什么样的话语？您坚持走“民间”的路线，那么“精英文学”呢？

**伊沙：**情况不是这样的，我在 20 世纪 90 年代，就是被评论最多的当代诗人（死了的不算），网络时代后，那些整天骂我的人似乎放大了我受非议、争议的现象，其实也不真实，因为很多骂我的人是在心里管我叫爷的人，骂是他们对我一种特殊的致敬、抒情方式。真的不理解甚至妒恨我的人于无声处。一言难尽，我之所谓“民间”才是真正的“精英”。

9. 从短诗到长诗，规模性的现代长诗（《躁》《唐》《无题诗集》《诗之堡》《蓝灯》到还未完成的《梦》)，都显示了您的艺术雄心，在结构和内容上，您是否下过一番功夫？您是如何理解这个“长”与“短”的？

**伊沙：**当然下过功夫，长诗不是把短诗写长，它几乎是另一种诗，就像我说的“‘诗人’是一个课题，‘大诗人’是另外一个课题。”

10. 从告别“青春写作”，跨入“中年写作”，这种转折（如果这是转折），您是如何实现的？中间有没有遇到障碍？这过程中您是如何坚持诗的先锋性的？有人质疑您不再先锋了（相比以前），您是否有过反思，您是如何看待这个问题的？

**伊沙：**我是通过写作自然而然地度过的，譬如：《燥》明显是“青春写作”的总结之作，紧接着写的《唐》就有许多过去从未有过的东西，是“中年写作”的开始。我一直是先锋的，即便到现在，我还是中国诗坛最先锋的，有《梦》系列为证。质疑我的人以为先锋就是一个点，而在我眼中先锋从来都是一个面，甚至是一个体，他们哪里有我懂，他们要是比我懂，那他们比我先锋的作品在哪儿呢？中国目前所有以先锋自居的诗歌都是我20世纪90年代作品的赝品和衍生物，不信仔细看。我后来的天马行空，他们抓不住，就老想把我拉回去。

11.您是有信念的诗人，当您勇敢真诚的诗的面目遭人诟病时，作为先锋诗的风向标（如果风向标能概括您的话），您是否曾经寻找过什么？诗的位置在哪里？

**伊沙：**我一直在寻找，诗的位置就在我脚下，荣辱都是我该承受的。

12.“没有影子的东西没有力量活下去”，对您的诗歌而言，这是否是个问题？您认为什么样的诗才可能活下去？

**伊沙：**你的引句的意思我没看懂。我觉得最有人性和诗性的诗会活下去。

13.您的诗是对现代汉诗的革命，那么，您是否认为诗人承担了某种使命？“一个人生命中最大的幸运，莫过于在年富力强时意识到自己的人生使命”，您是一位具有世界眼光的诗人，您幸运的使命是什么？

**伊沙：**谢谢你的夸奖！也许，我担得起这个夸奖，原因是我确实身怀使命感，对于现代汉诗。希望通过自身的努力，让它尽量的好一点。一个人一生所做之事，其实很小，但有可能很大，看你怎么做的、做到什么程度了。

14. “中文系不培养作家（诗人）”，这多半儿是戏言，但也宣示了某种精神。您既是中文系走出的诗人（作家），又是中文系的（副）教授，对文学青年，您有什么寄语？

**伊沙：**中文系培养不出作家（诗人），大学也培养不出作家（诗人），作家（诗人）都是自我培养出来的。

15. 诗歌创作不是工程规划，但是，还是想斗胆问一句，在未来一段时间内，除《梦》之外，您有什么大的写作计划？是出于某种整体创作规划的考虑吗？

**伊沙：**已经有了，那是基于现代汉语建设发展上的考虑所带来的一个大灵感。

16. 对于一个诗人，或者说对于你，最理想的生活方式应该是怎样的？你在多大程度上努力去接近这种生活方式？

**伊沙：**最理想的生活方式就是我现在的生活方式——这是事实，又是哲学。

17. 有人说愤怒出诗人，也有人说只要不要脸一天就能写几十首诗。您是怎么看的？您觉得诗歌创作原动力是什么？您的创作体验、灵感主要集中于生活的快乐还是痛苦？

**伊沙：**喜怒哀乐，都可成诗。任何一种对诗歌和诗人带有不敬的说法，都会毁灭掉它的持有者——在这一点上，我很迷信。

18. 您能谈谈您是怎样在诗歌创作中思考的吗？您会回过头或者隔段时间做修改吗？最近有很多人摹写仓央嘉措的诗，您是怎样区别山寨和致敬的？您觉得这些改编有多大的价值？

**伊沙：**思考发生在前，并且要在诗中隐藏在形象的后面。我会修改。去看我润色的《仓央嘉措情歌》的版本吧，哪些是正版，哪些是流传版，你就会搞清楚。

## 他的青春在80年代

19. 目前我校的学生大多是90后，在我们的想象中，20世纪80年代的年轻人比现在的年轻人单纯、热情、有朝气、有梦想。那时中文是最热门的专业，那时朦胧诗、先锋诗生机勃勃，那时的年轻人人人都读书人人都写诗，那时会写诗的小伙特别受姑娘青睐，那时的大学生都像海子、老木、骆一禾一样喝酒喝到深夜，然后一边大声吟诗一边勾肩搭背晃晃悠悠走回学校。您作为80年代的亲历者，事实确实如此浪漫如此美好吗？80年代是不是新中国成立以来中国年轻人、中国文学的最美时代？

**伊沙：**差不多吧，尤其是在20世纪70年代末到80年代中期，我只赶上最后一段。应该是最美时代，童话般的时代。

20. 您当年和中国当代很顶尖的诗人桑克、“中国当代十大杰出诗人”之一徐江、作为“魔岩三杰”之一红极一时的摇滚乐手张楚等是挤过一个宿舍的好朋友。一群才华横溢的年轻人凑在一块儿，是不是每天都过得很精彩很带劲儿？能不能谈谈你们在一起的故事？

**伊沙：**看我的长篇小说《黄金在天上》。

21. 您在其他采访中曾表示大学时代最遗憾的三件事之一是没有在外校同居，能不能详细解释一下？

**伊沙：**不解释。有些事只可意会不可言传。

22. 大学时代追过几个姑娘，怎么追到现在的姑娘的，有没有把自己的姑娘写进诗或小说？有没有为了追姑娘而写诗？喜欢什么样的姑娘（觉得什么样的姑娘才是好姑娘）？结婚以后有没有喜欢过别的姑娘？总之，诗人都是浪漫的，一个诗人的爱情观和一般人有什么不同吗？

**伊沙：**涉及隐私，无可奉告。

23. 年轻时代做过最后悔或者最疯狂的事情是什么？

**伊沙：**没有。我最疯狂的是写了这样的诗，成为诗人伊沙。

24. 在您的观念中，我们（这批在西安外国语大学读中文的90后）应该怎样度过自己的大学时光才是有意义的？

**伊沙：**学到必须掌握的知识，在此前提下发展自己的爱好——你未来的事业应该在爱好中产生，否则也不会有太大的成就。

## 同学们举手提问

25. 如果有的话，您的偶像是谁？有没有对您影响很大的艺术家或者文艺作品？

**伊沙：**每个阶段都有，而且还不是一两个。譬如凡高。

26. 看了您的博客，该奖评选期间您就发文号召大家来给你投票，口气相当不谦虚。有网友留言说“不想注册微博账号投不了票”，您回复“不想投票就不要找借口”，这口气……我必须说……相当粗鲁……然而，我非但不反感，反而很佩服很喜欢您的坦率大气。能不能说您的字典里就没有“低调”两个字呢？您对于中庸、内敛的人是不是特别反感？其实，中庸是一种自我保护之道，毕竟枪打出头鸟，看到您在网上和各种持非议者掐架，我想知道您的心理素质何以如此之坚挺，横眉冷对千夫指呢？

**伊沙：**我说那话是有具体语境的，那个网友在微博里特爱跟我贫，天津人，卫嘴子，我就那么逗他一下，然后他就给我投了票，不是粗鲁，是故作直率状来开玩笑。至于“低调”，没有诗在场的时候，我会很低调，有诗在场，必须高调，因为我诗的先锋指数高，误解误读度就高，反对我的人就多，高调是一种保护诗歌、争取中立读者的办法。这十年网络生涯，我的心理素质确实更坚挺了——这是多好的收获呀！

27. 张楚的音乐具有很强的现代诗的意味，而我觉得您本人以及您的诗也有很强的摇滚色彩。这是不是年轻时你们几位好友相互熏陶的结果呢？你对他的音乐，尤其是歌词，是怎么看的？张楚是不是也是一位出色的诗人？

**伊沙：**有一定的作用，在我诗走向走我的前夕，他在我的生活中出现了，彼此的第一个成熟期也很同步。歌词是为音乐服务的，并不独立而存在。张楚不能算一个诗人，而是一个音乐人，歌词写得比曲子更好。说音乐人是诗人——这“诗人”已经变成了形容词，而非名词。

28. 曾经特意买来您的《中国往事》拜读，这是当代很少的既好读又有思想性的一部小说，读下来让人酣畅淋漓觉得十分痛快。《迷乱》也是反映社会现实很透彻很到位也很有意思的作品。可是有人却说您“从一个一流诗人进入了三流作家”，我不太认同。您自己是怎么看的？另外，《中国往事》带有很明显的自传色彩，那么最后和邻家妇女上床的情节是确有其事还是想象的？我比较倾向于后者，可能是您青春期时的一种性幻想，在回忆中进行了心理补偿……纯属猜测，请老师不要介怀。

**伊沙：**我怎么看？我是第一名的诗人写了第一流的小说。其他无可奉告。

29. 读过您的诗《生于毛时代》，仿佛对这个时代持一种否定态度（如果我没有理解错的话）。然而同为60年代生人的导演姜文却把自己的少年时代拍成了《阳光灿烂的日子》。您是怎样感受那时代的气候的？您觉得当今时代更适合人的成长吗？

**伊沙：**总体上必须否定。但此诗更复杂地讽刺了一种文化策略下的简单思维。姜文那部电影，王朔的原作小说都不是在歌颂那个时代吧？你们可别身在福中不知福啊！

30. 您更喜欢"魔岩三杰"的时代、阳春白雪的时代、还是汉唐古韵的时代？您觉得我们的时代是一无所有吗？

**伊沙：**我不喜欢假设，我喜欢不喜欢也不是关键所在，我只能面对眼下这个时代，它真不是一无所有，而是一切皆有可能。

31. 为什么您对海子的诗要持一种否定的态度？您是怎样看待诗人之死的？您觉得死亡是一首赞美诗吗？

**伊沙：**你到百度去搜"海子伊沙"四个字，就可以找到我对他的几乎全部说法，不是一个简单的否定吧？诗人之死与常人之死无异，我们还是不要奢谈死亡。

（2011 年）

# 关于《新世纪诗典》

## ——《贵州民族报·文学周刊》高端访谈之伊沙

**本报特约记者：高世现**

记者：首先很高兴能采访到您，所以这次交流对我来说会是一件很愉快的事情，机会难得。其实在微博我们打过几个照面，您刚来腾讯微博玩的时候，我刚做着“中国诗人巡礼”这个专题。我记得在那140字内是这样写您的：“伊沙是坚定的口语诗写作者，曾当选为《世界汉语诗刊》评选的‘当代十大青年诗人’，伊沙是装甲车集群前进的先锋者，伊沙的《唐》《无题组诗》《蓝灯》《梦》系列是一座又一座横断的诗歌巅峰！”，那天恰巧我刚巡礼到您，您刚好入驻腾讯微博,您来的前十个回合全和我“打”上了。2011年5月19日，这一天我们还在微博给您过生日。我们仅有一段“小插曲”就发生在微博。而在这个“微”时代，诗人们也熟练地使用微博进行诗歌传播和聚会，您的《新世纪诗典》就是其中最醒目的代表，《新世纪诗典》已经成为2011年度的诗坛关键词。请您简单说一下创办《新世纪诗典》始末。当初基于什么原因让你想办《新世纪诗典》。

**伊沙：**去年3月下旬的某一天，网易UGC中心总监、青年诗人欧亚突然来电（此前我们很少联系），说想请我开设一个每日推荐一首的当代诗歌的微博，我在第一时间就想到《新世纪诗典》这个方案，并确定 4 月 5 日开栏。《新世纪诗典》有两种读法两个意思：一、新世纪—诗典，即 21 世纪以来现代汉语诗人所创作的当代经典诗歌；二、新世纪—诗典，我在 1998 年—2001 年在《文友》等杂志做过《世纪诗典》的每月一期的荐诗专栏，那算老《诗典》，现在算《新世纪诗典》，有其连续性。

记者:此次在网易微博上重新开设《新世纪诗典》，距离您在《文友》开设的《世纪诗典》终结刚好 10 年。而今《新世纪诗典》也快一周年了，现在您又怎么回看这两个“诗典”？说说微博这个新媒体又对诗歌的受众有何意义?

**伊沙：**不论老《诗典》还是《新世纪诗典》，都是当代诗歌含金量最高、推广效果最好的两大版本，我自认为没有任何一种同类选本能与之相提并论，它们是最优秀的，于是便是最权威的。版本是人打造的，人的全部品质决定了版本的品质。老《诗典》的影响是当时发行量高达十五万左右的《文友》杂志带来的，是纸媒时代的产物，《新世纪诗典》则是随微博这种新传媒应运而生，具有新时代的特点，它一年便取得了老《诗典》三年多的容量，影响之大也是有过之而无不及。

记者：《新世纪诗典》的伟大之处就是经得起文本和人本的双重支撑，它是一个现场公开的诗歌点将台，就像每一个诗歌选本都有它独特的价值观，比如“中国新诗年鉴”要弘扬的是“民间立场”。而您的《新世纪诗典》推崇的是什么理念?坚持的又是什么立场?

**伊沙：**好诗主义，经典立场。

记者：您的文学创作包括了诗、小说、评论、翻译，还要教学、上网推《新世纪诗典》,您的大脑究竟有多少个“频道”,您的“遥控器”又是什么?

**伊沙：**是的，与文字有关的项目我已经涉猎全了（世纪之交的两三年间，我甚至在《足球》报开过每周一篇的球评专栏！），关键是各项做得都还不错，算得上一个合格的“文学人”甚至“文学家”。如此全面的涉猎，是有一个换频道的问题，并且是个无法回避的大问题，我想说：遥控器是兴趣和热爱，首先这些都是我爱做和有兴趣做的，我总是很好地利用了不同阶段我最大的兴趣点或激情点，譬如过去九年间我就很好利用了我对长篇小说不可遏制的激情和过去充分的积累，一口气写了五部之多；而在过去半年中，又利用了我对诗歌翻译的同样不可遏制的激情和对自身潜能的迅猛开掘，横向翻译了50多位世界优秀诗人的代表作,并且译成了《干净老头：布考斯基诗选》《最好的托马斯：特朗斯特罗姆诗选》《安魂曲：阿赫玛托娃精选诗集》三本书。

记者：您的《新世纪诗典》让沈浩波的《玛丽的爱情》打头阵可以说非常成功。沈浩波这首旧作中关于老板对女下属进行“情感投资”使其成为自己的得力干将和情人的话题，在您再推出之后网友中引起强烈反响，在诗人汪国真、话题人物干露露和苏紫紫，以及一些情感专家之间都掀起了讨论：我们的生活中有多少“玛丽式爱情”？您又看“职场玛丽”和“玛丽式爱情”？而这种所谓的时代之典型性“爱情”究竟是各取所需还是女白领们的悲哀?

**伊沙：**是的，非常成功，所以这首诗的作者也得到了厚报，沈浩波最终赢得了《新世纪诗典》首届年度大奖金诗奖的金牌，这首诗立了头功。我认为“玛丽式爱情”是普遍存在的，这首诗写出了人类的荒谬和悲哀。

记者：说说您《新世纪诗典》里的贵州诗人，哪些贵州诗人给你印象较深?

**伊沙：**在过去一年里，贵州入选了南鸥、刘脏两位诗人，他们是年龄段不同、风格各异的优秀诗人，我希望今后贵州能有更多的诗人能够入选，我也正在积极地观察。

记者:除了去年“新世纪诗典·北京诗会”，这月25日又举行“新世纪诗典·广州诗会”，在这场“小春天——新世纪诗典广州诗会暨2011年度大奖颁奖礼”，你从西安，严力从上海，沈浩波、中岛、西娃、欧亚从北京，姚风从澳门，吴投文从湖南，古河从湖北赶到羊城，参与本场诗歌的盛宴。入选《新世纪诗典》的广东诗人杨克、宋晓贤、燕窝、郑小琼、李傻傻、阿翔、丁燕、典裘沽酒、赵原、晓音、湘莲子、木知力、杨汊、旻旻、庄生等，都到现场朗诵，为花城带来“诗的原声”。请您简单说说这诗会的盛况。也说说这京广两个城市的诗歌氛围。

**伊沙：**是的，《新世纪诗典》不但打造了一个经典的微博栏目，还打造了两个经典诗会，一个经典诗奖。我说的正是去年9月在北师大举行的“阳光照在需要它的地方—《新世纪诗典》北京诗会”和刚刚举行的“小春天—《新世纪诗典》广州诗会暨2011年度大奖颁奖礼”，我相信没有任何诗歌朗诵会能够与之相比，因为朗诵的每一首诗都是选出来的精品，还有严肃、专业的推荐语，醒目的大屏幕投影，诗人盛装出席，完全是严肃欣赏诗歌的氛围。我还是参加过一些诗歌活动的，国内别的诗歌活动与之相比，都显得太随意、太粗糙、太轻浮，太不讲究！关于京广这一北一南两大都市，我已经在诗会上说了：这是中国文化包容性最大的两座城市，也是现阶段诗歌氛围最好的两座城市，《新世纪诗典》选择在这里举办诗歌活动，被证明是英明正确的。

记者：回顾一下您《新世纪诗典》这一年里的感触最深的事件，最令您难忘的诗歌，还有《新世纪诗典》下一步的目标。

**伊沙：**这个问题让我作难，因为这样的事件、诗歌绝非一两件，太多了！几乎天天都在发生！《新世纪诗典》首要的目标是在数天以后——迎来它的一周年，365 首诗，然后出一本书，就叫《新世纪诗典》，让更多的读者通过纸本欣赏这些好诗。

记者：上期我采访安琪，安琪也提及“伊沙《新世纪诗典》更是了不得的壮举，从 2011 年 4 月至今，一天一首，从无间断。2011 年 8 月，青海湖国际诗歌节伊沙和我都应邀参加，我还问伊沙，这几天你还继续做诗典吗？他说，做，我电脑都带来了。所以一件事就怕一个不要命的人死盯着做。”而我想知道的是,您一天投入《新世纪诗典》的时间是多少？《新世纪诗典》的所选上的诗，除了您亲自到网上海选，还有什么投稿方式吗？

**伊沙：**表面上是一天一小时，但实际上没法计算，它关乎我自 21 世纪以来的全部阅读积累。我的邮箱永远挂在我的博客上，每天都能收到来稿，但坦率讲，收获甚微。《新世纪诗典》最主要的选稿途径还是我直接向看中的优秀诗人约稿，然后我再从诗人的自选诗中优中选优。

记者：这么多年都活跃在网络第一现场，请您回忆一下您在网络上的“快意恩仇”。

**伊沙：**说实话，我比我的“敌人”忘性大、忘得快。我写那么多东西，做那么多正事，这一部分在我头脑中实在是太不重要了，它甚至是我的休息和消遣。

记者：近来，您最大的动作似乎是翻译，说说翻译吧，诗歌经过翻译之后，在多大程度上仍然是原来的它？比起单纯的翻译家，诗人的诗歌翻译是否可靠度更高一些？

**伊沙：**这么说吧：翻译是忠实于原文的再创作。我认为：非诗人的翻译家没有资格译诗，但诗人的译者中也大有骗子、混混、垃圾在——我现在已经掌握了更多的底细。最好的诗歌译者只能由最好的诗人兼及——绝无余地。

记者：除了《车过黄河》《饿死诗人》《唐》这几首您的代表作，您也说过“代表作自己说了不算，读者和业界舆论说了算”，那想问您目前自己最看重是那一首？为什么您会选这首？

**伊沙：**当然是《梦》。它是大灵感、大创造，不落窠臼，突出重围，奥妙无穷，非常强大。

记者：总觉得您像现代的李白，您也自打趣说是“伊李沙白”，您又怎么看公元8世纪的李白。您认为天赋之外，到底哪些因素成就着李白的诗歌？您认为一个当代中文诗人，最缺什么？

**伊沙：**不是自我打趣，是一个读者在我博客留下的“神迹”。李白，是人类文学古典时期最天才最伟大的诗人，是中国的诗魂。这种量级的诗人，不是凭其一己之力一厢情愿主观而为的，那是被历史、时代、命运、诗神选中的结果。譬如说，盛唐的文化高度和走向巅峰继而由盛急衰的过程成就了他，他个人一生不得志而无所事事浪迹天涯的命运也成就了他。我认为当代中文诗人，什么都缺，急需进补，需要长期进补。我们总是在取得了一点点进步之后便开始沾沾自喜，我们总是很容易满足，对自己缺乏一种狠劲，我们缺乏真正的雄心壮志和侵略扩张。

记者：您现在怎么看国内的诗歌现状？很多诗人都转行了，而您却始终站在第一线，而且愈战愈勇，请您站在批评家的立场上，给当代诗歌把一把脉吧。

**伊沙：**我认为《新世纪诗典》就代表着"国内的诗歌现状"。在此之外，代表不了，不值一谈。我记得在去年10月我掀起这场重译经典的风暴之前，对同行佳作的莫名惊诧和激赏是一个强大的声音，这半年来这个声音日渐趋弱，不再那么夸张了——这便说明了一个真相：我们确实已经取得了自身长足的进步，也许与现阶段世界其他地区的整体状况相比，也是不差的，就是我所说的"中等偏上的水准"，但是与整个文学史上的优秀诗人，尤其是与世界顶尖大师相比，我们的差距还是显而易见的——有识者或许都清醒地认识到这一点。当然，这个差距有一部分来自我们太低的现代文化平台，甚至是前辈们、祖先们欠下的债。当然，我也不讳言，这种赶超人海战术没可能，只能拜托极少数潜在的伟大的天才人物。

记者：今天跟您的谈话非常愉快，最后祝福您一周岁的《新世纪诗典》。也谢谢您，最后谈谈诗歌对于您的意义。

**伊沙：**也感谢你，在这个时间采访我——给了我公开做一个《新世纪诗典》一年总结的机会。我已经不止一次地回答过了：诗歌是我的天赋、爱好、事业、心灵、灵魂、宗教、价值、呼吸，没有诗歌，我也不过是一具躯壳、行尸走肉！

（2012年）

# 天机不可泄露

## ——《中国诗歌》月刊“当代名家访谈录”栏目访谈录

记者：您是从什么时候开始诗歌写作的？请简要回顾一下自己的诗歌写作历程。

**伊沙**：1983 年，时龄 17 岁。回顾起来就是：写！写！写！

记者：您诗歌写作的主要题材来源于自己的生活、自己的内心、神话传说还是新闻报道？

**伊沙**：都有。但我是教基础写作课的，知道一个常识：即以第一手材料为主，第二手材料为辅。

记者：您认为自己最有代表性的三首作品是什么？为什么？

**伊沙**：1.《车过黄河》2.《饿死诗人》3.《唐》——我根据的是今天的百度条数。有趣的是：《唐》已经超过了《结结巴巴》——以后不能说只有“老三篇”了。代表作自己说了不算，读者和业界舆论说了算。

记者：您作品中的女性意象是来自于自己的家庭、自己的身边还是文学阅读？女性与您的诗歌写作有何必然的联系吗？

**伊沙**：都有。因为女性与我的生命、生活有联系，所以与我的诗歌有联系。我估计我是写母亲写得最多最好的中国当代诗人，大概写老婆也写得最多——其实这些都是研究一个诗人最有价值的线索，20 世纪 90 年代我曾对待我很好的批评家沈奇说过：你应该研究研究我爱吃红烧肉对诗意味着什么。我们的研究方式太小米加步枪了。

记者：您诗歌中的自然山水意象与当代中国的自然山水存在什么样的关系？您认为诗人有没有必要关注自然山水？有没有必要关注我们生活的这个地球？

**伊沙：**我的大组诗《行》体现了我的认识。有必要关注，我很关注，但又不会将其与我们日常生活的城市环境对立起来。我有一个观点：城市也是现代人的自然环境。难道不是吗？

记者：您认为自己的诗歌有没有形成独特的艺术风格？如果说有，您是否可以用三百字以内进行概括？

**伊沙：**如果没有，我没必要活着。三百字概括不了，我自己概括也没意义，百度一下，有千万条同行、读者的说辞。

记者：您认为中国古典诗词、中国现当代诗歌与西方诗歌，哪个方面对您的影响更大一些？为什么？

**伊沙：**影响都不小，在不同阶段各占比例有变化，加起来大体相同，我还算是比较平衡的一个人。

记者：您对于当代台湾地区与香港地区的诗歌有何评价？它们对于当代中国诗歌写作产生过何种影响？

**伊沙：**台湾诗歌有过 20 世纪 50—70 年代的盛景，对整个中国当代文学史做出了巨大的贡献，这一段如果不是有台湾诗歌，将会是一片荒芜！目前的台湾诗歌也不像有人想象的那么差，根据我主持的《新世纪诗典》2011 年年终统计，台湾入选 7 首，在全国排第 11 位，香港也入选了 5 首，来自北岛、孟浪、黄灿然三个相当有分量的诗人。

记者：您在诗歌在形式上有什么样的追求？您认为诗歌与其他文体是不是存在本质的区别？

**伊沙：**我所有的作品是最好的回答。诗歌是核，是“文学中的文学”，是“文学皇冠上的宝石”，是“时代的良心”，是“时代的预言家”，是“语言的巧克力”（严力语），是“文字矿藏中的铀”（还是严力语），都说得是对的。

记者：您认为最近十年的中国诗人在评价自我作品上存在什么样的问题？您认为诗人最可宝贵的品质是什么？

**伊沙：**缺乏理性，认识高度不够，所以才出现了好诗人说整体好，坏诗人说整体差，非文学青年最愿意说诗歌死了的滑稽局面。我认为诗人最宝贵的品质是诚实与天真。

记者：您认为评价自由体新诗与中国古典诗歌的标准有什么不一样？您认为好诗的标准由哪些方面所构成？对于诗歌作品的评价需不需要有一个统一的标准？

**伊沙：**任何时代任何语言写的诗最终都只有一个标准——诗的终极标准。但是这个标准再宽，也有非常重要的一条：创新——你这个时代的创新在哪里？你这个语种的创新在何处？从形式到内容，无此便等于不存在，我们看文学史上那些不被提及的朝代，诗都跑到哪儿去了？诗人都跑到哪儿去了？无创新不存在，毫不含糊。

记者：有人说，当代中国诗歌中的女性诗歌写作从总体上说远超男性的诗歌，你认为是这样吗？如果是这样，造成这种情况的原因有哪些？这种说法对于男性诗人是不是一种打击？

**伊沙：**我做了迄今10个月的《新世纪诗典》，200多个诗人将近300首诗入选被推荐，我有科学依据，开始我以男女10 ：3的比例推出女诗人，后来进行不下去了，从质量上也体现不出上述这种说法，中国的诗歌不存在“阴盛阳衰”，当然也不能说是“阳盛阴衰”，还算正常。

记者：您认为当代的诗坛有无大师？有无可能产生大师？您认为什么样的诗人才可称为大师级的诗人？

**伊沙：**有啊，我正是。我这一代必出大师。时代给了我们太好的机会！天机不可泄露。

记者：您认为在自己的诗歌写作中，女性是不是成了写作的动力之一？在您的作品中，女性居于什么样的位置？如果您是女性诗人，那么您诗中的女性就是您本人吗？女性是不是就等同于母性？

**伊沙：**如果没有女性存在，男性也无法存在，其他什么都谈不上。

记者：您认为当代中国的乡土诗写作成就如何？您自己的乡土诗有什么样的独到追求？

**伊沙：**很贫弱，几乎尚未构成品种。我自己不善此道。

记者：您认为早年的诗与近年的诗有何区别？您近年来的诗作是不是超越了早年的诗作呢？诗人的诗歌创作是一条直线还是一条曲线？

**伊沙：**压根儿就不是一条线，而是一个面，甚至是一个立体空间。在一盘棋上，我不会说我第十手超过了第一手，他们是一个整体的布局。我早年的诗歌无法超越，我自己也超越不了，这是几天前的某个夜晚在长安诗歌节第78场自读了几首1991.1992年诗作后的感觉，因为生命的状态与感觉是不重复的，年轻时就是亮出紧绷绷的肌肉。

记者：如果您在从事诗歌写作的同时也从事小说与报告文学的写作，那么请问写诗与写小说等文体是不是存在冲突呢？写诗与写小说、报告文学对于作者有什么不同的要求呢？

**伊沙：**有冲突，看你自己怎么解决。写诗你得涌动，没有激情不行；写小说需要平静，靠一时半会儿的激情不行。所以，多问题写作者（全天候作家）已经要有很好地适应这种不断换频道的能力，我自认为我是做得最好的。

记者：您长期从事诗歌批评并取得卓越成就，您认为当代中国的诗歌批评与诗歌写作之间是不是存在间断？诗歌批评如何才能发挥其应有的功能与效用？

**伊沙：**有很大的间断，基本是无效的，尤其是学院批评那一大块，都是骗职称的八股文。我觉得有效的诗歌批评必须由好诗人来做，有效的诗歌翻译必须由好诗人来译。除非这个批评家、翻译家是个潜在的好诗人，只是没有见诸文本。

记者：从 20 世纪 50 年代开始，当代中国有许多诗人从事过政治抒情诗的书写，并且产生了贺敬之、郭小川这样具有代表性的诗人，在社会上产生重大影响。你认为政治抒情诗是不是形成了优秀的传统？当前的青年诗人要如何看待政治抒情诗？

**伊沙：**当前的青年诗人如果有谁说出“政治抒情诗”这个词，我一定认为他是脑残。

记者：您对于 20 世纪 90 年代以来的先锋诗人有所研究，对于稍前的朦胧诗人也有所观察，请问朦胧诗人与先锋诗人在诗学观念上存在什么样的差异？

**伊沙：**朦胧诗人基本上是荒谬时代所造就的，我最近在集中重译外国经典诗歌，越译越觉得朦胧诗人问题大，但是也不能太苛求它们，毕竟人无法选择他生存的时代。后来的先锋诗人生长于一个不断走向正常的时代里，构成了中国诗歌一个较为健康的生态系统，但也免不了鱼龙混杂、良莠不齐，混子多多。

记者：您如何评价于坚、车延高与傅天琳三位诗人获得鲁迅文学奖？鲁迅文学奖具不具有权威性？

**伊沙：**于坚：曾经写过不错的诗，曾经是优秀且重要的诗人，曾经，俱往矣。傅天琳：有很好的诗感和真正的诗才，因为不具有先锋性而失去了重要性。车延高：无可奉告。鲁迅文学奖非但没有权威性，现在甚至已经臭大街，我在《新世纪诗典》的评点中不厌其烦地告诉读者：入选者某某虽获鲁奖，写的还不错——你说这是荣誉吗？我看是负荣誉。

记者：您如何认识诺贝尔文学奖的重要性与局限性？当代中国诗人有没有可能获得诺贝尔文学奖？最有希望的三个诗人是谁？

**伊沙：**2011年度诺贝尔文学奖，我是在中国媒体上公开预测者中唯一的测准者，所以特朗斯特罗姆获奖消息传来的当晚，我还接受了五六家媒体的采访，后来我三度翻译一生没有获过什么重要奖项的更为优秀的美国诗人查尔斯·布考斯基，我为自己如此关心诺奖而感到羞愧，我称之为“低级趣味”，我发誓我以后再也不谈论它以及任何奖了，所以话到这里打住。

（2012年）

# 从《新世纪诗典》谈起

## ——《新华每日电讯》报文化周刊专访

1.《新世纪诗典》现在的销售情况怎样？您以博客和微博为阵营，聚集了一批忠实的读者，这些读者群的情况您有所了解么？当下究竟是哪些人热爱读诗？在社交网站特别是微博兴起的这些年，诗歌的阅读和传播有没有什么新变化？

**伊沙：**我在半个月前从出版方了解的情况是这样的：首印 9000 册，被迅速订光，又加印了 3000 册。出版方预计会销到 15000 册或 20000 册，甚至更多。

身为诗人，我不太关心我的读者究竟是哪些人，当然这是对的。作为《新世纪诗典》主持人，我却无法无视读者的反映。事实上，如果诗人的上一首推荐诗很受读者的欢迎，他或她便会较快地获得下一首诗被推荐的机会，近期印象深刻的是已故陕西女诗人小宛的诗，我自己倒不是特别喜欢，但读者反响强烈，便很快推荐了第二首。

虽然有了《新世纪诗典》，有了与读者直接交流的机会，但我还是难以一言以概括现在的诗歌读者。我相信他们是不受年龄、地域限制的，爱者自爱，读者常读，他们是芸芸众生中永葆高尚心灵追求的一部分人。

微博本身就是新变化的体现，精短的诗歌非常适合微博这种传播媒体，读诗不再正襟危坐，还可与诗人和同行者互动，这种氛围就像一个网上的诗歌沙龙，是很有吸引力的。

2. 您为《人民文学》推荐了35首新生代诗人的诗作，您觉得他们最大的特征是什么？在他们身上是否有某些这个时代的共性？

**伊沙：**感谢"国刊"对我的信任，这些诗人是来自《新世纪诗典》诗人中年龄在1985年以后出生者（所谓"85后"和"90后"），他们中大多数是出自我个人的发现，所以我感谢"国刊"对我个人眼光的信任。

我觉得他们最大的特征是：他们诗中所表现出的先锋意识更具有生命的日常状态——这是以往的诗人所比不了的，来自于时代的发展和进步。

至于说这个时代的共性——我倒有点迷茫了，我们还是更关心诗人的个性吧。无个性则无创造。

3. 您在师大返校日的讲座中提到，80后和90后诗人中有一些诗人的写作状态是有问题的，讲到村上春树受制于她的"文艺范儿"，也提到了余幼幼受到某些文人圈子的影响。您能具体讲讲在您的接触中，80后和90后诗人的问题主要集中在什么地方么？

**伊沙：**我再度迷茫了，因为问题也是各有问题，不是集中在某个地方，就像村上春树的问题就是村上春树的问题，不能说成是整个80后的问题；余幼幼的问题就是余幼幼的问题，不能说成是整个90后的问题——而她们遇到的这些问题，都是前辈诗人都曾遇到过的，也不是什么新鲜的问题。总之，我们每一个写诗的都会在各自不同的阶段遇到不同的问题，有的来自诗歌写作内部，有的来自外部环境，能够持续写好的人一定是能够不断克服解决这些问题的人。

（2013年）

# 《中国诗歌地理（陕西篇）》伊沙访谈

**提问：雷默**

**形式：电子邮件**

**时间：2013 年 8 月**

雷默：你几岁开始在西安生活？除了读大学去了北京，这么多年你都生活在西安吧？这座城市对你的诗歌以及小说创作产生了什么影响？

**伊沙：**我 1966 年 5 月 19 日生于成都，两岁到了西安，1985—1989 年在北京师范大学就读，在西安生活的时间已经超过 40 年。这座城市对我的小说和诗歌具有决定性的影响，因为我的文学是注重环境追求、具体、充满细节的，是内含故乡和根据地的，小说非得如此，诗歌概莫能外。还有就是这座城市对我人的影响：我作为一个血统上的南方人（父亲重庆人，母亲上海人），性格、气质已经相当北方化了，我就是一个不折不扣的西安人。

雷默：你曾说不喜欢标签，其实这么多年来，从“民间写作”，到“口语诗歌”，你头上的帽子却一直没有离开过。也许对于今天的你来说，这些标签都没意义了。但对于一个诗人来说，什么标签都没有，又是什么情形呢？里尔克丢掉“象征主义”、庞德丢掉“意象大师”我们又如何去认知呢？

**伊沙**：回头看：我头上的帽子哪一顶是我自己戴上的？1990年代早中期的“中国式后现代”来自于当时理论界的“后现代热”；“民间写作代表人物”来自于21世纪末的“盘峰论争”；“口语诗歌”在我看来20世纪80年代“第三代诗歌运动”中就涌现了，我自认为我属于“后口语”，只是因为“前口语”的那些个代表人物不承认自己是“口语诗人”（他们喜欢说自己是“汉语诗人”），而我在这方面比较自觉并愿意为“口语诗歌”负起责任，所以又归到我的名下了。别人怎么归是别人的事，我自己不会完全当真，事实上，我的写作从未被“后现代”、“民间写作”、“口语诗”框住。从文化上认知一个诗人时才需要这些概念性的“标签”，从文本直接触摸则不需要，我译《当你老了：世界名诗100首新译》（青海人民出版社出版），你提到的这两位大师都译了，我译的时候绝对没有想到这些。

雷默：在古今中外的诗人中，你认为哪几个给了你较大的影响？你的诗歌风格的形成与哪些因素有重要关系？

**伊沙**：哈，这一问你算问对人了，我有一个美德：从来不回避他人对我的影响（我觉得面对这个问题是中国当代诗人最阴暗最猥琐的时刻）。按影响发生的时间早晚为序：艾青、以北岛为首的“《今天》派”、金斯堡、以韩东为首的第三代诗歌（“前口语”那一支）、严力、布考斯基。还有一个无处不在永不停歇的影响者：李白。我所身处的时代、我所接受的教育、我作为人的存在、我对世界的看法形成了我的诗歌风格。

雷默：你在网易微博开设的《新世纪诗典》栏目至今已经引起很大反响，请具体介绍一下当初的开栏宗旨以及你的选稿标准。《新世纪诗典》将一直做下去吗？后面会有什么新动作？

**伊沙**：应该说，《新世纪诗典》是微博时代应运而生的产物，是这种方兴未艾的新传媒对诗歌的惠顾。不瞒您说，我与书籍出版方和奖金提供者已经有了一个“十年大计”：将每日推荐、书籍出版、大奖颁发做上十年，贯穿整个微博时代，目前想到的是：尽快将微信平台做起来。

雷默：从《新世纪诗典》选稿情况看，你很善于发现新人，我觉得这是《新世纪诗典》最大的贡献。你觉得80后诗人与我们这一代最大的区别是什么？他们当中，你看好哪几个？

**伊沙**：我做事直逼本质：编选的本质就在于一个“选”字——所以，每当我出手做选本的时候，势必会有一大批“新人”涌现，这一次我准备将这一点做到极致，不是发现多少“新人”而是重整中文诗歌大军。在我眼中，选本可分为下、中、上三乘：毫无质量管制的小圈子选法为下；名诗人大全为中；发现优秀新人选出佳作为上，《新世纪诗典》无疑高居上乘，甚至是做得最好的，无须加“之一”。80后诗人与我们最大的区别在于：我们曾经追求的文化意识上的“先锋”在他们那里已经变成自然的生命常态。《新世纪诗典》推荐最多的80后诗人自然就是我最看好的，他们是韩敬源、李淑敏、西毒何殇、李异、高歌、刘天雨、李勋阳。

雷默：你参加过很多国内外的诗歌节，你感觉欧洲与国内的诗歌氛围有哪些不同？中国与欧美的诗歌节有什么不一样的？

**伊沙**：我有幸出席过全球历史最为悠久（1962年创办）的马其顿斯特鲁加国际诗歌节、历史第二悠久（1971年创办）在世界诗坛享有盛誉的荷兰鹿特丹国际诗歌节、“诗歌王国”英国历史最为悠久的奥尔德堡国际诗歌节、北欧瑞典史上连办时间最长的奈舍国际诗歌节、具有国际一流水准的澳门文学节，还有幸连续三届出席全球规模最大的青海湖国际诗歌节。在我眼中，上述文学活动类似于网球运动的“大满贯级赛事”。毫无疑问，欧洲的诗歌氛围要比国内好得多，从细节上说，荷兰、英国、瑞典的诗歌节观众都是买票入场的（门票价格不菲）。青海湖国际诗歌节，没有真正的观众不说，受邀的中国诗人成了闹哄哄的苍蝇，一部分永远在会场外“茶歇”，一部分在场内不停聒噪，令外国同行无不侧目摇头叹息……据我观察，资本主义国家办的诗歌节是一种类型，社会主义或前社会主义国家是另一种类型，前者不追求大型化，凸显个人，亮相充分，面向观众，不管旅游；后者热热闹闹、成群结队、车来车往、好吃好玩、但只让朗诵两首短诗……各有利弊，就看你要什么了。

雷默：请你详细介绍一下长安诗歌节，它对以西安为中心的陕西诗歌发展起到了什么作用？

**伊沙：**不定时的“诗聚”本来就是我和我在西安的朋友们的一种生活方式，说起来二十年都不止了，现在不过是将它命名、符号、自觉化了，变成了一个有效的“诗歌综合体”。我不讳言：自打有了长安诗歌节，西安又有脸叫“长安”了，它也成了陕西诗歌的正气所在、精神核心和创造之源。

雷默：近几年来，我感觉中国诗歌进入了一个相对理性成熟的时代，20 世纪六七十年代出生的诗人都已人到中年，淘汰的已被淘汰，继续着的大都已经看轻名利，更加专注于诗歌本身。时至今日，诗人们比的不再是才气，更多是思想，是大才华，大智慧。你对当下中国诗歌有什么高见？

**伊沙**：同意你的判断。在2009年—2010年，对21世纪第一个10年的总结热中，我是其中影响最大的"初唐说"的炮制者，后被某个没文化的第三代老流氓别有用心地污蔑为"盛世说"，再被狗脑子的媒体拿去用了，于是我成了"盛世说"的代表——人算不如天算，之后两年我做了《新世纪诗典》。我意识到中文现代诗目前正走在从"初唐"到"盛唐"的路上，从"世界中上水平"冲向"世界先进水平"的途中，每一个参与这个进程的行者都应该感觉到骄傲，并且应该意识到自身责任重大。你注意到没有？《新世纪诗典（第一季）》（浙江文艺出版社出版）一书出版后，所有关于中文现代诗的悲观虚无论调都纷纷闭嘴！各种诽谤诗人的幺蛾子不敢随便乱放了！

雷默：你是什么时候开始进行诗歌翻译的？近来，你翻译了不少外国诗，很多是名作重译。对于你的翻译，诗人们大多给予了很好的评价，但我也听到一些从事翻译的人说你的翻译主观性太强。请谈一谈你的翻译原则，你所认为一首成功的译诗是什么样的？试举一例。

**伊沙**：1995年，从夏天到秋天，我和妻子老G一起将美国诗人布考斯基的作品首次译成中文，迄今我们已经翻译了上千首长短诗作，涉及上百位外国诗人。"主观性太强"？——仅凭这一句评价你就应该怀疑这些"从事翻译的人"，因为我们恰恰属于"千面人"而非"千人一面"，这种南辕北辙想当然尔的评价让我想起某些不做任何调查就认为我们是"意译派"的人，而我们恰恰是最老实最精确的"直译派"，我们的翻译"准"为第一，是"信达雅"的忠实信奉者。我们翻译的原则是："大忠诚，小帮忙"。愿意花费时间和心力了解真相的人请将我们的叶芝名作《当你老了》译文（以青海人民出版社的《当你老了：世界名诗100首新译》为准）与英文原作和其他译文逐句逐字对比，除非你不敢了解真相不愿面对奇迹。

雷默：你怎么看待诗歌评奖？在你所获的诗歌奖项中，你最看中哪个奖？你认为中国诗人哪几个可以获得诺贝尔文学奖？

**伊沙**：千万别把诗歌评奖当成竞技体育的比赛结果。如果一个诗人说出“拿奖拿到手软”这种话那就挺傻逼的，甚至不像运动员而像一个轻浮的戏子，事实上这句话就是从娱乐圈传过来的。我把诗歌评奖理解为诗歌评论的另类形式。我是相对不注重得奖的诗人。在我所获奖项中，我最看重第一个——1984 年获《语文报》举办的“我们这个年龄”全国中学生征诗活动三等奖——别小瞧这个三等奖，它值次年高考的 20 分加分（当时满分为 640 分），让我得以顺利考入了北师大中文系，在一个正确的地点上了当时中国最好的中文系。说到诺贝尔奖，我真心认为迄今没有一个中文诗人配得上此奖，我译过几乎所有获得诺奖的诗人至少一首诗，你尽可以相信我的判断：水平不够。在我看来，在未来二三十年里，出 10 个配得此奖的中文诗人比一个因诗外因素勉强获奖更为重要，坦白说吧，我自己的目标就是要锁定其中的一个名额。如果在中国与诗歌这双重的边缘地带出上这么 10 个人，那么一个强大的系统便建立了，到那时我们可能没有这么大的兴趣来谈论这项北欧“老年办”评的奖。

雷默：柏桦曾经说，大学教书是他作为诗人最好的职业选择，你这么多年来也一直从事大学教学，你觉得这个职业对你写作有很大帮助吗？

**伊沙**：同意他说的。关键是有闲时间，职业与事业也无须换大脑的频道。像我这种在外国语大学里教中文（边缘学科）的就更舒服了——这正是我二十年来成果迭出的第一秘诀，所以我也从不羡慕那些在传统名校中文系任教的同行们，甚至对他们略感同情——

科研任务亚历山大啊。

雷默：写诗这么多年，请用一句话概括你的诗歌人生。

**伊沙：**诗歌业已或正在将我变成一个高尚、纯粹、脱离了低级趣味的人。

（2013年）

# 静如处子，动若脱兔

## ——答刘涛问

1. 有人说，诗坛因你而热闹，你认为这种热闹对诗人是好事还是相反？

**伊沙：**是的，前两天马非还在微博感叹：中国诗坛如果没有伊沙，不知该寂寞无趣成什么样子！但我知道：有不少人恨不得我一夜之间人间蒸发。所以，这是因人而异的事情。也许从整体上说，考虑到诗歌的边缘化受冷落的地位，因我而起的种种热闹或许是“好事”。希望我沉默的人是喜欢清静的人吗？我认为不是，他们是希望自己热闹而我沉默。微博时代暴露了这个秘密，这些人恨不得把自己 24 小时的生活全部直播给大家，什么都拿出来晒，唯独不见诗，却希望我这个是无诗不开口的人沉默。心静不静，自己最知，我认为我是中国诗歌界乃至整个文学界心最静的人之一，我出的活儿说明一切。

2. 你心目中的“先锋”是个什么样子的？你的诗歌是先锋诗歌吗？过去是？现在仍然是？你诗歌中最可取之处是什么？

**伊沙：**没有固定的样子。文学发展的大趋势是古典主义—浪漫主义—现代主义—后现代主义，中国比世界潮流落后，现在也总算气喘吁吁地追上了，与世界共同处于“后现代之后”这个时期。20 世纪

80年代末，当中国现代诗已经露出一点“后现代”端倪（第三代的一部分）的时候，我出现了，在走向“后现代”的方向上，我比任何人都自觉，也玩得更狠，走得更远，因此被当作“中国后现代”的代表人物。21世纪以后，在“后现代之后”我又做了什么？写了长诗《唐》:在后现代语境下对传统的再造;写了《无题诗集》:在口语诗“所指”泛滥成灾中对“能指”的重新激活;开始写终生性超大组诗《梦》:创造了日常状态下超现实的无尽可能……写的东西摆在这里，我不得不说，自1988年迄今，我一直是中国现代诗的“急先锋”，什么是“先锋”？先锋就是永远冲在前头的人，永做新的增长点、扩张点，作品永远都含有较高的创新指数……我以为，极具个人性的创新是我诗歌中的最可取之处。

3. 你给人们的感觉很高调，行动力超强，长达十余年每月贴诗，推荐每日一诗的《新世纪诗典》，并和夫人老G持续翻译外国诗人如布考斯基、阿赫玛托娃等人的诗，有人称这是“一个奇迹，一个传奇，一个神迹”，你怎么看？

**伊沙**：我1983年开始写诗并发表，在经历过一个长达5年的预备役之后，从1988年6月迄今，年年有诗，一月无空……总共已写了4500首长短诗，这就是我最自然不过的节奏。《新世纪诗典》开办至今，也是一日无空地推荐了948首诗（11月7日），2011年10月迄今，我和妻子老G进入了一个疯狂翻译的“井喷期”，翻译了一百多位外国大师上千首长短诗作，在我自己看来，这很平常、很正常，因为我很专业、很职业、很敬业。

4. 听说你是个从不讳言自己明确追求成功目标的诗人和作家，你所追求的成功和时下流行的成功学中的所谓成功是一个概念吗？

**伊沙**：当然不是。我所追求的成功在诗歌之内文学之内，当然也会一厢情愿地希望顺带获得社会意义上的“成功”，但却屡屡碰壁难以如愿。说得具体一点吧，我今年47岁，已经出版了著、译、编60多本书，如果换个会混的，十个教授+一个院长（没准儿还能副校长）都当上了，所以，我是很多中国式人精儿、社会油子眼里的一大笑话，一个不可思议的无能的失败者。再说件具体事，我重译的泰戈尔很畅销，竟然在西外中文学院得不到年度成果奖，让我这个小伙伴惊得眼珠子都掉出来了！我想：如果是英文学院组织一帮教授重译，那可是大项目，可以拿到省上的课题费，还可以拖上个三五年。一句话：不会混，也不打算混。

5.在一篇访谈中我读到你说的这段话：“只要是我的诗友，一定是坐下来就聊诗，并且愿意拿出自己作品来读的人（这很关键）；加上我又是一个愿与朋友分享资源的大方人（这也很关键）；所以，就搞成了，搞大了，我有一种预感：长安诗歌节、《新世纪诗典》，会长盛不衰到我们今天无法预想的程度，我不讳言：这与我的心志和秉性相关。”从这段话我确乎看到你“成功”和搞成搞大的“秘诀”，就是说你有慷慨的秉性，共享多赢的“成功”宝典？

**伊沙：**很久以前，我的老友沈奇调侃我，说用“三自一包”可以概括我这个人:“三自”好像是自恋、自大、自私;“一包”是包打天下。

6.“长安诗歌节”已经举办了120场？这个数字让我很吃惊，这个诗歌节意在“将诗歌长安的大唐气象还原到诗人当下的日常生活之中”，这句话本身很有气魄，大唐气象是怎么还原到诗人当下的日常生活之中，能具体谈谈吗？

**伊沙：**又增加了三场，123场了（到11月7日）。一个盛世的气象固然宏大，但它日常的风景却一定平凡而又实在，那便是士大夫阶层对于诗歌出自本心的享受——我们试图回到这个层面上，也真正做到了，饭局是最外在的，它的内核在于拿出新作在同仁间交流，相互细读提出各自看法和意见，由于这些诗人本身的素质和修养，常常能够说出关乎现代诗大发展的诸多有益的见地，比一些大型研讨会上的官面发言有价值多了。真的是外表在玩，却是最积极地在建设。

7. “在艺术上秉承永恒的民间立场”、“先锋到死”……是你说的吧？你觉得你完全履行了这个类似承诺的话？问心无愧？

**伊沙：**“在艺术上秉承永恒的民间立场”——是《中国新诗年鉴》的“宣言”;“先锋到死”——是沈浩波最早喊出的，曾经一度成为“诗江湖”论坛上的流行语。我这个人有一个大优点，我不爱发“宣言”喊“口号”，但凡是我经历过的有价值有意义的东西，我都不会浪费：民间立场＋先锋精神，我没有见过比我做得更好的人，反而我看到当年有此立场和精神的好多诗人或者已经背弃、逃离，或者正行走在危险的边界，随时准备一步跨过去……绝大多数中国人逃不脱年少气盛造反成名就做体面人到老就腐朽的窠臼，我考虑的是60岁的伊沙是否还像今天这么无畏？这么随心所欲？我对此充满好奇，所以今后13年一定很好玩。我47岁了，谢天谢地，智力还在提高，最近我领悟道：变了的人，他（她）原本就不是，或者很虚。咱们走着瞧，看看还会有多少叛徒涌现？

8. 你给自己确立了一个宏大的目标“我是一个为全集写作的作家”长篇小说不能少，所以一口气写了七部之多；譬如，长短诗歌一定多，应该达到数不胜数的程度；譬如，“说”的东西——也就是评论、言论应该在其中所占最少。基本的思路是“少说多做”我十分欣赏你的“少说多做”。“执行力”这在商业或企业中人非常多见，但在文学艺术领域却比较少见，韩东曾说你和他都是文学界的“苦力”，你认为你是苦力还是天才？你的作品是汗水多还是灵感多？

**伊沙：**哦，你是有心人，我和韩东是21世纪长篇出得最多的诗人（我向他学习），我们都是5月出生的金牛座，属于很固执很有耐力的类型。不过，我的文学似乎和“苦”字不沾边，我自己从来没觉得“苦”过，如果觉得“苦”，我就不干了。譬如，我从来不写八股文式的所谓“学术论文”，我觉得抄来抄去还要把语言搞成机器人，真他妈的苦，所以我就不干了，于是就评不上教授。我现在所写的任何一个字，都是我最想写的，只有乐没有“苦”。我写诗非常——甚至可以说完全依赖灵感，我认为一个诗人在没有灵感的情况下硬写一首诗，是不道德的（我只在学生时代这么干过），好在我灵感多多。小说（尤其是长篇）光靠灵感哪里行？这时候就需要你说的“执行力”，执行又不是机械的，还要不断迸发小灵感，文学创作的任何体裁都不可缺少灵性的，包括“再创作”的翻译。我可以泄露一点秘密吧：只要一接触文字，我的脑子超灵。

9.“在刚刚过去的诗歌论坛时代，在偏僻的甘肃一隅，盛传诗人伊沙雇用电脑抢手为自己发帖提贴以增加人气和话语权”——我所读到的关于你的传说，但我听说你为人十分热情好相处，但在微博上有时却极具攻击力，那些骂词和攻击性语言是不是“枪手”所为？

**伊沙：**造我谣的人“谣商”都很低，我更惊讶的是观众的智商。我不是潘洗尘说的“网上是魔鬼，网下是菩萨”，网上的“魔鬼”才是我的内心，才是一个更真实的伊沙。别的没啥好说的。

10.也有人狐疑于你是否通过《新世纪诗典》要建立自己的诗歌霸权？对此你平静地在微博写下八个字“静如处子，动若脱兔”，我很欣赏，你真的如此？

**伊沙：**这种狐疑很幼稚，为什么不说我是反抗诗歌霸权？在《新世纪诗典（第一季）》书籍出版之前，中国有多少非常优秀的口语风格的诗人连一般年选、年鉴都上不了，被极少的像我这样的人给代表了。我通过我自己编的诗选，把代表权公正还给他们自己。《新世纪诗典》目前就出版了这一本，常规的年选、年鉴多达五六种，再加上更多的平庸诗选、官方刊物，你说诗歌霸权掌握在谁的手上？

11.你在推《新世纪诗典》的时候，有没有门派之见？有没有亲疏偏见？

**伊沙**：到今晚（11月7日），《新世纪诗典》共推荐了948首诗，出自457位诗人之手，有心人可以盘点一下：21世纪所有活跃的各门各派是不是都有诗人入选？我在编《新世纪诗典（第一季）》的前身《被一代》时曾向您发去了约稿函，您没有回音，那一次向“老川军”发去的一批约稿函，回音寥寥，貌似耍大牌——此次没有回音者，我事后不敢贸然推荐，这是一个现代文明人的常识，现在我郑重向您再次约稿：将自己最满意的21世纪作品10首发到我邮箱。至于有无“亲疏偏见”，我没有“偏见”，我有一个诗歌大内行的“正见”，所选作品便是最好的回答。至于“亲疏”，我是个有血有肉的人，在同等水平之下，我肯定会偏重我的朋友——不过，我私人的朋友没有为《新世纪诗典》建设做过贡献的诗人更得我青睐，《新世纪诗典》不是天上掉下的一座大厦，他是由我和这些热心的诗人一砖一瓦建起来的，我决不允许这样的情况发生：盖房的是一批人，住房的是另一批人——再说，袖手旁观者真的就比盖房者写得好吗？我看到的事实似乎正好相反——此中有大道，欲说已忘言。

2013年11月7日立冬于长安

# 一沙一世界

姜广平（以下简称姜）：我们先说说你的笔名。你这个诗名，是从什么时候开始使用的？当初为什么取这样的名字呢？

**伊沙（以下简称伊）：**我原名叫吴一砂，学名叫吴文健，笔名伊沙是原名的谐音，一上大学就自己取了并开始使用。那年头心仪的都是朦胧诗人：北岛、芒克、舒婷、顾城……名字都比较洋范儿，让我觉得诗人就该叫这类比较洋的名字，至少现代派诗人该叫这种名字，我觉得伊沙跟这些名字是同质的，如果叫学名吴文健就不够现代派了，有点像个批判现实主义诗人的名字，不瞒您说，快三十年过去了，我对自取的笔名相当满意，它很耐叫，越叫越好听，内在的含义也很高妙：一沙一世界……

姜：你在 17 岁的时候就开始写作了。似乎，真正有出息的诗人们都在这样的年龄都开始有所作为了。过了这个年龄，想要有大的出息，想要有点动静的，似乎真的少了。

**伊：**也许还要早，前不久，在微信的中学同学群里，有个女同学贴出我 13 岁时写的一首诗，是在给另一个同学的信中写的，她抄了下来……17 岁，是我发表处女作的年龄，但那个时段，都是偶尔为之，真正放开写，是上了大学。我不敢说“成名要趁早”，因为“大器晚成”的例子也委实不少，因人而异，不敢妄下断言。

姜：我们应该是同龄人。20世纪80年代初，那种为诗歌神魂颠倒的岁月，我也经历过。也赶过时髦办过诗社。但现在回过头来看，当时，其实并没有真正地懂得诗歌。

**伊：**回头看，那种懵懂和迷惘才可贵，到现在我也不敢说自己对诗有多么懂，不要急于得道，探寻的过程也许比道更为重要。

姜：我们不得不说起20世纪80年代的先锋诗潮。那段光怪陆离却又别具风采的文学时代，应该对你影响不小吧？

**伊：**当然，我在任何时候都敢于勇于承认这一点，不会像有些虚伪的老哥哥：明明写的是现代诗，非要说自己是受中国古诗的影响——你就别给我装丫挺了！如果再做大些（也无非是外界给的荣誉再多些），估计就该否认自己是人生的了。

姜：这里，我们不妨再来谈谈像食指、北岛和海子这几个人。我看到过一则材料，谈到你对海子曾经有过一段激赏有加的时期。

**伊：**本月初，在北京中国现代文学馆举行的文学陕军诗歌研讨会上，著名诗评家吴思敬教授在谈到我时引用了一句我在1999年的文章中夸北岛的话，我听罢倍感欣慰，除了专业诗评家，我一定是中国当代诗人中论及同行最多的一位，有表扬有批评，我在事后全都认账，永远认账，因为我在话说当时是绝对真诚严肃的，这些评论话语对于了解当代诗歌还是很有价值的。关于这几个人，我似乎也没有更新的话可讲，那就不讲了。

姜：《车过黄河》无疑已经成为一首名作。在写作这首诗的时候，是什么触发了你的灵感呢？

**伊：**几泡屎。1988年暑假将尽，我和几个同学乘火车返校，临上车前在西安火车站的一家餐厅胡吃海塞了一顿，上车后我们都闹了肚子，不停地排队上厕所……于是灵感的种子便埋下了，到了当年11月的一天，在我女朋友（就是我现在的老婆老G）的宿舍，灵感忽然爆发，在她去学生食堂打晚饭的15分钟之内，我伏案一气呵成，一字未改。

姜：关于这首诗，我其实还有一种看法，我们写诗的人，如果持一种历史虚无主义，固然能写出非常有味道的诗。但这种敬畏之心的缺失，可能也会使诗人饱受损失。毕竟，在经典作品中，敬畏之心是应该存留的。

**伊**：“历史虚无主义”？——关键在于：什么是“虚无”？何以“虚无”？我在同年还写下过一首《黄河》，只有一句：“母亲的经血”。说实话吧，当时我一个大四男生的思想基础是风靡一时的电视片《河殇》——你也可以说我是“忧国忧民”、“神圣忧思录”，对吧？

姜：当然，我们这里还是读到了颠覆性与革命性。诗歌所体现出来的这两种纯粹的品质，无疑是值得人们敬重也值得人们深思的。这就说到现在的诗坛与文坛，固然，现在，技术无疑是成熟的，甚至是天衣无缝的。然而，却缺失了魂。至于有些颠覆性与革命性，却显然连剑走偏锋都算不上，而是非常低级的。这话，你懂的。

**伊**：你说技术成熟，也都过于乐观了，我在近年广泛的狂译中发现：连学都学不像，拙劣的翻译家们害人不浅，中国相当一批诗（主要集中在抒情诗和意象诗），并非西方诗歌的赝品（这样说都是高抬），而是拙劣译本的赝品。至于思想贫血、精神缺钙，那是显而易见的，甚至出现了以强调这方便为耻的怪象。

姜：可能，我的理解是，有的诗人借拒绝矫情、夸饰的名义，掩盖自身的语言苍白与想象力贫弱。

**伊**：凭我之经验，越爱造新说法的人越虚弱，他（她）们一定是在掩盖什么，他们惧怕的是常态的阅读。

姜：在你，我发现有很多论者还是非常懂你的，觉得你的中国式颠覆无所不在。在“脱口秀”书写中，坚持自然粗鄙、“无技巧”，但在口语挥洒的世俗里却隐含机敏杀机。我觉得，这其实就是一种诗味。

**伊**：我早说过：切莫低估同行。我也早就说过：为明眼人写作。因为一路走来，总有懂你的人——我把他们珍藏于心，不断开拓，努力前行。说句真相：我的技巧比任何人都多，在网上有一个人骂我“炫技”（主要指我90年代的诗），其实挺懂行。

姜：说到这一点，我觉得，这里还隐含着你的一种诗的选择，你选择一种反传统，也选择一种反先锋的姿态。我是这样理解的，你要做，就做出一个叫伊沙的诗人的方式与选择，与众不同，也绝不被时潮裹挟。当然，有的论者的评论，也非常精彩：伊沙此诗中的解构倾向，在现代性的基础上又将现代性肢解，站在巨人的肩膀上，自己看得更远了……

**伊**：说得好，现代主义早就不先锋了，在我快速崛起的20世纪90年代初，后现代主义才是先锋，现在也已过时了，进入“后现代之后”。我意识到这一点比较早，所以在十多年前写了《唐》，一种全面的解放开始了。二十多年来，我的每一次出手，都是对世界诗歌观察与思考的结果，我从来都是自觉的，所以能持之以恒，形成体系。

姜：但这里，我还是更想听你自己说说，譬如《法拉奇如是说》中“人类尊严最美妙的时刻 / 仍然是我所见到的最简单的情景 / 它不是一座雕像 / 也不是一面旗帜 / 是我们高高撅起的臀部 / 制造的声音——”意思是：“不！”这里的巧妙谐音，传达出某种幽默与谐趣。

这里的诗学风格，与《车过黄河》有着某种相似，也似乎是有意向下走的吧？

**伊**：我的字典里没有“下”，也没有“上”，我既不会按照理论写诗，也不接受理论用语。如果一定要给它一个说法，我愿意说：这不过是回到常识与身体。

姜：你的诗歌语言，没有雕琢的痕迹，其实也即是那种“口语化”。“口语”入诗，应该是你刻意的诗学选择吧？但是，你有没有考虑过这种选择，可能会导致自己的写作走向瓶颈？

**伊**：我们不要在沙盘上推演战争，我从1988年至今的写作成果就是最好的唯一的答案。说我“三五分钟知名度”、“一次性快餐”的人已经死了好几拨了。现在都流行喊我“劳模”了，我仅仅是个“劳模”吗？写作是个单纯的力气活吗？写诗恐怕更不是吧？写得多，是想得透，灵感多。

姜：“短、平、快”所体现的快感口语和波普意识，你的这一特点，是很多人津津乐道的。对传统、道德、经典、权威等庞然大物的戏弄，“反神话”的写作态度，似乎现在仍然在你的诗风中强烈地存在着。看来，你一辈子是不想改变了。我刚刚看了你与陈超的对话，陈超对你的这一点也是赞赏有加。唉，陈超，那么个有出息的教授，竟然选择了跳楼身亡。我们为他致敬默哀吧！

**伊**：变不变，不是由意念决定的，要说一成不变，也不可能，我自己觉得自己变了不少，年龄与阅历就会改变一些东西，想不变都不可能。陈超之死，不敢妄谈，每个人的死都是一个秘密——我尊重这个秘密。

姜：对了，你这样的诗风，当年鲁迅似乎也有过。于坚，也坚持着口语入诗。看来，你也并不孤独。

**伊**：不是一码事，依然很孤独。

姜：你如何看待诗歌语言之美呢？如何看待那些虔敬的诗人们，如何看待他们的那种努力呢？

**伊**：这个问题就像在问：什么是美人儿？不用思考，她们来到我们面前我们的身体会有反应，读到美的语言，我的舌头会有反应。但是，美是多元的，我们过去认为浓眉大眼的李铁梅是美，到了改革开放，我堂姐做的第一件事就是把眉毛拔细——这件事我印象很深。单一的美的标准的信奉者其实是不开化，甚至是蒙昧的。

姜：你有一组关于唐诗的诗，我们可不可以认为，这是你对经典的反抗？你的诗中出现的像《长相思》《将进酒》《竹里馆》《望岳》《老将行》《古柏行》，似乎都被你狠狠地整了一下。或者，这里，你其实也慑于盛唐的经典。因为，我曾看到，你认定当下的诗歌，已经达到了初唐的水平了。

**伊**：用“对峙”更准确一些——再没有更准确的说法了。

姜：但有人发现你的《唐》的出发与归宿，形成与三百首“对流”。这种互动式与对话式的创作，实际是必须要有一个长安的诗人做起来。恰好，你就是长安伊沙。“长安”二字，是你这首诗的灵感之源吧？看来，其实，你还是坚守着我们这个国度古老的东西的。

**伊**：你说得很对。唐诗对于别人是书本，对于长安诗人是生活现场，本来是见惯不惊的，最早唤醒我的是古典情怀更浓的台湾诗人（大陆诗人要么反文化要么没文化），他们说：原来你活在唐诗里呀！——一下子把我唤醒了！

姜：除了写日常与当下生活，你也写了边缘人与底怪。像《在精神病院等人》《中国底层》《飞》这些诗，是写边缘人或底层的。我发现了，小说的手法，被你用进了诗里。《车过黄河》里也调用了很多细节。

**伊**：拟小说本来就是后现代诗歌的一种武器，我不过是中文诗歌较早并且自觉的实践者，应该说：实践得不错，很有成果，现在好多人都掌握了这种武器。

姜：你也写了为数不少的小说。在小说与诗歌之间，我发现，你对小说可能是玩票，虽然你的小说品质可能高过了我们当代的许多作家。你是坚守着诗歌的。

**伊**：我从不玩票，我所有的文字都不玩票，哪怕是过去写的足球评论和娱乐评论，包括我做的所有事情，譬如我开始研习的书法，都不是玩票。但我有主项与副项之分，诗歌创作肯定是唯一的主项，其他皆为副项。

姜：你曾说过，"目前正在走向百年的中国现代诗，从纵向上比较至少达到了初唐般的成就，我相信在我的有生之年会看到它将迈向盛唐的高度，从横向上比较它目前已经达到一般国际水平或世界中上水平，我相信在我的有生之年会看到它会达到世界最高水平。"这样的断言，其依据是什么呢？昨天看到两个诗人在掐架了，围绕的就是我们这个平庸的时代，只能出一些平庸的诗作与平庸的诗人。你不妨谈当下的中国诗坛。

**伊**：依据是文本，所有的文本都放在那里，做出比较并不难，只是外国诗歌我们读的是译本，译本质量普遍较差，当我亲手做了更多的翻译，译了上百位外国杰出诗人的上千首长短诗之后，发现这个"天高"比我过去印象中还要高很多。所幸这几年间我又做了另一件事：《新世纪诗典》，测出了中文现代诗的"地厚"——比我想象的还要厚很多，两两相抵，我在 2010 年衡山诗会上讲的这番话还是靠谱的，甚至情况还要略好一些。

**姜**：最近我与叶橹老师进行了接触，叶橹有一个观点，我是非常赞同的，他认为诗人可分很多种。真正的大诗人，是要有长篇诗作的。他列举了屈原、李白、杜甫、白居易、昌耀、艾青。对海外的，则列举了像洛夫这样的诗人。至于世界性意义的大诗人，则更不要说了，但丁啊、歌德啊、艾略特啊，都已经难以遍举了。对长诗与大诗人这一对应关系，你怎么看呢？

**伊**：我也基本赞同，怎么说呢，即便不提诗本身的必要性，数千年的行规就是如此，我也不敢造次。我说得形象一点，大诗人不能光有十根手指，还应该有攥成拳头打出去的时刻。

**姜**：你是写出了长诗了。用叶橹老师的标准，你看来已经在为自己成为大诗人在做着准备。

**伊**：别欺负我年轻啊，大师面前无老幼，要说准备，这个准备我早就在做了，我不仅写出了长诗，我的诗歌创作已经形成了一条明晃晃的“长诗链”。

**姜**：我一直想问，写作长诗或形成长诗链，与平常的短章写作有什么不同吗？

**伊**：现代长诗是结构的产物，对于我这种崇尚自然的口语诗人来说，难度更高了，因为我不会把一堆短诗拼凑在一起，硬冒充长诗，我一定要找到那个自然的统一性，像《唐》《梦》，天然的整体感，像《蓝灯》——它的结构特别有意思，是伦敦导游图顺时针的路线。短诗则是纯粹灵感的产物，东一榔头西一棒槌最好。前者要慢写，后者要快写；前者要多思，后者要现抓……差别很大。

**姜**：现在，我们说些规定性的话题吧！你当初为什么选择了诗歌？

**伊**：因为喜欢、热爱、崇敬、尊重，还因为发表顺利被肯定得早。

**姜**：顺便我想问一下，在你走向诗坛的过程中，哪些诗人给了你决定性的影响？

**伊**：大学时代，我要感谢《飞天》“大学生诗苑”栏目的唯一编辑张书绅先生，他超规格的发表让我预感到我有可能成为这代人中最好的那一个；大学毕业回到西安之后，也就是最艰难的那个时期，我要感谢时任纽约《一行》主编的诗人严力先生，他在《一行》上期期发表我的作品，而《一行》在中国诗坛的精英圈有影响力，所以我很快便被这个圈子所认识。其实有不少人，一人推一把，把我推向了诗坛，譬如你提到的叶橹先生，与我素不相识，至今都不曾谋面，却在当年在《诗歌报月刊》上发表了一篇关于我的诗评。正是因为有一批懂行、正派、公正、高尚的“贵人”，将我这个“这辈子只能走黑道”（某大学同学语）的人推向了诗坛。所谓“成名”之后，我一路上也是“贵人”多多，我一辈子感戴他们！我今天之所以愿意尽力去帮助别人，就是因为助我者众。

姜：最近我与洛夫有过几天接触，适当的时候，我可能会写出一些关于洛夫诗的想法。他有一点想法，我还是非常赞同的，他从宋朝严羽的诗歌理论那里谈到镜中之像。其实也就是我们说的镜象。这一点，可能从有诗歌之日起，就是颠覆不了的。但我们诗歌的革命性，应该从哪里体现呢？

**伊**：不要光看到洛夫们最终回到中国传统了，而要看到“台湾”现代诗是从20世纪50年代向法国超现实主义学习开始的，整个过程才是全部真相。是世界唤醒了他们心中的中国，是现代照亮他们身后的传统。只有向外走，才能回到家；只有向前走，才能与先贤相遇。

姜：庞德说过“努力使已死去的艺术复苏，去维护古意的崇高”，你觉得现在，我们的诗要不要再立“崇高”这一诗歌理想呢？

**伊**：崇高是诗人的态度与情操，万不可变成每一首诗都要强调的自我感动的姿态和一种拿腔拿调的牧师口吻。

姜：诗歌注定是要回温的。你是持这样的观点的。回温的标志是什么呢？

**伊**：《新世纪诗典》的网上热潮和纸书畅销，就是回温的最大标志。

姜：最近有什么动静？会继续写长诗吗？

**伊**：《梦》不是一直在写着吗？从2010年迄今，已经写了483首，结集为《梦（第一卷）》（已出）、《梦（第二卷）》（出版中）。在我看来，现代长诗分为两种，一种是诗著型的，我的《唐》《无题诗集》《梦》（多卷本）都属于这一类；一种是常态化的，我的《灵魂出窍》《蓝灯》《轴》都属于这一类，这一类我也会继续写，但要等待契机。

姜：这次未能谈谈你的小说。而我，确实一直在做着小说研究。因而，这次难免说了很多外行话，请见谅！

**伊**：迄今，我已经出版了《江山美人》《狂欢》《中国往事》《黄金在天上》《迷乱》《士为知己者死》《曹操》七部长篇小说、《俗人理解不了的幸福》《谁痛谁知道》《橡树，十万火急》三部中短篇小说集，总共十本小说。作为诗人的副项，也算提前达到了我的某种预期，就算从此再也不写小说了，也算交代得过去，但我似乎还有余力，还有冲动与激情。2015将是我的“小说年”，我将写《中国往事2》——这是我向多卷本长篇跨出的第一步，其意义就像题材上从现实跨到历史一样重要。有人说“长篇小说才是现代史诗”，我同意。

（2014年）

# 面对面

## ——澳大利亚网站访谈录

记者：您可以自己介绍一下？特别介绍您网络文学的做法。

**伊沙：**伊沙，中国当代著名诗人、作家。1966年生于四川成都。1989年毕业于北京师范大学中文系。现于西安外国语大学中文学院任教。出版著、译、编60余部作品。获美国亨利·鲁斯基金会中文诗歌奖金及中国国内数十项诗歌奖项。曾应邀出席瑞典第十六届奈舍国际诗歌节、荷兰第三十八届鹿特丹国际诗歌节、英国第二十届奥尔德堡国际诗歌节、马其顿第五十届斯特鲁加国际诗歌节、中国第二、三、四届青海湖国际诗歌节、第二届澳门文学节等国际交流活动。

2011年4月，我应中国四大网站之一——网易读书频道的邀请，开设了《新世纪诗典》微专栏，每天向读者推荐一首优秀的中文现代诗。3年零5个月来，一日无空，迄今已经推荐了1234首，出自545位当代中文诗人之手，每天有少则几万多则数十万的读者围观，是目前中文世界中最有公众影响力与专业权威性的诗歌平台。由此结集出版的纸质诗集《新世纪诗典（第一季）》《新世纪诗典（第二季）》发行数万册，成为新世纪以来最为畅销的中文诗集。

记者：您觉得网络诗歌和传统诗歌有什么区别？

**伊沙**：21世纪初，当网络兴起的初期，我对“网络诗歌”的提法是比较抗拒的，我认为网络只是一个传播工具，是个载体而已，“网络诗歌”不该另有标准，它必须遵循诗歌的艺术原则。如今，十多年过去了，我们回头看，我必须承认，网络的存在还是多少改变了诗歌的发展走势及其特点。比如说，因为网上的交流是作者与读者“面对面”的，在网上发布的诗歌必须具有被阅读的可能性，于是晦涩之作便很难受到欢迎，诗歌变得更直接更易懂了，最好当场就有一个很明显的阅读效果……我编选并推荐《新世纪诗典》时，也顺从了这个大势所趋。对于中国诗歌故步自封的传统而言，我认为这是一个很好的颠覆与改造。

记者：您觉得每天发表，每天阅读诗歌，对作家和读者有什么好处？

**伊沙**：美国大诗人埃兹拉·庞德曾经说起经常发表诗歌对于诗人的好处，这会令诗人处于一种正常的专业、行业状态，是一种积极的良性刺激（除非你自己异化了，把发表当作目的）；对于读者而言——如果他们是经常阅读诗歌的读者，至少在我的国家里，他们几乎是品位最高的一类读者，他们一定是最有诗意、最有美感、最有智慧、最有追求的一类读者。

记者：网络读者怎么影响网络诗人和作家？

**伊沙**：我们必须正视这个现实——就是我在前面提及的网络时代作者与读者“面对面”的现实——这是传统作家从未遇到过的现实，读者的现场反映对作者毫无影响几乎是不可能的——你感觉没有，是因为它发生在潜意识里，你感觉不到。老实说，当我经历了第一部大长篇《迷乱》在中国的出版社50次以上以艺术与商业之外的原因遭到拒绝之后，我之后的长篇在某些地方就不敢写了，笔就变软了——可见作品的遭际会对你的写作产生影响，我们所能做的只是尽可能不接受负面的影响，或者将负面的影响降低到最低限度，把正面的好影响发扬光大。

（2014 年）

# 十问题

## ——巴西诗歌与批评杂志《sibila》访谈录

### A.读　诗

1.你读诗吗？

**伊沙：**当然，我们的老祖先孔夫子早就说过："不读诗，无以言"，我岂敢不读诗，不读诗连话都说不好，何况我是一个诗人，不读诗的话，想要写好门儿都没有。

2.你读什么样的诗？

**伊沙：**什么诗都读。我不敢说我"读书破万卷"，但我敢说我"读诗破万首"，仅就近三年来说，我和妻子老G合作通过英文翻译了世界各国一百多位诗人的一千余首长短诗作——翻译，可以说是最深入有效的阅读，是手术刀式的阅读；另外，我通过中国四大网站之一——网易开辟微专栏《新世纪诗典》，每天推荐一首中国当代优秀诗歌，迄今已经坚持了1217天，结集出版了三部大型诗选。这1217首诗，是我从大约十多万首诗作中精挑细选出来的。

3.你认为阅读诗歌会产生什么影响？

**伊沙：**中国有句古话："熟读唐诗三百首，不会作诗也会吟"，日常的广泛的阅读增强了我的诗感和判断力，反馈到自己的创作中；中国还有个成语：“知己知彼，百战不殆”——原来说的是打仗，用在写诗上也一样。不了解古今中外同行的创作成果，自己是很难写好的，没有参照系，也找不准自己的位置和努力的方向。

## B. 写　诗

4. 你对写诗有何期待？

**伊沙：**写诗本身的快乐便足以让我期待——那是一种创造的满足感——还有什么比这更大的快乐吗？我想不出来，所以命中注定只有写诗。

5. 在你看来，什么是研习诗歌带来的最佳效果？

**伊沙：**我想：正是因为长期浸淫在诗歌中，我离真善美越来越近，离假丑恶渐行渐远——诗歌最大的价值就是有助于人类建设自身的美好。

6. 你认为你的诗有社会价值吗？

**伊沙：**貌似没有，实则有的，并且很大——我不会因为大众对于诗歌的漠视而否认这一点，不但不否认，而且要加强，诗人不可虚妄，也不可妄自菲薄，我相信人类历史上各个时期的大诗人都是从未放松过自我要求的人。

## C. 出版诗歌

7. 这是对你诗的最好的支持吗？

**伊沙：**我想是的，并且是最首要的支持，尤其是那种能够进入实体书店和网上书店等主流销售渠道的“大出版”。

8. 你对你诗出版所期待的最佳结果是什么？

**伊沙**：很简单：让真正想读到我诗的读者买到它、有所得。

9. 谁是你的最佳诗歌读者？

**伊沙**：我不知道。他们或许有一百个人或一千个人或一万个人，我珍惜他们每一个。前不久，在一次诗会上，中国最著名最权威的一家文学出版社的编辑来约我的诗集。他告诉我：他在大学时代读过我的一本诗集，对其视野、思维产生了很大的影响——就是这样，你昨天的读者，有可能成为你今天的编辑。

10. 你最希望你的诗出版后会发生什么？

**伊沙**：“莫愁前路无知己，天下谁人不识君”。

（2014 年）

# 我永远有“做到”的目标而无“得到”的目标

## ——《延河》下半月刊访谈录

王琪:伊沙兄你好！提起你的大名，在诗坛可以说一直享有盛誉，不但非常勤奋，也创作出一批影响深远的诗歌，比如《结结巴巴》《饿死诗人》《车过黄河》等等，堪称你的代表作，为什么你对诗歌如此热衷?

**伊沙**：王琪你好！用现在比较热的一个词，回到初心吧：在我很小的时候，上小学那阵子，就有“分行神圣感”（对不起，我又发明了一个词），觉得诗歌高于其他文字，将写诗看作非常伟大的事情，我后来所受的教育所学的知识佐证了我最初的认识。除了初心，还有际遇吧，2006 年北师大举办了“知名校友作家返校日”的活动，苏童跟我聊起他当年在北师大就读时（大我五届），也是诗与小说双管齐下的，但诗只发过三首短诗，小说却发表了一个中篇并且还获了奖，于是他毕业之后就只写小说了……我跟他际遇相反，诗发了有二三十首，小说一篇未发，于是毕业后就先攻诗歌了。我 13 岁写了平生第一首诗，17 岁发表诗歌处子作，诗龄在三十年以上，还是觉得自己适合做这件事，是个天生的本质的并且拒绝异化的真诗人，因此越来越热衷，越写越坚定，这没啥奇怪的。

王琪：其实，除了诗歌，你在小说、散文随笔、翻译等领域也成绩斐然，比如你的几个长篇小说、你翻译的著作、你编选的书刊等等，都曾引起了热烈的反响，这对于一位诗人尝试文学创作的多样化是非常可贵的。对此，你是怎么考虑的？

**伊沙：**如你所说，我是一不留神我竟成了一个“全能王”，近一年里我有两次向人提供简历，一次写的是“文学家”，一次写的是“文学家，主要是诗人”。至于我是怎么考虑的，这不是一个老谋深算的结果，你得真有才华，并且做过专业准备。譬如小说，如上一问的回答中所供述的，我在大学期间写了一堆小说，有短篇有中篇，只不过未表发罢了，但我训练了自己；譬如翻译，我 1995 年就与妻子老 G 将布考斯基的诗首译成中文，那时候现在好多活跃的翻译家还没上手呢。我想人的一生，所谓“圆满幸福”，就是要尽量多地去实现自己各个阶段的心愿，少留遗憾。当然，我也是红尘中人，不是没有功利心，有人不是哭着喊着蒙着骗着要当“大师”吗？我真当一个给你看看。尖，咱们就比尖；专，咱们就比专；宽，咱们就比宽；厚，咱们就比厚；重，咱们就比重。得到与否是身外之物，做到没有是分内之事。

王琪：在诗坛上，你是出道非常早的，而且至今仍然在坚持不懈地写，我想听一听你的文学追求是什么？相比来说，你更愿意让自己成为一名诗人，还是一位小说家、散文家？

**伊沙：**这个问题太大了，我想我终其一生全部的作品将回答这个大问题——好在我有追求，且都放在了作品里面。我当然最愿意成为诗人——我相信在中国诗人中我这样回答的诚实度最高——因为大概只有我真心觉得：做一名诗人是最牛最高的，“诗人的桂冠，用国王的王冠也不换”（莎士比亚语）。

王琪：在很多人看来，你是一位有争议的诗人。有争议某种程度上也是好事，你对自己是如何评判的？

**伊沙**：“网络时代，谁无争议？”——有一次我在网上对加在我头上的这个俗词儿表示抗议，广西诗人刘春（你好像也认识）说，一般人谁关心他（她）有无争议，只有影响大的才谈得上争议。那么好吧，那就继续戴上这顶帽子吧。我是这么认识自己的：自 1988 年写出成名作《车过黄河》迄今 27 年间，我一直是中文现代诗领域最前卫最先锋最创新的诗人（没有之一），受争议不可避免的，我习以为常。

王琪：在诗歌创作上，你极力倡导并推崇口语写作，而且你非常注重与国际“接轨”，比如翻译国外优秀诗人到国内，又将国内诗人推介到国外，由此可见，你为推动诗歌的发展做出了积极的贡献，你的初衷是什么？

**伊沙**：如你所知，我在北京读的大学，对比之下深知陕西在信息、资讯、意识、平台上存在着不小的差距。我记得当年毕业离校当日一大早，蓝棣之老师（当年在北师大后调清华现退休移居美国）来跟我道别，他说：回西安创作没问题，搞研究就会有问题——说的就是这个差距。我怕自己一步退回来退成一只井底之蛙，所以很注重与北京甚至国外的联系，这个好习惯一直保持至今。中国这三十多年就是在艰难反复地“走向世界”，我是其中一分子。

王琪：当今的文学观念、生态环境呈多元化，对于当下仍以传统抒情的方式进行诗歌写作，你有什么看法？是否比近代欧美发展起来的自由诗更有发展前景？

**伊沙**：我所在的圈子是这么划分的："新诗"与"现代诗"（参见徐江诗论《新诗与现代诗》）。我的立场肯定是站在后者一边的，更为具体地说是站在现代诗中的口语诗这一边的（参见拙论《口语诗论语》）——这是我作为诗人的立场，作为编选家（《新世纪诗典》编选者），现代诗的外延是我接受的疆域（包括抒情诗与意象诗），新诗是我拒不接受并在言论上经常讨伐的。

王琪：诗歌写作有时是信手拈来，有时需要提前做功课的，你通常属于哪一种？

**伊沙**：两者都有，短诗写作前者居多，长诗写作全属后者。

王琪：你老家成都，出生西安，后求学于北京，毕业后又回到西安工作至今，农村生活可能经历得不多，对于一个长期待在大城市的诗人，你是怎么看待"乡愁"这个词眼的？

**伊沙**：是的，连"老家"这个字眼对我来说都很陌生，这是代代都在迁徙、移居的家族特有的情况，成都更准确地说是我的出生地，我履历表上籍贯一栏填的是：湖北省武汉市——那是我父亲的出生地，我祖父曾经的工作地。两岁就到西安了，我就是一个西安人，是喝冰峰汽水，吃钟楼小雪糕，羊肉泡馍长大的典型的西安城里人，谁说城市人没有"乡愁"？我的故乡就是我的城我的家我的工作我的写作，我所有的"乡愁"都与此相关。

王琪：你的母校北京师范大学中文系曾培养了很多活跃于文坛一线的作家、诗人，比如徐江、侯马、桑克、沈浩波、朵渔等等，都是北师大的杰出校友。毕业后，你又分配至西安外国语大学任教，你觉得大学校园的文学氛围对一个作家、诗人的成长，起多大的作用？

**伊沙**：周遭环境的影响，作用不可谓不大。但到了我这个岁数，有些事情看得更清楚：也可以说是我们改造了北师大，在我入校的

1985年，在校的师兄师姐中也有诗写得好的（甚至在当时的全国校园诗人中意识领先的），但我感觉他们太满足于做一名“著名校园诗人”了，一个小范围的才子才女。我有一个鲜明而强烈的意识：打出校园去！介入到中文现代诗的发展进程当中去——我的意识影响了我周围的同学甚至于后来的师弟。至于我后来教书所在的西外，我更要感谢它，我在49岁这一年已经出版了74本书，并不算老，“著作等身”。我想说：没有大学教师这份相对清闲的职业，没有中文专业在西外边缘化的地位所带来的轻松，我不可能写这么多。

王琪：很多作家、诗人写作时，比较注重周围的创作环境，请问你一般是在什么状况下提笔写作呢？比如喝酒之后，还是夜深人静，或者有感而发、提笔就写？

**伊沙**：谢天谢地！我儿子吴雨伦开始写诗了（《诗潮》《延河》上都刊有其作品），这是令我无比欣慰的事，更令我欣慰的是：作为一名95后，他竟然表现出罕见的多思，一首诗要想很久才写。起初我以为这与我不同，我总是相信直觉出手很快，但后来越来越发现，我与之相同，还是会想很久。沉淀久，想得多，写则快，所以我虽然写得多，但成活率却很高。是我儿子让我看到了自己的真相。我的诗一般不含酒精，不分晨昏。

王琪：迄今为止，你出过几十部著作，其中2004年以长诗《唐》单行本获“首届明天·额尔古纳中国诗歌双年展双年诗人奖”，并获得两百亩牧场的巨奖，可以说轰动一时。时隔11年，这两百亩牧场如今怎么样了？

**伊沙**：时间过去很久了，具体情况不大清楚，我只是希望它永葆牧场的模样：年年岁岁，绿了又黄，风吹草低见牛羊。

王琪：你因为写作获奖无数，坊间流行这么一句话：真正的奖项不一定是官方颁发的，相比更具公正性和透明度的，其实是民间奖。关于名目繁多的评奖活动，你怎么看待？

**伊沙**：实话实说：我只关心我获过的奖和我评出的奖。诗歌乃至文学并非典型性“竞技”，为奖项写作的人行之不远，谋奖、跑奖、买奖更不是真诗人所干的勾当。作品不硬，得再多的奖也全然无用；作品过硬，即使不得任何奖，也是“无冕之王”——在文学艺术的王国里，“无冕之王”可比“桂冠诗人”厉害多了。

王琪：了解你的人都知道，你是诗坛内外人人知晓的铁杆球迷，六七年前，我就曾在央视无意中看到过你在球赛直播间进行的现场评述，是不是除了写作，看球赛是你最大的爱好？

**伊沙**：是的，从小到大的爱好，随着年龄增长，越来越喜欢。加缪说什么来着：“我明白了足球永远不会从你预料的方向过来。这个道理在生活中帮了我大忙，特别是在大城市和那些言行不一的人群生活的时候。”、“只有通过足球，我才能了解人及人的灵魂”、“足球教给我们道德和责任”……他说得真好，足球一直伴我成长，给我足球内外的东西很多。我以为：热爱足球的孩子长大后不会成为猥琐之人或阴暗小人，做文学也会有血有肉有骨头。

王琪：生活中你更希望自己是一个优秀的大学教授，一个称职的儿子、丈夫和父亲，还是一位出色的作家、诗人呢？

**伊沙**：一个都不能少。因为有爱，必须尽责。

王琪：你是中国先锋诗歌代表性人物，也是国内外重大诗歌活动、诗歌事件的亲历者和见证者，你认为陕西诗歌在全国处于一个什么样的位置？

**伊沙**：数一数二，坐二望一。四年前你要问我，我还真不知该如何回答，甚至于我还一直以为陕西是现代诗欠发达省区呢。但现在是四年后，我已经做了四年《新世纪诗典》，在四年入选首数的排名中，第一季，陕西第二；第二季，陕西第一；第三季，陕西第二；第四季，陕西第一，另外两个第一名和另外两个第二名都是北京。对比之下，大家看得清楚，北京有多少“北漂”？陕西有多少“陕漂”？你便知道这块厚土之厉害，数千年传统之强大。我本以为自己是这块土地的“异数”、“逆子”，现在看不过是必然产生的果熟蒂落的结果。

王琪：阎安老师2014年曾以诗集《整理石头》荣获第六届鲁迅文学奖，相信你一定读过这部诗集，请你以客观、真诚的态度，对这部获奖诗集作以评价。

**伊沙**：前两天我还在感叹：阎安是中国最有胆识的诗歌编辑，从《延安文学》到《延河》始终如一——谁来见证这个事实？我们这些当作者的不说出来，大概就无人指认了。这是由人所决定的，我很喜欢、欣赏、钦佩他这个人，挺二，挺狠，敢干，他作为一个陕北人倒更像关中人说的“冷娃”，用我的话就是“男子汉”、“很爷们儿”。1995年，我和他还有李岩出现在同一届“青春诗会”上，有“同窗之谊”，从此以后，他一直很帮我，他是在作协体制内少数公正待我的好人之一，在陕西更是如此。他的诗集获鲁奖，我替他感到高兴，在第一时间在新浪微博上祝贺他！我并不认同那个奖所代表的价值观，但我为朋友得偿所愿而高兴。我知道他一直在追求一种宏大、冷峻、哲学的诗歌，并且在自己的追求上越写越好，《新世纪诗典》已经推荐了他两首佳作，即将推荐第三首。我觉得所有陕西诗人都应该感谢阎安，在他来西安之前，陕西文学的主流话语中已经没有“诗歌”二字多年了，是他凭借一己之力改变了陕西主流文学的生态。

王琪：人常说：五十知天命。就在将要进行这次访谈之际，你刚好过完49岁生日，明年年满50了。对于将来，你还有什么样的创作计划和人生目标？

**伊沙：**我确实是个爱做计划的人，这与我生在一个科学之家有关。我也确实是个敢于提前发布自己计划的人，不是显摆能耐而是督促自己：泼出去的水收不回来。但未来10年的计划我不想在此公布了，50—60岁这一段，身体最重要，我会慢下来，一项一项，扎扎实实,继续提高成活率。目标嘛,我永远有“做到”的目标而无“得到”的目标。

王琪：时间过得真快，我们这次的对话就要到这里结束了，谢谢你的支持！

**伊沙：**谢谢王琪！

（2015年）

# 面对诗国的发问

## ——答俄罗斯学者、翻译家邓月娘女士

1. 你对诗歌语言的看法如何？诗歌的语言应该是什么样的？诗人与诗的关系是什么？

**伊沙：**语言是诗歌的物质基础，是阅读时的唯一依据。

诗歌的内容当如人间烟火，诗歌的语言当如天籁之音。

诗人与诗的关系？诗人是诗的身体，诗是诗人的声带。

2. 你对中国诗歌传统的态度怎么样？

**伊沙：**曾经厌烦，继而逃离，终于相遇，撞个满怀。我刚在第五届青海湖国际诗歌节的发言中讲到过："我是在追求现代的路上，遇到了传统；我是在走向世界的路上，到达了原乡；我是在不断前行的路上，遇到了祖先。"

3. 对你影响最深的是哪一位诗人或哪些作品？

**伊沙：**说一位，只能是李白，《李太白全集》。他对我的影响深入骨髓，并且每天都在加深。

4. 你觉得中国当代诗歌最大特点是什么？

**伊沙：**本土化—现实性—中国风—口语诗。

5. 在你看来，谁是中国当代诗坛上最有意思的人物？

**伊沙：**没觉得有谁，有的人有意思，其文本没意思——往往是如此，那有何用？文本有意思，才有大意思。我认为迄今最有意思的文本是长诗《梦》，作者是伊沙，所以伊沙最有意思。

6. 俄罗斯目前有较多诗人是在网上而出名的。你如何看待网上写作？

**伊沙：**没问题，中国也一样，甚至于不在网上，已经出不了名了。通过我主持的微专栏《新世纪诗典》，大面积的诗人摆脱了籍籍无名的状态，也能看出互联网传播的力量。

网上写作与纸上写作是平等的，写得好不好，关键在于心。

7. 中国新生一代（譬如80后诗人）值得注意吗？

**伊沙：**当然。一个良好的诗歌生态，一定有适合年轻一代生长的土壤、空气和水分。过去十余年间，我们见证了80后诗人不断走向成熟的过程；现在90后诗人已经出现了……

8. 方言写作有未来吗？

**伊沙：**中国的语言环境比较复杂，有一个统一的普通话的存在——它的必要性是明显的，否则各省之间都难以沟通。方言写作可以存在，但一定要有适当的"化"这个环节，既保持方言的特色与活力，又要在书写出来之后让外省人读懂——这更需要作家、诗人的语言才能。

9. 中国诗人有双语者吗？以汉语为基础的双语写作有可能吗？

**伊沙：**国内有些少数民族诗人，海外有些侨民诗人。完全有可能，有人做得不错。

（2015年）

# 知天命否

## ——《芳草》杂志访谈录

吴投文：很多读者知道你的本名吴文健，但不知道伊沙这个笔名的来历。请谈谈。

**伊沙**：其实吴文健先前也并非我本名，而是学名。我本名叫吴一砂，是我祖父给起的，我祖父在我两岁（1968年）就去世了，无法听他本人阐释：为什么给我取了这么一个名字？父亲替他阐释说：在那个学习雷锋好榜样的年代，雷锋说要做一颗永不生锈的螺丝钉，祖父希望我做一颗渺小而朴素的沙砾。长大后我脑中曾闪过一念，祖父是否取自《佛典》："一砂一世界，一花一天堂"？后来，我通过祖父留下的书信和诗词了解到他在这方面的修养，知道这是完全可能的，甚至是必然如此的。到我该上小学的年龄，父亲觉得吴一砂太没有时代性了，就给我取了吴文健这个学名，他的阐释是：希望我在无产阶级"文化大革命"中健康成长。这个学名是通过不断上学这条路径取代吴一砂成为本名的。我在中学时代发表诗文时署的就是吴文健，上了大学，进了北师大中文系，我觉得我要正儿八经当诗人当作家了，决定取一个笔名，前提是我并不喜欢吴文健这个学名，但又不想凭空乱起，我就把吴一砂拿出来加以改造，去掉姓氏（学艾青），将“一砂”两字谐音为“伊沙”，当时我心目中的诗人正是朦胧诗一代，他们的笔名都取得比较洋气：北岛、舒婷、芒克，我定笔名伊沙也是崇洋，符合他们这个调调儿。后来，果然有人说过：伊沙的名字像俄国诗人，再后来我听翻译家说过，伊沙（YISHA）在英文中容易让人以为跟中东有什么关系。情况就是如此，伊沙这个名字已经用了32年了，我很喜欢它。

吴投文：你的诗歌写作开始很早，十七岁写下了第一首诗《夜》，一首十三行的短诗，很快在《陕西日报》发表了。那是1983年，当时一个中学生在“正式”报刊发表作品很不容易。我知道你的父母都是动物学家，你后来在很多的诗中写到了你的父母，也流露了出生在一个科学家之家的骄傲。你的这个家庭背景对你早期的创作有过什么影响没有？请谈谈。

**伊沙**：对不起，我的第一首诗的写作时间又被提前了四年，前年在微信的中学同学群里，某女生将我初一那年13岁时写的一首诗晒出来，我一看，跑不了，就是我写的！而且来历很靠谱，我把这首诗给了某男生，这个女生暗恋那男生了半辈子，她有机会拿到这首诗。所以，我是开写于13岁，发表于17岁，以后有新发现再补充吧。你说的很对，当年发表一首诗，比现在难得多，尤其是在成人报刊上，所以我是幸运的。至于说到家庭，其实我一直对自己的家庭多有抱怨和微词：譬如说知识分子家庭亲情较淡、缺乏民主、父母一直反对我搞文学等等。但是到后来，到近些年，我越来越感受到家庭给我的种种好处。我说我是“科学家之子”，真不是在炫耀什么，而是说我做事情的计划性、做学问的严谨性、搞创作的实在性，都是有出处的——是父母在有意无意中用他们的一言一行和行事作风对我施加的正面影响。应该这么说，他们反对我搞文学，却在文化上为我提供了相对优越的环境，在我身上注入了科学的精神，在我中年以后的工作中越发起到良性的作用，为此我深深地感谢他们！

吴投文：我记得你说过，你的早期写作也模仿过朦胧诗，主要是模仿顾城和北岛。我觉得顾城和北岛差异很大呢，为什么选择模仿这两位呢？在我的印象里，当时模仿舒婷的也颇多，可能更容易模仿些。请谈谈。

**伊沙：**你一连说了四次“模仿”，这事儿就变大了，大得不符合实际情况了。再加上我这人天性善良又天生自信，喜欢给同行、前辈面子，就用了“模仿”二字，其实我从未有意识地模仿过谁，再说我模仿能力并不强。无非是：中学阶段读顾城多些；上了大学读北岛多些罢了。我最近写的一首诗，写的就是当年对他们三人的印象：

印象

初读朦胧诗
总觉得北岛
应该长得像
赵丹演的许云峰
舒婷长得像
于蓝演的江姐
顾城长得像
小方舒演的
小萝卜头

舒婷的诗能够让人读出来是女人写的，即便是写得很大很硬的那些诗，这在当年非常重要非常宝贵，这是中国大陆当代诗歌中第一次有了性别，她的声音里有甜味儿，有一点点嗲。请注意：这个性别到翟永明那里又消失了，虽然她写了《女人》组诗。一个男生是不可能模仿女诗人的，我是长喉结的，我也不觉得舒婷的诗更好模仿：她好模仿的是来自新诗的公共腔调，不好模仿的是个人的声音，一般都是如此。在他们三人中，顾城的天分与诗感是最高的，他写什么都像在写纯诗——这就是诗感好，他后天的自我教育做得太不好了，没有成为大诗人，甚至没有成为一个合格的社会人，严重失衡，酿成灾难。北岛在思想性上，明显高于其他朦胧诗人——有点类似于：鲁迅在五四作家中的鹤立鸡群。对于从中学升入大学渴望成长与成熟的我是很有魅力的，并且在诗艺上也要精良成熟一些，还有一点，从世俗上考虑，他的诗像是“老大”该写的诗，想当“老大”，你得这么来，江河、杨炼也想当“老大”，但空有大模样，才华跟不上去。这就是北岛在当时对于我的双重魅力。不过他出国以后的诗太让我失望了，毫不夸张地说，对于我是一个英雄神话的破灭。

吴投文：接着上个问题，你后来对朦胧诗的态度发生了很大的变化。你说过，“朦胧诗人基本上是荒谬时代所造就的怪胎，我最近在集中重译外国经典诗歌，越译越觉得朦胧诗人问题大，但是也不能太苛求他们，毕竟人无法选择他生存的时代。”看来你对朦胧诗是相当不满意的。现在看来，朦胧诗有哪些局限和不足之处，可否具体谈谈？

**伊沙**：时间太残酷了，站在当年的时间点上看和现在看，实在是太不一样了，我后来发现朦胧诗是中国诗歌抄袭现象的一大重灾区，但又为他们找到了道德赦免的理由：他们当年是地下写作，不准备发表的，只是自己写着玩。为什么会出现普遍的抄袭现象？因为我们的先驱者也是红色特权的产物，属于“准高干子弟诗歌”，他们从自己的父母那里看到了别人看不到的黄皮书、灰皮书，是不是“荒谬时代所造就的怪胎”？就像我在上面那首诗中所写的，他们写的东西其实大部分是来自于红色的革命传统，只有少部分是通过黄皮书、灰皮书对西方现代派的抄袭、模仿、借鉴，但在当年，我们看不清楚这些：无视前者，放大后者，西方汉学界更是如此，他们太希望有几个天人从天而降了！一方面，是我们当年夸大了他们，高估了他们，神话了他们；另一方面，是他们后来的写作，整体上所表现出的疲态与颓势，证明了他们的实际才华和成就都是十分有限的。时代是一把双刃剑，他们是成也时代败也时代，这一代人其实并未为诗歌大业做好全方位的准备，包括后来的“第三代”也是如此。

吴投文：20 世纪 90 年代是中国诗坛相对沉寂的一个时期，实际上也是一个沉淀的时期，很多实力诗人都在这一时期写出了个人的代表性作品。你也是如此，告别了学徒期，创作了《车过黄河》《饿死诗人》《结结巴巴》等引起广泛关注的“老三篇”，成了当代诗坛的重要诗人。现在读者和研究者提起你的时候，还是把“老三篇”看作你的代表性作品，你自己怎么看？请谈谈。

**伊沙**：这是一个大数据时代，我们马上做一个实验，到百度去做个调查，结果如下：

1. 伊沙《车过黄河》百度为您找到相关结果约 10,500 个。
2. 伊沙《梦》百度为您找到相关结果约 5,630 个。
3. 伊沙《唐》百度为您找到相关结果约 4,870 个。
4. 伊沙《中国底层》百度为您找到相关结果约 2,800 个。
5. 伊沙《无题》百度为您找到相关结果约 2,290 个。
6. 伊沙《鸽子》百度为您找到相关结果约 2,280 个。

7. 伊沙《结结巴巴》百度为您找到相关结果约 1,800 个。

8. 伊沙《饿死诗人》百度为您找到相关结果约 1,780 个。

以上是相关结果在 1000 个以上的前 8 首诗，“老三篇”分别在其中占据第 1.7.8 名；21 世纪创作的三首长诗或组诗《梦》《唐》《无题》占据第 2.3.5 名，第 4 名《中国底层》是 20 世纪 90 年代末的短诗，第 6 名《鸽子》是 21 世纪的短诗，也都后来居上。“饿死诗人”都成当代成语了，《饿死诗人》当然是不折不扣的当代名作，仅排第 8 名。所以，今天的我，有 8 大名作，“老三篇”之说显然已经过时了，数据泄露了真相：我的写作没有止步不前，读者对我作品的消费也并未停留在 20 世纪 90 年代，是懒惰的相互抄袭的评论界 out 了——这就是我的看法。对不起，在一个大数据时代，如上这组数据是对“伊沙今不如昔”论者最痛快的打脸！啪啪！

*吴投文：在读者和研究者的印象里，你是最坚定的口语诗诗人，也是最有代表性的口语诗诗人之一。这个印象可能也固化了你作为一个诗人的形象，也带来了对你的写作不无狭隘的理解。你是什么时候开始从“意象诗”写作转向“口语诗”写作的？从你的创作历程来看，你的这种写作选择主要出于什么样的动力？你当时预见到了口语诗的写作前景没有？请谈谈。*

**伊沙：**如果人们愿意这么理解，那就这么理解好了，貌似有些比我聪明的前口语诗人，怕被人这么理解，否定自己是口语诗人，结果呢？连口语诗代表人物的身份都保不住了，那可真是弄巧成拙，这时代这行业就是这么简单粗暴，你要对它玩小心眼，它立马将你剥夺得一干二净连个屌丝都不留！如果一个诗人，同时在写口语诗和非口语诗，如果他（她）的年龄在 30 岁以下，我会认为创作还未定型，如果是在 30 岁以上，我会认为他（她）不成熟或不真诚，所以，我宁愿被认为是狭隘的。事实上，我会写抒情诗、意象诗，我把这个能力用在了翻译上，是不是用得还挺好？我甚至还会玩新古典，《唐》就是证明，属于我的另类作品。但我本质上就是一个纯口语诗人，是口语鹰派，是中国口语诗中最大的一只鹰，口语诗的荣辱我首当其冲地承担，就是这样。我是 1988 年转成口语诗的，什么动力？意象诗我写不下去了，越写越觉得自己是骗子，拿首诗来说：

模仿朦胧诗时期

写了一首
不知好歹
给同舍同学念
他们说好
操！蒙住了
他们说好
那就是好
到朗诵会上去念
又激起一片掌声
操！蒙大发了
投寄出去
竟然发表了
那就是好诗
尽管
我也不知道
写的是什么

这么写，我心不踏实，也失去了乐趣，我感觉再这么写下去，我就要离开诗歌了。事实上，从 1987 年冬到 1988 年夏，我有半年没有写过一首诗。之后，忽然转了，一下爆发，很快找到了那个独特的自我……当时，我更关心的是什么方式适合我，那个时候，不用我预见口语诗的前景，因为当时正值口语诗第一个浪潮的巅峰之上，口语诗在官方刊物和正式出版物中比朦胧诗及后朦胧还要红火，直到海子之死。

吴投文：在你的诗歌中，我特别偏爱《张常氏，你的保姆》，觉得是口语诗写作中最具典范性的一首，真正写出了生活的原汁原味，这是一个看似简单，实际上包含着复杂性的文本。你一直强调“事实的诗意”，我非常赞同。你在一篇文章中说，“我不写我没体验过的。”(《有话要说》) 你在一首诗中这样写道，“伊沙的诗 / 如上所有 / 呈现全部的事实（方才成为真相）/ 他明知：这并不讨人类欢喜”(《无题110》)。你还说，“语言的似是而非和感觉的位移（或错位）会造成一种发飘的诗意，我要求（要求自己的每首诗）的是完全事实的诗意。”我想，《张常氏，你的保姆》的成功很大程度上就是写出了“事实的诗意”。那么，何为“事实的诗意”？请你具体解释一下，可以吗？

**伊沙：**感谢你对《张常氏，你的保姆》的美言，你在高校就知道，它入选了大学教材，在学中文的大学生中影响不小，不过刚才百度，出我意料的是它未过千，列第 9 名。“事实的诗意”，一言以蔽之：就是客观存在的诗意——大部分人甚至不知道真正的诗意是客观存在的，他们以为那是主观感觉、生造、制造出来的，不论你做了什么，它都客观地存在着，诗人不过是发现者和转换者（将其转换成文字的纪录）。沈浩波前不久发布的雄文里说得十分内行：20 世纪最著名的论断是韩东的“诗到语言为止”;21 世纪最著名的论断就是我的“事实的诗意”——在我看来，前者代表着“词”的觉醒与“文”的独立诉求；后者代表着返回到“物”之现场以及“诗意”本身的大彻大悟。从中也可以看出,中国先锋诗人从未放弃向着“诗”字的逼近：从思考到实践。

吴投文：我也注意到了你的另一个说法，“得允许我在瞬间和局部谦虚一下嘛，事实上我对自己说得太露的诗，在拉远以后看，是多有否定的。也就是说，我更欣赏自己的混沌和说不清。”(《有话要说》)你否定了自己一些“说得太露的诗”，而肯定和欣赏“自己的混沌和说不清”，我觉得这是一种极其清醒的反思。那么，如何处理“事实的诗意”和“混沌和说不清”之间的关系，对一位诗人的创作可能也是一个极大的挑战。请谈谈。

**伊沙：**不过还有一句话我没有说：因为我这个人比较混沌，又习惯于用自己的个人的语言说话，结果是对于我来说“说得太露的诗”，对于读者则未必，甚至依然看不懂——事实上，我这个口语诗人的诗经常叫人看不懂，我已经说透了说漏了，他们还是看不懂，因为我所发现的“事实的诗意”往往在他们的经验之外。与此相反的情况是，有些貌似技巧很复杂、语言很晦涩的诗人，你们评论家还有部分读者却毫无障碍一读就懂，因为它所提供的诗意在你们的经验之内，甚至是十分公共的经验。所以，这个问题比我们想的要复杂。我意识到了自己的问题，自然会做调整，但绝不会为迁就读者而做调整。

吴投文：我注意到，对口语诗的攻击大都集中在口语诗无难度上面，你也意识到了这一点。你在一篇文章中说，“所有对于‘写作无难度’的指责，百分之百都是冲着口语诗去的——这样的指责何其外行，我们就难度论难度：口语诗其实是最难的，抒情诗、意象诗说到底都有通用技巧甚至于公式，唯独口语诗没有，需要诗人靠感觉把握其成色与分寸，比方说，押韵是个死东西，而语感则是活的。”（伊沙：《口语诗论语》）我非常认同你的说法，觉得货真价实的口语诗实际上非常难写。口语诗究竟难在何处？请你具体谈谈。

**伊沙：**我上面已经说得很具体了，古诗的历史在两千年以上，新诗刚满一百年，口语诗才三十多年。闻一多说，诗是戴着镣铐跳舞——像个自虐狂说的，事实是，打开镣铐，我们就不会跳舞了，我们习惯了闻镣铐声起舞。中国人把写诗叫作诗，实际上是填诗，是按照规定好的格式、押韵、平仄填出来的。即使到了新诗，读者最接受的是那部分？是准格律而非自由体，是意境上更接近于古诗的那一部分。这时候，口语诗又出现了，打破了既往所有的一切镣铐，又是后现代文化背景下的产物，中国人接受起来太困难了，等于放开小脚就让你去跑酷，去掉镣铐就让你跳即兴的街舞，根本不知道该怎么弄，不骂娘才怪呢！土鳖骂娘，一路陪伴口语诗！父亲骂完，儿子骂，现在沦到孙子了！

吴投文：2015年3月，你编选的《中国口语诗选》（长江文艺出版社出版），引起了很大的反响。在我的印象里，这是第一本正式出版的中国口语诗选，由你来编选，应该是再合适不过了。我自己也有四首诗入选了，对我鼓励不小。你在确定入选诗人和作品的时候，主要的依据是什么？请谈谈。

**伊沙：**是的，这本书非常重要，不仅仅是第一本口语诗选，也是第一本类型诗选（类型与流派是两回事）——第一本类型诗选。竟是由这三十年最具争议性最不登大雅之堂的口语诗来承担，有些人看了心中恐怕不是滋味吧？那么，他们有没有勇气编一本《中国抒情诗选》《中国意象诗选》来比一比呢？我等着！此书出版后，诗歌界普遍采取的方法是“默杀”——不夸不骂不争论，用沉默杀死你！但实际上造成了反对者心中严重的内伤，对很多严肃的诗人也是不小的震动——我说的是有点口语化便自以为是口语诗人的那一部分，他们发现，哦！原来我不是呀，原来口语诗已经建立起一整套体系化的游戏规则了呀——当然，这是他们落选之后又读到本书的编选者序——我的《口语诗论语》后意识到的，这本书虽然叫《中国口语诗选》，但它真正的结构是：中国口语诗人100家——首先我要确定100家真正的自觉的口语诗人而不是仅仅语言上口语化的或是偶尔玩几首口语诗的那些诗人，然后向他们约稿，我再对来稿做出精选而成书。你有4首入选（满额5首），说明你是优秀的口语诗人！

吴投文：有的批评家把你的诗歌归结为解构写作，认为你的诗歌具有后现代主义的美学特征，这似乎在文学批评界成了共识，也使你的创作贴上了一个固化的标签。读者和批评家们都已经注意到了，那些历来难登大雅之堂的事物纷纷进入了你的诗中，如虱子、梅毒、眼屎、屁股、阳具、便盆、鼻涕、避孕套、强奸犯、阳痿病人、叛国者、窃听者、女囚、同性恋、光棍、小姐、女尸、贪官、小丑、发廊女、公厕、太平间、戒毒所、假肢工厂等，呈现了日常生活本真却丑陋的一面。应该说，你的写作确实带来了当代诗学观念的某种突破性，却也为此饱受争议。有人认为你的诗歌揭示了人性的晦暗，是对人性本真的还原，也有人认为你冒犯了写作的伦理，是“碎片性”的“脏话写作”。你自己则宣称：“我为汉诗贡献了一种无赖的气质并使之充满了庄严感”。在面对巨大争议的时候，你的心境能保持淡定吗？你如何看待这种对你的两极性评价？

**伊沙**：现在回头看，我怎么觉得全是肯定？三十年来，中国诗歌多出来的部分，发展壮大的部分，有没有跟我无关的？种瓜得瓜，种豆得豆，我是自觉的，我从 80 年代末就开始精研后现代理论，并在诗歌创作中积极地加以实践，90 年代初被认定是中国后现代主义诗歌头号甚至是唯一的代表人物。我记得李震当年说过一句话，如果要编一本《中国后现代主义诗选》，伊沙一个人占一半，其他人加起来占一半，因为我是自觉的，其他人是自发的，甚至是误打误撞的。当然，有些观念先行的生硬的不够自然的地方，我自己也意识到了，并在后来新世纪的写作中加以纠正，但在八九十年代，在海子之死带来的复辟潮中，这么干绝对是必要的，矫枉须过正，我很自豪，在中国现代诗应该向何处去的十字路口上，我成为一个向前的路标。

吴投文：进入新世纪以来，长诗写作成了一个非常重要的现象，很多实力诗人都在长诗写作上一显身手，确实也出现了一些有价值的作品。你也创作了《唐》、《蓝灯》、《灵魂出窍》等长诗，你的长诗《梦》已写了将近一千首，还在继续延伸之中。你对长诗写作似乎特别看重，进行了多方面的探索。你说过，“要成大诗人，光有常规武器——短诗不成，必须要有核武器——长诗。我从 1994 年完成的《点射》开始就在研制核武器，经过《史诗 2000》（1995）、《风光无限》（1999）、《天花乱坠》（2001），终于抵达了《唐》（2002–2003）——相比而言，5000 行的《唐》是一次更为成功引人瞩目的核爆炸。”但我也注意到了，对你的长诗也有一些质疑的声音。有研究者认为，“《唐》在形式上是单调的账单式的罗列，各节之间，没有结构和艺术上的连带，更无深刻的写作呼应，导致徒有‘长’的外表，只是对唐诗的简单图解，然后统一罗列，满足于规模和篇幅上的取胜，却无长诗的内蕴和张力。”（张礼）你怎么看待这种说法？如何看待长诗的文体特征？请谈谈。

**伊沙**：那种质疑，实在可笑。《唐》刚写出来的时候，我在北京见着阿坚，也当面提出过类似的质疑，他的意思是我的《唐》不是连续剧，而是系列剧，他主要想说的是他的《自由宣言》是连续剧，是真正的长诗，我的《唐》只是组诗。他不知道还有一种长诗的类型叫诗著，莎士比亚《十四行诗》就是诗著，而非诗集，惠特曼的《草叶集》就是诗著，而非诗集，尽管译者给人加了一个“集”字，阿赫玛托娃的《安魂曲》是由写于不同年代的短诗组合起来的，但却是非常具有整体感的一首长诗。长诗到了后现代，本来就是摸着石头过河的事情，大家各自探索，不要轻易否定别人。好好读读《唐》吧，太有整体感了，处处见张力。帕斯写《太阳石》受阿兹特克人日历的启发，安排了循环式的结构，我利用的就是《唐诗三百首》，不可以吗？《蓝灯》结构是伦敦地图顺时间方向画的一个圆。《梦》就更自然了，同质的东西，有夜就有梦，天生的长诗材料。探索了这么久，我现在认为长诗分为两种，一种是常态型，像我的《蓝灯》《诗之堡》《灵魂出窍》就属于这种，我用巡洋舰比之；一种是诗著型，像我的《唐》《梦》就属于这种，我用航母比之，多卷本的《梦》已像个航母编队了，未来没准儿它会成为一块人造陆地。顺便打击一下你引用的那个糊涂虫：难道你要我把航母上的飞机全用铁链子拴在一起吗？！

吴投文：1999年4月，《诗探索》编辑部、《北京文学》编辑部、北京市作家协会、中国当代文学研究会、中国社科院文学研究所等单位在北京平谷县盘峰宾馆联合主办“世纪之交中国诗歌创作态势与理论建设研讨会”，会上“知识分子写作”与“民间写作”发生了激烈的争论，即后来广为人知的“盘峰论争”。会后的一年多时间，双方继续在报刊上撰文论争，形成了世纪之交的一次“诗歌事件”，被认为拉开了新世纪诗歌的序幕。在论争的过程中，双方难免有些意气之争，留给了外界“诗人吵架”的印象。现在，这个事件可以说是沉淀下来了。撇开当代诗坛复杂的多元格局不论，你如何让看待“民间写作”与“知识分子写作”之间的诗学观念分歧？请谈谈。

**伊沙：**关于盘峰论争，柯雷写了一本专著（中英文版都出了），沈浩波写了很好的一篇文章，我想说得简单点：物以类聚，人以群分，诗人以体分，盘峰论争就是口语诗人与非口语诗人之争、具有后现代主义倾向的一支与具有现代主义倾向的一支的争论，除此之外的观点都属于舍本逐末未达实质。

吴投文：1995 年，你与妻子老 G 合作首次将美国诗人查理斯·布考斯基的 24 首诗译成中文，从此布考斯基进入了中文世界，得到了很多读者的喜爱。这可能是你最初的翻译吧。这些年来，你一直坚持翻译布考斯基的诗歌。2011 年 2 月《布考斯基诗歌快递》印制出版，2011 年 11 月《布考斯基诗选：背靠酒桶》由不是出版基金会出版，2012 年 2 月《布考斯基诗选：干净老头》由黄海印制出版，2013 年 9 月《布考斯基诗选：极品》由黄海印制出版，这个出版频率就很快了，都是你与老 G 合译的。你说过，“在我眼里，布考斯基是美国有史以来最杰出的诗人之一”，欣赏布考斯基“日常的、边缘的、个体的”诗歌风格。我想，对一个诗人来说，你如此执着地翻译一位外国诗人的作品，可能在你和布考斯基之间有某种特殊的精神同构性，是吗？另外，你的创作受到过查理斯·布考斯基的影响没有？请谈谈。

**伊沙：**回顾一下：80 年代末到 90 年代，我与严力在美国创办的《一行》诗刊渊源颇深，期期都有我的作品不说，我还担任了它的中国代理人之一，我的地址就印在杂志上，美籍华裔学者刘耀中先生通过那个地址开始给我写信，在信中将我称作“中国的金斯堡”（我的这个称号就是由此而来），他觉得除了金斯堡还有一个诗人跟我写得很像，便寄来了布考斯基的一本诗集，我妻子老 G 并不知道信中内容，拿到这本诗集看了一段时间然后对我说："他写和你一样的诗"，我一看，差不多，当即决定与老 G 合作开始翻译他。于是在 1994 年下半年，我们译出了布考斯基诗作 24 首，并且全都发表了。所以，你说得对，我和布考斯基之间有某种特殊的精神同构性——不仅是精神，还包括诗型。我早就公开说过（这在鬼鬼祟祟的中国诗人中十分罕见）：我 1995 年以后的诗明显受到了布考斯基的影响，最明显的是，现场原声的对话多了，现场细节增多了，现场感增强了。不光在当年，他对我的影响绵延至今。

吴投文：除了翻译布考斯基，你和老 G 还合作翻译了不少其他外国著名诗人的作品。2013 年，《当你老了：世界名诗 100 首新译》由青海人民出版社出版，《生如夏花，死如秋叶：泰戈尔名诗精选》由江苏文艺出版社出版，《特朗斯特罗姆诗选：最好的托马斯》由不是出版基金会出版，《我知道怎样去爱：阿赫玛托娃诗选》由外文出版社出版。2014 年，《来自时间的大海：英美名诗 100 首新译》由青海人民出版社出版，《莎士比亚十四行诗（全新译本）》由青海人民出版社出版。可以说，在比较短的时间里，这个翻译成绩是很有分量的了。莎士比亚、泰戈尔和布考斯基的差别太大了，而且他们在中国已经有了很多的译本，为什么选择翻译这两位经典诗人？请谈谈。

**伊沙**：前几年，我们确实创造了一个诗歌翻译的奇迹（看过原文者最知道这奇迹有多大）。这么说吧，对于诗歌翻译界，翻译莎士比亚就相当于去拿"金鸡奖"，翻译泰戈尔就相当于去拿"百花奖"，感谢出版机构给了我们夫妻俩去争这双奖的可能，老实说，如果旧译中有公认的信本，我们就无此机会了。

吴投文：近几年，出现了引人注目的“诗人译诗”的现象，不少诗人出版了译诗集。但因为涉及了多语种的翻译和转译，也引起了一些争议。你怎么看待这种现象？

**伊沙：**一句话：英雄不问出处，谁是真的英雄，译本说了算——与诗歌创作，完全同理。还有，我不怕转译的损失，我中文优势太大，补回来了。内行人告诉我：我们通过英语转译的阿赫玛托娃比某人直译的准，我们通过英语转译的特朗斯特罗姆比某人直译的准。搞清楚这些并不难。

吴投文：除了诗歌写作、翻译和评论，你在长篇小说、中短篇小说、散文随笔创作上也有不俗的表现。1996 年 10 月，你发表了短篇小说“处女作”《现场》，同年 11 月发表了中篇小说“处女作”《江湖码头》，后来出版了中短篇小说集《俗人理解不了的幸福》《谁痛谁知道》。1998 年以后，你先后出版了长篇小说《江山美人》《狂欢》《中国往事》《黄金在天上》《迷乱》《士为知己者死》等。此外，出版了散文随笔集《一个都不放过》《被迫过着花天酒地的生活》《无知者无耻》《晨钟暮鼓》等。在当代诗人中，你堪称“全能选手”了。我想，这也耗费了你的大量精力吧。我感兴趣的是，你的写作以诗歌为主，又在多种文体中转换，这种转换是否存在相互冲突的情况呢？多文体写作对你的诗歌产生了什么影响没有？请谈谈。

**伊沙：**当然会有冲突，小说与诗歌写作就有明显的冲突，一个要的是耐力，一个要的是爆发力，一壶茶与一杯酒的不同，在同一个工作日内转换是很痛苦的困难的，所以，多面手才不多。多年以来，我形成了一套丰富的转换文体的经验，才有了今日多点开花的成就。多文体写作对我的主项诗歌当然会有影响，但到目前为止，正面影响居多，如果负面影响太多，我就会减少甚至停掉。我预感，随着年龄增大、心力衰减，我的副项会逐步减少到无，以确保主项继续攀登。

吴投文：我注意到，2002 年 8 月，你应邀出席了第 16 届瑞典奈舍国际诗歌节，在瑞典南部旅行、朗诵。此后，你多次参加了国际性的诗歌节，与其他国家的诗人有了直接的交流。从你了解的情况来看，中国当代诗歌在世界上大概居于一个什么样的位置？请谈谈。

**伊沙：**实际上是处于领先集团，尤其是现在；但被认知度很低，在外人印象中大概属于中等水平。我奉劝大家不要太纠结于此，那是我们管不了的事。

吴投文：1991 年 12 月，你的作品首次被译为英语发表。此后，你不断有诗歌被译介到域外。请谈谈你的诗歌的对外译介情况。

**伊沙：**出版过一本或一本以上单行本的语种有英语、德语、希伯来语、韩语、荷兰语；翻译过部分诗作的语种有法语、俄语、西班牙语、瑞典语、日语、马其顿语、罗马尼亚语、希腊语、世界语等。

吴投文：2011 年 4 月 5 日，你主持的《新世纪诗典》在网易微博开张，每天推荐、点评一首诗歌。时至今日，已经进入《新世纪诗典》的第五季，每日不间断地在网易微博推荐了七百多位诗人的近两千多首佳作，不仅在诗坛，而且在普通的网民中都产生了极大的反响。可以说，《新世纪诗典》刷新了当代诗歌的传播途径，构成了互联网语境下的一个重要文化现象。不过，也有一些议论，说你推荐的口语诗太多，一些高频次获得推荐的诗人名不副实，你怎么看待这种议论？你推荐的主要依据是什么？请谈谈。

**伊沙：**这些议论真是想当然耳！在前面的问题中你提到了《中国口语诗选》——我编此书时需要准确、科学地鉴定出 100 位口语诗人，做完之后我也做过统计：口语诗人只占全体《新世纪诗典》

诗人的五分之一，连三分之一都不到，怎么叫“太多”呢？这不是胡说八道吗？至于说“一些高频次获得推荐的诗人名不副实”，那我就较一下真，最高频次是满额，咱们看看到上一轮结束时（2016年12月31日），满额诗人都有谁？以上轮推荐先后为序：君儿、侯马、徐江、沈浩波、马非、唐欣、严力七个人。你说谁“名不副实”？恐怕是议论者用词不当吧，他们想说的是“实不副名”——他们真正的意思是《新世纪诗典》推荐之实不副这些诗人在中国官方诗坛的当红度和吃香度吧？我要重申的一点是：这七个人不是我在五年零八个月前拟定好的，是五年来人家自己一轮一轮打过来的，是一台机器的测试结果，如果有人认为哪些人比他们七位强，请拿出18首短诗与他们七位的入典诗逐一对比，我只怕官方诗坛香喷喷的红人们会死得很惨，被凌虐至死，不信就试试！我推荐的标准就是《新世纪诗典》“十六字令”:民间立场、独立品质、先锋走向、现代纯诗。

吴投文：你认为成为一个诗人、最重要的才能是什么？请谈谈。

**伊沙**：有效的创造力！

吴投文：时至今日，你已创作了七千五百余首诗歌，按照你的说法，“从1983年9月至今，无一年无诗；从1988年6月至今，无一月无诗。”（《有话要说》）2017年新年伊始，沈浩波担任联合总裁的磨铁文化公司推出了《伊沙诗集》五卷本,分别是《车过黄河》《鸽子》《蓝灯》《唐》《无题》，可谓洋洋大观，汇集了你1988—2016总共二十九年间的长短诗精粹之作一千余首，算是你五十岁之前的一个阶段性总结了。对一个诗人来说，有出版机构一举推出五卷本的诗集，简直太奢侈了，也证明了你在当代诗坛作为一位重要诗人的地位。回顾这么多年的创作历程,你是否可以稍作总结一下？请谈谈。

**伊沙**：你说得好：太奢侈了！我们都了解诗歌的出版环境：几

乎无人敢冒这个险，有销路或有背景的个把诗人又一次出不了五卷。感谢沈浩波给了我一个大公道！这是一个“好诗人 + 好出版家 + 大男人”才会给的大公道！在此之前，他在电话中谈及中国桂冠诗丛第一辑那五个 50 后诗人时说：选稿是非常严苛的，他亲自一首一首选，有的诗人才能选出 80 来首。但是约我的诗，他对出多少卷，每卷多厚全无限制，这种对我写作与作品的无条件信任让我泪奔！出五卷以及每卷的厚度都是我自己定的，当然我对自己也绝对没有放纵。拿到样书我又震惊了一回，全精装！完全是大师待遇，浩波太狠了！他对自己喜欢的肯定的东西就是这么二！他让我更加坚信自己心中的诗歌正道：杜甫是李白的知音，苏轼奠定了杜甫的地位。这五卷本的编法也暗含着你说的历程，卷一《车过黄河》是 1988-1999 年的长短诗,可算作我创作的第一阶段(我的 20 世纪);卷二《鸽子》是 2000-2008 年的长短诗,可算作我创作的第二阶段;卷三《蓝灯》是 2008-2016 年的长短诗,可算作我创作的第三阶段;卷四《唐》是 2002-2003 年创作的一部完整的诗著型长诗；卷四《无题》是 2008-2016 年创作的一部组诗集。除此之外，还有 2010-2016 年创作的三卷《梦》——这八本书是对我 50 岁以前创作的全面总结，太奢侈了！

吴投文：最后一个问题，2010 年 8 月，你应邀赴湖南衡阳出席了诗人吕叶操办的“2010 衡山诗会”,在会上作主题发言,提出了“初唐说”，认为中国新诗达到了初唐的高度。2017 年是中国新诗的百年诞辰，诗歌界和学术界举行了很多纪念活动，如何评价新诗也成了一个热点问题。你的“初唐说”有变化没有？请谈谈。

**伊沙**：那时候,还没有《新世纪诗典》让我知道地有多厚;那时候,还没有翻译奇迹让我知道天有多高；现在我可以更加负责任地说：

我的“初唐说”完全成立，是为信说！有一个在中国混了几年的海龟私下里告诉我：他怕回到国外去，死水一摊啊，中国太有活力了！中国诗人太有生趣了！——是的，这份生趣，这份活力，就是未来的保障！现在，反而更需要的是：沉住气，别着急，稳着走！请大家记住：盛唐是由初唐、中唐一步步建成的！

（2017 年）